地獄公寓

THE INFERNO APARTMENT

黑色火種——著

主要人物介紹

李　隱：男主角。網路寫手，一個善良熱情的青年，因離家出走而誤入地獄公寓，又因屢屢通過高難度的血字指示而被公寓的住戶推舉為樓長。他一度懷有要拯救所有住戶的理想，本身有著敏銳的洞察力和推理能力，在每次要執行血字中抽絲剝繭、尋找生路。後來他愛上了嬴子夜，決定只為守護她而努力活下去。

嬴子夜：女主角。大學物理老師，早逝的父母都是教授學者。她性格堅韌，冷靜睿智，外表冷漠卻內心善良。在她進入地獄公寓後，發揮其過人才智，連續通過幾次血字，對李隱日久生情。多年來一直暗中調查小時候母親離奇死亡的真相，最後發現，這個事件和公寓有著千絲萬縷的連繫……

深　雨：詭異孕育的「鬼胎」，因為怪異悲慘的人生經歷，被人們所厭憎和歧視，故而悲憤厭世、思想極端，擁有著可以提前畫出與公寓血字有關的場景的預知能力。她利用預知畫來誘惑、操縱公寓住戶，被稱為「惡魔之子」。

柯銀夜：智商不遜於李隱、嬴子夜的住戶，一直深愛著與自己沒有血緣關係的妹妹銀羽，在得知妹妹受地獄公寓控制後，毅然跟隨她主動進入公寓。他對愛情極其忠誠，即使知道銀羽並不愛自己，卻依然義無反顧、不求回報地守護她。

柯銀羽：被柯銀夜一家收養的女孩，與哥哥銀夜手足情深。在一次和男友阿慎約會的途中進入了地獄公寓，她在公寓裏一直受到銀夜的悉心保護，但心裏仍然掛念著已死去的男友。她智商很高，感情細膩。後來得知她的親生父母以前也是公寓的住戶。

主要人物介紹

夏　淵：公寓的前任樓長，因已通過了五次血字測試，總結出了許多執行血字的經驗與規則，在地獄公寓裏聲望很高，是所有住戶們的心理支柱。在李隱剛進入公寓時，他對李隱照顧有加。在他死後，由李隱接任地獄公寓樓長。

夏小美：美術學院的學生，性格單純、樂觀，後暗戀柯銀夜。

唐蘭炫：受地獄公寓住戶愛戴的醫生，心地極其善良，熱情助人，對任何生命都會竭盡全力去挽救。魔王級血字指示的第一個執行者。

華連城：原是一名婚禮策劃師，因為愛上了富家千金伊莣，帶她出逃私奔，後來進入公寓。

伊　蕊：原本是富家千金，在父親包辦的婚禮會場上，認識了連城而放棄一切與他私奔，逃離父親之後進入公寓。夫妻倆和李隱的關係非常要好。

卞星辰：跟隨著哥哥卞星炎從美國來到中國生活，但一直生活在優秀哥哥的陰影下。他在一次車禍中受傷導致一隻眼睛失明，因而開始自暴自棄，在進入公寓後，無意間救下了輕生自殺的敏。後來他得知了預知畫的事，卻受到深雨的操縱，犯下殺戮的罪行。

敏：深雨的生母。因為六歲時的離奇懷孕生女，而受到眾人的歧視和唾棄，進而對女兒深雨愛恨交加。在進入地獄公寓後，她得知深雨擁有著可以畫出血字預知畫的能力，又對深雨轉變了態度。

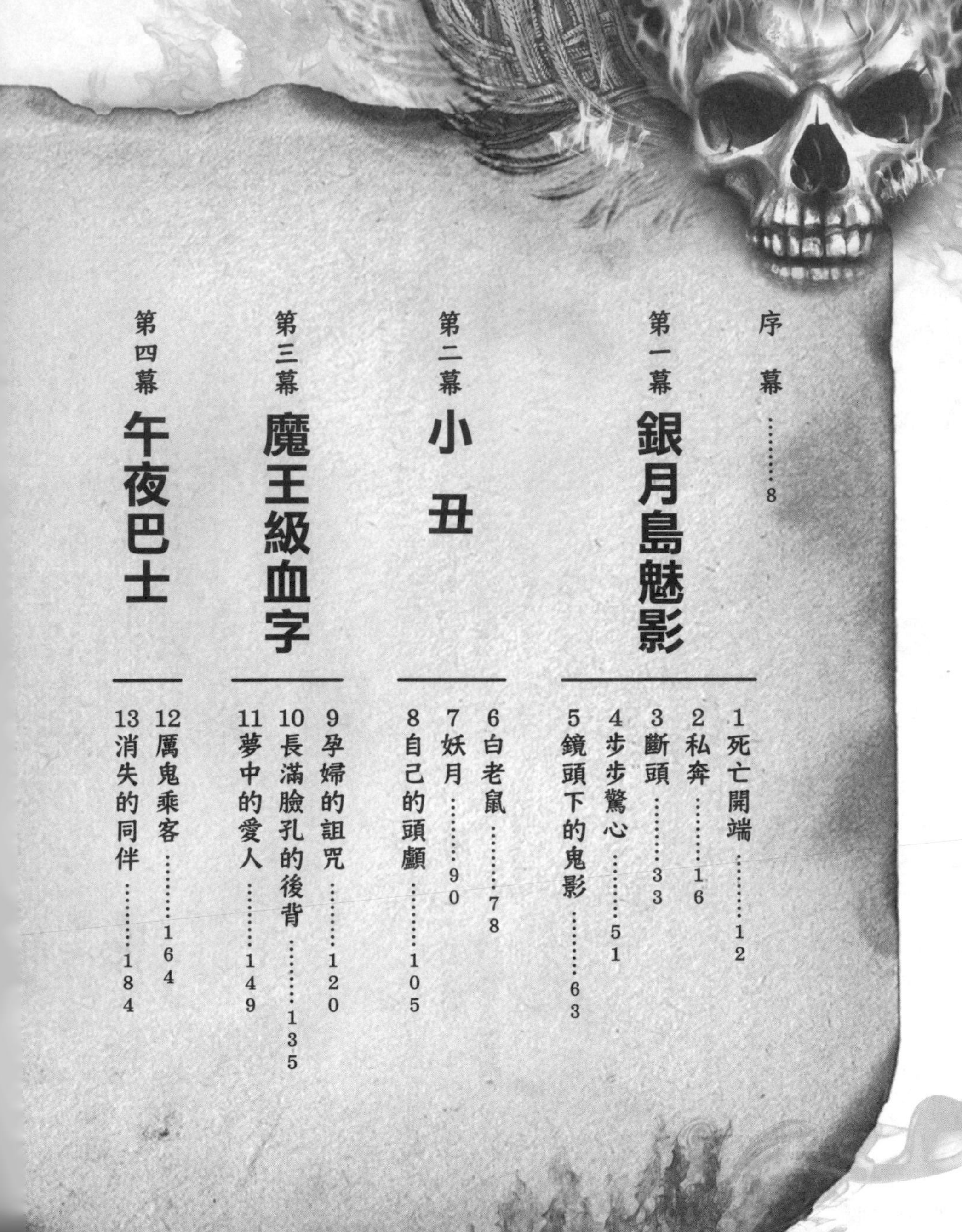

目錄
CONTENTS

第五幕 鬼鏡

第六幕 不要回頭

第七幕 魔性嫁衣

序幕

來到這裏就該丟掉一切疑懼；
在這裏必須消除任何怯懦情緒。
我們已來到我曾對你說過的那個地方，
在這裏你將看到一些鬼魂在哀慟淒傷，
因為他們已喪失了心智之善。

他隨即用他的手拉起我的手，
和顏悅色，帶我去看人世間
所見不到的秘密。

——但丁《神曲・地獄之門》

李隱拔腿飛奔著，身後有一團漆黑的霧在不斷逼近……他的心臟，此刻猶如火燒一般疼痛。他聽到自己急促的呼吸，如同一台發出巨響的機器在抽吸著空氣，整個肺部被恐懼和焦灼的力量狠狠擠壓著，似乎隨時都可能爆裂開來。

李隱有生以來，從沒有如此奮力地奔跑過，如果生命在此時結束，他確信自己會無比懊悔、死不瞑目。

出發之前，同伴裏曾有人說，大家都死在這裏的可能性很大。只有在被黑暗徹底吞噬前找到生路，才會有一線生機。但是現在，整個黑暗的世界裏，只剩他一個人在奔跑，腳步聲空曠而孤獨。

他已經被各路嗜血的死神重重包圍。

借著手錶上的微光，時間已經是凌晨六點了，教學樓外的大門，開始透出黎明前的一線曙光。生路終於出現了，人間生活的種種氣息、感觸幾乎一下子同時向李隱湧來，他這時才感到極度的饑渴。

當李隱想振奮起最後一點力氣向前衝時，冷不防腳下被什麼東西一絆，整個人撲倒在地，下一刻，一個陰冷潮濕的軀體已經撲在了他的身上。

一張慘白的臉，被濕淋淋的黑髮遮住了半邊，另一半露出一隻冒著綠光的眼睛，正盯著李隱，而一雙指甲尖銳如刀的手，正死死地掐住李隱的脖子。

一陣劇痛伴隨著窒息猛烈襲來，李隱的意識慢慢模糊，眼前一片昏黑。他伸出手掙扎著，想浮出這冰冷的深潭，但他仍不斷地沉向黑暗的深淵。

絕望升起了，奇蹟並沒有發生。

銀月島魅影

PART ONE

第一幕

時 間：2010年11月11日 ～ 2010年11月14日

地 點：東臨市銀月島

人 物：李隱、嬴子夜、華連城、伊蕊
歐陽菁、蘇朗、段奕哲

規 則：血字執行期限內不得離島，
逾期未至或期限未滿而離開者，死！

1 死亡開端

「不！」李隱大叫一聲，猛然驚醒。

「啪嗒」一聲，李隱打開臺燈，渾身大汗淋漓，像是剛從水裏爬出來一樣。屋裏很安靜，他漸漸地冷靜下來，露出了一絲苦笑。他多麼希望剛才的噩夢只是一場夢啊，醒來後一切就都可以結束，不留一絲痕跡。但是，偏偏夢裏的一切都是真實的，因為他此刻就活在一個真實的噩夢裏，或許永無解脫之日。

李隱給自己倒了一杯水，靠在床頭，腦子裏不斷回想著這一年多來發生在自己身上的事情……

大學畢業後，他沒有去上班，而是宅在家裏做了個網路作家。一年多前，一個晴朗的正午，他看到一個男子慌不擇路地在街頭狂奔，隨後撞上了汽車，當場死亡。這個血肉模糊的場面讓他嘔吐不止，緊接著離奇的事情發生了，他的影子莫名其妙地脫離了他。而他的身體也不受控制地緊追著影子，追進了一所白色公寓。李隱因此進入了公寓，被分配住在四〇四號房間，他的噩夢開始了。

這是一座隱形的公寓，不存在於現實的世界裏，不是公寓住戶的人是見不到、也進不來的。公寓的住戶，全都是因為身體被自己的影子操控，才來到這裏。一旦成為這裏的住戶，就踏上了一條兇險恐怖的不歸路！如果擅自逃離，或者違反公寓流傳下來的規則，就會被自己的影子殘酷地殺死，而公寓也會繼續挑選住戶、補充數量。

公寓存在的歷史不可考證，在這裏住過的住戶很多，幾十年來，這裏的住戶漸漸摸索整理出很多規則，或者說禁忌。每當有新的住戶搬進來，就會有老住戶對其詳細說明所有要注意的事項。如果不說清楚，就有可能觸犯禁忌，詭異悲慘地死去。

最基本的規則有兩條。所有的住戶，除非想死，否則無論如何都要遵守。

第一，也是最基本的，除非血字指示出現、要求住戶外出執行血字，否則絕不可連續離開公寓超過兩天。超過四十八小時不歸者，死。

第二，成為住戶後，如果自己所住房間的牆壁上出現血字，必須絕對遵從血字的指示去執行，稍有違背者，死。

李隱親眼見到過不相信這兩條規則、不理會血字指示、直接離開公寓的住戶，而那些住戶，後來全部都極為詭異地死亡了。無一例外！

血字指示，一般是指在特定時間裏去特定地點、做一些特定的行為，而在這期間，必定會出現許多無比詭異、恐怖的現象。人往往還沒有意識到，就已經死了。甚至死了的人，會以為自己還活著。聽起來相當不可思議，但……卻是不爭的事實。

李隱當時花了很長的時間，才完全地相信了這一切。畢竟這一切來得太突然，也太難以置信了。

可是，他也不敢離開公寓超過四十八小時，那無異於自殺。最終，他只能無奈地接受了這個命運。

李隱剛住進來的時候，公寓裏一些好心的住戶不厭其煩地為他講解規則和禁忌，其中就包括樓長夏淵。夏淵是一個很斯文的年輕人，待人和藹親切。他當時已經在公寓裏住了四年，完成了五次血字指示，但他還是沒能通過第六次血字。

血字指示，一般都是由易到難的。第一次血字指示，危險性最小，存活的機率很大，但從第二次開始，危險性和詭異程度會逐步增加，都要拚盡全力才能夠僥倖活命。

血字指示間隔的時間一般是以月為單位，根據老住戶的經驗，從未出現超過半年而不給住戶血字指示的先例。不過越往後的血字指示，間隔的時間越長。房間裏出現血字指示時，這個房間的住戶心臟就會產生灼燒疼痛的感覺，這樣即使不在房間裏，住戶也會立即意識到自己的房間出現了血字。一旦住戶回到自己房間看完血字並記住，血字就會消失。

血字指示從來不會讓住戶們去做無法實現的事——比如叫他們到月球上去——都是物理上可以實現的行為。

最後，根據老住戶們幾十年來總結出的經驗，得出了一個結論，要離開這座公寓，方法只有一個：那就是——連續完成十次血字指示，如果還活著，或許就能獲得自由，搬離公寓而不會死。

通過夏淵的介紹，李隱認識了公寓裏的不少住戶。公寓裏和李隱關係很好的有幾個人，除了樓長夏淵，還有住在一〇六室的外科醫生唐蘭炫，以及住在七〇六室的華連城和伊莣夫婦。夫婦倆很年輕，他們比李隱早一年住進這個公寓，和他很談得來。這幾個人是李隱能真正信任的人。

一年多來，李隱和這幾個人相互激勵，彼此信任，希望大家一起活下去，一起離開公寓！迄今為止，李隱已經完成了四次血字，而第五次血字將是一個分水嶺，一旦安然度過第五次血字，那麼第六次血字的危險和恐怖程度將有一個巨大飛躍。而從第六次血字指示開始，公寓就會給予相對優厚的躲避條件，只要時間期限一到，無論身在何處，只要住戶想要回到公寓，在任何地方都能夠打開進入公寓的通道！不用像前五次血字，時間期限到後還要拚死拚活地跑回公寓。

當李隱完成第四次血字回到公寓後，才得知夏淵的噩耗，公寓裏的住戶推舉李隱為新樓長。李隱不知道噩夢什麼時候能結束，直到嬴子夜出現在公寓時，他的生活有了巨大改變。

嬴子夜進入公寓之前，是天南市鷹真大學的物理老師，她有著一頭飄逸披肩的長髮，精緻的五官、靈動的眼眸和淡然的性情，舉手投足間的高貴氣質，男生女生都對她極有好感。嬴子夜的美，並非那種會令人升起衝動欲望的美，而是一種自然綻放、令人欣賞憐惜的美。李隱對嬴子夜一見鍾情。

嬴子夜住在四〇三室，就在李隱隔壁。作為鄰居，倆人經常進行交流，尤其是針對血字指示的「生路」破解問題，這樣的交流總讓李隱很有收穫。嬴子夜的心理素質非常好，思維敏銳，李隱發現，她的冷靜簡直到了不可思議的地步，幾乎從未看到她露出慌亂不安的神色，否則，她的第一次血字指示也不會安然度過。

有時候，李隱覺得嬴子夜似乎是另一個自己，冷靜、頑強、果敢，內心充滿愛，兩個人的共同話題也越來越多。這一年多裏，李隱也逐漸展示了自己過人的智慧與膽識，一次次地幫助別的住戶在血字中化險為夷。可是，他的努力依然阻止不了公寓住戶的不斷死亡，似乎公寓變得越來越狂躁了。

與此同時，李隱預感到，自己的下一次血字指示即將臨近……

2 私奔

華連城捏緊手中的飛鏢，對準眼前牆壁上的標靶，猛地投了出去！正中靶心！

「最近投得越來越準了呢。」連城的妻子伊莣端著一盆水果走過來，放在桌上，緩緩走向丈夫。她雙手抱住了連城的腰，說：「住進這個公寓後，多虧了你在我身邊……不然的話，我真不知道怎麼能撐得下來……」

連城抓住妻子白皙的手臂，說：「放心吧，小莣，我會一直陪伴在你身邊的。」

住進這個公寓後，真的是九死一生，才得以僥倖生存至今。這還在很大程度上，是靠前樓長夏淵提供給他們的經驗。而當李隱入住後，連城就發現他是個智慧不在夏淵之下的天才，所以一直和他保持著良好關係，希望他能夠幫助自己和妻子，活過十次血字指示。

一定要活下去……這也是連城對妻子發下的誓言。

當初，如果沒有愛上她……如果沒有帶小莣來天南市……那今天就不會帶給小莣無盡的痛苦了。

華連城原本是東臨市一家婚慶公司的婚慶策劃師。有一次他接到了一個婚禮策劃，是東臨市房地產大亨孔行明的兒子孔善和東臨市最大的遊樂園明月樂園董事長伊文欽的千金伊蕓的婚禮。為了徵求新娘對婚禮的意見，華連城見到了伊蕓，沒想到伊蕓根本不想和孔善結婚，然後……

心臟猛然傳來劇烈疼痛，令連城從回憶中驚醒，他強行支撐著，捂著胸口，而伊蕓也同時感到了痛楚。他們倆住在同一個房間，所以血字指示都是同時執行的。

他們房間的牆壁上赫然出現了一行血字：「十一月十一日，前往東臨市銀月島上的度假村，住到十四日中午十二點三十分。銀月島免費三日遊的招待券在衣櫃的衣服口袋裏。」

銀月島？連城大吃一驚。怎麼會那麼巧？銀月島……昔日，孔善和小蕓本來要舉行婚禮的地方！居然要去那裏執行血字指示？

三年以前，銀月島上正在建一個海上度假樂園，有豪華會所、高爾夫球場、度假村等一整套高檔設施，在國家旅遊雜誌上大肆宣傳。而那次婚禮，完全是一個為銀月島而做的廣告！伊蕓一開始就知道父親的意圖了，她只是父親的一個棋子、一件用來交易的物品。

華連城從她的眼眸裏讀懂了她的心。她是個敏感、單純又有些懦弱的女孩，如同暴風雨中的纖弱花朵，需要有人去悉心呵護。而連城在內心激烈交戰之後，終於決定擔任這個角色。在婚禮當天，華連城帶著伊蕓逃離了銀月島。

他們一起逃走了，捨棄了一切，離開了東臨市。婚禮當天，伊蕓按照連城預先的安排逃出了禮堂，接著和他乘一艘小船離開了銀月島。

那是連城一生中最瘋狂的舉動。之後，他和伊蕓逃到了這個小城天南市。伊蕓已經給她父親留下了一封信，聲明她自願和連城離開，絕對不是被綁架。但伊家依然動用關係網讓連城遭到通緝，所以他們無法去辦理結婚登記手續。好在連城這些年有些儲蓄，也有護照，可以去外國。但是伊莣還沒有辦護照，兩個人甚至連偷渡都考慮過。就在倆人一籌莫展的時候，他們卻莫名其妙地住進了這個公寓，那時伊莣已經逃婚一年了。

那次醜聞以後，孔家自然斷絕了和伊家的來往，孔家還依仗其人脈關係，令伊文欽的銀月島開發計畫找不到其他投資商，所以銀月島度假村計畫也擱淺了。伊文欽最初的打算是，要把整個銀月島都改造為度假村，後來只能建了一個小型度假村，與之前的計畫相差太大了。

如今，居然……要他們回去？

「我們……能夠活下去吧？」伊莣緊擁著丈夫寬闊的肩膀，「我們，一定可以……」

連城緊抱著妻子，說：「嗯，一定，一定可以活下去！」

與此同時，還有五個人接到血字指示。

「怎麼可能？」李隱愕然地看著眼前牆壁上的血字，喃喃地說：「銀月島……我第四次血字回來還沒超過半年，就又接到了血字指示？」不過仔細想來，也不是不可理解。公寓目前的住戶數量已經嚴重銳減了，血字指示間隔的時間長，那是住戶數量比較多的情況下的規律。

第五次血字指示！一旦通過，那麼，他今後執行血字指示時，就能夠直接回公寓，同時也追平了夏淵的記錄！

在他的隔壁，嬴子夜正看著牆上的血字，默默不語。

棕色捲髮、戴著眼鏡的夏淵昔日鄰居歐陽菁，也在看著眼前的血字指示。看完後，血字慢慢褪去，而她則走向衣櫃，從一件毛衣裏找到了招待券。招待券上明確說明，此次只有七名幸運兒得到免費入住度假村三天的獎勵，而且三天內這七個人得以獨享度假村。

「七個人……」歐陽菁捏著手上的招待券，「這麼說來，這次是七個住戶一同參加嗎？公寓難道還嫌目前的住戶數量太多嗎？」

此時，在九〇六室，一個大學生模樣的小夥子，正湊在電視機前，看著愛情動作片。播放完後，他取出碟片，放回架子上，心想：上次去那個賣碟片的小攤，老闆信誓旦旦地說下個月肯定有新貨到，不知道是不是真的。這部作品繼續溫習一下吧……

這個小夥子名叫蘇朗，大家叫他「阿蘇」，不過背地裏全叫他「色狼」。他家裏擺放著一排排的色情影片，即使住進這麼一個公寓，他居然也抱著「色狼無論在哪裏都是色狼」的態度，照看不誤。

就在他剛拿出碟片時，心臟傳來劇烈的灼燒感！隨即，他看到眼前牆壁上浮現出幾行血字來。

「銀……銀月島……」他喘了口氣，「去那裏……啊……」

接下來，接到血字指示的七個人按照慣例在樓下大廳集合討論。

當阿蘇出現的時候，歐陽菁的臉色一變，第一反應就是：這次去銀月島，絕對不可以穿裙子！洗澡的時候，一定要把門窗關緊！還要隨時檢查房間裏有沒有安裝攝影機！

李隱出現後，大家都感到很心安。這位新樓長，可不比夏淵遜色啊。

李隱、嬴子夜、華連城、伊莣、歐陽菁、阿蘇……第七個人是誰呢？

電梯門打開時，大家都望了過去，走出來的人是六〇二室的段奕哲。

「一、二、三、四、五、六……」段奕哲數完後說，「看來這次人很多啊。加上我，有七個。」

「沒想到是你啊。」華連城欣喜地笑著說，「奕哲，過來吧，你找到招待券了？」

「嗯。」他點點頭，走了過來。

李隱說：「招待券上標明，十一月十一日下午五點在東臨市的東站碼頭，會有船來接我們。送我們到度假村後就離開，十四日十二點三十分會有船來接我們……」

時間很短，兩天半。但，時間越短……才越是可怕！

「從血字指示字面上還看不出玄機。」李隱反覆看著記錄了血字指示的紙片，他和嬴子夜在四〇四房間裏討論著：「你有什麼看法嗎？」

「暫時還沒有。」嬴子夜說，「不過有件事情是值得注意的。我又一次跨越血字了，明明是第二次血字，可是你們執行的血字次數遠多過我。」

「是啊。最少的阿蘇和段奕哲，也通過了兩次血字指示。看來公寓對你真的是特別照顧啊。」

嬴子夜站起身來，說：「時間不早了，我先走了。如果你有什麼線索，不管多晚都來叫醒我。」

「好好好好好……好機會啊……」色狼阿蘇絲毫沒有即將前往恐怖之地的危機感，反而在房間裏拚命幻想起來：「啊哈哈哈哈哈……天助我也……她可是個大美女啊！我絕不能放過這次機會，哇哈哈哈哈……」

自從入住公寓以後，阿蘇就經常抓住各種機會，拿著ＤＶ偷拍公寓裏的美女們。對於擁有魔鬼身材的歐陽菁，阿蘇早就不知道做過多少次春夢了。

公寓裏幾乎所有人都對阿蘇這傢伙很頭痛，常常想，怎麼這傢伙那麼命大，居然可以通過兩次血字指示。據說這傢伙在去執行血字指示時，還希望能夠碰上不穿衣服的豔鬼……他的色心已經遠遠超過他對鬼魂的恐懼了。面對這種人，只怕厲鬼都要退避三舍。

第二天一早，段奕哲正在心煩意亂，偏偏阿蘇跑來敲他的門。他打開門不耐煩地說：「有什麼事？有話快說！」

「別那麼嚴肅啦，段兄……」

「少和我稱兄道弟！」

「我有事要找你幫忙……事成之後……」阿蘇拿出三張碟片，碟面上是不堪入目的畫面：「這個送給你，這可是最新出的……」

段奕哲開始關門。

「啊，還有一盤壓箱底的珍藏集……只要你給我辦成這件事的話……」

段奕哲快要把門關上的時候，忽然說：「成交！」他心裏默想，沒關係吧？我們這些人掙扎在生死之間，偶爾看點片子釋放一下壓力也很正常嘛……

「那……你要我幫你做什麼？」

「這塊手錶！」阿蘇奸笑著把一塊仿冒的勞力士手錶交給段奕哲，「你把這支錶交給伊蕓吧。對我們來說，一支準時的手錶可是攸關性命的啊。」

「就那麼簡單？可她一定會收嗎？」

「我聽說他們的錶有一支被砸壞了，這次華連城準備再去買一支錶呢……」

「你……」段奕哲接過那塊手錶，左看右看也沒覺得有什麼特別的：「你想做什麼？」

「那些片子……」

「好，我知道了，我不問……」

十一月十一日。東臨市的東站碼頭上，七個人正等著船來接他們。歐陽菁立志做個魔術師，對化妝也有些心得，所以連城和伊莣請她幫他們化了妝，這樣兩個人的樣子看起來就和平時大不一樣了，不容易被認出來，他們稍微安心了一點。

「我查過了，」嬴子夜拿著手上的招待券說，「這個招待券是附在『妙哈』薯條的包裝袋裏的，一共七張。」

妙哈薯條是很受年輕人青睞的膨化食品，近年來成為明月樂園的贊助商之一，這次附贈招待券的活動，也令近期的銷量大為增加。

「這麼說……」華連城問道，「你認為『妙哈』薯條和公寓有關聯？」

「應該不會。」李隱答道，「以公寓的力量，應該不需要借助人類，就能夠把招待券放進我們的衣服口袋裏。夏淵和我說過，公寓有著難以置信的力量，許多看似偶然毫無關聯的事件，就能夠形成必然的災厄，完全無法用常理判斷。」

「我也很喜歡吃『妙哈』薯條，」阿蘇忽然說，「不過與其附贈什麼招待券，不如附贈美女寫真照片更好啊……」

當然，眾人對他根本是無視的。

不久，一艘雙層遊輪緩緩駛來。靠岸後，幾名工作人員走下遊輪，李隱等人立刻拿著招待券上前詢問。

「嗯，沒錯。」工作人員仔細核對了招待券，「請各位上船吧。」

連城暗想：還好沒要求看身分證件，否則就完蛋了。

上了遊輪後，一名穿黑西裝的工作人員把一份銀月島的平面圖交給他們，說：「恭喜各位抽中銀月島三天兩夜遊的免費招待券，你們將入住我們的夢幻度假村。銀月島的娛樂設施很多，有高爾夫球場、歌舞廳、露天浴場。各位在銀月島的一切消費都是完全免費的……」

「我想問一下，」李隱忽然問那名工作人員，「銀月島是否發生過什麼奇怪的事情？」

「嗯？」那名工作人員一愣。

李隱繼續說：「我們聽到了一些奇怪的傳聞，聽說銀月島好像鬧鬼……」

「哈，這位先生你別開玩笑了。」那名工作人員笑了起來，「這世上哪裏有鬼啊？」

李隱仔細注意著他說話時，臉色和瞳孔的變化，他聽到「鬧鬼」說法的時候，明顯是一副莫名其妙的樣子。

「你們是在哪裏聽說的？肯定是我們的競爭對手惡意造謠！」

看來他沒有撒謊……難道過去銀月島真的沒有鬧過鬼嗎？網上查到的資料裏，銀月島也沒有死過人的傳聞。看來很難由此找出線索了。

遊輪行駛在海面上，每個人都憂心忡忡。李隱和嬴子夜成為了大家心裏最大的希望。

歐陽菁依靠著護欄俯瞰著海面，一旁的伊莣筆直站著吹著海風，一頭長長的頭髮隨風飄揚。

「歐陽小姐，你好像在日本生活過很長時間？」伊蕓問。

「嗯，是的。我住在東京淺草一帶。」

「這樣啊……你很後悔回了中國吧？否則，就不會住進這個公寓了……」

「怎麼說呢？」歐陽菁推了推鼻樑上的眼鏡，「後悔，終歸沒什麼意義。與其去浪費時間後悔，還不如想著怎麼改變現狀更好。」

「我並不那麼想。」

「嗯？」

伊蕓看向海面，若有所思地說：「後悔其實是人的一種自我保護情緒。我，從來不覺得後悔是可恥的。因為後悔，所以才能夠體會到什麼是珍貴的，才能夠感受到真正的活著。連後悔的感情都沒有，那簡直就和機械無異了。」

「伊小姐……」

「後悔，是為了讓人不再有更加後悔的心情，為了不再讓自己有可能後悔。」

歐陽菁看著她的表情，覺得此刻的伊蕓似乎下定了某個決心一般。她的眼神裏充滿著某種決絕。

連城和伊蕓，此時都遙望著眼前的海平線。銀月島，就要到了。那個曾經是要舉行自己婚禮的地方。這是偶然嗎？難道是公寓刻意為之？不過，也得不到回答。

「我會保護你的，小蕓。」連城把妻子擁得更緊，「我絕對……絕對不會讓你死的！」

大概一個半小時後，一座巨大的海島出現在了眾人面前。

「各位，那裏就是銀月島了！」工作人員顯得很興奮。

踏上銀月島土地的一瞬間，李隱心裏一緊。第五次了……第五次執行血字指示啊！第四次血字，要不是最後關頭另一個住戶葉可欣被鬼先吞掉，自己就死在公寓大門前了。上次可以活下來，完全是運氣好而已。而嬴子夜現在是第二次執行血字指示。她第一次執行血字是在一個鬼屋，在鬼殺死了包括夏淵在內的其他所有人、正緊追著她的千鈞一髮之際，她冷靜鎮定地賭對了「閉上眼睛，不看到鬼就不會被鬼殺掉」的生路，成為那次血字的唯一倖存者。

兩天半……在那之後，可以活著離開這座島嗎？誰也不知道。但是，七個人，不可能全部都活著回去，這是可以肯定的。公寓歷史上，還從來沒有執行血字指示時全體住戶生還的先例。

一行人來到了夢幻度假村。夢幻度假村在島上占了很大面積，依山而建，由許多複合式別墅組成，還有許多遊樂設施。那麼大的度假村，在這兩天半的時間裏，沒有其他遊客，就只有這七個人和一些工作人員住在島上，想也知道，肯定是公寓搞的鬼。他們入住的別墅非常豪華，進入別墅把行李放好後，就開始用餐了。

偌大的餐廳裏，七個人隨著工作人員的帶領，來到二樓的一個包廂。上菜後，眾人都慢騰騰地動起筷子，但是都很警惕四周的動靜，誰都不敢大意。這麼僻靜的一個島，實在令人毛毛的。甚至，這些工作人員，會不會本身就是鬼？

想到這裏，伊蕓忽然停住了筷子，這菜……不會有毒吧？

「沒有毒的。」嬴子夜看出她的顧慮，「公寓不可能用這樣的方式殺死我們，很明顯是要讓我們被恐懼壓倒，在無盡的恐懼中死去。」

「可……」

「再說，不吃飯不喝水，也不可能支撐兩天半。」

伊蕓還是不時地朝著窗戶外看去，就怕會有個渾身是血的人忽然走過去。再這樣下去，連冰箱都會被她看成是鬼了。

吃完飯後，天也差不多暗下來了。天一暗，大家都害怕起來了。

「那麼，希望大家玩得愉快。」

愉快！愉快個頭！此刻大家幾乎已經把工作人員當成是鬼了，段奕哲甚至拿出一面鏡子來，看能不能照出他們的真面目來。

「今天晚上守夜的人，還是按照過去的慣例，抽籤來決定好了。」

「同意！」

回到別墅大廳，大家按照抽籤的方式決定，今晚的守夜人是李隱、華連城和段奕哲三個人。當然，沒人想去房間裏睡覺，一個人單獨睡太恐怖了。所以大家一致堅持開燈在客廳裏睡，在一個明知道有鬼的島上還關燈睡覺，除非腦子壞了。甚至大家都不敢蓋被子，因為前一段時間看了「咒怨」，看到裏面的女鬼伽椰子，曾經把伊東美　演的角色拉到被子裏去，讓她消失掉了。還有誰敢蓋被子？其實，沒人敢真的睡著。李隱曾經提到以前有個住戶在執行血字時睡著睡著就消失了，令人毛骨悚然。時間一分一秒地流逝，躺在客廳沙發上的人終於睡著了。

李隱因為熬夜熬慣了，喝杯茶就行了。但是，段奕哲卻是哈欠連連。凌晨兩點了，這個時候再害怕也難免睏了。

「李隱啊……」華連城看著身邊熟睡的伊莣，「你有什麼頭緒沒有？比如血字指示字面上……」

「沒有，暫時沒有任何頭緒。」李隱接著說，「不過我可以坦白告訴你。這次的血字指示絕對會極為恐怖。你要做好心理準備。但我向你們保證，我作為樓長，一定盡可能帶你們活著回到公寓！」

我一定會保護你們的……李隱這麼說，並不是出於一種虛偽的自我滿足感。事實上，他很清楚，執行血字指示有多麼恐怖。即使是自己，也不知道多少次在噩夢中醒來。他比這個公寓的任何人，都更珍視他人的性命。這一切，源於他的父母。

他初入公寓時，遇到唐蘭炫醫生，當唐醫生表達出對李隱父親的崇拜之情時，李隱內心可以說是五味雜陳。醫生……李隱無論如何也不想去當一個醫生。

小時候，李隱本來是非常喜歡醫生這個職業的。李隱的父親李雍，原本只是一個在正天醫院實習的外科醫生。那個年代，工作都是由國家分配的，他讀的是西醫，一心希望有機會出國留學深造。而就在那時，他和正天醫院創始人的女兒，也就是李隱的母親楊景蕙相遇了。那個時候，正天醫院的規模已經算比較大了，雖然是私營的醫院，但是一個大家族經營的，雄厚的財力令正天醫院在天南市成為有名的大醫院。

身為實習醫生的李雍很清楚，單靠自己努力，是很難晉升的。楊景蕙是獨生女，一旦和她結婚，那麼就等於掌握了未來醫院的經營大權。所以他接近楊景蕙，竭盡一切努力追求她，才終於讓她傾心於他。之後他們順利結婚，再接著李雍去海外留學。學成回國後，在院長的提攜下，李雍接了幾個大手術，大獲成功，從此平步青雲，短短兩三年裏，成為醫院的王牌醫生。這時大家都清楚，正天醫院未來的院長，必定是非李雍莫屬了。

李隱出生時，父親已經成為外科的一把手。不過，以他的身分，就連院長也要賣他三分面子，父親也開始自大起來。李隱小時候，很崇拜父親，也知道父親未來一定會成為正天醫院的院長。他從小就開始閱讀大量醫學書籍，希望將來能夠成為像父親那麼有名的醫生，憑他卓越的天資和超群的記憶力，他學習了豐富的醫學知識。父親在李隱六歲那年，終於在原院長退休之際，擔任新院長。

李雍上任後立刻大刀闊斧地改革，裁撤了許多醫生，花了很多錢在電視上為醫院做廣告。藥品和醫療器械的供應商被換成了李雍指定的廠商，藥品和醫療器材的價格，比原來貴了許多倍。雖然診療藥品費用昂貴，但正天醫院的知名度還是讓很多人選擇在這裏進行治療。李隱小時候對這些事情並不懂，但隨著他長大，對父親的為人越來越瞭解後，才開始明白，父親在這其中謀取了巨大的利潤。

李隱不會忘記那一晚……那天晚上，他被吵架的聲音吵醒，離開自己的房間，在樓梯上往下偷偷地看著樓下客廳的情景。父親和母親都坐在一張真皮沙發上，而眼前則是一個戴著眼鏡的年輕男子，那男子李隱見過，是父親醫院裏的醫生。

「他們怎麼說？」父親點上一根煙，抽了起來：「說要告我們醫院？」

「院長，您可別坐視不管啊！」那戴眼鏡的醫生說，「我都是按照您的吩咐做的。那天那個老太太發病的時候，我請示過您是不是立即做手術。可你親口說，不支付拖欠的醫藥費，就不進行手術。那個時候患者的兒子都跪下來了，說他就算去賣腎也會把醫藥費給我們，求我們馬上做手術……」

「後來你不是做手術了嗎？」父親吞雲吐霧，毫不在意的表情令李隱極度心寒。

「可那已經耽誤了幾個小時啊！」戴眼鏡的醫生嘶吼道，「院長，您現在讓我怎麼辦啊！老太太的死，我不會擔責任的，那可是院長您的指示！如果他們告醫院，院長您把一切責任都推給我的話……」

「你威脅我？」父親臉上露出兇狠的表情，「你以為是誰提拔的你？平時你收取患者家屬的紅包，哪一次我不是睜一隻眼閉一隻眼？你要是敢對媒體說多餘的話，你也別想好過！」

「你……李雍，你別欺人太甚了！」

「夠了……」李雍繼續說，「其實也沒什麼了不起的，哪個醫院不是天天死人？而且死的還是個老太太，別大驚小怪的！我經營醫院又不是一天兩天了，反正你又不是沒做手術，怕什麼？我和《天南市日報》的蕭總編熟得很，只要讓他發一篇文章，說患者是無理取鬧不就行了？他有什麼證據，說我們延誤了手術時間？」

這時候母親也附和道：「羅醫生，你儘管放心好了。這個病人的兒子無權無勢，就是一個外地來打工的，他懂什麼，只怕請律師的錢都沒有。我們已經在和他談判了，不就是錢嗎？反正到時候就算他告贏了醫院，我們也就是給他錢，難道還能讓他媽復活不成？」

「話是這麼說沒錯……可是……」

父親說：「我說過沒事的。倒是你，催催小劉，下個季度的醫學年度研討會，我要他幫我寫的論文寫好了沒有？小劉是個人才啊，不過就是脾氣太倔，要不是因為他老婆的尿毒癥由我來幫他支付醫藥費，他也未必肯幫我寫啊。」

李隱聽到這裏，只感覺渾身冰冷。剛才父親說什麼……老人就該死？用錢就能打發人命？父親不是醫生嗎？他打的廣告裏，不是口口聲聲說，正天醫院的醫生，都是醫者父母心，要讓病人們感受到家的溫暖嗎？那全都是謊言嗎？

李隱一直關注著那個事件的後續情況。幾天後，果然那個患者的兒子沒有繼續起訴，而是和醫院私了了。父親肯定用恩威並施的方法，讓他不得不選擇拿錢走人。

「小隱啊……」看著報紙上的這條新聞，露出笑臉的父親，摸著李隱的頭：「你可要好好學習，到時候，正天醫院就是你的了。你可要記住，醫生，也是商人，而且比一般的商人更加賺錢呢。」

「商人？」李隱不解地問，「醫生怎麼能夠和商人一樣呢？」

「呵呵，小隱，別聽書本上那些迂腐的道理。什麼人生而平等，那都是廢話，要真是人人平等，你老子我還費那麼大力氣做什麼？人和人，是不能夠比的。就拿這件事情來說吧，那個患者家裏如果很有錢，至於這樣嗎？就是因為沒錢，你就沒辦法治病！小隱，這個社會就是這樣，弱肉強食，醫院，也是一個生意場。」

「生意……拿人的生命做生意？開什麼玩笑！」

「算了，你還小，將來你就會懂的。」父親繼續說，「你最近的成績很不錯，我很滿意。下次考試也要考全年級第一啊。我李雍的兒子，就得是人上人！」

李隱把頭深深埋了下去。

「爸爸，你都不會感到對不起那些患者嗎？」李隱忽然鼓起勇氣說，「他們是信任醫院才來治療的啊！是信任父親你的醫術，才……每個人的生命都是寶貴的，難道沒有錢就不能活下去嗎？」

「那當然了。」李雍正色道，「小隱，你太天真了。這麼做的，又不是只有我一個人。每天都有人死，只不過那些人是死在我的醫院罷了。我又不是做慈善的，你給我錢，我就治你的病，不過是交換而已。沒有錢的話，我沒有義務為你治療，就是這麼簡單。我當醫生那麼多年了，早就見慣人的生生死死了。多救一個人，少救一個人，這個世界也不會有什麼不同。」

這就是父親的價值觀。

也就是在那一天，李隱下定了決心：「我不會繼承你的衣缽的……我也不會當醫生。」他燒毀了所有醫學書籍。如果醫生只是用金錢來衡量生命的話，如果因為見慣了生死就可以漠視生命的話，如果醫生的治療只是純粹的商業交換的話，那麼李隱寧可不當一個醫生。他不想成為那骯髒污穢的隊伍中的一人，他絕對不想成為一個和商人無異的醫生。

「怎麼了？李隱？」華連城看著恍惚不已的李隱，忙問道：「在想什麼？想得那麼出神？」

「沒什麼。」李隱搖了搖頭，「連城，你們放心吧。你們每一個人，我都一定會竭盡全力去保護的……不到最後一刻，我絕對不放棄任何一個人！」

當初，他的前任鄰居葉可欣就死在自己面前，現在李隱依舊感到悔恨。後來見到嬴子夜，他把自己一年多來記錄的逃生筆記給了她，讓她受到啟發逃過一劫。公寓上一次血字指示，也是他和嬴子夜反覆討論，才打電話把生路告知唐蘭炫醫生和楊臨，讓他們逃出生天。自己究竟……還能救多少人呢？那些冤魂厲鬼雖然恐怖，但是，比起父親那樣的人來，李隱卻感覺父親更加可怕。

這時候，連城站起身來，對李隱說：「李……李隱，我現在想去上廁所……」

「嗯，好的。」

「那……你能……你能，陪我去嗎？」

李隱一愣，隨即明白過來。的確不能怪連城膽小，在這種恐怖的地方，誰敢大半夜一個人去上廁所啊？以前公寓裏的美女住戶小田切幸子就是死在廁所裏的。

「好，我陪你去。」接著，二人快步走向廁所，反正還有段奕哲在守夜。

進入廁所後，李隱倚靠著門，連城一邊解著褲子，一邊說：「小蕓她……其實是個非常膽小的人，就是一隻飛蛾也能把她嚇個半死。我知道她一直都在硬撐著，她非常痛苦……看著她那個樣子，我就很難受。」

「連城……」

「我很後悔……如果我沒有帶她來天南市，就不會發生這樣的事情了。我們雖然彼此相愛，現在卻……」

「夠了！」李隱打斷了他的話，「我不是說過了嗎？我，會讓你們活下去的。絕對！」

「嗯……」連城點點頭，回過頭來：「能在這個公寓遇見你真是太好了。不過，你為什麼不繼承你父親的衣缽當醫生呢？你一定會成為很出色的醫生的……」

「我不會當醫生的。我……」李隱沒有說出心裏想的後半截話——我沒有辦法漠視人的死亡，也不懂得怎麼去「經營」醫院。

李隱見連城完事了，就去擰開門把手。可是，門的把手雖然轉動著，卻根本無法把門打開！反覆試了好幾次，門依舊紋絲不動！

3 斷頭

連城的臉色頓時變得煞白！

「李……李隱，我們該不會是……」

「別慌！」李隱清楚記得他根本沒有鎖門，也就是說……這意味著……

這個廁所並不大，但沒有通向外面的窗戶，李隱開始用身體去撞門，然而無論怎麼撞，都毫無反應。難道他們就這樣死在這裏不成？

「立刻把鏡子打碎！碎到根本照不出一個人的程度！」李隱此刻也不忘記大喊一聲，而連城也如夢初醒，立即衝到鏡子前，可是……拿什麼砸？

「把馬桶水箱的蓋子卸下來砸！」李隱依舊在嘗試撞門，同時大喊道：「奕哲！奕哲！你聽到沒啊！奕哲！快來幫忙把門打開啊！」

段奕哲當然聽到了，本來睡得也不算熟的歐陽菁和嬴子夜也立刻醒了過來。

「怎麼回事？」段奕哲三步並作兩步穿過走廊，來到廁所門前，聽見裏面傳來刺耳的玻璃碎裂的聲音。

「打碎鏡子？」嬴子夜立即反應過來，在離門口五步左右的距離停住了。

「廁所裏面……出現了什麼嗎？」

「快想辦法把門弄開！」李隱的大喊聲令門外的三個人心驚肉跳。熟睡的伊莣也被驚醒了。她立即循聲跑到廁所門前。「怎麼回事？」她一臉愕然，問道：「出什麼事了？」

「他們好像被困在廁所裏了。」段奕哲非常緊張地說，「不知道出了什麼事……我們，我們快想辦法把門撞開吧……」

伊莣頓時感到一陣絕望。不，連城，連城不能死！她立即衝到門口，拚命擰動把手，但是無論怎麼擰，都打不開。「不，不……不可以！」伊莣眼裏湧出淚水，她開始用身體去撞門。其他四個人，雖然想幫她，但是腳步都顯得很畏縮。誰知道廁所裏出現了什麼？會不會接近廁所，就會被鬼抓到另外一個世界去？

所以，只有伊莣一個人捨身忘死地去撞門，阿蘇明哲保身，段奕哲不敢上前，歐陽菁有些猶豫，嬴子夜則只是進行著觀察。

就在這時候，伊莣竟然愣是把門給撞開了！她衝進廁所，差點和李隱撞個滿懷。隨即，她看到了廁所鏡子前滿頭大汗的丈夫。他已經幾乎把整面鏡子都砸碎了。他一看到跑進來的滿臉淚水的妻子，立刻撲過去抱緊了她。

「小莣……」「連城……」夫妻二人抱頭痛哭，彷彿已經分別了一個世紀。

這場風波大大地增加了大家的恐懼感，就像是暴風雨來臨的前奏。接下來怎麼辦？這個島上，沒有任何一個地方是安全的，即使大家時刻聚在一起。現在誰還敢去上廁所啊？經歷了這件事，沒有人再有絲毫睡意，伊蕓時時刻刻抱著丈夫，就怕一瞬間某個鬼魂突然冒出來把丈夫抓走。

「好了，我們還是討論一下吧。雖然來之前想了很多，」連城心情沉重地說，「但是，還是感覺無論怎麼防備都沒有用。除了找出生路外，我們只有被動地等待鬼魂從某個角落出現來殺死我們。」

「關於銀月島，伊蕓你真的什麼也不知道？」段奕哲問，「你父親不就是在這個島上開發度假村的嗎？」

「完全不清楚，」伊蕓搖了搖頭說，「我讀大學時父親就開始這個策劃了。他買下了這個島後，就破土動工了。當時父親到處尋找投資商，為了獲得孔氏房地產公司的青睞，不惜用聯姻的方式，要把我嫁給他們家的兒子……」

「很惡劣呢。」歐陽菁很同情地說，「也難為你了……」

「銀月島的名字是誰起的？」忽然李隱問了一句，「和明月樂園有關？」

「不，父親買下這個島以前，就有這個名字了。」

「這座島的歷史我也在網上查了很久，」嬴子夜忽然插話道，「但是查不出個所以然來。甚至當初你父親如何買下這個島，島原主人的身分……全都是不解的謎團。」

這也正常，他們不是每次都能夠查出公寓指定的地點隱藏有什麼秘密的。

「目前線索真的太少了。」李隱歎了口氣。

當初夏淵曾說過，血字指示越到後面難度越高。但所謂難度是如何分級的呢？李隱研究過，公寓指定地點的恐怖現象，和人類所拍攝的恐怖電影，是非常近似的，甚至可以說完全相同。更確切地說，是很類似於「咒怨」一類的日本無解恐怖片。這類恐怖片中，鬼魂無所不在，神出鬼沒，可以在任何地方出現，甚至可以逆轉時間，潛入人的夢境，幻化人形，殺人後還可以將死人再利用變為新的厲鬼……夏淵說過，公寓的血字指示，絕對是純粹的靈異詛咒現象，不可能有任何人類的因素在其中。

所謂「鬼魂」，是一種極為隱晦、詭異，無法解釋的形象和現象。無解恐怖片裏的鬼魂，絕非客觀的物質存在，而是彷彿以唯心的形式存在著，殺不死，甚至沒有固定的形態，像人可又不是人。沒有任何方法可以驅趕或者殺死鬼魂，而且許多鬼魂甚至也不是人死後變成的，而是無緣無故出現的。公寓彷彿是把這個世界的許多地方改造為恐怖片場景一般，讓住戶們親身參與。在那些地方，任何現象都無法用唯物主義和科學理論來理解，要完全用恐怖片的唯心理論去認知。

而難度等級，也是從鬼魂的「無解」程度的高低來分的。但是，隨著難度提升，就會變得完全不同。就猶如「咒怨」裏的伽椰子一般，無論你逃到哪裏都感應得到你存在，被窩裏、床底下、牆壁後面、浴室裏、地毯下、車子裏，甚至在你的體內。試想，面對這樣的鬼魂，無論怎麼逃也沒用，幾乎毫無生路可言，唯一辦法只有逃回公寓。但如果那些鬼真如同伽椰子一般，根本連逃回公寓都不可能。

很明顯，這就是從第六次血字開始，有可以直接回公寓這一特別優待存在的真正原因。李隱現在是執行第五次血字，也就是說，他的情況最為危險。絕對是危險提升到了極高的程度！這一次，要面臨更可怕的存在！

假如整個島的範圍內，都會出現鬼魂的話，那別說是兩天半，就是一小時也不可能活下去。所以公寓肯定給這些鬼魂的行動設置了限制，也就是說……只有這一點，可以構成生路！難度越是上升，生路也就越難察覺。

終於，天亮了。大家都覺得肚子餓了。來到餐廳裏，看著偌大的餐廳卻只有他們七個人，不免感覺詭異，於是大家都端了飯菜，到餐廳外面吃。

度假村外有不少山岩，七個人找了一處景致還算不錯的岩壁，看著海，吃著飯，但是大家都時刻注意著四周。

「這飯菜倒真是很不錯！」奕哲品嘗著飯菜，「如果沒有公寓的陰影，真是來度假，確實也是個好地方啊！」

「嗯，我也那麼覺得。」阿蘇往嘴裏塞著菜，「如果再有一些火辣美女跳舞，那就更讚了……」

「你們說會不會這個島以前是墓場啊？」段奕哲忽然說，「又或者，經歷過戰爭什麼的？說不定死了很多人呢。我們不如在島上的一些山谷裏找找看，能不能找到墓穴或者有屍骨的洞窟什麼的……」

「你是說……」其他人立即來了精神，「如果找到屍骨，讓他們入土為安，會不會就能夠……」

「對啊！」大家紛紛附和著，一致決定馬上去找找看有沒有那樣的地方。

「好！那，我們……」段奕哲說到這裏，忽然頭抬了起來，慢慢朝後仰。

「你怎麼了？流鼻血了？」阿蘇訕笑道，「是不是最近碟片看太多了？」

段奕哲卻不說話，頭繼續向後仰，看著天空。

「你……你中邪啦？」阿蘇連忙問，「奕哲，奕哲，你……你……」

「咔嚓……」一非常清脆的骨頭斷裂聲響起，接著，殷紅的鮮血噴了阿蘇一臉。

段奕哲的頭部，幾乎完全斷開，只有部分血肉還和脖子相連，耷拉在背後，整個人無力地倒在了地上……他的眼睛一直睜著，帶著震驚、恐懼，以及最後的絕望……

看到如此恐怖的場景，伊芸克制不住，張開嘴就要尖叫，李隱眼疾手快地捂住她的嘴巴，說道：「別叫！全都安靜！如果讓那些工作人員跑來看到這一幕怎麼辦？」

「對。」嬴子夜看著倒在地上的段奕哲的屍體，「如果被他們看到，一定會報警。一旦員警來到這個島上，肯定要帶我們去做筆錄，那我們就不能繼續待在這個島上了。」

其他人都愕然於李隱和嬴子夜的冷靜，奕哲如此詭異地死去，他們幾乎連眼皮都沒眨一下，而是瞬間就反應過來，做出最理智的判斷……這簡直已經不是人能夠達到的心理狀態了！

「那……我們怎麼辦？」連城焦急地問，「不管奕哲嗎？」

「找個地方把他埋起來，」李隱冷靜地說，「這樣就行了。」

「就把他的屍體永遠埋在這個島上？」

「難道你想把他的屍體帶回去？如果員警問你他怎麼死的，難道你對他們說，他是脖子自動折斷死的？」

一時間眾人語塞。一直以來公寓都安排他們去一些人跡罕至的場所，所以人死了也不會引來員警。但現在的情況……

「真，真要埋了他？」連城看著慘死的奕哲，雖然平時和他交情不深，但畢竟做了那麼長時間鄰居，心裏多少還是有點感情的。

大家的理智終究占了上風。的確，真來了員警的話，這個「度假」肯定要立即宣告結束。一旦離開銀月島，後果不堪設想。違背血字指示，只有死路一條。大家只好找了個僻靜的地方，把段奕哲的屍體埋了起來。

埋好以後，連城心有餘悸地說：「會不會被發現？萬一被發現的話……而且有一個人失蹤，總會被發覺的……」

「奕哲死了，會不會是因為他說中了？」伊蕓說，「他剛才提到山上的墓穴什麼的……可能是因為這個才……」

「也不是沒有這個可能。」李隱點頭說，「不過，總感覺沒那麼簡單。」

銀月島的管理辦公室內。負責島上事務的張經理看著財務報表，納悶地想，為什麼這個免費三天兩夜遊的活動期間，島上居然沒有一個遊客來？

忽然門打開了，他的秘書走了進來。

「張經理。」秘書鞠了一躬，「有件很重要的事，想向你請示。」

「哦？什麼事？那七名遊客玩得還好吧？」

「就是他們的事。嗯……其實我，總感覺有點奇怪。」

「嗯，怎麼了？」

「我注意到這次來的遊客裏，有一個人……好像就是失蹤了三年的董事長的女兒。」

「什麼！」張經理驚愕地抬起頭，幾乎不敢相信：「王秘書，你確定？」

「我三年前見過董事長女兒一次……」王秘書說，「那次我去董事長家裏取一份文件，見過伊蕓小姐。這次來的遊客裏，有一個人長得很像伊蕓小姐……」

他取出了一張照片，說：「這張照片是我偷拍的。張經理你也見過董事長的女兒吧？你看是她嗎？」

張經理接過照片，盯著仔細看了許久，也不能確定，他說：「馬上把這張照片傳真給董事長！不要對這名遊客說多餘的話！」如果這個人真的是董事長的千金，而自己找到了她的話，那自己的晉升還有懸念嗎？

照片傳真過去後，只過了十五分鐘，電話就打過來了。「不會錯的！」東臨市明月樂園總公司董事長伊文欽激動地說，「聽好了！我立即趕到銀月島來！在這之前不要聲張……」

張經理大喜，自己居然真的立下了大功：「董事長……我知道了！」

伊文欽掛了電話，站起來惡狠狠地說：「這個逆女，害我丟盡了臉！這次把她找回來，看我怎麼收拾她！還有那個混蛋華連城，敢拐帶我女兒，我要讓他把牢底坐穿！哼！」

他接著又打了一個電話：「喂，胡經理嗎？給我準備一艘快艇，我要立刻去銀月島！好，就這樣！」為防萬一，他決定再帶上三個心腹保鏢，還怕抓不住這個逆女？

而此刻，李隱他們正在山上搜尋有沒有段奕哲說的洞窟墓穴。但是他們反覆搜索，也找不到絲毫蹤跡。段奕哲死得莫名其妙，這簡直是絕對的無解恐怖現象了。但李隱覺得還不至於，應該有破解的方法才對……

「會不會是不可以抬頭？」連城提出了這個觀點，「當時好像段奕哲就是抬頭看了看，接著就死了。該不會是我們不抬頭就沒事了吧？夏淵死的那次血字，不是閉上眼睛就不會被鬼殺掉嗎？」

可惜，這個推測無法驗證。聽他那麼一說，誰還敢把頭抬起來啊。

「這個意見可以考慮採納。」李隱點點頭，問嬴子夜：「子夜，你怎麼想？」

「完全不可能。我清楚記得，之前你們幾個人都有抬過頭。不過，大致推斷出了幾點。」

「什麼？」其他人立刻來了精神。

「第一，即使我們時刻聚集在一起，鬼也會發起攻擊。第二，鬼魂未必會在我們面前出現，也許會使用類似詛咒的現象殺我們。第三，也是最重要的一點……」

「這個鬼魂受到公寓的限制，不可以一下子把我們全都殺死。我們一直待在一起，也就是說，鬼魂能夠那樣殺死奕哲，也可以輕易地把我們都殺死。可是，卻只有奕哲死了。」

「這……」連城想了想，「會不會是為了讓我們感到恐懼，一個個地殺死我們？」

「不會。鬼魂就是為了詛咒殺人而存在。這一定是公寓給鬼魂的限制，也就是說，是為了給我們提示，讓我們察覺生路。」

「你的意思是……」李隱反應了過來。

「對……反過來推斷的話，段奕哲的死，可以成為生路的提示！」

如果不是抬起頭就會死，那麼是怎樣會死？觸犯了某個禁忌會死，還是說了什麼話會死？說話？

難道不能說「墓穴」這個詞？

伊蕓立即臉色慘白，她說過這個詞啊！

「不，不會吧，難道我……」

「放心吧，不會是這樣的。」嬴子夜搖搖頭，分析道：「說了某句話就會死，換言之不說這句話就不會死。如果是這種方式的生路，那也應該是較為常用的詞才對。如果是很少會說到的話，不就有很高的機率可以活下去？公寓不可能讓我們那麼容易活下來。」

「我也有一些推斷。」一直沉默著的歐陽菁忽然說話了，「段奕哲死之前，我注意了他的表情。他的眼神非常驚恐，嘴巴也不停抽動著，想說什麼可是卻說不出來。」

「嗯……這說明了什麼？」連城不解地問。

「為什麼他什麼話都說不出來？」

「大概……」連城推斷道，「太恐懼了吧？」

「會不會是，想說也說不出來呢？在那一瞬間，他的感官像被操縱了一樣。」

聽他這麼一說，大家都愣住了。感官被操縱？這不就類似於觸犯血字指示規則時，被自己影子操縱的那種情況嗎？大家內心都沉重起來。這座山，也顯得幽靜起來，彷彿隨時都會出現吃人的怪物。

「大家還是別胡思亂想了。」李隱說，「沒有根據的話，胡說是沒有意義的。我們還是繼續找找看有沒有……奕哲說的東西吧。」

大家也只好繼續尋找。

這時候，李隱走到嬴子夜身邊，忽然抓住她的手腕，拉起她的衣袖，說：「別動！」

他在測贏子夜的脈搏。對於自小學醫的他來說，這根本是小菜一碟。雖然她表面上極為鎮定自若，但是，脈搏跳動得非常快。

「你的手很冷。」李隱鬆開子夜的手，「別老是把事情都扛在自己的肩上。偶爾……也依靠一下我吧。」

子夜認真地看著李隱，眼裏閃過一絲溫柔，她拉好衣袖，說：「我知道了。」

「我會守護你的。」李隱看著子夜，用堅定有力的聲音說：「所以，安心地把你的背後交給我吧。」

銀月島的面積很大，山區的範圍也不小。六個人快速行進在島上的山區地帶，但是始終沒有找到任何洞窟和墳地，大家都感覺累了。

「我說，接下來該怎麼辦？」連城非常焦急地說，「我看我們還是回去吧……在這僻靜的山上，我總感覺……」他把期望的目光投向李隱。

李隱思索了一下，對他說：「不可以回去。這個島上沒有任何地方是安全的，回到那些可能是鬼魂化身的工作人員身邊，反而更加危險。」至今為止，公寓住戶都沒有找到任何辦法可以準確地分辨人和鬼。

色狼阿蘇靠在一棵樹上，拿出了煙和打火機，說：「我無所謂啦，反正只要是女鬼就好，最好是衣服很單薄的那種女鬼……男鬼就算了，我不稀罕……」說著，他叼著煙，打著打火機湊到煙頭上，忽然打火機很詭異地熄滅了。周圍一絲風也沒有，火怎麼會莫名其妙地滅了？

阿蘇立即又打出火苗來，說：「哼，打火機也和我作對！」但是，即將點燃煙的時候，打火機再度熄滅了。

任何的不自然都不可以放過，哪怕是再小的不自然！昔日夏淵的叮囑，李隱哪裏敢忘記？他一個箭步衝上去，抓住阿蘇的手臂，問道：「怎麼回事？」

「你……樓，樓長，你抓那麼緊幹什麼啊……」阿蘇連忙說，「我這打火機，打不著……」

「怎麼會？」李隱仔細看著打火機，再打著了一次，又熄滅了。

打不開的門……會熄滅的打火機……會不會有關聯？

阿蘇一把奪過打火機，說：「我就不信沒辦法了？」他取下香煙直接對著打火機，再一打，這下總算點著了。然後他一拿開打火機，火又熄滅了。

「可惡，那家店居然賣這種山寨貨給我，等我活著回去，一定要找他們算賬。」

李隱忽然一把奪過打火機，說：「這東西也許很危險……得儘快扔掉！」

「喂喂喂，」阿蘇急了，「煙酒和女人可是我阿蘇活著僅存的樂趣，你居然敢搶我的打火機？」

「這打火機有些古怪。」李隱皺眉說，「你難道沒覺得？還是扔掉吧。」李隱揚起手，把打火機扔得遠遠的。

「喂，你……」阿蘇立即尖叫著跑向前去，要拿回打火機。還要熬那麼長的時間，他沒煙抽可不行！阿蘇跑到了一個池塘邊，打火機就卡在池塘邊兩塊石頭的縫隙裏，他一手抓住池塘邊的一個小樹幹，一手探進石頭縫裏去搆打火機。

就在這時，他抓著的小樹幹突然折斷，阿蘇整個人頓時往前跌倒，「撲通」一聲，半個身子砸進了池塘裏，濺起一片水花。

「你……」李隱又好氣又好笑，「快上來吧！」

池塘的深度還不到一米，所以李隱覺得沒什麼問題。但漸漸地，他感到不對勁了。摔進池塘的阿蘇，雙手在水裏亂划，雙腳蹬著岸邊的泥土，可就是怎麼也站不起來。

「不好！」李隱連忙衝過去，抓住他的手要把他拉上來。但是池塘裏似乎有股可怕的力量，無論他怎麼使勁力氣拉，都無法把阿蘇從池塘裏拉起來！這池塘雖然淺，可是整個臉一直浸在水裏肯定也會死的！

「啊……」伊蕓尖叫一聲，「他抓住我的腳了……」

李隱心知這是阿蘇的垂死掙扎，本能地想抓住任何東西。

「咕隆咕隆」，池塘裏不斷地冒出氣泡，池水渾濁一片，眾人明知是徒勞，卻依然不肯放棄阿蘇，直到池水再次平靜，阿蘇的身體徹底不動了。

「怎……怎麼可能？」當阿蘇被按入水底的臉浮出了水面，大家開始感覺到無比的詭異，比鬼魂出現在面前還要恐怖！在不到一米深的池塘裏被淹死！這種天方夜譚的事情，居然當著他們的面發生了。這時所有人都衝出了池塘，再也不敢靠近池塘半步！

「詛咒……這是詛咒啊！」伊蕓已經嚇得面無血色，「這個島帶著詛咒！我們逃不掉的……逃不掉的！」

不對……李隱不相信這是完全無解的詛咒。如果是純粹唯心的無解詛咒，公寓要殺死他們多少次都可以。但是這不可能，公寓必定會留下生路才對……

李隱歎了口氣，說：「把他的屍體弄上來，然後埋了吧。」

「我受夠了！」伊蕊忽然跪坐在地上大哭起來，「我不想再過這樣的日子了……是你，華連城，都是你害的！如果你沒有帶我走，如果我就在這個島上和孔善結婚，那我現在就不需要面對這一切了！我不想再見到你！」精神幾乎崩潰的伊蕊站起身，撒開腿就往後跑。

「小蕊……」連城的臉色變得極為蒼白，他立刻追上前去，卻跌了一跤，很快就看不到伊蕊的身影了。「小蕊……」連城此刻也快瘋了。

「連城……」李隱走上過拉起他，「你別太在意，她說的是氣話，我看得出來，伊蕊是真心愛著你的。」

「我知道的……我知道的啊……」連城抹著眼淚，「但她說得一點也沒錯啊。是我，我帶她去天南市，她才會和我一起進入公寓的……結果現在要面對這種事情。她其實一直很痛苦，以前葉可欣和她關係很好，她的死對小蕊打擊很大……」

和李隱一起執行第四次血字時，葉可欣就在逃回到公寓前的空地時，被一個巨大的女鬼捲進嘴裏，淹沒在那嘴裏的滔天洪水中，那恐怖的一幕，是伊蕊在公寓門口親眼看見的。從那以後，她很怕水，就連洗澡都要連城陪著，明知道公寓裏不會有鬼，可還是害怕自己洗澡時，洗著洗著就會沉下去……而現在，伊蕊看到阿蘇死在池塘裏，當初目睹葉可欣死去的可怕回憶再度浮起……

連城不顧一切，再度追了過去！

伊蕊跑著跑著，心情略微平復了一點：「我，我剛才說了什麼？」以前她從來沒有埋怨過連城，畢竟這是她自己的選擇，何況她知道連城心裏一直很內疚。他是多麼深愛著自己、為自己著想啊！現在她怎麼可以說那樣的話呢？

忽然，前面樹林的拐角處，一群人出現在她面前，為首的中年男人竟然是伊文欽！當她和父親四目相對，後者先是一愣，隨即反應過來，大聲叫道：「快，給我抓住她！」

他身後的其他人立即湧上來把她團團圍住，伊芸驚慌失措地叫道：「爸爸你……你怎麼會……」

「終於找到你了！告訴我，那個華連城在什麼地方！」

「放開她！」連城忽然衝了過來，跑到一個抓著伊芸的男子面前，一拳就揮了過去。然而那男子是伊文欽的貼身保鏢，身手當然很好，輕鬆地躲過了連城的拳頭，然後對準他的肚子就是一拳，打得他痛到一下趴倒在地。

伊文欽立刻認出了連城，這個男人的照片他可是一直恨恨地盯了三年多啊！伊文欽三步並作兩步衝上去，揪著連城的頭髮，怒喊道：「你這個王八蛋！終於讓我抓住了！敢拐騙我的女兒，讓我蒙受那麼大的損失，我要叫你求生不得，求死不能！」他隨即吩咐身邊兩個保鏢：「阿超、阿國，給我往死裏打！放心，打死也不要緊！」

「是！董事長！」兩名長得很壯實的保鏢來到連城面前，隨即對他一陣猛烈的拳打腳踢。

「住手！住手啊！爸爸！」伊芸看得心痛不已，大喊道：「爸爸，求你放過他吧！」

「哼，你還幫著這個混蛋？」伊文欽又衝上去，提起腳，對著跪倒在地的連城的臉狠狠地踢了過去，咆哮道：「你們倆一走，害我丟了多大的臉！整個銀月島投資計畫徹底擱淺，讓我蒙受多大的損失！我今天就要這個混蛋連本帶利地賠償我！」

「給我住手！」李隱這時衝了過來。

「嗯？」伊文欽一愣。一旁的張經理忙說：「董事長，這位是遊客之一的李先生。」

在遊客面前，伊文欽當然不能太過放肆，他立即堆起笑臉說：「李先生，是吧？歡迎你來銀月島度假啊。我是這個島的主人，明月集團的伊文欽。」

李隱聽到「伊文欽」三個字，頓時大驚失色，伊蕓的父親？父親要帶走女兒，自己如何能阻止？可一旦離開這個島，伊蕓立刻就會死！可是，說出公寓的事情，他能相信嗎？何況他身邊有那麼多的保鏢，硬拚更不現實。怎麼辦才好？

「李先生，這是我女兒，她被這個叫華連城的男人拐騙帶走已經三年了。我現在才找到了她……」伊文欽給保鏢們使了個眼色：「立刻把小姐帶走！先用遊艇送回東臨市！我過幾天再回去，你們到時候再派船來接我！」

連城聽到這句話，抬起頭來，大吼道：「不行！你不能讓小蕓離開這個島！」一旦伊蕓被帶離銀月島，她就會死去啊！

正當華連城與伊文欽爭執時，地獄公寓內，發生了一件極為可怕的事情。

每一個住戶，都感覺到了胸口劇烈的灼燒疼痛，而所有房間的牆壁上都出現了血字，血字的內容很特別。

「明年，將是公寓五十年一度的魔王降臨之年。即日起，所有住戶，可自願選擇是否接受『魔王級血字指示』，一旦決定接受，即可用自己的血在自己房間的牆壁上寫上『祭』字，在同一天內寫

『祭』字的住戶，將會被安排在同樣的時間和地點執行魔王級血字指示。魔王級血字指示沒有強制性，住戶享有指定時限終結後、直接回歸公寓的特權，血字一旦執行並通過，可立即離開公寓，獲得自由。」

「真的假的？」住在八〇六室的楊臨第一反應是，這簡直不可思議！魔王級血字指示一次就可以離開公寓？沒開玩笑吧？只要活過一次……就能夠離開公寓，真有這等好事？

每個住戶房間的牆壁都出現了這樣的血字！接著，幾乎所有住戶都在一樓會合了！

「那是真的嗎？魔王級血字指示？都沒聽說過啊！」

「一次就可以活下來？那還等什麼，快去參加不就是了！」

「但有那麼簡單嗎？一次通過就可以……」

住戶們雖然激動，但沒有一個人選擇去執行魔王級血字指示。從字面上就可以很明顯地判斷出，這個公寓存在的歷史，絕對超乎他們的想像。「五十年一度」？明年是二〇一一年，那麼，上一次魔王級血字指示就是在一九六一年，那麼久遠以前了……

與此同時，在銀月島上，李隱、連城和伊莣也同時感覺到了心臟的劇烈灼燒感！

怎麼可能？怎麼可能在執行血字的過程中再接到血字指示？這根本不可能啊！

伊文欽看到伊莣這副痛苦的表情，一下愣住了，連忙叫人放開了她，跑上去關心地問：「小莣，你怎麼了？」這時候，緊抓著連城的保鏢也緊張地跑來查看伊莣的情況。

灼燒感消失了。現在，正是最佳時機！李隱和連城一左一右地跑過去，狠狠地打向那些保鏢，隨即連城抓起伊蕓的手就跑！

伊文欽大驚失色，連忙大喊：「追，快追，快點給我追！」

伊文欽的保鏢們在後面窮追不捨，然而李隱他們利用這裏的地形，很快地鑽進樹林，七拐八拐，就把保鏢們都甩掉了，之後順利地和嬴子夜、歐陽菁會合。

公寓裏，終於有一個人決定要執行魔王級血字指示了。

「唐醫生，你是認真的？」楊臨還想再勸勸唐蘭炫，但唐蘭炫已經拿定了主意，意志堅決。經歷了上一次他執行的捉迷藏的血字恐怖，唐蘭炫已經不敢再去一次次地執行血字指示了。他決定搏一把，一旦贏了，就可以獲得自由，立即離開公寓！

他取出美工刀，割破了自己的手指，在房間的牆壁上，顫抖地寫下了一個「祭」字，接著，那「祭」字慢慢地被牆壁吸收、消失了。不久後唐蘭炫就感到心臟處有一種古怪的感覺產生了，但不是以前那種被火焰灼燒的感覺，而是……心裏非常難過，彷彿世間沒有了任何光明，沒有了任何快樂。

然後，一行血字在牆壁上出現了！

「魔王級血字指示發佈。指示發佈時間從二〇一一年一月一日至二〇一一年十二月卅一日截止。二〇一一年十二月卅一日過後，不再發佈魔王級血字指示，五十年後才會再度發佈。本次指示內容為……」

銀月島上，目前只剩下五個住戶。李隱、嬴子夜、華連城、伊蕓和歐陽菁。

夜幕降臨了。當李隱等人回到度假村的時候，卻看到地上倒著一排排的屍體！這個島上所有的工作人員，無一例外地，全部都被殺死了！

「怎……怎麼會？」伊蕓幾乎要崩潰了，「難道都是鬼殺的嗎？」隨即她驚駭地發現，死者中，居然有她父親和那些保鏢！「爸爸……」伊蕓扶起伊文欽的屍首，不禁痛哭起來。

多數人的屍體都是斷手斷腳的，有些甚至碎成了肉塊！簡直像是最恐怖的修羅場一般！這個銀月島，化為了一個地獄！

李隱已經接到了公寓住戶打來的電話，告訴了他關於魔王級血字指示的事。李隱立刻意識到，這個魔王級血字指示，絕對不會簡單，肯定有著非常可怕的玄機！如果可以活著回去的話，要不要去執行魔王級血字指示呢？李隱完全沒有頭緒。

這時，沒有人注意到，五個人頭頂上的一座別墅陽臺上，正躺著一具屍體，那屍體的手正好搭在陽臺邊緣，手裏還緊握著一把刀，刀懸在半空中。

忽然那把刀落了下來！與此同時，伊蕓抬起了頭。那把刀的刀尖正對著伊蕓的咽喉！伊蕓在抬起頭的一瞬間，看見了那把垂直向自己喉嚨刺來的刀！她頓時呆在那裏，一動也動不了。

就在這時，她的右手被猛地一拽，身體向後挪了半米左右。那把刀筆直地刺在了原本她站著的位置，振動了幾下，就停住了。歐陽菁死死地抓著伊蕓的雙肩，鬆了一口氣，說：「好險……真的好險……」

伊蕓此刻才回過神來，她剛才在鬼門關前走了一遭！「謝，謝謝你，歐陽小姐……」伊蕓緊緊抱住歐陽菁，「太謝謝你了……我，我……」她繃緊的神經一鬆，幾乎都要癱倒了。而歐陽菁剛才反應之迅速也令李隱和連城咋舌。

「小蕓！」連城扶住伊蕓的雙肩，「你沒事吧？對不起，我剛才沒注意到……」連城此時一陣後怕，就差那麼一點，他就要永遠失去伊蕓了……

歐陽菁抱著在她懷裏痛哭不止的伊蕓，安慰道：「好了，好了……已經沒事了。」

深沉的夜。別墅內燈火通明，廁所裏也一直開著燈。根據抽籤，由李隱和歐陽菁繼續守夜。

「對不起……連城。」伊蕓滿臉歉意地對丈夫說，「我那時候是無心的，我不是有意那麼說的……」其實如果要抱怨，她早就抱怨了，但她以前一直沒有抱怨過，正因為她太愛連城，所以縱然面對著這個恐怖的公寓發佈的一條條血字指示，也從來不會責怪連城一句。

「我知道的。」連城搖搖頭，繼續抱緊她：「我知道的……你不用解釋，小蕓。」

伊文欽的死雖然給伊芸打擊很大，但是在這等恐怖的威脅下，她也沒有悲傷的力氣了。

嬴子夜忽然對李隱說：「總之，先採取一些措施吧。」

「措施？」李隱一愣。

嬴子夜指著室內的電話說：「你得考慮一下這個吧。即使我們可以活到後天中午，等到了人來接我們，看到島上有那麼多屍體，我們絕對會成為最大的凶嫌。為了盡可能撇清嫌疑，我們首先必須把島上的電路總閘破壞掉，備用的電源也不能放過。否則到時候員警一來檢查屍體死亡時間，我們就無法解釋為什麼不報警了。」

「啊。對……你說得對……」李隱發覺自己變遲鈍了，完全沒考慮到這些。魔王級血字指示的事，給他的震撼太大了，以至於到現在，都還沒緩過勁來。

找到島上的電路總閘，他們也花了一些功夫，好在經理辦公室裏有島的平面圖。島上的電源供給都集中在管理區的機電室內，電路總閘就在這裏，而備用電源則在地下室。

「我們要一口咬定這些人是自相殘殺而死的，我們當時在山上，所以倖免於難。」歐陽菁一邊看著平面圖紙，一邊對有些心不在焉的李隱說：「當然警方未必會採信我們的證詞，不過如果我們口徑一致，他們也沒辦法，而段奕哲他們的死也可以混在這裏面。」

「可是……四十八小時內，會放我們回去嗎？」

「沒有確鑿證據證明我們參與兇殺的話，不可能扣留我們超過四十八小時。」歐陽菁打開手電筒，和李隱一起走向機電室，她看到李隱的臉色很蒼白。

「李樓長，」歐陽菁忽然問道，「你不會還在考慮魔王級血字指示的事吧？」

被歐陽菁看破自己的心思，李隱顯得有些尷尬。

「算了。」歐陽菁歎了口氣，「我們推舉你為樓長，是信任你，也希望你能夠分析出這是怎麼回事。」

「我明白。」李隱心情稍微放鬆了一些，「謝謝你提醒我，歐陽小姐。」

「叫我阿菁吧。以前夏淵樓長就是這麼叫我的。」

「好的……我聽夏淵在我面前提起過你很多次，說你是他最欣賞的一個住戶。在嬴子夜之前，你是唯一一個進入公寓而冷靜如常的人。」進入一個這樣的公寓還可以完全冷靜的人，夏淵只見過兩個，一個是歐陽菁，還有一個就是嬴子夜。當然嬴子夜更為鎮定和睿智，這也和她的過去經歷有關。

「所以夏淵很信任你，他死之前，你在公寓的地位就和副樓長差不多了。不過你為人好像很低調，平時很少和其他住戶交流……」

歐陽菁回憶著過去夏淵在公寓的日子，心中也是感慨惋惜，她最佩服的就是夏淵。「我也不是不和住戶們來往。」她答道，「只是不想面對著他們的恐懼，以免讓我更深地感到生活在這個公寓裏的恐怖。」

「我能理解。我進入公寓一年半了，也是儘量不去想太多。」

「你這個人太感性，和夏淵的冷靜與算計不同，你對任何人都太溫柔悲憫了。」

「嗯？」聽到歐陽菁這麼說，李隱愣了一下。

「你的感情太過細膩溫和，這樣反而更容易受傷。你希望救每一個人，去做超出自己能力的事，作為樓長，這是大忌。」

「這……難道不該這樣嗎？」

歐陽菁看著他，鄭重地說：「當然不可以。與其考慮讓每一個人都活下來，倒不如考慮如何讓死亡的人數降到最低。生活在這個公寓裏，保證每個人都不死是不現實的。而對每個人都一視同仁，只會讓你的判斷力下降。你不是神，不可能救每個人。你之前說的想保護每一個人，那是做不到的。」

「不是的！」李隱急切地辯解道，「難道想救每一個人有錯嗎？只要能夠救，我絕對不會放棄任何人！我不想像我父親那樣，輕賤人的生命，用金錢去衡量患者的價值！所以，我才不想當醫生，不想漠視人的生死！」

「那不過是你的自我滿足。」歐陽菁冷冷地說，「你做醫生也好、不做醫生也好，重視人的生命也好、輕賤人的生命也好，會死的人一樣會死，不會因為你做不做醫生、對誰重不重視而改變。救活患者不光要靠慈悲心，也需要醫術和藥物，所以醫生可以選擇先救活誰。而你連那樣的權力也沒有，你不過是在自己編織的完美主義世界裏，自欺欺人罷了。」

李隱被鎮住了，他一句話也說不出來。是這樣嗎？怎麼，怎麼會……

「我也不是和你講什麼大道理。其實，重視或輕賤人命都是一樣的。當然用金錢去劃分生命貴賤的做法是不足取的，但是我不覺得有什麼標準可以用來衡量生命。誰的命比誰的命珍貴呢？沒有人知道。一般人只認為自己的生命最重要，所以在這個公寓裏，人們想著的只是自己可以活下去罷了。」

「你……」

「每個人因為各自的理由，而對某些人的生命很重視，而把另一些人的生命不當一回事，但這也只是每個人的不同價值觀罷了。對於可以掌握他人生死的人而言，這種價值觀也就決定了誰可以生，誰要去死。但是對每個人的生命完全一視同仁，往往只會患得患失，到頭來反而救不了更多的人。你父親選擇的標準是金錢吧？你認為那是不對的，但那也只是你的觀點罷了。對你父親來說，這種做法並沒有錯。既然你認為他的標準是錯誤的，那麼你就該成為比他更優秀的醫生，然後按照你自己的標準去救你重視的生命才對。單單只有理想，什麼也改變不了。除非你有足夠的能力，才能夠去談理想。沒有能力的人所抱的理想，不過是妄想而已。」

李隱默默地思索著。是的，他什麼也改變不了。正確，或者錯誤，對於無力改變現狀的人來說，根本只是兩個不同的詞而已。救一個人，或者殺一個人，都只是選擇罷了。對於被救和被殺的人而言，對與錯又有什麼意義呢？

兩個人根據房間佈置圖，找到了位於後方偏北的配電室。他們走進配電室，慢慢地走向總閘。忽然聽到身後的門開了，歐陽菁反應飛快，立即戒備地轉過頭去一看，只見門口站著的是嬴子夜、華連城和伊莣。

「我們……」看三個人的表情也知道，只把他們留在那裏，確實也感到很恐怖。

李隱點點頭說：「好，一起來吧。」

把總閘完全毀壞，並沒有花多少時間。接著，就要進入地下室，去破壞備用電源了。沿著通往地下室的樓梯，五個人都走得小心翼翼。越往下走燈光越微弱，雖然有手電筒，但太詭異嚇人了，誰都怕突然間有個鬼會跳出來。

「你說魔王級血字到底是什麼啊？」華連城很困惑地問。

「應該算是個特例吧。」李隱走在最前面，「從五十年一度發佈魔王級血字指示這點來看，每隔五十年都會出現一個魔王吧。」當然亂猜也沒用，畢竟沒人能直接去向公寓證實。而且，目前的情況下，考慮這些也是沒有意義的。

他們終於來到地下室，開始去找備用電源。地下室看起來像一個倉庫，堆著一個個紙箱，過道也因此變得有些狹窄。就在這時候……

一個紙箱忽然掉落在地上，把前面的過道擋住了。

「這……」李隱一愣，他感覺很不安。這個紙箱掉下來只是偶然嗎？不要放過任何細微的不自然之處——這句話李隱時刻也沒有忘記！

「會不會有問題？」李隱有些猶豫了，「我說，現在……」

忽然，像連鎖反應一樣，紙箱一個接一個地掉下來，紛紛倒落在地！有幾個紙箱砸下來，還差點弄傷伊芸。

「逃！」李隱不再猶豫，當機立斷，五個人立刻往回跑。

就在這時，李隱忽然聞到了一股濃烈的汽油味！他拿著手電筒朝地面上一照，地面上不知道什麼時候流滿了汽油！他隨即向遠處照，那裏倒下了一個汽油桶，汽油正不斷地流到地上。

就在李隱等人快跑到地下室的樓梯口時，忽然聽到「咔噠」一聲，李隱立即回過頭去，他看到了更恐怖的一幕。手電筒的光線，正照在一個精緻的金屬打火機上，打火機憑空地翻滾著，已經打著了，點點火光在黑暗中顯得如此詭異。李隱立刻認出來，這不正是之前自己扔掉的阿蘇的打火機嗎?!

接著，點著的打火機墜落在汽油上！「轟」的一聲，一大團火焰騰空而起，照亮了整個過道。

李隱見到打火機落地的剎那，就暴喝一聲：「逃啊——！」接著他縱身一躍，衝向前方的樓梯！

身後猛烈的火勢已經襲來，背後傳來一股灼熱，不過李隱此刻已經踏上了臺階。另外四人雖然稍微慢了點，但也緊跟其後。這時，樓梯下方已經被火焰徹底覆蓋！

千鈞一髮，千鈞一髮啊！當五個人逃出機電室，看著大火把通道樓梯完全吞沒，每個人都心有餘悸……

「難不成……難不成是『絕命終結站』？」倒在地上的嬴子夜，被煙霧熏得咳嗽了好幾聲：「該不會這個島就和『絕命終結站』一樣？」

「絕命終結站」是新線公司極為著名的系列恐怖片，去年剛剛推出了第四部。第一部在二〇〇〇年上映，隨後每隔三年就會上映一部新的「絕命終結站」。每一部電影的劇情都大同小異，講述一群人因為預知未來而躲過了本該死去的命運，但是死神卻不願意放過這些漏網之魚，利用種種巧合現象構成必殺之局，一一奪取他們的性命。然而，所謂的「死神」，卻從未在電影中現身。一切都是看起來偶然卻必然相關的現象，在「絕命終結站」的世界裏，哪怕一根頭髮，一個煙蒂，都可以引發恐怖的災難，令人陷入萬劫不復的境地。

剛才地下室裏的紙箱，還有那本該在池塘邊的打火機……難道銀月島上真的存在著一個無形的「死神」，隨時在等著索取他們的性命嗎？

「不可能的。」李隱立即反駁道，「那是百分之百的無解恐怖片，公寓不可能給我們無解的血字指示。」

幸好機電室附近的泥土都比較濕潤，也沒有太多草，所以火勢沒有進一步蔓延。

絕命終結站……嗎？李隱至今還記得當初看那部電影的時候，極為讚歎這絕妙的構思，這是他看過的最特別的恐怖片。

「快離開這兒！」李隱大叫，「如果是絕命終結站，那麼待在這個機電室附近也很危險！」比如，發生大爆炸，一塊燃燒著的木頭或者鐵塊什麼的飛過來，把他們攔腰截斷，也是絕對有可能的。無論怎麼小心，都不能保證絕對的安全。

李隱剛說完這句話，機電室的一個窗戶傳來玻璃碎裂聲。

五個人也顧不得去管窗戶玻璃為什麼會碎，連忙轉頭逃走。而就在這時，嬴子夜回過頭去一看……一個燃燒著的木椅居然從窗戶裏猛地飛了出來，而方向……筆直砸向自己！她根本來不及躲開！椅子的火勢在空中越變越大，就在幾乎要碰到子夜頭頂時，李隱猛地衝過來，抱住子夜猛地往旁邊撲倒！燃燒的椅子狠狠地砸在旁邊一棵樹上，那棵樹大概有十米高，只一瞬間，火勢就把整棵樹完全吞噬，化為一棵焦木！

「你沒事吧？」李隱驚魂未定地扶起嬴子夜，關切地問道：「要不要緊？」

「還，還好……」嬴子夜看著抱住她的李隱，只能說出這幾個字來。

李隱狂喜地把子夜緊緊擁入懷中。「太好了！」他的淚水幾乎要流出來，「還好你沒事……」

「李……隱……」子夜此時，只能擠出這兩個字來。

「絕命終結站……」伊蕓忽然說，「不會錯的，這個銀月島，肯定和絕命終結站一樣，會不斷出現各種巧合把我們都弄死，之前那把刀也一樣……」她再也不敢回別墅了。到處都是可以用來「偶然」殺人的傢俱的別墅，和惡魔的洞窟沒什麼區別了。

「怎麼辦？」連城按揉著太陽穴，問李隱道：「我們該怎麼辦？」

看著一籌莫展的眾人，李隱緊緊攥著拳頭，說：「還有一天半多的時間……這樣根本就熬不下去啊……」

在天南市的公寓內。

「我明白了。」楊臨聽著李隱的電話，點了點頭：「我會再看看『絕命終結站』，說不定會研究出生路的，反正我家裏有不少恐怖片存著。樓長，以前你救了我和唐醫生，現在，該是回報你的時候了。如果不是你，我早就和唐醫生死在華岩山上了……」

「拜託你了，楊臨。」李隱拿著手機，吹著海風：「有什麼發現一定要告訴我，電影裏有任何的線索都告訴我。」

掛了電話後，李隱不禁感歎起來。快到自己的極限了嗎？第五次血字指示，真的能闖過去嗎？

李隱忽然一個激靈，難道……我們都被公寓欺騙了嗎？從一開始到現在，李隱就隱約感覺到，在這個銀月島上，他似乎弄錯了一件很重要的事。而這件事，恰恰是致命的。

到底公寓欺騙了我們什麼？難道從一開始，就是為了讓我們認為，這個島的一切恐怖現象都是絕命終結站的現象？讓我們以為一切都是無解，陷入無盡絕望嗎？李隱決定嘗試再重頭思考一遍。

首先是今天凌晨時分，廁所的門打不開。接下來，段奕哲在山岩上，脖子無故折斷。然後阿蘇的打火機打不著，最後莫名其妙地淹死在池塘裏。接著，這個島上的其他人都死絕了。明明是陽臺上死去的一個人拿著的刀子，卻掉落下來差點刺死伊莣。再有就是剛才在地下室，本該在池塘邊的阿蘇的打火機卻點燃了汽油，險些將自己一行人全部燒死在地下室裏。而那個木椅，為什麼會從窗戶裏飛出來，險些又……

到底是哪裏不對勁？這些詭異的現象，似乎有一個共通的地方，但是一下又說不出來。

第二天，天亮了。李隱一夜沒睡。不過其他四個人也都基本是剛打一會兒盹就被嚇醒，在這個島上還能睡得香，那就不正常了。

「還有一天半啊……」嬴子夜看著東方逐漸升起的旭日，對躺在樹旁的李隱說：「你還是沒想出生路嗎？」

「沒有啊。」李隱歎了口氣，「總覺得差一點就可以抓住答案了，但又感覺缺了點什麼。」

歐陽菁把放在口袋裏的眼鏡拿出來戴上，理了理她那頭漂亮的捲髮，取出了背包裏的一頂圓帽子，戴在頭上。

「嗯？那頂帽子……」伊蕊疑惑地問，「我好像看你戴過幾次呢。」

「這頂帽子是我叔叔的遺物。」歐陽菁說，「是叔叔送給我的。後來，他就去世了。」

「不好意思……」

「沒什麼。是很多年前的事了。我叔叔是個魔術師，這頂帽子，以前經常被他用來變魔術。他的魔術才能是毋庸置疑的，但是……他卻在一次引以為傲的魔術中出了事故……」

「事故？」

「嗯。一個很危險的魔術，具體內容我就不說了。因為魔術的失敗，叔叔死在了舞臺上。我從小最欣賞和喜歡的人，就是叔叔。我一直跟著他學習魔術，雖然學到現在也只學到了一點皮毛，不過簡單的魔術已經會變了。」

「這樣啊……」李隱看著她頭頂的帽子，「你現在還在學習魔術？」

「嗯，來中國也是想繼續以魔術師的身分學習。我現在還在堅持自學魔術，我的願望就是在三十歲的時候可以成為有名的魔術師。即使是現在我也沒放棄這個理想。」

「你……一點也不怕嗎？」李隱問，「畢竟你叔叔是……」

「沒什麼，雖然叔叔失敗了，我成功就可以了。叔叔很熱愛魔術，即使練習得渾身都是傷，他也不願意停下來。叔叔的努力，讓我一直都無法忘記。他一直希望能夠在國際大舞臺上表演魔術，把最神奇、最不可思議的場景展現在觀眾面前。他一直追求著魔術的極致，但他太激進了。如果他能再謹慎一些，再多花點時間在那個魔術的安全問題上的話……」

「魔術啊……」連城歎了口氣說，「如果真有可以解開公寓詛咒的魔術就好了。」

時間一分一秒地流逝著。五個人都一動不動地坐著，都在思索著接下來該如何應對。雖然他們討論了很多可能性，但始終一無所獲。

就在這時，一陣風吹來，把歐陽菁頭頂的帽子吹走。她連忙站起身去追帽子，那可是她叔叔的遺物！李隱也連忙站起來幫著去追。

帽子飛了一會兒，落在了草地上。歐陽菁跑到帽子前，剛踏出一隻腳，她整個人卻立刻墜入了水中！

原來，帽子是掉到了一個遍佈水葫蘆的湖裏！水葫蘆這種植物大量覆蓋在湖面後，乍一看和普通的草地沒有區別。不同於之前那個池塘，這個湖的水很深，而歐陽菁根本不會游泳！

5 鏡頭下的鬼影

歐陽菁在墜入水中的瞬間，就意識到……又是一次「絕命終結站」！

這時李隱已經趕到了岸邊。當他看到在水中拚命掙扎的歐陽菁，心中呼喊著：要救她！一定要救她！遺憾，太多了。痛苦，也太多了。他再也不想看到有人死去了。這一年多來，他已經看到太多人在自己面前死去了！李隱迅速脫掉上衣，躍入水中，快速游向歐陽菁，很快，他抓緊了她的雙臂，隨後奮力地向岸邊游去。不要死……不要死！

李隱緊緊抱住歐陽菁，不斷游向岸邊。湖水很平靜，李隱很快就接近了岸邊。嬴子夜、連城和伊莣，此刻也跑到了湖邊，驚愕地看著李隱和歐陽菁。

「快！」連城急忙跑到水邊，向他們伸出手去。當連城的手緊緊抓住了李隱的手時，李隱總算是鬆了口氣。活下來了！

兩個人渾身濕漉漉地躺倒在岸上時，感覺渾身都沒有力氣了。歐陽菁吐了好幾口水，漸漸恢復了過來。李隱的情況也不壞，只是一身濕衣服實在不舒服。

「李隱，你沒事吧？」連城關切地問，「你們怎麼會掉進湖裏去的？」

歐陽菁此刻基本恢復了神智，還好李隱救得及時，她沒有昏迷過去。

「究竟是怎麼回事啊？」聽了事情經過後，連城和伊蕊也越來越糊塗了：「該不會真的是絕命終結站吧？」他們在理智上依舊不願意接受會是這個情況。

畢竟，那就意味著，真正的絕望！但是，剛才大家都看到，是風吹走了帽子，才導致……這可是非常明顯的「絕命終結站」式的劇情啊！

接下來的時間裏，每個人都是提心吊膽的，夜幕也慢慢降臨了。

「多謝你救了我。」歐陽菁換上了乾淨的衣服，和李隱坐在離湖極遠的一段路上。這裏的路面沒有雜草，附近也看不到樹木和石塊，距離山峰也相當遠。如果真的遇到狀況，這裏是不太容易被波及的地方。可是，到底有多大的可能活下去？

連城和伊蕊此時也是疲憊不堪，昨天晚上幾乎沒合過眼，現在睏意實在難以抵擋，可心裏又很恐懼地警惕著可能出現「絕命終結站」的現象。

「離明天中午越來越近了。」李隱看著手錶，「能撐過去就行了。明天，就會有船來接我們。」

就算可以活下去，死了那麼多人，到時候員警可能不把他們當嫌疑犯嗎？不過，目前連能不能活到明天都是個問題，考慮這些顯然太多餘了。

歐陽菁此刻依舊戴著那頂帽子，她百無聊賴地擺弄著衣擺，低著頭，不知道在想些什麼。

李隱還在不斷思索著如何逃離這個恐怖的島。他聽楊臨在電話裏說，唐蘭炫醫生已經選擇了執行魔王級血字指示。這實在令李隱心驚膽戰，唐醫生恐怕凶多吉少了。但是，他已經無法阻止了。唐醫生已經得到了魔王級血字指示，必須要去面對那未知的恐怖血字，時間就在明年元旦當天。李隱必須要在那之前，想出一個辦法來，讓唐醫生能夠活下來！

「不會吧？唐醫生，你瘋了嗎！」夏小美等住戶全部都聚集到了一〇六室唐蘭炫的房間裏。反對得最激烈的是六〇八室的吳曉川，他是最敬佩唐醫生的人，是個新加坡留學生，一年前回國的時候進入了公寓，不得不放棄了新加坡的學業。吳曉川這個人分析能力很強，看問題比較犀利，長得也很帥氣，在公寓裏算是比較有人緣的，執行過兩次血字指示。上一次他執行血字指示的時候，只有他一個人活了下來，靠的就是他的冷靜分析判斷，居然找出了鬼魂躲藏的位置，並及時逃回了公寓。

其實唐蘭炫現在也很後悔，覺得自己太衝動了。經過其他人一分析，他也越來越覺得，這個魔王級血字指示太反常了。通過一次就可以獲得自由、離開公寓，哪有那麼便宜的好事？想想都知道，這肯定是難度極高極高的血字指示！

這時一個體形有點肥胖的男子也在一旁附和眾人，說：「對啊，唐醫生，那個魔王級血字能夠取消嗎？太危險了啊！」

「不能。」唐蘭炫搖了搖頭，「最後一行明確告知，魔王級血字發佈後就無法撤銷了，如果不執行，後果和違背平時的血字是一樣的……」

一時間，房間裏氣氛極為沉重。

「算了，」唐蘭炫身旁坐著的楊臨說，「既然如此，我們只有想辦法祝福唐醫生了。」

「祝福？如果祝福有用，我們就什麼也不用擔憂了。」忽然一個聲音傳來，楊臨看過去，在那胖胖的住戶身後，站著一個面容冷峻、雙眸銳利的青年，而青年的身側，站著一個留著一頭齊鬢短髮、眉目溫婉秀麗的年輕女子。

「柯銀夜，柯銀羽？」那胖胖的住戶也注意到了，回過頭去一看：「你們兩個別嚇人好不好，走路都沒聲音的啊。」

那個短髮的秀麗女子笑了笑說：「哦，抱歉。章三，嚇到你了？不過你也太胖了點吧，平時大家都去健身房鍛煉身體，你也不是沒去，還沒有減肥成功麼？就因為你擋著，我都看不清楚前面了。」

這時，那個面目冷峻的青年走到唐蘭炫面前，說：「唐醫生，我也會幫忙的，我會針對這個魔王級血字進行調查和分析。」

「那真是太謝謝你了，柯先生。」唐蘭炫激動地走過去，「我真不知道該說什麼好了……」

「沒什麼，唐醫生。」短髮女子莞爾一笑，「我們所有人都非常希望唐醫生你不會有事，對吧？希望你能夠通過那個魔王血字指示！如果唐醫生真的成功，就可以離開公寓了啊！」

這一男一女是一對兄妹，是十四樓的住戶，青年叫柯銀夜，女子叫柯銀羽。這兄妹二人，在公寓很受矚目。可以這麼說，如果沒有李隱的話，在夏淵死後，會被住戶們推舉當上樓長的，絕對不出這兩個人。

楊臨說：「好了，大家接下來討論一下李隱的問題吧。目前，活下來的人是李隱、嬴子夜、歐陽菁、華連城和伊莣。不知道有誰能夠活到明天中午了。」

「是啊……」吳曉川歎了口氣，「不過，說什麼『絕命終結站』……公寓難道還會模仿歐美恐怖片嗎？總感覺好奇怪。」

「從頭到尾都很奇怪。」楊臨拿出他的手機，打開螢幕，指著上面的文字說：「你們看，這是李隱發過來的文字。是不是很奇怪？『絕命終結站』四部曲我已經反反覆覆看了好幾遍了。也就在第二部裏，那個黑人驗屍官說，新生命可以讓死神的死亡名單無效……但是這句話後來好像被理解為要瀕臨死亡再甦醒過來的意思。在第三部裏，第二部的男女主角最後也死了。好像一直到最後，都沒有任何躲避死神的方法。這部電影幾乎沒有活下來的角色。」

吳曉川沉吟了片刻，看著手機螢幕上李隱寫出的段奕哲和阿蘇的死況。

「段奕哲……是脖子自動折斷……阿蘇是死在水裏……」

「說到阿蘇，」吳曉川說，「他之前還做了件很奇怪的事。」

「嗯？什麼？」章三立刻問道。

「我記得就是在銀月島血字指示發佈的第二天吧，阿蘇來找過段奕哲。」

吳曉川住在六〇八室，和住在六〇二室的段奕哲算是鄰居。

「那天我開門去樓下倒垃圾，看到阿蘇在六〇二室門口和段奕哲說話。段奕哲還頂住門不想讓他進去，我記得那時候阿蘇說，要段奕哲做件事情，如果做成了，就給他……給他那種片子看。」

「他要段奕哲做什麼？」楊臨來了興趣，問道：「以我對那個色狼的瞭解，要他割讓一張那種片子，簡直像割肉一樣。一定不是一般的事吧？」

「嗯。」吳曉川點點頭，「他要段奕哲送給伊蕓一支手錶。那是一支仿勞力士的錶。」

「送手錶？」楊臨愕然了，「那個色狼在打什麼主意？難不成要去追伊蕓？」

「我當時覺得有點奇怪，不過也沒多想。後來段奕哲好像也答應了。」

「嗯……」楊臨沉思起來，「算了，阿蘇想做什麼，和銀月島的事又沒關係，何必扯那麼多。」

「也對。」吳曉川說，「抱歉，我說了無聊的話。其實，阿蘇那個人，雖然表面上看起來是個除了那種事情就什麼也不考慮的人，但是他剛進入公寓的時候不是這樣的。他是經歷了血字指示的極度恐怖折磨，精神越來越不正常，最後整天靠著看那種片子度日，醉生夢死……他大概，早就破罐破摔了吧。」

「等等……」柯銀夜忽然說，「這件事情……打電話告訴李隱吧！」

「嗯？為什麼？」楊臨不解地看著柯銀夜。

「你們相信，阿蘇會無聊到僅僅為了一支手錶，而送一張碟片給段奕哲嗎？之前我也調查過銀月島，結果發現，在銀月島度假村內，有一個大型的露天浴場。」

「露天浴場？」吳曉川愣了愣，隨即他反應了過來：「啊……阿蘇那傢伙該不會是要……」

「嗯。十有八九吧。」柯銀夜繼續說，「阿蘇以前也曾潛入其他住戶房間，悄悄安裝偷拍攝影機。我想，那塊手錶裏，應該裝了針孔攝影機吧。」

「偷拍……」楊臨頓時怒上心頭，罵道：「蘇朗這個變態！血字指示，每個人第一考慮的，都是如何死裏逃生，他居然精神不正常到了這樣的地步，什麼都不考慮，只想著這種下流無恥的事！」

吳曉川歎了口氣，說：「看來，這個人真的已經接近精神崩潰邊緣了。他恐怕只想著，反正都是死，不如多飽飽眼福再死。」

胖子章三不解地問：「不過，洗澡的時候一般都會脫下手錶吧？如果要偷拍的話，這不就……」

「不。」這時候柯銀夜的妹妹柯銀羽開口了，「你們還記得嗎？華連城和伊莣曾經接到一個血字指示，和另外六名住戶前往東臨市的一座山上。結果，發生了一個詭異現象，那就是過去發生的事情會接連不斷地重現，甚至會出現未來的現象，時間不斷發生古怪的變化。那一次非常驚險，要不是夏淵用電話給他們指點，倆人恐怕無法回到公寓。受到那次血字指示刺激後，伊蕓專門去買了防水的手錶，無論洗澡睡覺，都不會摘下手錶。而且這次還是在執行血字指示的情況下，她在露天浴場洗澡的時候，很可能會依舊戴著手錶。」

「不過，這個阿蘇不光變態，智商也是負數。」吳曉川嘖嘖地說，「他的精神絕對是不正常到一定程度了，想想就知道，那個島上每時每刻都有生命危險，大家都希望待在一起，哪裏還會有心思特意分開去洗露天浴？」

此時，聚集在這裏的女性住戶，對阿蘇的死，也抱有一分慶幸。這個變態顯然已經是不正常了，難保哪天，真的會去侵犯女性住戶！

「不過……」柯銀夜忽然說，「阿蘇的這個舉動，說不定反而……」

銀月島上，聽完了吳曉川電話的李隱，立刻向伊蕓要來那支手錶查看。那支手錶上，用以調節指標的一個螺絲，果然是精心改裝的針孔攝影機！這個發現令連城和伊蕓都怒得恨不得去鞭阿蘇的屍，歐陽菁也臉色緋紅起來，恨恨地看向那支手錶。

「這個該死的阿蘇！」連城怒 道，「居然……居然……」

李隱則說：「我們去別墅看看這個攝影機都拍到了什麼！」

回到了別墅，把電線接好以後，李隱打開電視機，播放起來。

事實上，伊莣這兩天根本沒洗過澡，所以她倒也不怕拍到什麼，但她不明白李隱的用意。

李隱用快進檢查著視頻，很快電視機畫面上出現了前往銀月島、進入別墅等畫面。接著，螢幕上出現了連城和李隱一起去廁所的場景。那個時候伊莣睡在沙發上，不過攝影機依舊拍到了。

接著，傳來李隱的叫喊聲，門被鎖住了。伊莣跑過去要撞開門。而當畫面穿過一條走廊，來到了廁所門前……

電視機前的五個人，全都瞪圓了眼睛，感覺猶如置身冰窖一般！

那扇打不開的廁所門前，站著一個穿著紅色衣服、留著長髮、臉色慘白、雙眼沒有瞳孔的少女！而正是她……用身體頂住了廁所的門！

伊莣頓時用手捂住雙眼，感覺無比恐懼！她當時，一次次用身體去撞門！李隱的手也微微顫抖起來，不禁向廁所方向又看了一眼。

接著，螢幕上那臉色慘白的無瞳少女，身體漸漸變得透明，消失了。在那以後，門就被撞開了。

再快進，到了段奕哲死的時候。

「你們說會不會這個島以前是墓場啊？又或者，經歷過戰爭什麼的？說不定死了很多人呢。我們不如在島上的一些山谷裏找找看，能不能找到墓穴或者有屍骨的洞窟什麼的……」

當時段奕哲說出的這番話，引起了大家的注意。隨後，大家附和了他，段奕哲立即說道：「好！那，我們……」他說到這裏的時候，忽然他的背後，再度冒出了那個面色慘白的紅衣無瞳少女！少女用雙手扭住他的脖子，然後把他的頭往後拉，接著……硬生生地把他的脖子折斷了！

「哇啊啊啊——」連城頓時猛地身體往後一跳，整個人撞在了沙發上，當時……他就坐在段奕哲身旁啊！

段奕哲的脖子被折斷後，那個紅衣少女的身影就隱沒在了他的背後。

更可怕的還在後面。到了山上，阿蘇拿出打火機，要抽煙的時候，又一次出現了那紅衣少女的恐怖畫面。她突然跑進了鏡頭裏，然後來到阿蘇身旁。當時阿蘇正拿著打火機要去點煙，少女的身高和阿蘇差不多，只見她張開嘴，吹向那打火機，結果火立即熄滅了！

「原……原來……」伊芸已經嚇得渾身顫抖了，「阿蘇那時候一直點不著打火機是因為……」接下來打火機一直點不燃，是因為無瞳少女不斷在阿蘇身旁把火吹滅。接著，李隱把打火機扔向池塘。現在想來，阿蘇會摔入池塘，也是那個無瞳少女推的吧。

當伊芸趕到那裏，阿蘇的身體已經摔進了池塘裏。鏡頭裏赫然出現了那個無瞳少女，她用雙手壓住阿蘇，讓他不管怎麼掙扎，也無法從池塘裏站起來！

而李隱他們，居然還跑到阿蘇面前，在那個少女身邊，不斷地想辦法拉阿蘇……

接下來，就是他們回到別墅時，見到工作人員的屍體。當伊芸抬起頭的那一瞬間，也略微抬高了手臂。於是手錶上的攝影機清晰拍攝到了……

陽臺上，那個無瞳少女將那把刀筆直扔了下來！那刀子落下不是意外！這也解開了為什麼刀會落下的謎團。

「她……她那個時候就要殺掉我……」伊芸此時已經害怕得六神無主，連城忙把她緊緊地抱住，希望能夠稍微安撫一下她的驚懼。

「那麼……」歐陽菁不斷快進著，自言自語著：「該不會後來在地下室，紙箱倒下，還有打火機出現……」

畫面出現了地下室的景象，五個人當時走在堆滿紙箱的過道上。那個陰魂不散的無瞳少女，再度從某一堆紙箱後冒了出來，接著，把一個個紙箱全部推倒在地！

「果……果然是她……」伊蕓把頭埋進連城的胸口，她已經不敢再看下去了。

李隱感覺到情況不對、五個人轉過身離開的時候，那無瞳少女又出現在了他們身後！她把一桶汽油踢倒在地上，又漸漸消失了。

當李隱聽到「咔噠」一聲回過頭去的時候，正是那無瞳少女，拿著阿蘇的那個打火機，丟到了地面的汽油上！

歐陽菁摸了摸頭頂戴著的帽子，她已經意識到了什麼……難道說……難道說……

李隱也進一步地快進，很快……到了今天那一幕。那頂帽子……當時的確有一陣風吹過來，但是帽子的確是被吹走的嗎？

「關掉……給我關掉！」歐陽菁已經不敢看下去了。

「總算找到了生路。」李隱不想過分刺激歐陽菁，就關掉了電視，隨後對她說：「只要有攝影器材，就可以拍攝到那個鬼的真面目了。這，就是公寓的生路！只要看見她，躲開就行了。」

「真的……那麼簡單？」

「嗯。肯定是這樣的。」

李隱把他的相機的攝影機打開，對著整個房間，發現沒有那個無瞳少女，這才鬆了口氣。

大家這次都聚集到了海岸邊，等待著熬到明日中午，船會來接他們。他們還很幸運地在度假村裏找到了一艘能夠開的遊艇，搬到海灘上來。歐陽菁會開遊艇，所有見過他們的工作人員都死了，到時候只要乘坐這艘遊艇離開，誰都不知道他們的身分了。伊文欽來這個島上，也沒有告訴別人是來帶回女兒的。

「總算要結束了嗎？」時刻拿著手機攝影機對著前後左右的歐陽菁，也算是鬆了口氣。

如果無瞳少女一出現就逃走，儘量不讓她接近，從她的行動模式推斷，估計公寓給這個女鬼的限制相當大，否則不至於要用那麼多間接的手段殺死他們。也就是說，「看不到」就是殺死他們的最大前提。

「我還是感覺很不可思議啊。」連城拿著手機，嘖嘖說道：「公寓每次都安排那麼多恐怖的鬼魂，可是生路全都那麼簡單。」

「簡單？你錯了。」李隱搖搖頭說，「聽說過哥倫布和雞蛋的故事嗎？」

「嗯……好像聽說過，具體的忘記了。」

「哥倫布發現美洲大陸的時候，獲得巨大讚譽，回國後出席的一次盛大宴會上，嫉妒哥倫布功績的人，就對他說，發現新大陸，其實是件很容易就可以完成的事，沒有理由驕傲。」

「胡說，發現新大陸怎麼可能很簡單？這些人根本就是吃不到葡萄說葡萄酸。」

「當時，哥倫布沒有直接反駁，他拿出一枚雞蛋，說：『你們誰有辦法，把這枚雞蛋直立起來？』」

「把雞蛋直立起來？」連城愣了一下，「這不可能吧。不管怎麼擺，雞蛋都沒辦法立起來啊。」

「是啊。當時那些人也都那麼說，可結果哥倫布把雞蛋的底部敲碎，就輕易地把雞蛋立在了桌面上。於是那些人也說，這實在太過簡單了。哥倫布回答道：『在我這麼做以前，誰知道這個辦法呢？新大陸也是如此。我發現它以前，誰又知道它在那裏呢？』所以，公寓給予我們的生路也是如此。發現了就會感覺很簡單。」

儘管聽了李隱的話，連城稍稍安心了點。但……真是那麼簡單？公寓會那麼簡單就放過他們？

當太陽從海平面上升起來的時候，五個人心中都開始喜悅起來。堅持熬下去……熬到中午，就可以逃離銀月島了！

一陣陣海風吹過來，潮水拍打著海岸，每個人的心都懸到了嗓子眼，眼睛一刻也不敢離開手機。五個人背靠背地坐在一起，把手機對著東南西北四個方向，這樣無瞳少女從哪裏出現都能發現。就在這時，伊蕓所對的南方，在手機攝影機裏，兩塊岩石之間，忽然有一道紅色身影快速閃過！

「出……出現了！」伊蕓大叫起來，「她出現了！」

她這一叫，其他四個人都大為駭然，李隱連忙把手機對準南方：「哪裏？她在哪裏？」

「就，就在那塊岩石後面！」

李隱對另外四人喊道：「不要都對著這裏拍，對著其他的方向！她隨時可能出現在其他地方！」

大家連忙照做了。這時，歐陽菁在手機螢幕中猛地看到，在連城身後，多出了一雙赤著的腳！

「連……連城！你後面！」

連城嚇了一大跳，連忙把手機調轉過去一看，可是什麼也沒有。歐陽菁的手機螢幕裏，也看不到那雙腳了。

「逃走！」李隱大聲一喊，幾個人立刻撒開腿拚命跑起來！一晚上都沒睡好，體力自然很難保持，而且跑的同時還要時刻拿著手機對著附近。

就這樣，時間到了上午七點。五個人來到島上另外一側的海岸，都坐在地上，繼續保持對著東南西北的方向拍攝。還好這幾天都沒怎麼用過手機，所以電量還算充足。

「可，可惡……」連城不停看著手錶，「就剩下這麼一點時間了，只要離開了這個島……」

「離開這個島也不代表就安全了。」嬴子夜提醒道，「別忘記，只有回到公寓，進入那個旋轉門裏，我們才算真正安全。」

連城一愣……對啊！要到下午回到天南市，進入公寓，才算是真正逃脫了那個無瞳女鬼啊！

時間終於到了十二點！每個人的神經都繃得很緊，他們站起身，要回到船停靠的那邊的海岸。

「別怕，」李隱安慰他們說，「掌握那個女鬼的位置就不用怕。放心，我們不會死在這裏的！」

回到那邊海岸，每個人都局促不安，幾乎每分鐘就要看幾次錶。為了防止錶的時間出差錯，大家都買了瑞士的名錶，儘管價錢很貴，但這個錢絕對不能省，萬一時間出錯，他們提前離開血字執行地點，導致影子操縱他們自殺，那真是欲哭無淚了。

時間終於到了！不過，這時候遊輪還沒有來，不過也不奇怪，不可能那麼準時。

五個人來到事先藏好遊艇的海灘處，上了遊艇。幾小時後，他們回到了東臨市碼頭。開車回公寓的路上，每個人都依舊拿手機照著周圍。直到回到天南市，來到公寓所在社區，一切都極為正常。

「馬上就可以回到公寓了！」五個人此刻又興奮起來，一起跑向一條小巷！

當拐入那條「死胡同」，終於看到公寓的時候，五個人都更拚命地奔了過去！

忽然，五個人的手機螢幕前，都出現了那個女鬼！可是……

「這……這是……」

她站在離公寓大門有一段距離的地方，但是她的頭卻不見了！無頭女鬼就那樣筆直地站在那裏！

「快進公寓，別理她！」李隱大喊一聲，立即跑向公寓的旋轉門。

沒想到那無頭女鬼也沒有阻攔……

最先進去的，是李隱，第五次血字指示執行成功！嬴子夜緊跟著他，進入了公寓。接著進去的是連城，他剛踏進大廳就大叫道：「我……活著回來了！」再接著是伊蕓。

最後是歐陽菁。當她推著旋轉門，準備進去的時候……

忽然，她的身體不動了，雙手捂住脖子，看起來很是痛苦，而身體似乎不聽使喚地不斷抽搐。

李隱猛然明白了！他立即調出存在手機裏的那段針孔攝影機拍攝的視頻。視頻裏，歐陽菁的帽子，居然真的是無瞳女鬼站在她面前拿走的！而當李隱把歐陽菁從水裏救上來、把帽子撈出來的時候，那個無瞳女鬼走了過來，接著……把她的頭，從脖子上拿了下來，放進了那頂帽子裏！

此時連城和伊蕓看著手機螢幕裏恐怖的一幕……無數黑色頭髮從旋轉門外歐陽菁的帽子裏湧出，密密麻麻地繞在她的脖子上！同時，也把她的手腳完全捆住！

「歐陽菁！」李隱剛要衝向旋轉門去救她，可是……那頂帽子忽然猛地墜落，把歐陽菁的整個身體都蓋了進去！

圓帽掉在了地上，孤零零地躺著……

手機螢幕上，站在公寓大門一側的無頭女鬼，也消失不見了……

小丑

PART TWO

第二幕

時間：2011年1月1日 ～ 2011年1月8日

地點：龍潭市市郊直永鎮

人物：柯銀羽、張星、梁冰、趙鈺姍、章三

規則：血字執行時間過後方可返回公寓，違者死！

地獄公寓

6 白老鼠

如果當初歐陽菁不害怕看影片、能從頭看到尾，如果她跑得再快一點……可惜，沒有如果……歐陽菁，最終還是沒能逃過一死。

「不……不要！」忽然一個穿著一身白色職業裝的二十歲左右的女子，跌撞著衝到旋轉門前，猶豫了一下，還是不敢出去，只能淚眼婆娑地看著門前那頂圓帽。

「阿菁……」那女子泣不成聲，「你，你怎麼會死……沒有你，我怎麼辦啊，都是因為有你陪伴在我身邊，我才能撐過來的啊……」這個女子名叫林翎，是公寓裏和歐陽菁關係最好的一個住戶，住在八一〇室。

夏淵的死，對住戶們是一個很大的打擊，但即使在那個時候，林翎也未曾像現在這麼失態。她和歐陽菁進入公寓的時間差不多，曾經和她一起執行過一次血字指示，林翎是個依賴性很強的人，所以她對於歐陽菁非常依賴。如今，歐陽菁卻死在了她的面前。

在大廳裏等候李隱他們的，還有柯銀夜、吳曉川、章三等人，即將要執行魔王級血字指示的唐蘭炫醫生也在。當看到華連城夫婦終於進了公寓，唐蘭炫他們本來非常興奮，但是隨即歐陽菁就在公寓門口殞命。就差那麼一點點，就可以踏入生存的大門了！

血字指示實在太殘酷，太殘酷。生死完全難以掌控，即使通過了這一次，下一次依舊吉凶難卜。

「別太傷心了。」吳曉川和楊臨走過去安慰她，「林小姐，不是還有我們嗎？你不會孤單的。」

當天晚上，李隱拖著疲憊的身體，和住戶們討論魔王級血字的問題。距離指定的明年元旦的魔王級血字執行日期，還有一些時間，必須要儘早打算。

李隱問道：「地點是哪裏？」

「很特別呢。」唐蘭炫答道，「是在天南市的一家百貨商場裏。時間很短，只有三個小時！」

「那家百貨商場是……」

「欣欣商場，很繁華，平時人非常多，居然在那裏執行魔王血字……」

李隱本來還以為會不會是什麼古墓、墳場之類令人毛骨悚然的地方，可是卻和他的想像完全相反。商場？和恐怖氣氛完全扯不上關係的地點。

「而且還特別提到了一點，」唐蘭炫繼續說，「魔王級血字指示，只要是沒接受該血字指示的住戶，即使到了指定地點，也絕對不會死。」

李隱的心一顫。居然還有這樣的規定？這等於是鼓勵住戶去觀看嘛！那，要不要去看？

「那我們一起去吧？」楊臨說，「如果魔王血字並沒有那麼危險，也可以考慮接受啊！」

如果和平常的難度相差不大，又通過一次就可以離開公寓，估計多數住戶都會選擇。李隱沉吟了片刻，也決定去看看。

「那……只有唐醫生一個人決定去嗎？」李隱問道。

「嗯，是的……」

唐醫生，居然成了白老鼠。

接下來的日子裏，大家開始輪流到那家百貨商場去進行觀察，弄到了各層平面圖，準備了許多條逃生路線。考慮到讓夏淵殞命的那次血字，他就是因為提前去偵探而被鬼攻擊，大家都不讓唐醫生提前去那裏，而是由住戶們去幫試驗逃跑速度等細節問題。對於該百貨商場有沒有靈異傳聞的調查，一無所獲。這家百貨商場是一年前新建的，有許多知名品牌店，服裝、餐飲、電器、食品等應有盡有，一共十八層樓。商場裏每天都是人山人海，怎麼看都和恐怖扯不上半點關係。然而越是這樣，才越是顯得可怕！

二〇一〇年十二月廿四日，耶誕節前夜。李隱又在欣欣百貨商場裏逛著，他希望再找到一些線索。要怎麼做，才可以救唐醫生？

電梯上到了七樓，門一開，李隱就走了出去。七樓是賣服裝的，李隱跑遍整個七樓，也沒有找到任何線索。他只好歎了口氣，又繼續向樓梯走去。而李隱剛走不久，七樓的某個服裝店裏，一個身著一套冬季款式衣服的塑膠模特兒，突然臉部出現了一道裂痕……

公寓一四〇四室。「夏淵死了以後，住戶們把所有的精神寄託都放在李隱身上了。」柯銀夜站在一排落地窗前，雙眼卻好像沒有一點神采，俊逸的臉上神情冷峻。站在那裏，猶如美術館裏的一尊雕像一般。

「沒辦法啊。」柯銀夜的身後，他的妹妹柯銀羽，正一邊在牆壁上裝裱著一幅油畫，一邊說：「人啊，總是需要相信什麼，才能夠活下去。」

落地窗上新換的窗簾，是一幅婀娜多姿的仕女圖。與妹妹不同，柯銀夜很喜歡中國的古典文化。

「銀羽，」柯銀夜回過頭說，「你不會去執行那個魔王級血字指示吧？」

「暫時不會。」柯銀羽只顧著裝裱油畫，「我打算先觀察一段時間再說。」

「你還是老樣子呢。」柯銀夜看著妹妹的背影，走到客廳的茶几前，拿起一個陶瓷杯子：「你……該不會還在想著，就算死了也無所謂吧？」

柯銀羽的手略微抖了一下，油畫的一角摔了下來。她沒有回過頭，但她的沉默代替了回答。

「我已經說了很多次了。阿慎的死，不是你的錯。」柯銀夜的手緊緊地捏著杯子。

晚上，柯銀羽久久無法入睡。夜風很涼，她一個人赤著腳，來到陽臺上，仰望著星空。

「阿慎……」真的好思念他。哥哥說，阿慎的死不是她的錯，但果真如此嗎？誰也不知道。

她住在一四〇七室，和哥哥住在同一個樓層。柯銀羽曾經是眾人羨慕的才女，十二歲的時候跳級讀高中，高考直升錄取，大學時發表令人驚歎的物理論文，甚至連比她年紀大上幾十歲的老教授都很佩服她。她輕易地獲取了一般人難以企及的各種榮譽，和她那位天才哥哥一樣，數學、化學、物理、哲學、心理學、歷史、政治，幾乎無不精通。「神童」「天才」「完美」，柯銀羽是聽著這些形容詞長大的。而就在這時，她遇到了阿慎，唯一一個不是只對她的「完美」感興趣，而是真正喜歡她這個人本身的人。但是現在，一切都結束了。

「至少，要讓哥哥活著離開這個公寓……」這是柯銀羽此刻唯一的想法。

就在這個時候，忽然柯銀羽感覺到心臟猛烈地灼燒起來，她立刻回過頭去，黑暗的客廳裏，牆壁上正不斷滲出大量鮮血，形成一個個清晰的字！

寧安堂是天南市最知名的大型製藥公司，在全國各地都開設有分公司，研發的藥品品種也相當之多。寧安堂是正天醫院最大的藥品供應商。

此時，寧安堂製藥公司總部大樓的董事長室內。

「嗯，好的，李院長。」寧安堂的邱董事長，雖然是個五十多歲的女性，但風采依舊不減，她說：「下個月我們治療心臟病的新藥就會正式上市，到時候貴院務必為我們的新藥打開知名度啊。」

電話另外一頭，正是李隱的父親李雍：「邱董事長，你放心吧，我們合作都那麼多年了，這還不是一句話的事麼，絕對不會有問題的。」

掛了電話後，邱董事長看向桌面上的一個相框，她拿起相框，淚水不禁湧了出來：「阿慎……」

李雍掛了電話後，忽然想起，很久沒有和李隱聯絡了。「這兒子真是的，還和我強著呢，說是要自己找工作，還在寫網路小說？」李雍實在弄不明白，以兒子的才能，他為什麼浪費才能去寫什麼網路小說？倒是妻子經常在家饒有興致地看他的作品。真不知道他在想些什麼！

「將來院長的位置，還不是留給他做？肥水還能流外人田嗎？這小子對得起我對他的栽培嗎？這小子到底住在哪裏啊，連住址和電話號碼都不告訴我……」

柯銀羽看著那行血字指示。

「二〇一一年一月一日到一月八日期間，待在龍潭市市郊直永鎮。時間過後方可返回公寓。另外，從下次血字指示開始，將會發佈地獄契約碎片的下落。地獄契約，是……」後面的這段血字，令柯銀羽極為震驚！

依照慣例，被發佈血字指示的住戶都會到樓下大廳集中。柯銀羽和哥哥坐電梯來到了樓下。剛一走出來，就看到有兩個人已經待在大廳了。一個是一一〇二室的張星，另一個是一一〇四室的梁冰。

張星一眼看見柯銀羽和她的哥哥柯銀夜從電梯裏走出來，先是一愣，隨即問道：「你們兄妹倆，不會又是一起執行血字吧？對了，你們有看到那段內容吧？」

「不，」柯銀夜搖搖頭說，「這次執行血字的只有銀羽。」

這個時候又一個電梯門打開，走出來的是五〇九室的趙鈺姍，以及八〇八室的大胖子章三。

「嗯？不是吧，你這個胖子。」張星一看到章三就頭痛，他和那個色狼阿蘇都是半斤八兩的人物，據說進公寓前是個混混，靠收保護費過生活。

「切！」章三則回敬道，「本大爺難道想去那個什麼鬼鎮啊！不說這個，那段內容你們看到了吧……」

「是啊，簡直難以置信。」一一〇四室的梁冰站了起來。他戴著一副無框眼鏡，模樣很是斯文有禮。他進公寓前一心準備報考研究生，入住公寓後只得放棄了考研。

之後，一直沒有人再下來。

「就我們五個人？」梁冰推了推眼鏡，看了看另外四個人：「那我們開始討論吧。關於地獄契約……」

「各位，稍等一下……」柯銀夜忽然壓低聲音說，「剛才銀羽已經把血字後面的內容告訴了我。這件事情想必也令你們極為震驚。我在此，給各位一個建議，那就是，暫時不要把地獄契約的事情告訴其他住戶。」

「這件事不告訴其他住戶？」梁冰愕然不已，「怎麼可以隱瞞那麼重要的事情？畢竟，這是和魔王級血字指示……」

「我知道。但是，你們難道沒有考慮過，這件事如果被所有住戶知道的話，會有怎樣的後果？」

「後果？」其他四個人都愣住了。

「所謂『匹夫無罪，懷璧其罪』。又有『人為財死，鳥為食亡』這句話。這些古人之言，你們應該都知道吧？在這個如此恐怖的公寓中，就更是如此了。」

這時梁冰已經反應過來了：「啊……對，對啊！柯先生你說得很有道理。」

「你們明白就好，」銀夜依舊把聲音壓得很低，「這件事情，知道的人越少越好。一旦地獄契約的事被太多住戶知道，就會發生可怕的大混亂！到時候，我們每個人都無法倖免，整個公寓變得血流成河，都是很有可能的。明白了嗎？」

「可是……」梁冰又說，「就算我們不說，將來正式接到發佈地獄契約的血字指示，依舊有可能會有住戶說出去啊。」

「這個，將來我再想辦法。先把眼前的問題解決再說！」

「這……」大家都猶豫了。其實，他們各自都有著在公寓裏關係較好的住戶，也常常互相鼓勵、互相扶持，渴望有一天能夠一起離開這個公寓。但是，這次血字發佈出來的內容，太過驚人了。如果真像銀夜所說的，獲得了一些獨家情報，那麼，未來會比其他人更有可能成功地執行魔王級血字指示，逃離公寓！面對這一巨大誘惑，友情、道義，根本就不值一提了。每個人的眼光，都開始閃爍不定起來。

銀夜看他們都默認了他的意見，知道自己的目的已經初步達到。於是，他又進一步追問：「現在我問一句，你們有人把地獄契約的事告訴其他住戶了嗎？還有第七個人知道這件事嗎？」

每個人都搖了搖頭。銀夜頓時鬆了一口氣。

「我們答應你，柯先生。在下一次血字發佈以前，我們絕對不把地獄契約的存在說出去！」

第二天，是十二月廿五日，耶誕節。

「抱歉啊，哥哥，沒辦法和你一起去看唐醫生執行血字指示了。」一四〇七室內，柯銀夜和柯銀羽倆人相對而坐。

「我知道了。這是你第四次執行血字指示，」柯銀夜富含深意地看了她一眼，「隨時把情況打電話告訴我，我竭盡全力也要找出生路來！」

「嗯，」柯銀羽勉強地笑了笑，「入住這個公寓，快一年半了啊。」

「是呢，時間過得好快。」

一時間，氣氛變得有點異樣。

「哥……」柯銀羽看著眼前的哥哥，眼裏淚水在打轉，問道：「你當初為什麼要那麼做？」

「你在說什麼？」

「為什麼要進入這個公寓？為什麼！我有那麼重要嗎？值得哥哥你為了我付出這一切嗎？哥哥，你不該涉入我的不幸的，你也應該有自己的幸福！」

「你明知道的。」柯銀夜意味深長地說，「因為是你。只是這樣而已。」

第四次了。柯銀羽很清楚，第四次血字指示會無比兇險。以前無論是夏淵還是李隱，都面對過極其詭異的現象。她雖然有信心找出生路，但是，誰都無法知道會發生什麼情況。

「出發前，我想去拜祭阿慎。」柯銀羽下定了決心，「也許是我最後一次……去拜祭阿慎了。」

欣欣商場七樓。一名身著紫色裘皮大衣、約莫五十幾歲的中年婦女，正提著幾個購物袋，考慮要買哪一件衣服。

「嗯……這件款式不錯，不過會不會太豔了一點……嗯，這件好像也不錯……」

中年婦人走著走著，背後撞到了什麼，她連忙回頭一看，是個塑膠模特兒。「嗯？」中年婦人忽然感覺很奇怪。那個塑膠模特兒的左側臉部，裂開了一大塊，而且裂痕有不斷擴大的趨勢。

「這，這是怎麼回事啊？」那裂開的痕跡出現在塑膠模特兒的臉上，就好像是一個人臉上受了很重的傷，猛一看過去還真是有那麼一點嚇人。她隨即別過臉去，不再看那模特兒，三步並作兩步地走開了。不知道為什麼，那個塑膠模特兒，讓她感覺很不舒服。

這時，中年婦女像是想起了什麼：「對了，得給兒子打個電話。」這個時候，她已經到了男裝區，決定選幾套高檔的西服。同時，電話也接通了。

「小隱，是媽媽。」中年婦女對著電話另一頭說，「是這樣的，元旦那天，你有空嗎？」

而電話另外一頭的人……正是在公寓和柯銀夜商討魔王級血字指示的李隱！

媽媽突然打來電話，令李隱很驚訝，他答道：「那天我有事情，抱歉，媽媽，恐怕……」

「有事情也得給我放一放！真是的，你姨媽這次好不容易幫你相中了一個很不錯的女孩，人家是海外留學回來的，照片我也見過了，長得非常漂亮，絕對配得上你！別說了，元旦那天，你姨媽會帶她來，到時候你就出來，我正給你買衣服呢，你也該結婚了，別再那麼不務正業的。也正好趁這個機會，回來繼承你父親的醫院。你如果實在不願意，也可以結婚後兩個人一起去美國留學啊。」

李隱此刻哪有什麼心情去相親！更何況，他一心只喜歡著子夜。而元旦那天，他更是要去欣欣商場，幫助唐醫生逃過一劫。在李隱看來，唐醫生這樣醫術和醫德兼備的醫生，與父親的骯髒和無恥形成鮮明的對比。同樣身為醫生，卻相差那麼大！因此，他無論如何都想要讓唐醫生活下去。

「李隱啊，」母親還不死心，想要勸他，「這個女孩的父親可是……」

「媽媽！」李隱打斷她的話，「我元旦有很重要的事情，不能去，對不起。我現在也不打算結婚，就算了吧。」

「你……李隱啊，我都答應人家了，你這樣不是……結不結婚不說，你先出來見一面不行嗎？」

如果換了平時，考慮到母親的心情，李隱或許也就答應了。但是現在，他根本顧不上了。

「抱歉，媽媽。我真的不能來，不過明年過年的時候，我會抽空回去看你和爸的。就這樣吧，先掛了。」掛了電話後，李隱心裏也很惆悵。雖然父母都是為了金錢和權勢不擇手段的人，但父母終究是父母，養育之恩大過天，李隱就算再怎麼不喜歡他們的所作所為，也不可能真的和父母斷絕關係。沒辦法，畢竟人是無法選擇自己的父母的。

李隱這一掛電話，李隱的母親——楊景蕙頓時一陣惱怒。這個不省心的兒子！大學明明理科讀得好好的，滿心以為他一畢業就會來正天醫院工作，過幾年提拔他當副院長，等到他父親退休，李隱自然順理成章就成院長了。可是這孩子放著錦繡前程不走，愣是去當什麼網路作家，這不是開玩笑嗎！

「他到底明不明白我有多操心啊！」楊景惠把手機放回包裏，一氣之下離開了男裝區。就在這時，她忽然回了一下頭，看向剛才那個穿男裝的塑膠模特兒。額頭處的碎裂部分……明顯擴大了許多倍！甚至眼睛部分都裂開了。裂痕比剛才更加明顯的，像是一張嘴巴。

「這……」楊景蕙慢慢走了過去，仔細看了看，心裏一陣發毛。怎麼回事？剛才打電話的時候，她一直盯著這個塑膠模特兒看，怎麼裂痕突然就擴大了？難道剛才看花眼了？

「剛才打來電話的，是你母親？」柯銀夜看著掛了電話後有些心神不定的李隱，「她說什麼了？看你心不在焉的樣子。」

「啊，沒什麼。她叫我元旦出去一下，你也知道，那天我得去幫唐醫生啊。對了，你妹妹呢？怎麼沒看到她啊，平時你們兄妹總是形影不離的。」

「她……」柯銀夜欲言又止，「出去辦一點事情。」

「我知道她也接到了元旦當天的血字指示。這是她第四次執行血字指示吧？希望能夠通過吧。」

「一定能的。」柯銀夜的眼光看向了窗外，「銀羽，她很堅強，但……也很脆弱。」

「我一直都很佩服你們。」

「哪裏，」柯銀夜搖搖頭，「我們也只是很平凡的人而已。」說這句話的時候，柯銀夜的目光閃過一絲深沉的憂傷。這是李隱第一次從他的眼裏看到這麼明顯的感情波動。

「你目前沒有執行魔王級血字指示的打算吧？」銀夜忽然問道。

「嗯，暫時還沒有。」李隱說。以前夏淵和他說過，第六次血字指示開始，會是更加詭異和兇險的狀況。那時候所要面對的困難，絕非前五次血字能比，而那未知的魔王級血字指示，危險性只怕更勝一籌啊！

與此同時，欣欣商場裏，所有賣服飾的樓層裏的塑膠模特兒，都不約而同地出現了或大或小的古怪裂痕……

欣欣商場的總經理辦公室，門關得嚴嚴實實的，總經理張彬正在查看著這幾個月的財務報表。看著看著，忽然，他的額頭上，出現了一道細小的裂痕。裂痕最初不是很明顯，但是漸漸地，漸漸地……開始不斷擴大，碎裂得越來越厲害。無數紅色的觸鬚從那裂痕中伸了出來。而這詭異的一幕，並不只是出現在經理辦公室裏。

7 妖月

這個耶誕節的晚上，公司的所有職員，無論是售貨員、保安還是更高層的管理人員，甚至包括會在元旦那天前去欣欣商場的人，都出現了類似的現象。

正天醫院的李雍院長此時剛下班。他一邊走向醫院門口，一邊計畫著，元旦那天，要帶李隱去欣欣商場，給他買套衣服，下午再帶他去相親。管他同意不同意！他走出醫院大門口，來到附近的停車場，卻突然停住了腳步。

李雍的臉上，出現了一道裂痕。巨大的裂痕瞬間把他的面部完全撕開，並不斷碎裂，他臉上的碎塊，不斷掉落到地上。而他卻好像全無知覺，李雍左邊的面孔，幾乎已經完全碎裂。裂開的頭部斷面，伸出了無數觸鬚。他的右手已經碎裂到不成形的地步，胸口也碎了一大塊，而且擴大的趨勢也很明顯。

李雍的身體進一步發生著變化。碎裂的臉部，長出了一個蠕動的肉團。那肉團開始形成一張臉，而那張臉，越來越清晰……

與此同時，欣欣商場內，那些塑膠模特兒的碎裂臉孔，在不斷地發生變化，開始從那些碎裂的部分，長出一個個滿是血污的頭顱。一個塑膠模特兒，往往長出了好幾個頭顱來。現在是下班時間，所以，這些變化沒被人察覺到。

這天晚上，柯銀夜陪伴在柯銀羽的床前，看著她睡著了，他才安心。今天，銀羽去見阿慎的母親，對她而言是很大的煎熬。銀夜幫她蓋好被子，才走出房門，關上了燈。

門外站著的李隱問道：「她不要緊吧？」

「嗯，她今天太累了。不過，總算滿足了最後拜祭愛人的願望。但是，我擔心這會讓她的生存意志變弱。她在心上人死後，就一直很消極。」柯銀夜有些惆悵，「好了，你去我房間吧。談論一下魔王級血字指示的事情。」

「你們……不是親兄妹吧？」李隱忽然問出了這個問題。

柯銀夜沒有驚訝，而是坦然地點點頭，說：「對。我們並沒有血緣關係。但是，銀羽真的只是把我當做哥哥而已。」

「你們的確長得完全不像。」

「雖然我也很想把她當做妹妹，可是……小時候倒還好，隨著時間的流逝，卻不知不覺地把她當做了女人。」柯銀夜的語氣有些自嘲。但李隱卻很理解他，人的感情，不是可以控制的。

十二月卅一日到了。

「那麼，哥哥，我走了。」

在公寓門口，和柯銀夜擁抱告別後，柯銀羽就要出發了。

直永鎮的位置已經查明，龍潭市和天南市距離很近，而直永鎮就在兩個城市的交界地帶。

「走吧，柯小姐。」負責開車的梁冰把大家攜帶的背包、食物等都裝進車的後車廂，他打開車門說：「柯先生，你放心啦，我們會好好保護你妹妹的。」

「隨時和我聯絡，知道嗎？」柯銀夜再三囑咐柯銀羽，「我一定會想辦法幫你找出生路。」

柯銀羽淺淺一笑，說：「哥哥，你放心吧。我會活著回來的。」

柯銀夜目送著銀羽上了梁冰的車，看著他們駛出了社區大門，還追出去繼續看。

「如果不是因為我知道自己會成為銀羽的累贅，我會不顧一切地和她一起去那個地方的。」柯銀夜忽然對跟著他跑出來的李隱說，「我說的是真的。」

人群中，最為惴惴不安的，是唐蘭炫。明天，他的生死就將決定。這幾天他連飯都吃不下去，人都瘦了好幾斤。儘管大家一直安慰、鼓勵他，可是唐蘭炫對「魔王」依舊無比恐懼。明天……那神秘的魔王級血字指示，就要開始了！

梁冰開著車，已經駛入了接近直永鎮的林區。

「從地圖上來看，很快就要到直永鎮了。」坐在副駕駛座上的柯銀羽拿著地圖說。

「這樣就好了。」章三看著窗外的樹林，提心吊膽地想，會不會突然出現個白衣女鬼？又或者，吊死的冤魂？

天色已經漸漸暗了下來，在這種氛圍下趕路，多少讓人有點心悸。

「午夜零點前能不能趕到啊？」張星忽然擔心起來，「萬一車拋錨，或者是……」

「不會啦，」梁冰自信滿滿地說，「就算車拋錨，現在頂多也就不到兩公里的路，走也能走到那兒了。」

「說得也對……」

「啊啊……」坐在後座的趙鈺姍忽然發出尖叫，梁冰嚇得連忙踩剎車，回過頭問：「怎麼了？鬼出來了？」

「我……」趙鈺姍指著路邊的樹叢說，「我剛才，看到一個小丑，從樹叢中走過去……」

「啊？」梁冰聽了恨不得掐死她，大家已經那麼害怕了，她還這樣嚇唬大家！女人膽了小點也就算了，可是看到一個小丑，至於害怕成這樣嗎？

章三也說：「小丑也怕，難道你沒看過馬戲啊？」

「可是……他的臉，畫得很嚇人，我……」

「好了，走吧。」梁冰不再理會趙鈺姍，發動了車子。不過隨即又感覺不對……難道說直永鎮那個小鎮裏還有馬戲團？說不定就有，馬戲團是流動表演的。

這時，銀羽說話了：「不說這個了……我們先討論一下關於地獄契約的事情吧。」

當時，他們所看到的血字指示，是這麼說的：「地獄契約，被分割為七塊碎片。七塊碎片的下落將在今後的血字指示一一被發佈出來。一旦能夠收集齊七張地獄契約的碎片，就可以合成一張完整的契約。持有地獄契約的住戶，執行魔王級血字指示時，在十米的範圍內出示地獄契約，即可將魔王封印。地獄契約外觀是一份大約有半米長的羊皮紙，上面記錄著一些難以辨認的、用血寫就的類似古代文字的咒語，以及一些圖像。最上方是一個惡魔的頭。」

「地獄契約……」張星感歎道，「這東西……怎麼感覺像是網遊的作弊器似的。」

梁冰一邊注意著前方的路況，一邊說：「誰知道啊。只是既然公寓的血字那麼說了……就說明，這份契約的確可以把魔王封印。獲得完整地獄契約的住戶，就等於可以離開公寓了！」

「不過最令人頭痛的，就是怎麼收集齊七塊碎片。還要到公寓發佈血字指示的地點尋找。這難度絕對不比完成十次血字指示小啊！」

「當然，肯定是千難萬難。而且地獄契約只有一份，七塊碎片缺一不可。魔王一旦被封印，那麼，魔王級血字指示就不會再發佈，住戶就只有完成十次血字指示這個辦法可以獲得自由。」

銀羽說：「不過，一名住戶是不可能收集全七張地獄契約的吧？而且既然缺一不可，如果某一次血字指示，持有契約碎片的住戶被殺死，或者沒有找到契約碎片……地獄契約就無法集齊了。最理想的情況，也是多名住戶持有七張地獄契約碎片。需要這些人集中在一起，執行魔王級血字指示，把魔王封印。但知道這件事情的住戶肯定會互相提防對方，竭盡一切可能找出持有契約的住戶……」銀羽忽然感覺到，這簡直就是公寓故意引導他們自相殘殺。

公寓裏多數的住戶，都抱著「死道友莫死貧道」的想法，真的有了完整的契約，誰還會理會其他住戶死活？自然是立即執行魔王級血字指示，去封印魔王了。如果告訴其他住戶，難保對方不會生出搶奪的念頭。得到地獄契約，就等於可以直接離開公寓了！誰會不眼紅？即使一同執行血字指示可以封印魔王活下來，但是對不持有地獄契約的人而言，依舊有性命之憂。坦白地說，要把地獄契約完全集合，然後封印魔王，幾乎是不可能的。

趙鈺姍感歎道：「這個希望，給人的感覺是存在著，卻觸不到啊。說起來，那地獄契約只要持有就可以封印魔王，只要在魔王面前出示契約就行了，不知道還有沒有什麼限制？魔王會不會攻擊持有契約的人？」

「這倒不用擔心吧？」梁冰接過話，「血字指示中說必須要在魔王現身的十米範圍內使用地獄契約，方法就是拿出契約後，把契約正對著魔王就可以了。只要那樣，魔王就會重新墮入地獄。而這樣一來，魔王級血字指示也就通過了，參加了那一次魔王血字的人，就可以離開公寓了。」

趙鈺姍歎了口氣，說：「唐醫生……他是沒有辦法搭這順風車了……」

其實如果樂觀一點考慮，集全地獄契約碎片的話，那麼整個公寓的住戶都可以立即去執行魔王級血字指示，只要把魔王封印，全體住戶就都可以擺脫束縛、離開公寓了！

這個消息如果在公寓被公開，住戶們絕對會發狂的！

柯銀夜就是因為清楚這一點，才會叮囑他們，暫時不要告訴其他住戶。而且就算和盤托出，也會被住戶懷疑是不是隱瞞了和地獄契約相關的更多資訊，不排除有住戶會對銀羽不利的可能。再者，他也希望保有自己才知道的資訊，好更容易取得地獄契約。

梁冰的車子終於開到了直永鎮內。這個小鎮的街道並不很寬闊，一排排的房屋還算錯落有致，不過都不是很現代化。不過，從路邊的電線杆可以確定，也不是很閉塞。大多數房子都是居民房，商店不是很多見，而且多是一些雜貨小店。鎮子的街道上只有三三兩兩的人走動，顯得有些冷清，而且居民幾乎都是老年人。不過這也很正常，這裏距離城市很近，年輕人應該都去城裏打工了。

電器在這個小鎮裏似乎還屬於高檔消費品，因為幾乎沒看到電器商店。好不容易找到了一家三層樓的小旅館，停好車以後，五個人下了車，就走了過去。

旅館的老闆是個五十多歲的光頭男人，看了看五個人的身分證，就給他們開了三間房，收了押金。

「老闆，」梁冰忽然問道，「你們鎮上，有沒有馬戲團啊？」

「馬戲團？」光頭老闆疑惑地看了梁冰一眼，搖搖頭，「沒有，我這輩子都沒看過馬戲。」

「那……這鎮子上的居民裏，有沒有喜歡打扮成小丑的？」

「小丑？不知道。我不記得有那樣的人。」

梁冰點了點頭，五個人就拖著行李上樓去了。

「你還在意剛才趙鈺姍說的話啊？」張星看著還在沉思的梁冰，「你想太多了吧，一個小丑罷了，至於那麼大驚小怪嗎？」

「嗯，大概是我想得太多了。」

但是，柯銀羽卻不那麼想。小丑……夏淵說過，不要放過任何微小的不自然。因為，血字指示地點任何不自然的地方，都可能是致命的。

銀羽在上樓時，撫摸了一下左手無名指上戴著的戒指，這是阿慎送給她的戒指。

醒來的時候，銀羽的眼睛有些生疼。她抬起左手擋住陽光，映入眼簾的，就是無名指上的戒指。

昨天負責守夜的人是趙鈺姍。銀羽往旁邊一看，趙鈺姍居然靠在牆上睡著了，還好自己已經醒過來了。她的第四次血字指示，必定無比兇險。也不知道今天唐醫生能不能逃過一劫，下午打個電話問一問吧。哥哥也會一起去欣欣商場吧？

揉了揉眼睛，銀羽穿上了外套，而趙鈺姍也醒過來了。

「啊，柯小姐，你早啊。」趙鈺姍忽然意識到什麼，驚慌地說：「啊，我……我，我睡著了！」

趙鈺姍以前只執行過兩次血字指示，第一次很幸運地通過，第二次略微有些兇險，但還是安全回到公寓，所以她有些大意鬆懈了。

「到樓下去吃早飯吧，我記得底樓有個餐廳。」柯銀羽露出溫和的笑容，「鈺姍小姐，今天晚上我來守夜吧。」

「嗯……好，好吧。對不起啊，柯小姐，我居然睡著了……」

現在想想，沒有在做夢時被鬼殺掉，實在是不幸中的大幸了。

走出房門的時候，趙鈺姍仔細打量著銀羽，忽然問道：「那個……柯小姐，我昨天就注意到了，你好像很愛護這個戒指啊，你是結婚了？還是男朋友送你的？」

銀羽抬起手，看了看戒指，說：「是我男朋友送的。他是我在這世上最愛的人。但是，他已經不在這個世上了。」

趙鈺姍吃了一驚，意識到自己問了不該問的話，連忙擺擺手說：「對，對不起柯小姐，我，我不該……」

「沒關係的。」銀羽的目光依舊停留在戒指上，「都已經……是過去的事情了。」

和銀夜的性格完全相反，銀羽對任何人都是笑容滿面，她善解人意，如同一股溫暖的春風，所以縱然她以「才女」身分獲得無數青睞和追求，也從來沒有被人嫉妒，因為誰和銀羽相處，都會感覺很愉快。

所以，如果說銀夜不是銀羽的親哥哥，沒有人感覺意外。這兩兄妹不僅容貌一點都不像，性格也是截然相反。柯銀夜這個男人，給人的感覺是神秘深邃，不輕易和人接觸，也很少展露笑容，對待任何事情都嚴肅認真。銀羽的專業是西方文學，而銀夜的專業是國學。銀夜最喜歡的是《詩經》《易經》，而銀羽則經常捧著《莎士比亞全集》。

不過，這對兄妹的感情，卻是非常之好。當時在大學裏，每個人都知道這對有名的兄妹。他們非常輕鬆地拿了博士學位，可以說是前途無量。而如今……

銀羽現在的想法只有一個：無論如何，一定要讓哥哥活下去，離開這個公寓。雖然不是有血緣關係的家人，但是哥哥、爸爸和媽媽，都對待自己如同真正的家人一樣，沒有絲毫隔閡。這是銀羽自問一生都無法報答的深厚恩情。她更清楚，銀夜對自己一直存有的那份超越兄妹感情的愛意，甚至父母也曾經多次想要撮合他們。但是銀羽對於銀夜，始終只是把他當成哥哥而已。

她們來到旅館樓下的餐廳，然而，整個餐廳卻是空盪盪的，只看見了梁冰他們三個人。

「怎麼回事？」趙鈺姍感覺不太對勁，走到梁冰面前問：「怎麼一個人都沒有？」

「我也感覺很奇怪。」梁冰環顧著偌大的餐廳，「一下來就是這樣了。」

這個時候銀羽忽然想到了什麼，立刻衝出餐廳跑到外面去。

整個街道上，空無一人。安靜得簡直詭異。

一夜之間，街道上居然沒人了？

「怎麼回事？柯小姐……怎麼，怎麼一個人都沒有？」

雖然這是個小鎮，不是大城市，但是也不至於整條街連一個人也看不到吧？更詭異的是，許多商店裏，也沒有人在經營！

五個人開始在小鎮各處搜尋，很快，證實了這個恐怖的猜測……直永鎮，似乎現在只剩下了他們五個人！

整個小鎮，除了他們沒有一個人存在！

「這，這也太誇張了吧？」這時梁冰已經嚇得臉都白了，「小鎮的居民都到哪裏去了？昨天，還……還有那麼多人的啊。」

然而沒有人能夠回答他。

只過了一個晚上，小鎮全體居民都不見了，這是公寓的詛咒？可是也太過詭異了。難道全鎮的人都……這可能嗎？

回到賓館，大家都集中到了樓下餐廳裏，默默不語。

「該怎麼辦？」張星首先打破了沉默，「難道我們……就這樣一直待到一月八號？」

張星說：「實在太害怕了，難道他們也會和小鎮的人一樣莫名失蹤嗎？而這個小鎮，又無法離開！」

「太奇怪了，」銀羽若有所思地說，「波及的人實在太多了，公寓有必要抹掉整個小鎮的居民嗎？把這裏變為一座無人的空鎮？」

「誰知道公寓在想什麼啊？」胖子章三悻悻地說，「我們又不能離開這個鬼地方，必須要待到一月八號晚上午夜零點才能走……」

「我看還是繼續待在旅館裏，先看看情況吧。」梁冰又看了一下餐廳的入口，「總之……鎮子裏肯定潛伏著一個鬼魂，或者……一群鬼魂也說不定……」

這個時候，每個人都不禁左顧右盼，擔心馬上會出現一個恐怖的鬼魂。

「那……我們不如在旅館裏找個大一點的房間，大家都住在一起吧。」張星提議道，「反正旅館裏已經空無一人了。我甚至懷疑，昨天我們看到的小鎮裏的人，搞不好都是幻影。或者，根本就是鬼魂。」

「別胡說了！」梁冰瞪了張星一眼。

小鎮變得空無一人，恐怖的氣氛瞬間提升了無數倍。誰也不知道那潛藏起來的幽靈鬼魅什麼時候會出現，如何索取他們的性命。反正這八天的時間裏，分分秒秒，都是危機四伏。稍有不慎，就有可能命喪黃泉。

大家決定早飯還是吃自己帶的食物，這樣比較安全，反正每個人都帶了足夠吃八天的食物。吃完後，大家大眼瞪小眼地坐著，都不敢邁出餐廳一步。

「我們……先去找能夠住進五個人的房間吧？」梁冰首先開口，「畢竟乾坐著也不是辦法。」可是，沒有一個人敢邁動步子。誰也不知道哪裏會不會跑出個鬼怪來，就憑他們五個人，根本沒有抵抗的能力，一瞬間就會被殺死。以前曾經執行過血字指示的強烈恐懼感，時刻啃噬著他們的內心。

就在這個時候，梁冰又習慣性地朝著餐廳的門口看了一眼，僅僅就瞥了一眼，隨即就收回目光，因為他也覺得應該不會看到什麼。

然而，在他收回目光的瞬間，才反應過來……他剛才，看到餐廳門口站著一個人！

等他反應過來再猛然轉過頭去的時候，門口已經是空空如也。

剛才那個人……整張臉塗抹得很怪異，被一層白色粉底籠罩著，紅唇更是塗抹得異常誇張……小丑！那是一個小丑！

頓時他想起，趙鈺姗之前提到過，曾經在樹林裏見到一個小丑走過。

梁冰當即大喊：「我們……我們出去看看，我剛才看到門口有一個人！」

另外四個人立即如同驚弓之鳥一般站了起來，看了看餐廳門口，大家很是駭然。在一個空鎮子裏出現了一個人……

那是「人」嗎？

衝出餐廳，梁冰左顧右盼，卻什麼也沒看見。依舊是空曠寂寥的街道，一個人也沒有。

但是，他確定剛才看到的，的確是一個小丑！難道和趙鈺姗看見的是同一個小丑？

那麼，那個小丑為什麼出現？

濃稠的寒意開始籠罩著梁冰的身體……

天南市，欣欣商場前。

令唐蘭炫非常意外的是，最後願意陪他一起來這個商場的住戶，只有六個人。其他住戶，還是非常忌憚，就算不會死，到那種恐怖的地方去，誰也不會願意的。就好像看恐怖片，雖然知道不會被裏面的鬼殺死，可不是照樣會害怕嗎？何況這還是真正的鬼，不是恐怖片啊！

這六個人是李隱、嬴子夜、柯銀夜、華連城、伊莣以及楊臨。

楊臨始終無法忘記，他上一次在華岩山執行血字，唐醫生救了自己。當時唐醫生剛剛綁好固定自己的繩子，看見他墜落山崖，居然就抓著繩子跳下懸崖來救他。他反覆設想過，如果自己處在唐醫生的位置，無論如何也沒那個勇氣。這無關人性善惡，純粹是人的求生本能。畢竟，萬一抓不住繩子或者繩子無法承受兩個人的重量，兩百米高的懸崖是絕對沒有生還可能的。楊臨對唐醫生的感激之情難以言表，此次唐醫生要經歷大難，他絕對不會袖手旁觀，反正自己不會被魔王殺死，那麼他一定要竭盡全力幫助唐醫生活下來。

而華連城和伊莣夫婦，對唐醫生的感情也很深厚，他們都是極為重情重義的人。

至於柯銀夜，他是一心要好好看看這魔王級血字，找出生路，如果真有度過的辦法，也許自己和銀羽就有辦法離開公寓了。

「唐醫生，」楊臨緊緊握著他的手，「我們，就要進去了啊……」

眼前就是欣欣商場的大門，而楊臨緊盯著大門，非常緊張。

七個人，跨進了欣欣商場的大門。

「唐醫生，別緊張，深呼吸幾下。」楊臨始終緊挨著唐蘭炫，生怕突然冒出一個鬼魂來殺他。

七個人緩緩地走向自動扶梯，商場裏不可能有安全的地方，那還不如上樓去。

當他們來到三樓的時候，其他六個人把唐蘭炫圍得嚴嚴實實的，並不斷地注意四周的情況。

一定……要讓唐醫生活下去！

直永鎮上，梁冰等人回到了旅館。雖然不知道這個小鎮哪裏是安全的，但是目前也只能先待在這裏了。

屋裏的氣氛很僵，大家面面相覷，都不知道該做什麼才好，討論生路吧，目前又毫無線索。

就在這時，門外走廊忽然傳來一聲巨響！

房間裏一片死寂，大家都不知如何反應。然後……極輕微的腳步聲，開始響起……

「那……那個腳步聲是……」章三嚇得瑟瑟發抖，居然躲在趙鈺姍的後面，真是白長了那麼大的個子。

而梁冰也是一陣駭然，他把身體貼在門上，通過貓眼看著外面的情景。

一步……一步……腳步聲越來越近了。然而就在這時，更加詭異的現象發生了。

章三無意中回過頭看向窗外，頓時幾乎要張口尖叫起來，幸虧張星立刻捂住了他的嘴巴，狠狠瞪了他一眼，然後自己看向窗外，張星也幾乎跌倒在地！

怎麼可能！詭異也該有個限度吧！現在是下午時分，可是外面……卻變成了黑夜！甚至，連月亮都出來了！

而剛才，外面還是一片白晝啊！有月亮出現，也不可能是日食現象！

腳步聲停住了。

屋裏的五個人都屏住氣息，不敢說一句話。

良久，腳步聲再度響起，走過了他們的房門，越走越遠……

大家頓時鬆了口氣，跌坐在地上。梁冰渾身癱軟地趴在門口。

然而，一具鮮血淋漓的屍體，忽然從天花板上摔了下來，重重跌在了地板上！

「啊啊啊——」

終於無法忍受恐懼的趙鈺姍驚恐地大叫起來，那具屍體被開膛破肚，頭顱被切掉了一大半，這簡直是恐怖片裏才有的駭人景象！而且……這具屍體是從哪裏冒出來的？天花板上又沒有開洞！

柯銀羽把目光移向窗外的月亮。那月亮實在非常之圓，但是卻也顯得極為詭異。兩個黑色的光點漸漸浮現在月亮上面，那光點看起來就好像是巨大的褶皺，不斷扭曲著月亮。整個月亮，好像是一顆破碎的玻璃球，變得千溝萬壑。

這絕對不是月亮該有的姿態！

這裏……真的是……直永鎮嗎？

他們衝出了這個房間，更加駭人的景象出現在眼前。牆壁、樓梯，任何目光所及之處，無不沾滿了大量鮮血，血腥味濃到令人作嘔。

「離開……離開這裏！」梁冰立即做出決定，「離開這個旅館！」

其實根本不用他說，所有人都已經打定主意，飛也似的逃離了旅館。

8 自己的頭顱

離開旅館後，銀羽又抬頭看了一下天空。

月亮……此刻已經被扭曲化為一個邪惡的骷髏頭形狀！

「我們……接下來去哪裏？」

漫步在這個古怪到了極點的無人小鎮上，再抬頭看著那如同要噬人一般的月亮，任誰都有一種要精神崩潰的感覺。

「大家先別慌……」柯銀羽知道此刻穩住人心最重要，她分析道：「出現異常現象是必然的，而這些異常，我認為恰好是一個轉機。」

「轉機？」梁冰不解地問，「柯小姐，你的意思是……」

「公寓的生路有可能和這些異常現象有關係。明明是一個普通小鎮，不但一夜之間沒有了一個人，而且現在居然變成了黑夜……這不是很奇怪嗎？難道現在整個北半球都能看到這個詭異的月亮？」

「那……該不會吧……」

銀羽取出手機，決定先打給哥哥，問問天南市那邊情況如何。可是，她撥出電話後，卻無法撥通，和外界的聯繫完全被切斷了。

合上手機，銀羽說：「我們先記錄時間！如果黑夜一直持續，我們難免會喪失時間概念。記錄時間才能知道過去了多久，這是最重要的！」

古怪妖月照耀之下的直永鎮，覆蓋著一片古怪的光芒，周圍的所有建築物，映照出各種怪異的顏色，彷彿進入了一個萬花筒般的世界。

但，詭異的現象，現在僅僅是剛開始而已。

走在這依舊空無一人的小鎮街道上，五個人心裏都是七上八下，誰也不知道下一刻還會發生什麼古怪的現象。而接著……

「這……這是什麼！」

章三忽然停住腳步，看著眼前的景象，駭然地後退了好幾步！

其他人順著他的目光看向前方，也感覺到渾身戰慄！就連一直很鎮定的銀羽，也睜大了眼睛！

一個路燈上，下垂的繩子上吊著兩具血肉模糊的屍體。而屍體的身上，血肉幾乎完全被挖去，臉部也已經腐爛得可以看見骨頭，但還依稀可以辨別容貌。

那兩具屍體，赫然是梁冰和張星！

「怎，怎麼可能……」張星瞠目結舌，他想靠近那兩具被懸掛的屍體，但還是不敢走上前去。

梁冰還稍微冷靜一點，但兩條腿早就控制不住地發起抖來。

而趙鈺姍卻發出一聲歇斯底里的尖叫，她指著梁冰和張星說：「你……你們，你們是鬼！」隨即她毫不猶豫地回過頭，慌不擇路地隨便選了一個方向，撒開腿就拚命逃跑。

平時住戶都會花費大量時間去健身房訓練跑步，每個人跑起來都是健步如飛，趙鈺姍面對死亡與恐怖爆發出巨大的潛力，速度相當之快，一時間也沒人能追得上她。

「這個白癡！」銀羽立刻拿出手機撥打她的電話，「她難道不知道單獨一個人更加危險嗎？」然而，即使是趙鈺姍的手機，也依舊無法撥通。

趙鈺姍不知道自己跑了多久，等她停下來再度環顧四周，已經看不到其他幾個人了。她抬起頭，看到天空中那個猙獰的骷髏頭月亮，她頓時又被嚇得六神無主。自己怎麼就貿然離開他們了呢？

這時，映照在旁邊房屋上的色彩變得更加詭異，不斷扭曲形成一個個漩渦，看得人眼睛都花了。

這個地方……到底是哪裏？難道是什麼靈異空間？

如果真是異度空間，那怎麼回去呢？就算到了時間期限，如何離開這裏回公寓？她又不是第六次執行血字指示，可以直接回歸公寓。

趙鈺姍越想越感覺恐怖。她拿出手機，想打給柯銀羽，但是，剛撥出號碼，卻感覺到一陣古怪的心悸。

怎麼回事？她不禁回過頭去。

她自己的頭顱，居然在地面上不斷地跳躍著，不斷地向她接近！那頭顱上竟然還掛著一絲慘笑，用極度陰森的表情看著自己！

趙鈺姍嚇得立刻把手機扔向那個頭顱，隨即繼續飛奔起來！

瘋了……這個世界瘋了……公寓到底有什麼神通，把世界變成了這個模樣！

趙鈺姍邊跑邊回過頭去看……自己的頭顱依舊跳躍著追著她，速度越來越快！

趙鈺姍穿過好幾條街道，衝到一座樓房面前，大門虛掩著，她毫不猶豫地衝了進去，把門關上，看見了一個樓梯，立刻跑了上去。

這座樓似乎是出租房，共有四層。跑到第四層的時候，趙鈺姍跑進一個房間，把門死死關上，拉上窗簾，再把沙發等障礙物堵住門口，這才靠在牆壁上，鬆了口氣。

那顆頭顱跳動的速度太快了，跑的話根本跑不過，總會被追上，也許現在這樣，可以躲得過去。可是自己怎麼把手機給扔掉了呢？也許還可以聯繫到柯銀羽呢？李隱曾經好幾次提過，柯銀夜和柯銀羽兄妹的智慧，是不下於夏淵的。但是現在說這些已經沒有用了。

「早知道……還不如像唐醫生那樣，去執行那個魔王級血字指示，也比來這個詭異的空間強啊，說不定我根本連公寓都回不去。魔王級血字可以讓那些有經驗的住戶，像李隱、柯銀夜他們來幫我，說不定……也不知道唐醫生現在怎麼樣了，他該不會已經通過血字，獲得自由了？」她胡思亂想著，「不……不對……如果有那個地獄契約就好了……」

趙鈺姍進公寓前，是個自視甚高的人，名牌大學畢業，凡事都很要強，長得也算漂亮，她希望將來能夠自己創業。她決定先投資炒股，然而那一天，因為股市大跌，她心情不好多喝了幾杯，莫名其妙地進入那個社區，走進那條巷子，就這樣稀裏糊塗地進了公寓。

她最初真的被嚇傻了，本來她根本不相信有什麼鬼魂，認為這肯定是某種高級障眼法，但是又不敢真的離開公寓超過四十八小時。當她後來看到住戶從血字指示地點回來，在公寓前被一個女鬼活活吞進肚子裏的恐怖景象，就再也不敢不信了。

為了想辦法解開詛咒，她跑了很多寺廟，整天求神拜佛，甚至還找了不少江湖高人，研究那個社區所在地的風水等……但花費了很長時間，依舊毫無收穫。

根本找不出任何辦法能對抗公寓的詛咒。

她的第一次血字指示，地點是在一個地下停車場。當時那個地下停車場裏，不時傳來怪聲，接著不知道從哪裏衝出個幽藍色面孔的老太婆，拿著把菜刀，見人就砍。她是躲在一輛車的後車廂裏，嚇得失禁，才逃過一死。她的第二次血字指示，則是在一棟已經廢棄多年的古建築裏，那裏的一個屏風上畫的美女，顯得很妖異，一同去的住戶燒毀了屏風，但是隨後就有住戶莫名其妙地死去。那一次還是因為有老住戶的幫忙，她才逃出那棟古建築，否則根本不能活到現在。

那次古建築的恐怖經歷讓她心有餘悸，隨時隨地，女鬼都會突然冒出來殺人於無形，也許是樓道拐角，也許是身後，也許是窗外，也許下一刻，出現在你面前時都反應不過來。而這個小房間，也好像在哪裏就會冒出一個鬼魅來。

現在……難道完了？那個頭顱……會衝進來嗎？

為什麼會出現梁冰和張星的屍體？難道他們真的死了？可是自己還活著啊，為什麼會看見自己的頭？難道是鬼魂變出來的？類似的劇情，在恐怖小說裏也不是沒有見過。

李隱多次強調，不可能有無解的恐怖，也就是說，必定有一條公寓暗藏的生路存在，而且那條生路的執行難度不會很大，找出生路就可以逃出生天。

柯銀羽說，這一切異常現象可能是公寓給出的對生路的提示，但她實在看不明白。突然變成黑夜，到處是鮮血屍骨，月亮變成骷髏，還看見自己的屍體和頭顱……

對了……還有那個小丑！

自己和梁冰都看見過一個小丑。自己見到小丑是在直永鎮外，而梁冰則是在旅館餐廳外看到的。那麼……那個小丑就是鬼？對，一定是這樣的。

莫非小丑就是生路的一個重要提示？但是她對小丑沒有什麼瞭解，不就是把臉畫花，然後搞笑嗎？仔細想想……為什麼當時看到那個小丑的時候，自己會嚇一大跳呢？不過是個小丑而已啊。只是小丑而已……

就在想到這裏的時候，她忽然覺得好像一道閃電劃過了身體……產生了一種強烈的感覺……

趙鈺姍猛地看向窗戶……怎，怎麼可能！

剛剛，明明被她拉上的窗簾……現在完全被拉開了！敞開的窗戶，正對著那個巨大的骷髏月亮！

這時候，銀羽他們正沿著剛才趙鈺姍逃走的方向，四處找她。四個人心裏都是七上八下的。趙鈺姍……恐怕是凶多吉少了。

就在他們走過一條街道的時候，右邊一幢房屋的大門，忽然「砰」的一聲大開，把四個人都嚇了一大跳。但是，並沒有任何人走出那座房子。原來是虛驚一場。

這時，柯銀羽看見……地面上，有一個手機！她三步併作兩步地走了過去，撿起手機。這正是趙鈺姍的手機！

就在她彎下腰撿起手機的時候，身體正好背對著左邊的一幢房屋。而另外三個人，都擠在那扇被撞開的房門前，想看個究竟。銀羽身後的一扇房門，緩緩地打開了，一隻慘白的手伸了出來，慢慢伸向銀羽的後背……

銀羽感覺到……趙鈺姍很可能遭遇了不測。

這時，張星忽然回過頭來對銀羽說：「柯小姐，這幢房子裏好像沒人。咦，你拿著的手機是……」

張星回過頭的瞬間，銀羽身後又恢復了正常，那扇門依舊關得好好的。

「是趙鈺姍的，她可能就在附近……」銀羽緊緊握著那個手機，「我們想辦法找到她！」

而此刻的趙鈺姍，在看到拉開的窗簾後，嚇得立刻衝到房門邊，挪開沙發，把門打開，然後躡手躡腳地慢慢向樓梯口走去。

那個跳動的人頭……大概已經不在了吧？最好是不在了。但是……

當她走到剛才上樓梯的地方一看……卻根本沒有樓梯了！怎麼可能?!

趙鈺姍慌忙地在整個樓層裏搜尋，都找不到樓梯了！可是剛才明明有的！這可是四樓啊！難道她要跳下去嗎？跳下去根本沒得救啊！

趙鈺姍越來越害怕了，最後只好又選了一個房間，走進去後鎖上門，再拿一些障礙物堵住門口。她走到窗前，希望能看到柯銀羽等人。但她又不敢放開嗓子大喊。

怎麼辦？怎麼辦！

做根繩子吊下去？萬一這個時候鬼怪出現了怎麼辦？到時候就是想逃也逃不了了。

這個房間並不大，幾乎沒有傢俱，她緊貼著牆壁，注意房間的變化，害怕突然冒出一個鬼來。

這麼耗下去，自己遲早會被殺！

她看著窗外，距離自己最近的樓房都有二十多米。她剛把頭伸出窗外，無意中瞥了一眼隔壁房間的窗戶……

她看到了那天在林子裏見到的小丑的臉！這個小丑的面孔依舊塗抹得極為誇張駭人，也正把頭伸出窗戶，死死地盯著她！

「啊！」趙鈺姍失聲驚叫，立刻把頭縮了回來，用力關上窗戶再狠狠鎖住，接著拉上窗簾。她又衝到門邊，再把一張桌子加在那堆障礙物上，然後用身體死死頂住！

不要……不要……不要過來！

但是，祈禱並未如願。

很快，隔壁房間門被狠狠踢開的聲音傳來！接著是和那時在旅館聽到的同樣腳步聲！那個小丑……要到這個房間來殺死她！

趙鈺姍忽然感覺下身一陣溫熱，但此刻她也顧不上害羞了，繼續用身體頂住門，只希望那個小丑不要進來……

到底公寓的生路是什麼啊！有什麼辦法可以讓這個小丑不殺自己？比如說什麼話或者做一件什麼事……趙鈺姍的頭腦完全混亂了。

這時……腳步聲停止了。停在了……自己頂住的這扇門的門口！然後，她身後，傳來一陣陣劇烈的撞擊！

妖月照耀之下的地面，也開始發生了變化。

地面開始不斷開裂、腐爛，變得坑坑窪窪，千溝萬壑。而且，腐爛的臭味不斷從裂開的地面傳出來，這腥臭讓人極為反胃，章三開始嘔吐起來。

「真的好臭……」張星也不禁捏住鼻子。

銀羽漸漸注意到，發生變化的不只是地面。附近的商店、房屋，無一例外的，牆體都開始大範圍地開裂，顯得很陳舊和破敗，彷彿這是一座廢棄多年的死鎮一般。

梁冰也注意到了，他按捺不住地問：「柯小姐……我們，該怎麼辦啊？你有沒有想出什麼生路來？」在無法聯繫到李隱的現在，柯銀羽成了梁冰眼中最大的救命稻草。

銀羽也不知該說什麼好，她走著走著……忽然，經過一家商店的時候，銀羽通過櫥窗看了商店裏面一眼。那似乎是一家布料店，裏面堆放著許多五顏六色的衣料，還有一台縫紉機。

銀羽看見縫紉機的瞬間，腦海裏閃過以前的一幕……

「阿慎，我學過幾年縫紉，將來我幫你做衣服吧。」對於女紅一直頗有興趣的銀羽，對阿慎承諾過。此刻見到縫紉機，她一時間看得出了神。

「怎麼了？柯小姐？」張星見她有些走神，便問道：「這家店有什麼問題？」

「不，沒什麼……」銀羽回過頭去，忽然……她猛然又扭頭看向櫥窗內！

「怎麼會……」

那台縫紉機放置的位置，比剛才看到的，又距離櫥窗近了許多！這絕對不是錯覺！這讓銀羽立即警惕起來。而另外三個人，還沒有發現問題所在。

是馬上離開這裏，還是……按理來說，這種危險應該立即遠離，但是，也不排除這可能是公寓給出的生路提示。銀羽權衡再三，覺得還是太過危險了，還是離開為妥。

於是她回過頭說：「我們走……」

「柯小姐！」張星立即大叫起來，「你，你看！」

銀羽回過頭去一看……她自己的頭顱竟然放置在縫紉機上！

不知道何時出現的，一個把臉塗抹得非常古怪的小丑，竟然坐在縫紉機前，開始操作起來，縫紉機的針尖插入了自己的頭部！然後自己的頭顱就慘嚎起來！

銀羽的臉瞬間變得慘白。她當機立斷地喊道：「逃！」

四個人撒起腿來逃離這家商店，然而那慘嚎和尖叫聲卻依舊不斷迴盪著，不管跑了多遠，都還能夠聽到，簡直是要把人的靈魂撕裂的叫聲！當銀羽把目光看向兩旁的時候，才明白為何這叫聲始終迴盪在耳邊！

無論他們跑到哪裏，兩旁的房屋的窗戶內，都可以看見那個小丑將針或者尖刀插入自己的頭顱，頭顱不斷飆出鮮血並且尖叫著！無論跑到哪裏都一樣！好像這個小鎮有著無數的小丑一般，跑到任何地方，都能看到這個小丑！這就是趙鈺姍和梁冰提過的小丑？

這時候梁冰臉色慘白地說：「是這傢伙……我之前看到的就是這個小丑！」

終於，眼前終於出現了一條巷道，衝進去以後，沒有再看到有窗戶。在奔跑過程中，他們一直左顧右盼，但小丑沒有再出現。

「我……我跑不動了……」最胖的章三終於支持不下去了，扶著膝蓋說：「你們……你們等等我啊……」

可是哪裏有人理會他，張星還拋下一句話：「腦殘才會等你！」

章三只好繼續追上去，然而，眼見那三個人拐過一個轉彎口，等他追過去一看……前面還是一條長長的路口，可是那三個人卻看不見了！

梁冰他們跑了一段，回過頭去一看，章三真的沒有再跟來。

「這……」張星停住腳步，略微有些擔心地說：「這死胖子不會真的掉隊了？」

「要不……我們回去找他？」梁冰也猶豫起來，畢竟一起住了那麼長時間，多少也有感情了。住戶之間只要不是損及自己，能幫還是會儘量幫的。

但是，梁冰剛要往後邁出一步，卻只見拐彎處，一隻黑色的靴子伸了出來！章三穿的可是運動鞋啊！

頓時梁冰不再猶豫，立即回過頭，三個人再度狂奔起來。

章三跑到前面，怎麼也看不到那三個人了。

「這……這是去哪裏了？」

他一時恐懼起來。莫非……三個人都被那個小丑殺了？不可能吧？不，有什麼不可能的？血字指示地點的鬼魂，哪一個不是詭異莫測的？

胖子章三頓時大為驚恐，不知道是該進還是該退。此刻，他只有雙手合十，不停地向東西方所有的神明禱告。

怎麼辦？該怎麼辦？章三最後還是決定先嘗試逃回去看看。他跑出巷道到了大街上，再一看街道上，兩旁房屋的窗戶內，已經看不到那小丑了。章三略微鬆了口氣，但他依舊充滿恐懼地看著四周。

說來奇怪，明明天空中有個那麼大的月亮，可是，卻還是感覺光線很暗。街道上，雖然還沒到伸手不見五指的地步，但稍微遠一點的景物，就非常模糊了。

那個小丑……會不會從這黑暗中的某處出現，來殺自己？

章三想到這裏，雙腳就不停哆嗦。雖然血字指示很危險，但是平時畢竟身邊跟著其他住戶，也能略微壯壯膽子，可是現在他單獨一個人……實在太恐怖了！

章三摸了摸身上，想找出手機，但剛一摸出來，發現手機竟然自動關機了，怎麼也打不開，甚至換上應急的備用電池也沒用！眼前黑暗的街道，猶如一隻猛獸的大嘴，隨時要吞噬掉他。縱然不出現鬼魂，也夠恐怖的了。

趙鈺姍用身體死死擋住大門，然而撞擊卻是一次比一次來得激烈。每一次撞擊，她都感覺五臟六腑好像都要被震傷一般。

「別……別進來……別殺我……求求你，別殺我……」趙鈺姍嚇得已經面無人色了，她不想死啊！可是，門外撞擊的力量絲毫沒有因為她的哀求而有任何減弱的趨勢。

趙鈺姍看看房間內還有沒有可以充當障礙物的東西，但是，所有傢俱都被她拿到門前來擋門了，哪裏還有其他東西？

這個時候，她只能扯起嗓子大喊道：「銀羽！張星！章三！梁冰！求求你們，求求你們救救我！救救我！」她雙手已經使足吃奶的力氣抵擋，而門依舊不斷震盪著，不過門也真算結實，沒有壞掉的跡象。

趙鈺姍繼續不斷地大喊：「救我……救我啊！章三！梁冰！張星！銀羽！」

「你們……有沒有聽到趙鈺姍的喊聲？」

銀羽此刻依稀聽到遠處什麼地方傳來喊聲，似乎是趙鈺姍的聲音。

「我也聽到了，」張星肯定地點了點頭，「是趙鈺姍吧？」跑出那條巷道，那追蹤的黑靴的主人也沒有繼續追來。趙鈺姍的大喊聲，他們都聽到了。

銀羽對於章三的掉隊確實感覺遺憾，但是也沒有辦法，這個時候誰也不敢回去找他。誰知道那個小丑會不會在那裏等著呢？不可能為了一個人，把三個人的性命全部犧牲掉。

「這個方向！」銀羽終於確定聲音來源的方向，對梁冰和張星說：「我們去救趙小姐吧！」

趙鈺姍感覺自己已經到極限了。門外撞擊的力量越來越強大了，門和牆壁的接縫處，已經出現了好幾條裂痕，門也開始搖搖欲墜起來。

擋不住了！那個小丑……會進來的！進來後，毫無疑問，會殺掉自己！

就在趙鈺姍近乎絕望時，忽然，門外的撞擊停止了。趙鈺姍幾乎不敢相信，還以為是不是對方在蓄勢來個最後一擊。可是，過了十幾秒，依舊沒有動靜，她開始欣喜起來了。莫非……小丑放棄了？

但她不敢放鬆，依舊用力頂住門，並不時注意身後的窗戶。

公寓似乎給這個小丑的限制是……沒有穿牆和漂浮的能力？否則，不是直接就可以進來了？對，一定是這樣。這樣一來，這個小丑也沒什麼可怕的。鬆了口氣後，她開始有了一種劫後餘生的感覺。

不過，她隨即想到，還有一種可能，也許那個小丑去找什麼工具，來嘗試弄開門，也不是沒有可能。不能鬆懈！於是她繼續大喊道：「銀羽！章三！梁冰……」

距離那座發出呼喊聲的樓房，越來越近了。銀羽三人終於來到了樓前。

「是這裏沒錯！」銀羽抬起頭看向這座四層樓樓房的頂層，非常清晰地聽到了叫喊聲。

「趙小姐！」銀羽大喊道，「你能聽見嗎？我是柯銀羽！」

聽到聲音，趙鈺姍頓時大喜，她連忙衝到窗戶前往下一看，果然是銀羽他們三個人！有救了！

「銀羽！」她應道，「救我！我被困在一個房間裏，小丑……那個小丑要殺掉我！你們想辦法救救我……能不能找個墊子放在下面，我可以跳下去？」

銀羽皺了皺眉……墊子？就算真的有，從四樓跳下來，能夠抵消多少衝擊力呢？不過，她還是開始去想辦法。

這時趙鈺姍忽然想到，萬一這時候小丑趁虛而入怎麼辦？一想到這裏，她立即又跑過去頂住房門，但嘴裏仍繼續喊道：「銀羽……求求你救我！你的大恩大德我永遠不會忘記！」

忽然，趙鈺姍感覺不太對勁。她緩緩地抬起了頭。那個小丑，此刻正倒掛在房間的天花板上。那張塗抹得極為古怪的面孔，倒過來對著趙鈺姍，發出恐怖的獰笑！

魔王級血字

PART THREE

第三幕

時間：2011年1月1日

地點：天南市欣欣商場

人物：唐蘭炫

規則：在規定地點內待滿三個小時，非執行者可去圍觀，一旦執行者在指定時間通過考驗，即可立即離開公寓獲得自由。

地獄公寓

9 孕婦的詛咒

與此同時，欣欣商場內，唐蘭炫和楊臨等人，正待在四樓的一家咖啡館裏。這時候人很多，唐蘭炫也稍微有了點膽氣。

「唐醫生，你別緊張啊，」伊蕓看唐蘭炫不停搓揉著雙手，神色也緊張到了極點：「不會有事的……我們一定讓你活下去！」

楊臨此時不在咖啡館內，他待在外面，拿著望遠鏡，不斷地注意上方和下方所有走動的行人，想找出有沒有鬼魂惡靈的蹤跡。子夜則站在他的身後。

這時，子夜忽然看到……眼前不遠處一個塑膠模特兒，整張面孔幾乎完全碎裂了，裂痕已經讓塑膠模特兒的面孔無法辨認性別。

緊接著……整個欣欣商場裏，所有人都靜止不動了！

楊臨也立刻發現了，每個人的臉孔，都出現了大量裂痕！而且每一個人……都被變成了塑膠模特兒！

欣欣商場的燈光一下全部熄滅了！本來廣播放出的音樂也戛然而止，整個商場陷入了無邊的死寂！

咖啡館裏的唐蘭炫被嚇了一大跳，渾身顫抖起來。華連城和伊蕊也很驚愕，雖然公寓承諾魔王血字不會讓一般住戶受到牽連，但還是感覺非常害怕。

李隱看向每一個凝固不動的人。那些人臉上的裂痕不斷擴大。隨即，一根根血紅色的觸鬚，開始從那些裂痕中伸了出來！

他們儘量避開身旁那些變成了塑膠模特兒的行人，準備跑到逃生梯所在的位置。逃生梯那裏，應該不會聚集太多的人。然而，商場內所有人一瞬間全部變為塑膠模特兒，而且臉部都不斷碎裂，並長出血紅色觸鬚來，著實令人感覺恐怖。好在目前臉部碎裂處長出觸鬚的人，還是少數，但是，那些觸鬚的生長速度非常之快，並且不斷延伸，很明顯，它們在朝唐醫生所在的方向移動！

子夜知道，時間一長，大量的血紅觸鬚絕對會蔓延到整個商場！

就在他們即將接近這一樓層的逃生梯入口時，經過一個變為塑膠模特兒的男人身旁，那個男人的面部，忽然長出了血紅色觸鬚來，並迅速向唐蘭炫伸過去！很快，觸鬚纏住了唐蘭炫的左手！

「啊！」唐蘭炫立即驚叫起來，想要甩掉那觸鬚，可是，他越掙扎觸鬚纏得越緊。緊接著，那男人的面部完全碎裂開，三隻血紅色的頭顱猙獰地發出嘶吼聲，而血紅色觸鬚全部是從頭顱的嘴巴部位伸出來的！

那三隻血紅色頭顱，仔細看去，竟然全都猶如是嬰兒一般！唐蘭炫看著三顆血紅的頭顱，頓時嚇得魂飛魄散！

楊臨立刻抽出早就準備好的鋒利匕首，砍向那血紅色觸鬚！身旁的華連城和伊芸這時才反應過來，也抽出匕首砍去！楊臨原以為這血紅色觸鬚肯定很難砍斷，但是鋒利的匕首一砍下去，居然立刻就把它削斷，幾乎沒有費什麼力氣，他一時愣住了。

他們再看向那個塑膠模特兒，那三顆血紅色的頭顱已經消失得無影無蹤。變為塑膠模特兒的人，身體開始迅速裂開，最後，整個人變成了地面上的一堆碎塊。

不愧是魔王級血字指示，只為了殺一個人，就把這商場裏數千人全部變為塑膠模特兒？

這時候，遠處又有不少血紅觸鬚蔓延開來，觸鬚的生長速度開始變快了。子夜朝樓下看去……一樓大廳所在位置，觸鬚生長速度最快，已經把整個地面鋪成了紅色！那些觸鬚，正沿著自動扶梯不斷向上生長！

他們不再猶豫，立即逃入逃生梯內！目前肯定不能朝下面跑，似乎越是下面，觸鬚蔓延速度越快，所以只能向上了。雖然可能被逼到無路可逃，但至少也要爭取一點時間。

同時，二樓、三樓、四樓的大量變為塑膠模特兒的人，都不斷地長出觸鬚來，蔓延速度也不斷加快。血紅色，開始充斥著整個商場。

他們一口氣逃到了頂層。令人意外的是，頂層的人，雖然也都變為塑膠模特兒，但臉部碎裂情況不是特別嚴重，也沒有長出觸鬚。

「電梯……逃生梯……自動扶梯……所有地方都想辦法拿東西堵住！別讓那些血紅觸鬚上來！盡可能撐到血字指示的時間結束！」

子夜下達了指示，楊臨等人立即照做了。好在這是百貨商場，找一些障礙物並不困難。只是大家都沒有信心可以長時間抵擋住下方的血紅觸鬚不斷向上。而此時，在這個樓層的某個地方，正佇立著一個特殊的塑膠模特兒，那正是李隱的父親李雍！

李隱俯瞰著商場底部越來越多的血紅觸鬚，忽然產生了一種感覺……這觸鬚……似乎很像某個東西……是什麼呢？但他來不及多想，他對身後的銀夜、楊臨和連城說：「接下來，要把這個樓層所有的塑膠模特兒扔到底樓去！」

這個商場的中心部分是中空的，圍成一個長方形，四周是各個商鋪，所以從最底層就可以仰望到頂層。這樣的設計格局，也非常便於把塑膠模特兒扔下去。其實，也可以選擇扔到窗戶外面去，但是，李隱等人很快發現了一個可怕的事實。

那就是……沒有辦法做到！透過窗戶，他們發現……外面似乎根本不是天南市了，只是一片無邊濃重的黑暗。打開窗戶，誰也不知道會有什麼東西進來！

那些塑膠模特兒，都輕得離譜，一扛就起來了，就是空心的也不應該那麼輕啊。這個樓層的人也不算特別多，於是大家一起動手，很快丟了幾十個塑膠模特兒下去。

唐蘭炫本來想幫忙，但被李隱阻止了：「唐醫生，我們是不會被魔王傷害的，所以我們來做最適，你儘量遠離那些塑膠模特兒就行了。」

在看著他們丟那些塑膠模特兒時，唐蘭炫忽然明白那些血紅色觸鬚像什麼了。

臍帶！嬰兒的臍帶！就是因為是臍帶，所以能那麼輕易就被砍斷嗎？

唐蘭炫雖然感覺很荒謬，但越看越覺得像。仔細回憶剛才楊臨砍斷觸鬚的情景……真的和臍帶非常像啊！

這代表了什麼？臍帶是聯繫著母嬰之間的紐帶，更是新生的象徵。可是，代表著毀滅和死亡的這個魔王的詛咒，卻出現了臍帶？這近乎崩潰的現實，把唐蘭炫壓倒了。他雙手緊抓著護欄，卻感覺眼前不斷地陷入黑暗。似乎，一張巨大的惡魔面孔，正冷冷地凝視著他。

你果然……不肯放過我嗎？

就在這時候，李隱走到這個樓層最後的十個塑膠模特兒跟前。當他走到一個中年男人形象的塑膠模特兒面前時，頓時如同遭了電擊一般，一動不動了。

「爸……爸爸！爸爸怎麼會……」李隱連忙去觸摸眼前和父親的樣子完全一樣的塑膠模特兒。父親……真的被變成塑膠模特兒了！

「怎，怎麼會……怎麼會這樣，爸爸，爸爸！」

李隱昔日再怎麼憎惡父親經營醫院的冷血心態，再怎麼想要和父親劃清界限，但是如今看到父親變成這個樣子，李隱還是感到悲痛不已。

「不……不！一定有辦法的，一定還有辦法的！」

忽然，李雍的頭部，猛地掉落下來，隨即，滾到了站在一旁的唐蘭炫的腳下！

在摔到地上的同時，那臉部就出現了一道裂痕。裂痕不斷地擴大……

血紅色觸鬚，又從裂縫長了出來，等唐蘭炫反應過來的時候，只見一個血紅頭顱從裂縫中掙扎而出！但……這個頭顱，卻是唐蘭炫極度熟悉的！

那是一張女人的臉。唐蘭炫永遠不會忘記這個女人的臉，甚至她的名字自己都記得非常清楚，一分一秒，從不敢忘記。

女人的頭顱死死盯著眼前的唐蘭炫，雙眼流露出無比的怨毒和憎恨！而這雙眼睛，也是唐蘭炫無比熟悉的……和十年前，一模一樣！

她是……唐蘭炫親手殺死的人。

「不……不！」

臍帶……嬰兒……十年前，自己犯下的罪惡……

那個時候，還是一名初中生的自己，性格非常活潑好動，也非常追求時尚。那時候的唐蘭炫，完全沒有考慮過要當一名醫生。他倒是對電腦很感興趣，有將來做ＩＴ行業的抱負。

一個週末，他出去買了一台電腦，回家的路上，非常興奮。走在路上，他滿心都是購買了新電腦的喜悅，一路蹦蹦跳跳的。而不幸就是在那一刻發生的。

當時，他走進一條小巷子，看到了一名孕婦。她的肚子已經非常大了，看起來，再過不久就要生產了。

他走路的時候儘量避開那孕婦，但是，當他走到孕婦身後時，忽然腳踩在一顆凸起的石頭上，他腳一扭，整個人朝前撲去，不小心推到那孕婦的後背！因為用力太大，那孕婦也沒注意，身體重重地摔在了水泥地面上！那孕婦倒在地上，發出一聲慘叫，她痛苦地掙扎著，身下慢慢湧出血來。

當時唐蘭炫好久才反應過來……不，不會吧？我……我把一個孕婦推倒了？唐蘭炫哪裏經歷過這樣的事情，他很害怕，本來打算去幫她的，但看到出血那麼嚴重，他猶豫了。

流了這麼多血，孩子還能保得住嗎？這樣的話，這女人和她的家人還不找我拚命啊？我父母都是工薪階層，賠得起嗎？說不定還要打官司，還要……我的前程會不會就這麼毀了？

就在這時，那孕婦艱難地回過了頭，她看向唐蘭炫的眼神，是無比的憎恨和怨毒。如果眼神可以殺人的話，那此刻唐蘭炫恐怕已經死得不能再死了！這個眼神讓唐蘭炫的恐懼占了上風，他立即轉身就跑，衝出了小巷！

那一天他跑回家後，立刻把自己鎖在家裏。不斷地擔心恐懼著……那個孩子肯定保不住了……但那個女人會不會出事啊……我該送她去醫院才對啊。她也許會死的……不不不，怎麼會死人呢……不會有事的，這是意外，意外，我沒有責任的，我不是故意的……

那天晚上，他看新聞的時候，忐忐忑忑。當天晚上他做了噩夢，夢見了那個孕婦的憎恨眼神，也夢見員警來家裏抓自己，然後送上法庭……

第二天，他終於在晚報上知道了消息，那個孕婦死了。看到這條新聞的時候，他渾身猶如被雷電擊中一般，整個人都懵了。我……殺人了？殺人了？

唐蘭炫不敢相信。自己居然殺人了！

那個孕婦的手機當時正好沒電了，而那條巷道又太過偏僻，結果她的慘叫一直沒人聽見，後來她暈了過去，過了很久才被人發現，送去醫院。由於出血過多，搶救無效身亡。結果推定是孕婦走路的時候不小心滑倒，才導致慘劇發生。那個孕婦也沒有什麼仇人，不認識的人不可能那麼沒有人性，連一條未出生的小生命也要殘害。那個孕婦送去醫院的過程中一直昏迷，到死的時候都沒有恢復意識，所以也無法說出是別人害她摔倒的。

最初唐蘭炫對這個結果有些僥倖，不會有人來抓自己了。但之後，是深深的罪惡感。畢竟那個孕婦的死，自己有無法推卸的責任。如果當時及時送她去醫院，就算胎兒保不住，至少孕婦本人不會死。

這條新聞根本沒引起多少人關注，很快就淡出公眾的視線。但是，唐蘭炫卻把那條新聞的所有報導都剪下來，保存在抽屜裏。每一天，他都要拿出來看一看。

我殺了人……殺了兩條人命！他每天都這麼提醒自己。就算沒有人來追究自己的罪惡，但是自己殺了人卻是不爭的事實。但他沒有勇氣去自首，因為他沒有膽量面對孕婦家人的憎恨，和自首後面臨的社會譴責。然而他逍遙法外，卻被罪惡感深深折磨，吃不好，也睡不香。每一天都活在恐懼和內疚的掙扎裏，也把那台訂購的電腦退了。

結果，因為這塊心病，唐蘭炫中考沒有考好，只進了民辦高中。在那件事情過去整整一年後，唐蘭炫選擇在那個日子，偷偷地為那個孕婦燒些紙錢，在那條巷道附近偷偷地獻上花束。甚至他還調查了那個孕婦的家人，對方的父母在女兒死後哭得死去活來，身體越變越差，無心工作，過了一年也無法從悲痛中走出來。孕婦的丈夫雖然也很痛苦，但基本恢復了過來。

他找到他們的家庭住址後，站在門口卻不敢進去。他該怎麼辦？他又能怎麼辦？贖罪？謝罪？那種行為又可以挽回什麼呢？自己的罪惡，終究是無法彌補的。無論用什麼藉口來掩飾，犯下的罪行都不會消除。造就的悲劇和痛苦，也不會因此有什麼改變。自己該怎麼活下去呢？

終於唐蘭炫有了一個決定。他要成為一名醫生。最初考慮過成為婦產科醫生，但是男性要擔任婦產科醫生實在不容易，所以最後他決定選擇外科。高中三年，他日日夜夜都勤學苦讀，想要考上天南市有名的醫科大學。父母很驚訝於他徹底放棄了成為ＩＴ精英的理想，但唐蘭炫卻知道，自己沒有什麼資格去追求夢想了。

也許自己的做法很虛偽，是在開脫，但是，總比什麼也不做要好。既然殺了人……就要去救更多的人，而且救其他人是自己的義務！就算沒有金錢回報，就算沒有人感激自己，也要盡可能救更多的人，到自己死為止，這一生都要奉獻給醫生這個職業！

由於他近乎拚命的發憤，高考揭榜後，唐蘭炫以全市第一的絕對高分，進入天南市第一醫科大學，攻讀內科專業。他學習不僅刻苦，而且非常重視臨床經驗，在學院內的成績相當優異，獲得了教授們的一致認可。大學畢業前一年，就有好幾個醫院對他有錄用的意向。

而當時唐蘭炫最有就職意向的，就是正天醫院。他看過許多篇李雍院長的醫學論文，寫得極為精闢，資料可信，內容嚴謹，明顯是有豐富臨床經驗的人才能寫出來的，而且正天醫院的各種設施在天南市都是頂尖的。不過，因為唐蘭炫學習的內容以中醫為主，而正天醫院錄用醫生是以學習西醫的學生為主。所以，他最後選擇的是現在就職的醫院。

正式工作後，唐蘭炫非常嚴謹負責，對每個患者都非常親切，每一次搶救病人時，他就如同患者親人一般，就算一旁的醫生都宣佈搶救無效了，他還在拚命做著所有努力。如果患者最終還是死了，他竟然會和患者家屬一起痛哭，甚至好幾次帶著鮮花去慰問患者家屬。

當然，他做的診斷很少有失誤的，甚至有很多危險嚴重的病例都被他一一救活。患者家屬曾經很多次給他紅包，他都選擇在患者出院後如數奉還。對他而言，生命是無價的，何況自己根本沒有資格為救活了一個人而收受金錢。哪怕是收取一分一毫，都是不可饒恕的。他的許多行為，被視為做作，因此反而人緣很差。但唐蘭炫從來也不在意這些，對他而言，只有救治病人是最重要的。

唐蘭炫可以輕易地忘記被自己救活的病人，但是自己主治卻死去的病人，他卻永遠不會忘記，他們的姓名、容貌、性格、愛好，甚至生日、血型、家人的姓名，他都記得極為清楚。每一年過年的時候，他都會去那些去世患者的家裏，給遺屬送禮品。他就是為了救人、為了讓生命延續而活著的，這當然不能彌補和抵消他犯下的罪惡，但是，總比什麼也不做要好。

就算是不小心進入了公寓，唐蘭炫也依舊沒有放棄。對他來說，成為了醫生，決定時刻贖罪的自己，當身邊的人遭遇生命危險，就絕對不可以視而不見。哪怕是冒著生命危險，也要解救他們！

所以，當初在華岩山，楊臨掉下懸崖的那一瞬間，在唐蘭炫眼裏，就猶如看到了十年前自己推倒的那個孕婦。

十年前，他逃走了。十年後，他還能夠再一次退縮嗎？所以，當時他緊抓著繩子，從兩百米高的懸崖跳下，去救楊臨！沒有任何遲疑！

但是……就算自己救了那麼多的人，為此甚至付出了自己的一切……此刻那顆血紅色頭顱傳遞來的、和十年前那完全相同的怨毒和憎惡，再一次讓他陷入恐懼的深淵……自己殺死了一個還沒出生的孩子和一個母親。他是罪人……是永遠不可饒恕的！

那代表新生兒的臍帶，沾染著鮮血，開始纏繞住唐蘭炫的雙腳，不斷地向上蔓延……

「你……你怎麼了？唐醫生？」

李隱的聲音令唐蘭炫頓時清醒過來。他看向地面，地上依舊是那個斷開的塑膠模特兒的頭，沒有任何裂痕。幻覺？不……唐蘭炫很肯定那不是什麼幻覺！

那是真實的場景！即使過去了十年，那個孕婦，還有她的孩子，還是變化為厲鬼，時時刻刻詛咒著自己，憎恨著自己！

嬴子夜把最後一個塑膠模特兒扔下樓去。不會有來自這個樓層的危險了。

而就在這時，忽然，大家都看到……電梯門上方的電子顯示幕，開始閃爍，樓層……開始不斷上升！

這一瞬間，每個人都似乎感覺到天地變得一片黑暗，好像自己的靈魂根本不在軀體內，甚至感受不到自己的存在，眼前除了黑暗，還是黑暗……隨著電梯層數的上升，這種感覺，也越來越明顯！

「是我的錯……」唐蘭炫抱著頭倒在地上，「十年前我犯下的罪孽……是不可饒恕的，這就是我的報應！」

眾人此刻都感覺到被巨大的黑暗覆蓋住，無論李隱、子夜，還是銀夜、楊臨他們……此刻甚至都懷疑自己是否還活著。

「魔王」……「魔王」要來了！

而唐蘭炫，也感覺眼前猶如被無邊的黑暗所籠罩，唯一能夠看清楚的，就是電梯顯示幕上的數字……七……八……九……電梯層數不斷上升！

唐蘭炫此時已經跪坐在了地上，恐懼、絕望快把他壓倒了……他猶如雕塑一般跪在地上，死死盯著遠處的電梯門……

沒有人可以救他了。其他六個人，此刻就連要保持意識都極為困難了。每個人都無法動彈，眼睜睜地看著電梯層數上升。

唐蘭炫的雙眼中已經是一片絕望。

這個時候，欣欣商場的每一處都開始碎裂，地面上的裂痕已經多到數不清。隨著電梯層數的不斷上升，唐蘭炫終於感受到了什麼是最大的恐怖。

欣欣商場的頂層開始塌陷，這個建築物也開始傾斜。而奇怪的是，就算頂層許多地方凹陷、斷裂、倒塌，其他住戶都不會掉下去，彷彿無視重力一般地漂浮著。整座建築物的每一寸，都沒有一處完好的地方。

這……是地獄。

接著……電梯門開了。無數漂浮的障礙物轟然倒塌。整座商場都開始崩塌。可是電梯門內，卻空無一人。

唐蘭炫卻大為駭然地盯著眼前，表情已經完全僵住了。

時間停滯住了，每個人都彷彿被送入了另外一個空間。每個人眼前，一切的場景都被凍結住了。掉落的碎塊、土石，全部懸浮在了空中。唐蘭炫就那樣跪倒在地上，面對著眼前的電梯大門。敞開著的電梯門，依舊空無一人。

接著，眼前的畫面，越來越模糊……模糊……模糊……最後，每個人都感覺到非常恍惚。清醒過來後，他們發現自己出現在欣欣商場的四樓，燈火通明，人來人往，廣播中依舊播放著悠揚的音樂。剛才的一切，似乎完全不曾發生過。

每個人都恍如做了一場大夢一般，看著眼前的欣欣商場。

這個瞬間，李隱忽然明白了。

出現在他們面前的血紅的臍帶、嬰兒頭顱，以及那個唐醫生十年來始終念念不忘的孕婦臨死前的眼眸……這一切的一切，在唐醫生的心中，是最深最強烈的執念。這執念在他決定執行魔王級血字指示的時候，就變成了最真實的恐怖現象！

其實那個孕婦也好，她體內的胎兒也好，根本沒有變成鬼魂。是唐醫生自己一直無法從犯下的罪惡的夢魘中走出，他一廂情願地認為，她和她腹中的骨肉，無法原諒自己罷了。

唐醫生，其實是被自己的心魔所毀滅的……

欣欣商場內的那些變為塑膠模特兒的顧客，其實全都安然無恙。李隱此時立即跑到了頂樓，他在頂樓不斷地搜尋，結果，終於在一家服裝店前見到了父親的背影！父親果然還活著！看到這一幕，李隱不禁熱淚盈眶。這時候，父親忽然轉過頭來，李隱立即背過身去，朝樓下走去。

太好了……太好了……爸爸，他還活著……

但是，唐醫生，卻是真的消失了……

魔王級血字，就這樣結束了……

這個時候……柯銀羽忽然感覺到一陣寒顫！

「你怎麼了？柯小姐？臉色很差啊！」梁冰在一旁問，「我們現在怎麼辦？是上去還是……」

忽然，一聲清脆的玻璃碎裂聲響起，接著，只見一個東西落下，滾落到了地面上。

那是……趙鈺姍的頭顱！

三個人都愕然地看著這個頭顱，隨即雙腳都不由自主地開始後退，他們想尖叫，但是卻怎麼也叫不出來。

此刻，章三則還是徘徊在直永鎮的街道上。

地面開裂得越來越嚴重了，而那股腐屍一般的臭味更加明顯。章三開始感覺到詭異。地面裂開的部分，開始不斷地膨脹和凸起，踩上去，不像是踩在地面上，更好像是踩在……人的肉身之上一般。那些發出腥臭腐屍氣味的裂縫，看上去，也好像是人的傷口一般。因為……他已經很清楚地看到，裂縫中不斷滲出的血跡。

而這個變化已經開始出地面蔓延到了四周建築物的牆壁上。他的視線所及，所有的房屋外牆，都開始出現大量裂縫，那些裂開的部位也都奇怪地凸起，並不斷滲出血跡來。

銀羽三人此刻也逃離了那座樓房，並注意到地面和牆壁的種種變化。腐臭氣息已經濃烈到了忍受的極限，不捂住鼻子根本沒有辦法前行。閉上眼睛的話，絕對不會有人懷疑自己是處在亂葬崗中。

銀羽也開始感覺到不對勁了。先是小鎮上的人集體人間蒸發……再是出現了古怪的妖月，繼而……整個鎮子都變成了地獄一般的詭異景象……

直永鎮絕對是一個真實存在的小鎮，他們之前已經充分調查過了。

那麼……為什麼要把這個小鎮的居民全體抹去？有必要殺掉那麼多人嗎？這種現象是很少發生的。鬼魂即使波及非住戶人群，一般頂多也就十幾人左右，超過三十人就已經很少見了，而這次……

難道說，這和魔王的出現有關係？

踩在地面上的感覺……越來越古怪了。梁冰首先按捺不住，蹲下身子，去撫摸了一下地面……

「怎麼會……這個手感……」

章三也開始發現一些可怕的變化。

裂縫割裂開的許多凸起的塊狀物上，漸漸浮現出了……人的五官！無論是地面，還是牆壁，都大量出現了人的五官。輪廓極為分明，不禁令人感到膽寒。而那五官，最為恐怖的是眼睛。眼睛的視線，似乎……全部集中在章三的身上！

大概又過去半個小時左右，章三看到了一個極為駭然的景象。

某一座樓房的外牆上，無數已經完全成形的猙獰面孔擠壓在一起，不斷湧出牆壁。那可怕的視線始終盯著章三！那無數的視線，似乎有什麼魔力，令章三根本就動彈不得！

柯銀羽發現，這個小鎮地面凸起的部分不僅變得越來越像是肉塊，而且……她感覺到，那個小丑的身影……似乎距離她也越來越近了！

小丑……會不會和血字生路有關係？柯銀羽儘管不確定，但是，不能排除這個可能。

小丑的話，令人想到的逗笑，滑稽，馬戲……當然，類似「跳樑小丑」這類說法，是一種對人的諷刺和輕蔑。

諷刺？輕蔑？難道生路，是對那小丑加以譏諷和嘲笑？這樣小丑就無法傷害自己了？但是怎麼嘗試？嘲笑那小丑，誰敢那麼做？何況生路真的會那麼簡單嗎？

10 長滿臉孔的後背

忽然，前面黑暗的街道上出現了一個身影。

最初三個人嚇了一跳，但仔細一看卻是章三。但奇怪的是，章三卻赤著上身，走路的姿態也很古怪。

「你們……你們幫我看看我背後好嗎？感覺……好古怪？」章三在接近三個人只有不到五米的時候停下，接著，忽然把身體回過來。

頓時，三個人都瞪大了眼睛！

無數駭人的面孔正在章三的後背蠕動著，密集地覆蓋在整個後背，大概有二三十張！

那些不斷膨脹的面孔，忽然全部發出一聲大吼，頓時章三整個後背都爆裂開，這些面孔不斷蠕動著湧出。破裂的血肉中，一張被塗抹得極為古怪的面孔忽然完全伸了出來！

那個陰魂不散的小丑，再度出現在他們面前！

肥胖的章三此刻已經變成了一堆碎裂的血肉。小丑的面孔塗抹得極為古怪，一身不倫不類的衣服，穿著一雙黑色的靴子，身上沾滿了血跡。

妖異月光之下，小丑晃動著腦袋，顯得確實有些滑稽。但此刻在銀羽等人眼中，卻是比什麼都恐怖的一幕！

在最初的驚駭之後，三個人的腦海裏只有一個字——逃！

最初做出反應的是張星，他在看見那個小丑出現的瞬間就轉過頭狂奔起來，而梁冰則是愣了一下後，也立即向身後逃走。

銀羽的反應也不慢，透過月光看清那個小丑的面目後立即回過頭開始逃跑。扭頭的瞬間，她已經完全記住了這個小丑全身的各種特徵。雖然不知道其中有沒有公寓給予的生路，但總要試試的。

等等……好奇怪……銀羽忽然開始感覺到一件奇怪的事情……

她心裏逐漸開始有了一個猜測。雖然，不知道這個猜測是不是正確，但是，值得一試！

為什麼我們只是被動地恐懼公寓的存在呢？為什麼要面對著十次血字而不斷地退縮，並且對即將到來的死亡，充滿無力感？又為什麼隨著一次次血字的疊加，活下來的住戶越來越少？

因為恐懼。恐懼正是這個公寓給予住戶的最大詛咒。

柯銀羽早就洞悉了公寓用以控制住戶內心的枷鎖，那個枷鎖，比起任何鬼魂和魔王，都要來得可怕。被剝奪了自由，沒有選擇的餘地，彷彿行屍走肉一般地被操縱，這種意志的產生從最初就令住戶陷入了一個心理囚籠中。

我是被迫才執行這血字的……而執行這血字我一定會死……這想法的產生從最初起就剝奪了人的求生意志，並不斷地用鬼魂等陸續出現的恐怖事物進一步瓦解人的信心。

但是事實是什麼呢？鬼魂其實並不積極奪取人的性命。分析了許多次血字指示的例子都會發現，公寓反而很積極地用各種方式給予住戶警告和暗示，鬼魂的出現有時候甚至也在側面提示生路。可是依舊很少有人去面對這一點，比起公寓給予的生路提示，他們看到更多的是，血字不可逆轉的死亡和恐怖。

人是無法戰勝鬼魂的，無論用什麼辦法都無法殺死。鬼魂彷彿是唯心一般的存在，人力無法抗衡，最終住戶就被公寓植入的恐懼枷鎖束縛。殺死住戶的往往是住戶自己，而不是公寓。如果能夠冷靜分析，看清生路，未必不能活下來。可惜的是，明白這一點的，也僅僅只有夏淵、李隱、嬴子夜等極少數的住戶而已。

銀羽和她哥哥銀夜很早就對公寓進行了許多研究，他們發現，血字指示的恐怖很多都是住戶自己施加給自己的。公寓那無所不能的支配力，形成了住戶對血字的盲目恐懼。

「大多數的血字指示表面看起來難度上升，但不過是詭異程度和逃生難度的上升罷了，但不影響對生路的解讀。」銀夜指著電腦上羅列出的已知血字的各種類型，「而且鬼魂明顯不積極地攻擊人類，每次的出現間隔都很長。有時候鬼魂明明可以輕鬆殺死住戶，但偏偏要選擇一些迂迴的方式。公寓……很明顯地在給予住戶解讀生路的時間。」

「不過很不理解……這個公寓的目的是什麼？」銀羽提出，「一方面強迫住戶面對鬼魂，一方面又讓他們學會解讀生路……」

「確實不理解，好像是一個生存遊戲一般，不過，多數住戶因為恐懼而很難冷靜分析生路，有時候就算分析出來也沒有膽量嘗試。雖然多數生路都不是那麼容易解析出來，但是解析出來後，實踐的難度都不會很高。所以，理論上，完成十次血字不是遙不可及的事情。」

他們分析下來後漸漸發現……鬼魂幾乎不會在沒有給予生路提示的情況下殺死住戶。只有在生路提示給出的時候，才會展開殺戮。比如：

夏淵殞命的鬼屋：提示鬼魂藏身於房屋內，找出其化身即可離開，暗示著「一旦找出鬼魂化身，縱然可以離開鬼屋也一樣會陷入險境」。

銀月島：最初將廁所門頂住的紅衣無瞳女鬼，即是給出了「鬼魂是無形的」這一點生路提示，之後陸續用許多隱晦的方式對這一點進行暗示。很明顯女鬼的殺人方式一直都很隱晦，如果真是要殺光他們，早就可以做到。

那麼這一次呢？

公寓肯定也給出了血字生路的提示。「直永鎮」……「小丑」……「骷髏妖月」……「空無一人的小鎮」……「張星和梁冰的屍骨」……「腐朽的大地」……

而除了最後一項以外，其他都是趙鈺姍被殺前就給出的疑似提示的現象。來到直永鎮……在路上，趙鈺姍就發現了小丑。

發現了……小丑？小丑！

銀羽幾乎叫出聲來。原來是這樣！公寓的血字生路恐怕就是這個！

小丑，此刻還在身後不斷追逐著，但是銀羽已經不再恐懼了。她停住了腳步，回過頭面對著小丑。小丑，一步一步走近她。

「別偽裝了。」銀羽冷冷一笑，「我不會怕你。」

梁冰和張星跑了一段路，看銀羽沒有追來，立即回過頭去一看……銀羽居然筆直地站在那裏。

「你不過只是……我的想像罷了。」

趙鈺姍說自己看到了一個小丑。而銀羽從那時候起就開始注意到了。

「張星！梁冰！」銀羽忽然大喊，「你們給我聽著！在你們眼前，它是什麼？」

接著，她直指著距離她已經不到五米距離的小丑！

「你……你瘋了？」張星大喊，「你再不逃我們就不管你了！」

一步步逼近的小丑，形象……卻隨著銀羽想法的改變而扭曲起來。那張塗抹得很古怪的臉，開始變得膨脹起來，顯得更加滑稽。

果然沒錯……恐懼就是直永鎮內最大的「鬼魂」。小丑，不過只是意志催生出來的怪物罷了。

「告訴我！」銀羽繼續大喊，「這攸關這次的生路！」

「當然是個小丑啊！臉綠綠的，挺著一個紅鼻子，穿著件花哨的衣服呀……」

綠？銀羽看向那小丑……無論剛才還是現在，這小丑的臉上……都沒有任何綠色！

提到小丑的話，會想到什麼？被塗抹得五顏六色的面孔，戴著一個大大的紅鼻子，花哨的衣服……大多數人對小丑的第一印象都是如此。但是，具體的面孔，總是因人而異的。細緻去想像的話，區別就更大了。而這時候，那小丑的形象進一步變化了，身體甚至也開始膨脹起來，如同一個吹脹的氣球一般。

「果然如此啊……」銀羽終於確定了，這個小丑，不是真實存在的。而是他們內心的『恐懼』催生的……夢魘。

「這裏不是直永鎮……」銀羽恍然大悟，對著身後的兩個人說：「我們現在是在夢裏。我們都睡在直永鎮的那個房間裏。這裏……是夢中的世界！」

空無一人的直永鎮……妖異之月……裂開的地面……蠕動的人面……全部都是夢境中的虛像。或許小丑只是趙鈺姍偶然看到的一個正常人類，卻在夢境中變化為了可怕的鬼魅。

生路就是……發現這只是一場夢而已。不過，估計在夢裏被殺，也是真的被殺了。

「夢？」梁冰愕然了，他此刻眼裏看到的小丑依舊在接近著自己。有那麼逼真的夢嗎？

與此同時，地面的裂痕也不斷修復，那腥臭的氣味也完全消失了。

「果然……自己的意志可以影響夢境呢。」

夢，可以靠做夢者的強烈意志醒來。絕大多數人做夢的時候往往都意識不到自己在做夢，醒來的時候去回憶才會感到是做夢。

一瞬間，銀羽立即感覺到周圍世界在崩潰……然後，她睜開了雙眼！此刻她躺在直永鎮旅館的房間內。

銀羽看向旁邊，卻見到趙鈺姍的屍體倒在地上，頭顱滾落到了一邊，她被自己夢中的「小丑」殺死了。

噩夢終結了。

銀羽之所以發現這是個夢，因為她發現……那個小丑的形象，無論是臉還是衣服，都和自己最初聽到趙鈺姍提及小丑的時候，心裏想像出的小丑形象完全一致。不可能有這樣的巧合！

銀羽衝出房間，來到走廊上，正好遇到梁冰背著依然熟睡的張星。她大喊道：「我們快走！夢裏的時間雖然短……不過今天已經是一月九日了！」

夢和現實的時間流逝居然相差那麼大？好恐怖，如果醒來再晚一點，四十八小時一到，一切就完了。必須立即回公寓去！

外面天已經完全暗了。

他們逃到旅館外，進入車子裏，把張星放在後座上，銀羽對梁冰說：「我負責開車，梁先生，你把張星叫醒……」接著她就坐上了車子，立即發動引擎，踩下了油門。

不久，車子離開了直永鎮，但此刻張星還是醒不過來，他的面色非常痛苦，似乎還是在噩夢中掙扎。看來，不相信自己是在夢裏，是無法醒來的。他應該還在夢裏被小丑追殺著吧……被那個不存在的「小丑」……

天空，忽然開始烏雲密佈，月光和星辰都被遮蔽了。接著，開始下起了淅瀝的雨水，很快，成了傾盆之勢！

「這是……」銀羽看著不斷打在車窗上的雨水，心裏緊張起來。越來越大的雨勢，加上天空越來越暗，已經很難看清楚前面的路了。

梁冰還在後座不斷呼喚著張星，可是張星依舊醒不過來。也許，除了認識到這是一個夢外，沒有其他辦法可以叫醒張星了。

越來越大的雨勢，令銀羽心悸起來。天空越來越暗，能見度不斷降低，車子在行駛途中，撞上一塊凸起的岩石，車子猛地一顛，銀羽沒能掌控好方向盤，頓時令車頭狠狠撞到了旁邊一棵蒼松上！因為急著逃離直永鎮，上車時她也沒有繫安全帶，頓時整個身體前傾，頭顱撞到了方向盤上，隨即身體彈向後方，劇烈的撞擊，讓她昏迷了過去。

梁冰也是被狠狠地撞了一下，不過並沒有受太重的傷，見銀羽昏迷過去，他頓時也暗暗叫苦。沒辦法，他只有打開車門，來到前面，想要喚醒銀羽，可是……怎麼推她，都一點反應也沒有。

「喂喂喂……不會吧？柯小姐她現在會不會……」

失去知覺的銀羽，感覺精神好像被拋入了一個無底深淵一般，隨即，當她再度睜開眼睛的時候，卻是發現……自己居然又回到了那個夢魘中的直永鎮街道上！

地面依舊出現了不斷泛出腥臭的裂痕，而天空中那妖異的骷髏月亮，則是變得越來越大了，看起來距離地面極近。那越來越大的骷髏月亮，表情也不斷扭曲，變得甚是恐怖。

銀羽知道，自己再度踏入了這個噩夢世界！就算離開了直永鎮，這一點也沒有變化。

我要醒來……我要醒來……但是，一點用也沒有。

估計是受到撞擊昏迷的緣故，這種狀況下，不會那麼容易就醒來。而在這個噩夢裏一旦死去，現實中也一樣會死，這一點確定無疑！自己還是要面對這夢魘中的小丑！

銀羽等人在夢境中感覺只過去了一天，可現實中卻過了幾天。從欣欣商場回到公寓，銀夜就不斷給銀羽打電話，可是怎麼都無法聯繫上銀羽。他不能再等，決定親自前往直永鎮！沒想到通往直永鎮所在地的那座山，突然因為山洪而引發泥石流，直到今天，才剛剛徹底清除，得以順利通車。

銀夜已經是等得望眼欲穿，他在通車後立即駕車趕往直永鎮，並用手機撥通銀羽的電話。然而，還是沒有人接聽。

不斷傾瀉的大雨，令銀夜越來越擔心。他拚命地猛踩油門，心急如焚地朝前追趕，不斷祈禱著銀羽平安。他一直希望，通過經歷血字指示找出生路提示，然後或許可以讓銀羽更加輕鬆地度過血字指示。只要是為了銀羽，他什麼都可以做到，什麼都可以犧牲。

銀羽漸漸發現……

街道變得越來越狹窄了，而兩旁的房屋，距離自己越來越近……這種感覺實在很不舒服，尤其是看到房屋外牆上那些近似人面的裂塊。

這個噩夢如何醒來？等到自己自然甦醒？那樣的話，如何面對小丑？不，也許是夢境中更進一步的恐怖鬼魅呢？無論如何，這都註定是一個噩夢。

這個時候，忽然，前方出現了一個十字路口。這個十字路口的出現，令銀羽感覺到一陣心悸。她緩緩地……緩緩地……走到了這個十字路口的中央，而此刻，那巨大的骷髏月亮，已經龐大到了難以置信的地步，彷彿就在這小鎮上空一百多米的地方。站在十字路口中央的銀羽，感覺四方都有著一股森然的殺氣襲來。無法抗拒，無法躲避！

然而就在這個時候，十字路口的四個方向……全部都出現了一個黑影。妖異的月光下，很快就將黑影照耀得非常清晰。所有的黑影……全部都是……用古怪的步伐走路的小丑！避無可避！無論哪個方向，都有著小丑存在！

銀羽感覺到了絕望……醒來……醒來啊！

她索性跪在地上，用頭去狠狠撞擊地面，然而……即使猛撞到額頭流血，卻依舊沒有醒來，痛的感覺，卻是那麼真實！

銀羽再度抬起頭來，只見四個方向的小丑，此刻距離她，都只剩下不到十米了！

而同一時間，在現實世界，梁冰駕駛著車子，穿行在這巨大的雨勢中。

忽然手機響了，他連忙接上耳機：「誰！」

「是我……柯銀夜！梁冰，銀羽她好嗎？」

「暫時……還好……」

「我現在在直永鎮東面山的……」

「什麼……你來這了？你不怕死啊？」

「告訴我你現在的位置！」

噩夢中，小丑的殺戮之影，也正向銀羽接近！

妖異的直永鎮上，巨大的骷髏妖月覆蓋著整個小鎮，而地面不斷隆起，裂開的地面，不斷變為腐爛凸出的人面。每一座房屋，都佈滿了密密麻麻的屍骨和幽靈。地獄，也不過是此等景象。

十字路口的中央，銀羽面對著來自四個方向的四個小丑！逃……是根本不可能的，無論向著哪個方向，自己都會……

這是夢……是自己的夢！銀羽不斷提醒著自己這一點，隨後她想像著，某一條道路上根本沒有小丑。可是，不論怎麼想，那四個小丑依舊不斷逼近！

巨大的妖月不斷發出古怪的光芒，周圍被映照得無比怪異。而銀羽終於開始恐懼起來……怎麼辦？該怎麼辦？這個夢的支配力或者說是魔力似乎增強了許多！

雨依舊不斷傾瀉著，而在一條高速公路上，銀夜終於見到了梁冰。

高速公路上此刻幾乎沒有什麼車輛，只有兩輛車孤零零地相對著，銀夜拿著傘下了車，走向梁冰的車子。

梁冰打開車門，說：「柯先生……現在張星昏迷，你妹妹的頭部受傷了……就如同我在電話裏和你說的一樣，她現在在一個噩夢世界裏，如果她在噩夢世界裏被殺，那麼在現實中也會死去！」

銀夜打開車門，把銀羽扶了出來，對梁冰說：「我知道了……梁先生，你先走吧。我和銀羽走另外的路回公寓！」無論是夢境中的鬼魂還是現實中的鬼魂，只要能夠讓銀羽回到公寓，那麼她的生命就能夠有保障！

梁冰愣了一下，但也不多說什麼，他回到車上，開車走了。

把銀羽放到副駕駛座上，為她繫上安全帶後，銀夜看著銀羽受傷的額頭，內心一陣劇痛。隨後他繫上安全帶，發動了引擎……

就在一個小丑即將走到銀羽面前的時候，忽然，小丑的後方跑過來一個人，結果身體撞到了那個小丑身上！那正是張星！他為了逃避小丑追殺而不斷地跑，跑的時候一直在看後面，沒注意前方，居然撞到了一個小丑身上！

好機會！銀羽不再猶豫，立即跨步一跳，朝這個方向飛奔而去！

至於張星，他不相信這是個夢，死活不願意醒來，自己已經仁至義盡，目前這個狀況，不可能救他了。銀羽雖然善良，但自問做不到唐蘭炫醫生那樣捨己為人。

儘管在夢境中，但銀羽發現依舊和她在現實中的體力差不多，雖然跑了很長一段路，但體力也沒有多大喪失。然而越跑，前面的路越是狹窄，而銀羽也聽到了身後急促的追逐腳步聲！以及一股濃重的血腥味！

接著，地面掠過一道影子，隨即……一個圓滾滾的東西落在了地上！那是張星的人頭！

與此同時，現實世界裏，梁冰的車子裏突然濺出大量鮮血，他嚇得連忙一踩剎車，回頭一看，後座的張星已經是身首異處！頓時他感覺一陣後怕……幸虧及早醒來了，否則……

這個小丑，令他想起了著名恐怖片「猛鬼街」裏的恐怖形象佛瑞迪！佛瑞迪就是一個能夠不斷將人拉入噩夢中再殺死的恐怖鬼怪。

而對抗佛瑞迪的唯一方法，就是不要睡著。這不是等於什麼都沒說嘛！人是不可能在不睡眠的情況下生存下去的。

與此同時，恐怖的夢魘中，銀羽逃到了一座樓房面前。這座破敗的樓房大概有十幾層高，在這狹窄街道的盡頭，除了進去之外，沒有別的辦法。身後追逐的腳步聲不斷逼近著！

銀羽咬了咬牙，衝入了樓房！

這座樓房內，也和外面的情景一樣駭人。牆壁上不斷凸現出人形的輪廓，地面的腐臭氣味極為濃重，地板和樓梯都不斷開裂，滲出鮮血來。如果無法從這個噩夢中醒來，自己的下場將和趙鈺姍、章三他們一樣！

而如今自己只有不斷向上逃，期望能夠支撐到回歸公寓！

沒有別的辦法了！

陰森的樓面，她越往上走，腥味和腐臭味也就越來越濃厚。而下面追逐的腳步聲越來越近，而且顯得尤為急促。

雨勢越來越大，柯銀夜此刻心急如焚。他已經從梁冰那裏聽說了關於夢的事情。銀羽目前就在夢境中，遭受那個小丑的追殺吧？他不斷踩下油門，車子速度不斷加快，而他也拚了全力……無論如何都要及時把銀羽帶回公寓去！

可是無論銀夜怎麼嘗試，都無法讓銀羽醒來，恐怕回到公寓是唯一的方法了。

銀羽終於逃到了頂樓。

她沿著頂樓的走廊不斷奔逃，而走廊有許多岔道，她都是隨機選取一條進入，而這時，身後追逐的聲音就已經傳來。那個小丑還真是緊追不捨！

銀羽開始考慮和小丑搏鬥的可能性。公寓一般會限制鬼魂行動，平衡血字的難度。但是，這個夢境中的小丑究竟如何呢？說起來，小丑也只是自己幻想的產物，可能自己潛意識中對小丑的想法會大大影響那個小丑的行動。

銀羽衝到某個走廊的最後一個房間，她轉動把手衝了進去，隨後輕輕關上門。這個房間，倒是很寬敞，但是傢俱極少，中間只有一張床。

銀羽此刻聽到，外面一扇扇門被踢開的聲音，接著是許多重物被砸倒在地的聲音。重重的腳步聲不斷移動在走廊各個岔道上……再這樣下去遲早會找到這裏的……銀羽感到越來越恐懼……

銀羽進入房間的時候，銀夜已經把車開進了天南市市區。因為下雨的緣故，交通非常擁堵，銀夜頓時心急如焚。然而雨卻始終不停。按照這個速度，鬼知道什麼時候才能夠回公寓去！他焦急不已，咬了咬牙，決定棄車！他背起昏迷的銀羽，打開車門，跑向附近的地鐵站入口！

「銀羽，別怕，別怕……等回到公寓，等回到了公寓……就沒事了！」

地鐵到站後，他立即又背起銀羽，衝出地鐵，就在即將出閘機的時候，因為走得太急促，居然還摔了一跤，差點把手上的交通卡摔出去。

他立即又站起來，繼續背著銀羽，出了閘機，不斷向上跑。衝出地鐵站的出口。銀夜此刻距離公寓所在的社區，只有三四條街的路程了，他不斷加快速度，在這滂沱大雨中，因為背著銀羽沒辦法打傘，身上早就濕透了。地面非常濕滑，他跑得又那麼快，所以摔倒好幾次。這時候……他明顯感覺到，銀羽顫抖得更為劇烈。

「銀羽……你再堅持一會兒……」銀夜再一次渾身是水地爬起來，背著銀羽，繼續穿過一條街……

11 夢中的愛人

小丑終於來到了隔壁那個房間的門口。

房門被重重踹開，銀羽頓時嚇得魂飛魄散。她此刻蜷縮在房內的那張大床底下……

「別進來……別進來……」

銀羽此刻拚命用指甲抓傷自己，看看能否醒來，又用頭撞擊地面，但是都失敗了。

腳步聲，在這個房間的門前停住了！

銀夜終於來到了社區門口！

他衝進去的一剎那，正好看到梁冰的車子停在社區裏。不過他也沒時間去管，不斷加快速度衝刺。雨水，汗水，泥漿都混雜在身上，不停地奔跑讓體力消耗非常大，但是銀夜還是絲毫不敢減緩速度，就算感覺五臟六腑都要顛出體內，他也依舊不斷提速！

銀夜終於衝入了那條小巷，夢境中的小丑也進入了房間內！

銀羽躺在床底下，不停地瑟瑟發抖，都讓現實中的銀夜感覺到了。

那張床在房間內最是顯眼。銀羽驚恐地看到，那雙黑色的靴子，一步一步地朝自己走來……

不要……不要……

「到了！」來到那個「死胡同」口，銀夜再一次衝刺，奔向眼前的公寓！

三十米……二十米……十五米……十米……

然而小丑的距離比銀夜要短得多！

一把尖銳的刀子從床上刺下，狠狠插入了銀羽的肩膀！此刻現實中銀羽的肩膀也立刻流出鮮血！

距離公寓還有不到十米的時候，小丑把整個床掀翻了！

跑完十米的時間，足夠小丑殺死銀羽了！

「不！」看到銀羽噴射出血液的瞬間，銀夜感到身體都僵了……

小丑尖銳的刀子，迅即劃向銀羽的脖頸……只要再過一秒，她的頭，就會飛到天花板上……就連銀羽，在這一瞬間也幾乎認為自己死定了……

但，就在此時……刀子卻沒有刺過來。

定睛一看，銀羽頓時驚喜萬分，一個身形矯健、面容極為英俊的男子，抓住了小丑握刀的手。

「阿……阿慎……」那個男子，是阿慎！

阿慎怒吼一聲，抓著那小丑的身體，狠狠地衝出了這個房間。阿慎……阿慎早就已經死了，但是，這是自己的夢啊。

也就在這一瞬間，銀夜背著銀羽，終於衝進了公寓大門！

幾乎是在衝入公寓的瞬間，銀羽眼前所有的噩夢場景，立即消失得無影無蹤，隨即意識不斷清晰起來。她額頭上和肩膀上的傷，迅速癒合，猶如從未受過傷一般。

銀羽緩緩睜開了眼睛。直永鎮的噩夢，終於結束了。

一九八七年，十二月中旬的嚴冬。

一場難得一見的大雪降臨天南市，短短幾天就將這個城市變為一片銀白的世界。耶誕節即將到來的歡樂氣氛充斥在大街小巷，人們期盼這場瑞雪將帶來的「豐年」。

耶誕節前夜，十二月廿四日。宋雪凝正在家中編織著一件小棉襖，她的身旁，是正在嬰兒床前逗弄著剛出生的兒子的丈夫。雖然外面寒風呼嘯，屋簷上也結滿了冰柱，但室內卻是非常溫暖。

忽然，宋雪凝抬起頭，對丈夫說：「景臣，遊伶沒來吃我們兒子的滿月酒，真的很奇怪啊，你真把請帖給他們了吧？」文遊伶和宋雪凝是二十多年的好朋友，大學畢業後，都相繼結婚，也都互相出席過對方的婚禮。婚後，兩個家庭也時常往來，關係非常緊密。而宋雪凝和文遊伶，居然在同一年懷孕，兩個人都非常欣喜。後來，兩個孩子只相隔了三天出生。先出生的，是宋雪凝的兒子，之後，文遊伶則生下一個女兒。

宋雪凝的丈夫景臣抬起頭，說：「算了，他們大概有事情，何況他們也要籌備他們女兒的滿月酒嘛……」

這個時候，門鈴響了。宋雪凝放下手中編織的棉襪，過去開門。門外站著的正是文遊伶！只見文遊伶渾身瑟縮，抱著她剛出生的女兒，滿臉淚痕，她說：「雪凝……我，我只有來找你了……」

「這，這是怎麼了，快進來！」宋雪凝立即將文遊伶拉入房間，關上門問：「你這是怎麼了？身子抖成這樣？孩子不舒服嗎？」

進入客廳後，景臣也走了進來，一看是文遊伶來了，喜出望外地說：「遊伶你來啦，雪凝一直念叨著你呢。」

忽然，文遊伶抱著女兒，居然跪了下來！這個舉動讓景臣和雪凝夫婦大驚失色！

「遊伶，你，你這是做什麼啊……」

「求求你們！」文遊伶流下淚水，「求你們……求你們收留我的女兒！我和我丈夫，現在根本沒有辦法照顧好她！對不起，雪凝，我知道這個要求很過分，但是我真的沒有辦法。我和我丈夫都沒有什麼親人了，想來想去，除了你，我實在沒有人可以託付了！求求你，只要你照顧她，來生我做牛做馬也會報答你！」

雪凝嚇了一大跳，到底發生了什麼事情？而景臣連忙要扶起她，說：「遊伶你開什麼玩笑啊！你到底發生了什麼事情？有人為難你們嗎？還是……」

「我沒辦法說……我身上發生的事情，我自己也沒辦法理解。但是就算是雪凝你，肯定也無法相信我說的話。我和我丈夫，進入了一個不該進入的公寓……然後，我沒辦法離開了。算了，說了你也不明白。還好這孩子還在外面，所以我必須把她託付給別人。我也不知道我和我丈夫還能夠活多久，如果我們可以活過十次，也許將來能夠回來帶走她，但是，至少現在，雪凝，請你幫照顧好她！」

「公寓？」什麼意思啊？宋雪凝一時懷疑遊伶是不是精神失常了。她平時是思路條理很清晰的一個人啊，怎麼現在語無倫次的？到底發生了什麼事情？

「拜託你們！拜託你們照顧她！我連名字也沒來得及給我女兒起，只能把她託付給你們了！如果我能夠活著離開那個地方，一定會回來帶走她。如果我和我丈夫都死了……請你們，請你們把她撫養長大……求求你們！」說到這，她不斷用頭猛磕地面，淚如雨下！

「起來啊，遊伶……你……你別這個樣子……」雪凝連忙去拉遊伶，可是怎麼拉她始終都不肯起來，不斷地磕頭。

雖然是關係極好的朋友，但是把親生女兒交托給她照顧，卻連理由都不說，雪凝一時完全無法反應過來。這時，遊伶把女兒往雪凝的懷裏一塞，說：「求求你，雪凝……請你照顧好她！就看在我們二十多年的交情上吧……也別告訴她我是她親生母親，就讓她把你當成親生母親吧……我必須離開了。雪凝，你的大恩大德，我永遠，永遠不會忘記的！」

接著，她就不顧宋雪凝阻攔，朝大門奔去！景臣和雪凝追了出去，卻再也找不到文遊伶了。無奈之下，雪凝只有暫時將遊伶的女兒放入嬰兒搖籃內，和自己的兒子待在一起。這兩個孩子倒是很投緣，睡在一張嬰兒床上，卻也沒有吵鬧，都是互相看著彼此，似乎很好奇的樣子。

之後，景臣夫婦想去找文遊伶，卻發現她和她丈夫早就已經把房子賣了，怎麼也聯絡不到她。幾個月後，夫婦二人確定，暫時是找不到他們夫婦了。雖然報了警，但是始終沒有任何消息。難道真遭遇了不測？

「我們該怎麼辦？」景臣看著嬰兒床內兩個熟睡的嬰兒，「難不成真的幫遊伶養大這個孩子？」

「還能怎麼辦呢？」雪凝歎了口氣，「畢竟她是遊伶的女兒，送去孤兒院我也不放心啊。算了，就當我們多了個女兒吧，也許過幾年遊伶就會回來接她了。」

「你啊……我就知道你會那麼說。好吧，我過幾天去給這個孩子報戶籍。不過……名字得先起好啊。」

「嗯……是啊。既然是遊伶的願望，我們就先把這孩子當做親生女兒撫養吧，對外也不要多說什麼，就說他們是雙胞胎吧。對了，就說是異卵雙胞胎，我聽說異卵雙胞胎的容貌不一定會一致的。至於名字嘛……」

看著那可愛的女嬰，雪凝仔細端詳了一番，說：「就叫……銀羽吧，羽毛的羽。柯銀羽，這個名字怎麼樣？」

站在一旁的柯景臣，念了一遍這個名字，說：「銀羽，嗯，這個名字不錯呢。」

銀羽的到來，對柯家而言簡直猶如上天的恩賜一樣。

收養朋友的女兒，柯景臣不是沒有想法。但是，他也瞭解妻子，她是一個把情義看得比什麼都重的人，也正因為妻子的這份深情，才打動了自己。何況，銀夜剛剛出生，他很能體會為人父母的心情。而妻子更是因為和遊伶的友情，把銀羽視如己出。

而銀羽和銀夜也極為投緣，他們真的以為對方是自己的雙胞胎兄妹。雖然許多親戚都對這件事情心知肚明，但也並不點破。

銀羽非常懂事聽話、非常聰明，小小年紀就和銀夜一起被稱為「神童」，那時候很多人都相信他們真的是雙胞胎了。銀夜和銀羽的關係一直都很好，雖然倆人的志趣愛好不同，性格也相差很大，但是都很熱愛學習。同齡孩子一般都喜歡買的漫畫、童話書他們很少看，書架上擺的多是科普書籍，而且涉獵很廣。兩個孩子的學習能力非常強，所以也一直都在互相競爭著，但始終沒有任何不愉快。隨著時間流逝，倆人感情越來越好，有時候他們的父母都會產生錯覺，以為他們真的是一對兄妹。

因為是名義上的「雙胞胎」，所以倆人的生日變為同一天，銀羽的生日在戶籍上被修改為銀夜的生日。每年為他們過生日的時候，柯景臣夫婦心裏就會感慨萬千……銀羽的親生父母究竟怎麼樣了呢？

終於，在銀羽五歲的時候……有了遊伶夫婦的消息。

那是在天南市一座本來預定爆破的樓房，當日爆破後，卻在裏面找出了許多已經燒為焦炭的屍骨。那些屍骨的形象極為詭異，而化為焦炭的屍骨排列組合在一起……竟然形成了一個骷髏頭的形狀！事後經過屍體檢驗，和失蹤檔案核對後，確定其中有兩具屍骨，是文遊伶和她的丈夫。銀羽的生父生母，居然都橫遭慘死！

那一天，柯景臣陪著宋雪凝領回了二人的遺骨。雪凝哭得很傷心，不光因為摯友的過世，更因為銀羽失去了生身父母，成了孤兒。

那天晚上，她陪著銀羽一起入睡，一直緊緊抱著她。

「銀羽這孩子太可憐了……那麼好的孩子，怎麼會遭遇這樣的事情呀……」

「沒關係。」柯景臣堅定地說，「我會把她當做親生女兒來照顧的。她，就是我的女兒。等她成年那一天，就把她父母的事情告訴她吧。畢竟這種事不可以永遠瞞著她。」

時光飛逝，銀夜和銀羽終於都到了十八歲。

在銀夜和銀羽的十八歲生日宴會上，柯景臣夫婦告知了銀羽她真正的身世。銀羽大為驚駭，但是，對她而言，就算沒有血緣關係，父母依舊是父母，養育之恩是永遠不會變的，對於將自己捨棄的生母，卻不知道該以怎樣的感情面對。

銀夜怎麼也沒想到，銀羽居然根本不是自己的妹妹。在那以後，他就無法再將銀羽視為妹妹了，看她的眼神，也與以往不同了。生活在同一個屋簷下，銀夜漸漸地發現自己對銀羽的感情，正從兄妹之情轉變為男女之情。

但在銀羽面前，銀夜依舊是那個沉默寡言、不苟言笑的兄長，時而和妹妹在不同觀點上針鋒相對，可是看著她的眼神中，總是充滿著深情。銀羽也漸漸看出了這份情感，然而她不能接受哥哥的這份深情，即使他們是沒有血緣的兄妹。

柯景臣和宋雪凝因為生意擴展到國外，所以選擇了去歐洲定居。兩兄妹在國內生活，倒也無憂無慮。

銀羽和阿慎，就是在那之後不久相遇的。

兩個人第一次見面，是在一個圖書館裏。當時阿慎剛從海外學醫回國，英俊瀟灑，風度翩翩，博學多才，而且健談幽默、待人溫和，銀羽和他在一起，很有安全感，也很愜意。他的眼睛似乎能讀懂人的心聲，聲音帶著磁性，令人著迷。和他在一起聊天，銀羽非常愉快，時間的流逝都感覺不到了。沒過多久，倆人就確立了戀愛關係。然後，她立即將這一消息告訴了銀夜。自從聽銀羽說有了真心相愛的對象，銀夜內心著實痛苦了一段日子。但在妹妹面前，他依舊表露出一份真心祝福的樣子。可是，每每面對銀羽，銀夜卻分毫也難以壓抑內心的愛慕了。所以他已經和父親提出，考慮出國留學。他已經取得博士學位，獲得出國留學機會並不困難。他因為實在難以繼續用平常心面對銀羽，他希望儘早出國，不過，他承諾妹妹成婚，一定回國來參加婚禮。銀夜也沒想到，他對銀羽的感情已經如此之深厚。

銀羽所愛之人的母親，是寧安堂製藥公司的董事長，而父親則是一名政府官員。

「阿慎目前也在讀醫學博士，他和我一樣都比較崇尚西醫，」銀羽莞爾一笑道，「不過哥哥，拜託了哦，你們將來可別在中醫和西醫優越性的問題上爭執呢。」

銀夜當時問：「你……不會有負擔嗎？和那麼顯赫的家庭在一起……」

「不會啦……阿慎和我說，這個週末，就會帶我去家裏見父母……真的好緊張。」

之前，阿慎已經來過柯家，父母都對他印象不錯，長得很端正，為人看起來也相當穩重，談吐彬彬有禮，待人非常和善，也難怪銀羽會傾心於他。

他倒是和銀羽一樣，都對西方的文化、醫學等更加感興趣，而且傾向比銀羽還要明顯。

銀夜看得出，這個人應該能夠照顧好銀羽，給她幸福。

然而，當銀羽和阿慎去了他家後不久，阿慎的母親——寧安堂董事長邱秀鳳，對倆人的戀情非常反對。但是，阿慎卻再三說，他對銀羽一往情深，無論如何也不想放棄她。他也多次在銀羽面前保證，絕對不會放棄她。但是，阿慎的母親極為固執，絲毫不肯放棄反對的立場。

她反對的主要原因，是經過調查，瞭解到的銀羽的身世。對於銀羽生父生母死得不明不白這件事情，她非常不滿意，甚至好幾次強硬地向銀羽要求和阿慎分手。

銀羽自然不可能答應。雖然從未見過生父生母，但銀羽相信他們絕對有不得已的苦衷。多年來她也一直在調查父母的死因，至今還沒有查出殺害父母的人是誰。

但是，竟然因為這個而被歧視？因此無法和阿慎在一起？銀羽無論如何也無法接受！

可是，從阿慎母親的強硬態度來看，要想取得阿慎母親的支持，實在是遙遙無期的事情。

而悲劇就是在那之後發生的。

某一天，銀羽收到了一束玫瑰花。花束中還有一張灑了香水的卡片，卡片上寫著：「銀羽：請你於明天下午兩點，在豐南路楓葉社區一號樓對面一條深巷內見面。阿慎。」

銀羽莞爾一笑，雖然感覺約在什麼巷子裏怪怪的，但是想來大概是阿慎在搞什麼有趣的花樣吧。她很期待。

第二天，她早早地打扮好，如期赴約。

走進那個住宅社區後不久，她就看到了那條小巷的入口。看起來很是狹窄，而走進去後，也感覺的確很偏僻。

她等了超過半個多小時，還沒看到阿慎，銀羽感覺不安起來，於是給阿慎打了電話。

「什麼？花？」阿慎在電話另外一頭狐疑地說，「我……沒有送過花給你啊……」

「啊？不會吧？那，大概是我弄錯了。」

是誰在惡作劇戲弄自己？銀羽正感覺奇怪，她忽然發現，太陽照耀下，自己的影子……居然開始移動起來，在地面上飄向遠處！對著超越常識的恐怖現象，完全無法理解的她，立即追了上去。

接著……她跑入一條巷道，看到了……那座沒有影子的公寓。

她走進那道旋轉門，看見影子移動進了電梯裏。和每一個住戶幾乎完全相同的行動模式，她被這個公寓選中成為了住戶。

「你是……」

進入電梯的時候，她見到兩個年輕男子。那兩個人，就是夏淵和李隱。那個時候，李隱也是剛進入公寓不久。

到了夏淵所住的十樓，聽他親口說出這個公寓的真相後，銀羽怎麼都感覺難以置信，隨後……她也不得不接受了這個恐怖公寓存在的事實。

「十次血字……就可以離開這個公寓？」

「嗯。」夏淵點點頭，「這一點是可以確定的，公寓存在的歷史非常之長，所以住戶們已經證實通過十次血字指示可以活著離開。」

「十次……」

「嗯……公寓發佈血字，一般一個月左右發一次，長一點也可能隔兩個月左右，不過不可能超過半年不發佈血字。不過對同一住戶而言，越到後面血字的間隔可能越長，有可能一年才接到一次血字……總之你先安心住下來，雖然血字指示的地點的確恐怖，但如果掌握竅門，要逃生還是有很大希望的。」

那麼……自己接下來該怎麼辦？

突如其來的恐怖詭異經歷，令銀羽近乎崩潰。而更令她難以相信的是，這個公寓的許多事情，都和當初母親托孤時的「胡言亂語」很吻合！

難道……父母當初也是公寓的住戶嗎？如果真是如此，那這簡直就是悲哀的宿命！究竟該怎麼辦？十次血字，估計要花費五六年以上的時間才能完成，甚至更長。而自己也許在那之前就會死去……

阿慎該怎麼辦？

她開始憎恨起那個送花的人來。可是……花是誰送的？她根本沒有頭緒。

「你說這個公寓來歷的問題？我們也仔細調查過。」

第二天，正式搬入公寓後，面對銀羽的問題，夏淵繼續給予解答：「首先是關於這個社區。這個社區的歷史也算比較長了，不過因為地段不好，所以地價和房價都很便宜。事實上，因為經常有鬧鬼的傳說，所以業主也換了好幾次，最後物業公司也沒辦法，只能以極為低廉的價格拍賣了社區。目前社區的業主都不知道是多少代的了。這個社區的居民本身也很少，很多房子就算價格很低廉也租不出去，就是因為鬧鬼傳說的緣故。所以現在的業主肯定不可能知道公寓的存在。至於社區最初是怎麼建造的，也查不出來了。」

「鬧鬼的傳說？有很多嗎？」

「不是一般的多，而且越到後面鬧鬼傳說也越是可怕。想來這些說法，都是因為住戶逃回公寓的時候，出現的鬼魂吧。也確實經常聽說，來歷不明的人經常出入社區什麼的，不過業主也好、物業也好，都不怎麼關心，反正居民也就那麼幾個了。」

「這樣啊……」

為什麼……那個送花的人選擇這個地方來見自己？選擇一個……有那麼多鬧鬼傳說的住宅社區？是偶然嗎？還是……

然而，時至今日，銀羽依舊不知道，當初以阿慎的名義送花給自己的人是誰。後來調查的時候，花店說是一個聲音沙啞的人打來的。再進一步查出電顯示後，卻令人失望，只是公共電話，買花的錢是銀行轉賬的，也查不出匯款的戶頭。

銀羽最後只能認為，這是某個人的惡作劇，卻令自己和父母當初一樣，進入了這個可怕的公寓。

那一天，銀羽突然回到家，說希望搬出去住一段日子時，倒在銀夜懷中痛哭。

「哥……我，我該怎麼辦……我……」

然後，銀羽說出了和公寓有關的一切。

「哥……我，不會再和阿慎在一起了，我不想讓他捲入和這個恐怖公寓有關的一切。對不起……哥，也許我無法再報答你和爸媽了……」

那時候看到銀羽痛苦無助、哀莫大於心死的眼神，銀夜就做出了一個決定。陪伴她……守護她……

於是，銀夜主動進入了這個公寓。他腦中回憶著關於銀羽的點點滴滴，當他的影子在太陽下發生異變時，他終於看到了那個公寓，那個自己必須要拚上性命與之戰鬥的存在。

此刻，終於衝入了公寓內的銀夜，立即感覺身體不支倒在地上。這幾天一直在等候通車，因為無法聯繫上銀羽，他天天都在擔憂和不安中度過，也沒吃多少東西，此刻放鬆下來，渾身都虛脫了。

當他回過頭，看到睜開眼睛的銀羽，欣慰地笑了，隨即眼前一黑，暈了過去。

銀羽，你問我……為什麼要進入這個公寓？答案很簡單。

因為你在這個公寓裏。

因為，我要守護你……

PART FOUR

第四幕

時間：2011年1月15日

地點：天南市郊區東明鎮一四五路末班車上

人物：柯銀夜、林翎、吳曉川、夏小美、梁冰

規則：從東明鎮乘坐一四五路末班車，前往西郊月華村，末班車到站後即可下車，終點站前下車者，死！除司機外，乘坐巴士的乘客中，存在著一個厲鬼。第一份地獄契約碎片，即在該厲鬼身上。地獄契約，一共有七份碎片，獲得完整地獄契約碎片者，可封印魔王，自由脫離公寓。

地獄公寓

12 厲鬼乘客

李隱此刻，在自己家中。

終於再度回家了。而回家的原因，很大程度上是因為父親遭遇這次劫難，還好有驚無險，令李隱覺得，該回來好好看看父母了。無論如何，他們都是自己的父母啊！而且，也許自己以後無法再為他們盡孝道了。

李隱決定在家裏住一晚上，陪陪父母，明天再回公寓也來得及。

晚上，李隱緊緊握著母親的手，對她說：「媽……對不起，這些年都沒怎麼和你們聯繫……」

「算了，你想怎麼樣就怎麼樣吧，反正媽也管不了你了。」楊景惠說，「我知道你為什麼一直不肯回家。你不滿意你父親經營醫院的手法，這我不是不知道。不錯，你父親經營醫院太過獨斷專行了，做事也不考慮後果，但他將醫院經營得有聲有色，也是事實。其實有些事情我也是睜一隻眼閉一隻眼，雖然我是醫院的董事長，但是，也不想和你父親鬧翻。」

「別說了，媽……」

「小隱，你不贊同你父親經營醫院金錢至上的理念，其實我以前也認為你父親做得不對。但是，有什麼辦法呢？他是我的丈夫，我只能向著他，沒有別的辦法。而且，這個社會，實際上就是弱肉強食，金錢第一，你父親可能做得極端了些，但出發點也是為了醫院。小隱，千萬別憎恨你父親，我希望你將來能夠繼承院長的職位啊。」

「睡吧，媽……」李隱噙著淚水說，「睡吧。」

第二天清晨，李隱早早醒來，到廚房裏幫父母準備早飯。他把一個雞蛋打入油鍋裏。「爸，媽……你們一定要保重……」

而這時，在公寓一四〇四室內。昏迷中的銀夜，忽然被心臟處傳來的劇烈灼燒感驚醒！

銀羽正在床頭照料著他，一看他猛然醒來，而且捂住胸口面目痛苦，赫然一驚，她跑到外面客廳，一眼就看見，鮮紅詭異的血字，開始在牆壁上浮現出來……

「二〇一一年一月十五日晚上零點以前，前往天南市郊區東明鎮，乘坐一四五路末班車，前往西郊月華村，末班車到站後即可下車。除司機外，乘坐巴士的乘客中，存在著一個厲鬼。第一份地獄契約碎片，即在該厲鬼身上。地獄契約，一共有七份碎片……」之後就是一段上次預告即將發佈地獄契約碎片時，幾乎相同的內容。很遺憾，銀夜並沒有獲取任何獨家資訊。

醒來的銀夜當機立斷，他走出門後，對銀羽說：「銀羽，不要把這段血字告訴任何其他住戶！我先出去！」

然後，他立即向大門衝去，目前必須儘快到達底樓去！無論如何，一定要阻止地獄契約存在的消息在整個公寓內大範圍地散佈！只要知道地獄契約存在的住戶限定在一定數目，那麼自己還能夠控制！但是，一旦地獄契約的存在被超過十個住戶知道，就會陷入極度可怕的境地！如果只限定在執行血字的住戶中，由於血字本身的高死亡率，知道地獄契約存在的住戶恐怕將一直限定在個位數！

另外，第一張地獄契約碎片居然持有在一個厲鬼手上？開什麼玩笑，這還能夠去搶？可是，地獄契約的價值確實大得令人不能不眼紅，一旦取得……

地獄契約只有一張，這意味著，一旦少了一張碎片，地獄契約就無法獲得了。而獲得完整的地獄契約，就可以封印魔王，代表著可以離開這個公寓！

進入電梯後，銀夜內心焦急如焚，希望這次接到血字的住戶，知道這件事情後安靜閉嘴，千萬別去告訴其他住戶啊！

雖然最近半年由於血字的頻繁，死去的住戶越來越多，但增加進來的住戶也是與日俱增，上個月內就新增進了超過十名住戶，估計這個月也會繼續增加住戶。而增加的住戶多，也就意味著，未來爭奪地獄契約碎片的對手會更多！

地獄契約的存在，一旦被太多人知曉，光是想想那血腥的未來，銀夜就感到不寒而慄。

他很清楚……人，有的時候比鬼更恐怖！

電梯門打開了，銀夜立即衝出電梯去！只見底樓大廳，此刻還空無一人。

「叮——」

這時候，旁邊的一部電梯門開了。走出來的人，是林翎，她和歐陽菁關係非常好，歐陽菁死在公寓門口時，她悲傷時的樣子，令銀夜印象很深刻。

銀夜立即一個箭步走上去，先是左顧右盼一番確認沒人，才問道：「林小姐，你也是接到了血字指示？」

「對，剛接到的。柯先生，你也看到了吧，」林翎顯得極為激動，「那個『地獄契約』……」

「你有沒有和別人提過？」

「啊？沒，沒有，我接到血字就馬上下來了，確認還有誰和我一起去。」

銀夜鬆了口氣，立即抓住她的手，把她拉到一邊，再度左顧右盼一番，低聲說：「聽好了，林小姐。這件事情，不要告訴任何……」

這時候，又聽到電梯門打開的聲音，銀夜立即回過頭去一看，從電梯中走出來的，是兩個銀夜還不熟悉的新面孔住戶。

這時候，其中一個忽然說：「你說那是真的嗎？那個地獄契約……」

「應該不會錯的，這條彩信上的照片，拍攝得清清楚楚啊。」

銀夜聽到這幾句話，臉色頓時大變！彩信？這是……怎麼回事？

他立即衝到其中一個住戶面前，問：「怎麼回事？你剛才說什麼『地獄契約』？」

「剛才我們的手機都收到一封彩信，你看。」

那個住戶將手機拿過來，螢幕上，是一張照片，照片上是一面牆壁，赫然出現剛才銀夜所看見的血字指示！

這張照片拍攝得非常清晰，同時還配上了文字說明：「這是我剛剛接到的血字指示，所以……」

這個公寓內，因為住戶和住戶之間，誰也不知道將來會被怎樣組合前去執行血字。為了到時候方便聯繫，住戶們會大量地互相交換手機號碼。

銀夜此刻雙手攥成拳狀，胸口升起一股怒火！

「這條彩信……是誰發給你們的？」

「是我。」

又一扇電梯門打開。這時候出來了一大堆住戶。而剛才說話的那個人，赫然是吳曉川！

「你……」銀夜難以置信地看著他，「你……把彩信傳發了多少住戶？」

「我手機裏的全部號碼，估計所有的住戶都收到了吧。」

「你……」銀夜一步衝了出去，抓住吳曉川的衣領，咆哮道：「你瘋了嗎？你知道這樣做會有什麼後果嗎？」

「你這是做什麼？後果？我當然知道，這樣就不會再有住戶像唐醫生那樣去主動執行魔王級血字指示了！」

吳曉川這個人，說好聽點是為人正直，嫉惡如仇，說難聽點就是不知變通，思想僵化。他一直敬重的唐醫生死了，他很受打擊。

「我這麼做，就可以令唐醫生的悲劇不再重演了。將來，只要住戶們齊心協力湊齊地獄契約，就可以全部離開這個公寓了！既然如此，我當然要……」

銀夜一拳向他的臉打了過去！吳曉川被狠狠擊中臉頰，整個人飛了出去，撞倒在大理石地面上！等他再度支撐著站起來，嘴角已經流出血來。

「你……你為什麼打我？」吳曉川驚愕地看著眼前的柯銀夜。

「你大腦簡單也要有個限度！」銀夜一改往日冷靜的形象，大吼大叫道：「你知不知道你做的事情會有什麼後果？什麼，住戶齊心協力湊齊地獄契約封印魔王，一起高高興興地離開公寓？你認為這可能嗎？你以為這裏是桃花源還是烏托邦啊！」

若不是幾個住戶上前來拚命拉住銀夜，只怕他還要衝過去打人。

銀夜一直都害怕的事情，還是發生了。現在，等於整個公寓的人都知道這件事情了！

「嗯？彩信？吳曉川發來的？」

「地獄契約？不是吧？真的假的？」

「天啊，有了這個，不就等於可以離開這個公寓了嗎？」

地獄契約，令一直生活在絕望中的住戶們，猶如被注入了一針強心劑！只要取得了七份地獄契約碎片，就等於獲得了可以離開公寓的通行證啊！

一時間，所有的住戶都開始各懷心思，對這地獄契約碎片虎視眈眈！

此刻，對一切還一無所知的李隱，離開了家門。他剛來到外面的馬路上，就赫然看到……子夜在等著他。

「走吧，我們一起回公寓去。」

李隱微微一愣，問道：「公寓發生了什麼……」

「沒有……只是，我想來見你。」

李隱點了點頭，說：「那好，走吧。」

十分鐘後，二人已經坐在了公車上。子夜和李隱坐下後，她看了李隱一眼，表情有些不自然。

子夜忽然說：「你剛見我時，對我說的話，沒有忘記吧？」

李隱聽到這句話，先是一愣，隨即反應了過來！

「你……你是說……」

「我答應了。我願意做你的女朋友。」嬴子夜輕輕地點了點頭，「你應該沒有反悔吧？」

「哦？夏小美，你是第一次執行血字吧，怎麼你也……」

「不奇怪，偶爾也會有這樣的例外，你們忘記嬴子夜第一次血字就和執行第六次血字的夏淵安排在一起了？」

公寓底樓，聚集了大量住戶。而執行本次血字的一共有五名住戶。柯銀夜、吳曉川、夏小美、林翎，以及剛從直永鎮逃回的梁冰。

公寓發佈血字的難度以及住戶執行血字的間隔，已經是完全混亂了。這很可能是和二〇一一年發佈魔王級血字指示有關吧，所以去年，才會有嬴子夜以新人身分去執行那麼高難度的血字。

地獄契約的存在，已經人盡皆知。雖然因為吳曉川理想化的幼稚行為，令一切變為最糟糕的局面，但是事已至此，也沒有辦法了。

此刻，李隱看著眼前的子夜，伸出手去，想要把她擁入懷中，而就在這時候，他和子夜幾乎同時感覺到……心臟猶如被烈火焚燒一般地劇痛起來！

「發……發佈了血字？」李隱內心一震，立即問：「子夜你也是？」

「嗯，是的。」

李隱立即拿出手機，想打回公寓問問。而他剛一開機，就看見顯示一條未讀彩信。發信人是吳曉川，李隱便點開查看。

「這……這是……」

公寓四〇四室內，客廳的牆壁上，赫然出現了熟悉的血字……

「二〇一一年一月十六日凌晨零點至早上六點半，待在天南市寧豐社區內的廢棄公寓一號樓內。公寓樓中，存在著第二份地獄契約碎片。」隨後，又是一段對地獄契約的簡單介紹。

此時正在公寓底樓陪伴在哥哥身邊的銀羽，也赫然感覺到心臟處的劇烈灼燒感！

另外，還有一個人也接到了同樣的血字指示，就是楊臨。

「不是吧？第二份地獄契約碎片？」楊臨看著這個血字指示，驚愕道：「看來，我也有機會拿到地獄契約碎片啊！到時候，我一定要封印魔王，為唐醫生報仇！」

隨後，血字消失了，楊臨把血字的內容牢牢地記在了心裏。住戶曾經質疑過，血字看完就消失，會不會住戶事後遺忘一些細節內容，但是後來發現根本無需擔心，看過一次血字指示後，那內容就會像生根一樣牢牢烙印在腦海中，就算想忘也忘不掉。

一天內，公寓同時發佈了兩個血字指示！而且都與地獄契約碎片有關！

李隱和子夜立即飛速趕回公寓，必須要儘快看一看血字。對李隱而言，這是第六次血字指示，這一次血字，只要熬到血字規定時間終結，就可以直接回歸公寓！

他們剛進入底樓大廳，就看見銀夜、梁冰等人，被一群住戶水泄不通地圍在正中間。大廳內人聲鼎沸，每個人都對地獄契約的存在激動不已。而銀夜等人……就是要去取那契約碎片的住戶！

聽到這些人說的話，李隱就明白了。吳曉川拍下他接到的血字指示，群發給了很多住戶。不過子夜因為和吳曉川沒怎麼接觸，吳曉川沒有她的手機號，所以沒發簡訊給她。

地獄契約……居然有這種東西存在！

但是，李隱很清楚，要將七份地獄契約碎片集合在一起，實在是千難萬難。

「我們先上去看我們的血字指示吧。」子夜對李隱說，「看完後再下來吧。」

李隱點點頭，和子夜一起，朝電梯走了過去。到了四樓，兩個人各自前往自己的房間。

此時，李隱根本沒意識到，自己和銀夜接到的，是完全不同的血字指示。

打開房門，他來到客廳的牆壁前，本以為，應該是和吳曉川發給他的彩信完全相同的內容，誰知道一看，竟然完全不一樣！

「什……什麼？第二份地獄契約碎片？」李隱怎麼也沒想到，公寓居然會在一天內發佈兩個完全不同的血字指示！」

與此同時，有幾名住戶坐電梯來到了十四樓。

「你們剛才注意到了吧？柯銀羽的痛苦表情？」其中一個住戶說，「她那時候肯定是接到了血字指示！但是她似乎強行壓抑著，不想讓我們發現呢。」

「真是不可思議，」另外一名住戶說，「柯銀羽住的是一四〇七室吧？沒弄錯吧？」

「不會。我肯定沒記錯。」

接著，這幾人都站到了一四〇七室門口。其中一個住戶伸出手去擰門把手，但是門似乎上了鎖。

「好，我們一起把門給撞開，必須要看看柯銀羽接到的血字指示，說不定，發佈了第二份地獄契約碎片的下落呢！」

「沒必要那麼麻煩。」其中一個住戶忽然拿出一根鐵絲，「公寓這種程度的鎖，還難不倒我。」他用鐵絲去搗鎖眼，沒弄兩下，門就開了。

這幾個人立即衝了進去，赫然看到了柯銀羽接到的血字指示，內容和李隱接到的完全相同。

這時候，其中一個人拿出手機，拍下了牆壁上的血字，隨後用彩信發給了底樓一個和他關係很要好的住戶。其他的幾個人也照做了。

地獄契約引發的公寓住戶的混亂，過了一整天才漸漸平息下來。

而這兩道血字指示的照片，在整個公寓到處傳來傳去，已經是人盡皆知了。依舊有不少住戶，沒有清晰意識到，地獄契約碎片被全體住戶知曉，會有怎樣可怕的未來。

地獄契約的存在，並沒有讓李隱有多興奮。他不認為，這樣搜集地獄契約碎片，生存率就能提高多少。甚至他感覺到，地獄契約根本就是這個公寓為了讓住戶自相殘殺而創造出來的東西。

深夜。在銀夜家裏，集中了所有要和他一起執行血字的住戶。

對於吳曉川，銀夜已經不想再說什麼，責怪他已經沒有任何意義了。現在，只有想辦法，如何在目前形勢下，盡可能地扭轉不利局面。

「好了，現在我們可以討論這次血字的事情了。」銀夜先說，「雖然只是第一片地獄契約碎片，但是我們應該都想要得到它吧？」

氣氛頓時緊張起來。

銀夜掃視了其他人一番後，說：「不用說，我們肯定每個人都想拿到碎片，哪怕只是一張碎片，也是距離逃離公寓更近一步！但是誰都知道，碎片被厲鬼持有，危險性絕對不小！這次情況和夏淵死去的那次血字指示有一定相似之處，只是……這次明確告訴我們，鬼魂混雜在坐巴士的乘客中……」的確很像。而且，地獄契約碎片在厲鬼身上……

這不是虎口奪食嗎？這個條件聽著就讓人心驚膽戰，但相信公寓肯定會對那個厲鬼進行條件限制。也就是說，應該有機會取得契約碎片。

如果是末班車，那麼乘客應該不會很多，而且那裏是遠郊，人肯定更少，說不定還不到十個人。排除司機的話，就要觀察餘下的乘客，來判斷究竟誰是厲鬼。

不知道誰是厲鬼……也就代表著不知道地獄契約碎片在哪裏。契約碎片，人人都有必得之心，但是恐懼於厲鬼，誰也不敢輕易對乘客動手搜身。否則萬一那個是厲鬼，後果不堪設想。而如何判斷哪一名乘客是厲鬼？

公寓既然那麼安排，證明那個厲鬼必定隱藏得比較深，不會輕易顯露真身。

同一時間，底樓大廳，李隱這一方的四個人也聚集了。楊臨和子夜，執行的血字總數和自己根本不是一個級別的。可是公寓還是把他們湊在了一起。

看來，公寓好像完全混亂了。

楊臨對此也感覺到相當不安，說：「你……你這是第六次血字指示吧？我只是第四次而已啊……」他很清楚，這之間差距有多大。

「夏淵過去和我提過，第六次血字指示可是非常非常詭異的！他最初進入公寓那年，就有兩名住戶執行第六次血字指示，結果，通過手機視頻，在螢幕上看到一名住戶，身上超過三分之二的地方都變成了骨頭，頭被撕裂了一半，居然還活著，最後，大腦上就出現了一個黑色洞穴，洞穴不斷擴大，然後……將他本人完全吞掉了……」

「楊臨……你冷靜一點，這件事情很多住戶都知道，你不需要講給我聽……」

「我……我才第四次血字啊，怎麼拚啊？到時候面臨的絕對不會是鬼魂那麼簡單，是逃都逃不了的詭異現象啊！」

公寓的血字指示，無人能夠違抗。一旦你所住的房間出現了血字，那麼你就要去執行，不然影子將不可違抗地操縱你自殺。這個公寓……就是如此可怕。

「可惡！這個該死公寓還讓不讓人活了！」楊臨恨恨地搬起大廳內的長方形茶几，狠狠朝著大理石地面砸去！

茶几摔在地面，玻璃碎了一地。楊臨還恨恨地踢了一腳，說：「魔王血字讓人根本沒辦法過，血字還安排得那麼難！我第四次去衝擊第六次難度，那等我第六次的時候是什麼難度？」

這個時候，地面上的玻璃碎片，一片片開始聚合起來，隨即，倒在地上的茶几重新立起來，玻璃完全復原。對這個公寓的任何一個地方，破壞都沒有意義，都會自動復原。否則以住戶對公寓的憎恨程度，這個公寓早就是傷痕累累了。

「你要往好的地方去想嘛，楊臨。」李隱走上去安慰他道，「這次發佈的血字，又有一份地獄契約碎片啊。拿到碎片的話……」

「李隱樓長……」楊臨忽然冷冷地看著他，「我鄭重告訴你……地獄契約碎片肯定人人想要，所以……我是志在必得的！明白我的意思嗎？」

「我知道，」李隱點點頭說，「各憑本事。我沒意見。」

「好！」楊臨隨即又抓起那茶几狠狠地朝著牆壁上又砸了過去，「你給我記住……為了拿到地獄契約碎片，我是不擇手段的！」

生活在這個公寓裏，一旦住戶產生利益分歧，自然成為死敵。以前因為要一起度過血字指示，所以沒辦法，但是如今……

楊臨又看向銀羽和子夜，說：「對了……嬴小姐，柯小姐，你們兩個也一樣……為了奪得地獄契約碎片，我對你們也不會留情！」

其實楊臨還算坦蕩，絲毫不隱藏這份想法。比起道貌岸然的偽君子來，倒要強出許多。

「我知道。」子夜面對楊臨這番話，很平靜地回答：「任何一個住戶，面對地獄契約碎片的誘惑，都不可能抵擋得住的。我能理解你。」

就這樣，公寓中的住戶們，開始陷入了對地獄契約不擇手段的爭鬥之中……

而現在，僅僅只是一個開端……

一月十五日到了。下午，公寓一四〇四室內。

「銀羽……沒想到我們同時執行血字，卻不能在一起……」銀夜歎惋著，看著眼前的妹妹。

「第六次血字的難度……」銀夜想到這裏就感覺心猶如被揪起一般，「銀羽……你一定要多加小心，再小心。難度肯定會很高，你時刻跟在李隱身邊……地獄契約碎片實在拿不到就算了，千萬不要一個人單獨行動！」

「嗯，我知道了，哥哥。」

「哥哥……」銀羽忽然說，「當初我父母，也是待在這個公寓裏，一直互相扶持，最終……」

他們進入公寓的時間，應該是在銀羽出生後不久。而過了五年時間，才死於血字指示，也算是撐得夠久了。說不定……撐到了第六次血字指示。可是，終究還是逃不過一死。

「過去十幾年了……」銀羽歎道，「一想到父母也曾經住在這樣一個公寓裏，我……」

銀夜很清楚，銀羽對於生父生母的死，始終感到非常痛苦。她很瞭解父母因為入住這公寓，無法照顧她，不得不將她託付給好友的心情。

「哥哥，你……也要小心小心，再小心啊。一定要儘快發現血字的生路……」銀羽抬起左手，看著無名指上的戒指：「哥哥……你知道嗎？上次，在夢境的最後，小丑本來就要將我殺死了……」

「什麼？」

「那個時候……阿慎出現了。夢境中的阿慎出現了，然後他幫我阻攔了小丑。如果不是因為這樣，我想我是不會醒來的。」

「銀羽……」

「我知道，那不過是夢境的虛像罷了。我會堅強下去……連阿慎的那份，一起活下去。」

夜晚，約十一點半。天南市東郊東明鎮外。一處僻靜的馬路上，銀夜、梁冰等人，正在那裏等待著末班車的到來。

「你說……」忽然梁冰想到一個恐怖的可能，「萬一巴士誤點怎麼辦？如果來不及在午夜零點以前到站，那我們不是很冤枉？」

「怎麼可能……」銀夜剛說出這句話，前方路口就出現了車燈的燈光。

來了！末班車。

五個人都打起十二萬分的精神，等待著末班車巴士停在面前。這是一輛白色的公車。巴士的門打開了，五個人立即爭先恐後地魚貫而入。

進入巴士後，每個人的第一反應都是看向車內的乘客。一共有七名乘客。

「這……」夏小美立即感覺到，這七個人……

有兩個人坐在巴士最前排的兩側，左側的是一個戴著耳機聽隨身聽的十五六歲少女，右側則是一個戴著一個骷髏鬼怪面具的男人。再稍微靠後一些，兩排也各自坐了一人，左側是一名拿著手提電腦的青年，右側是一個穿著病院衣服的十歲左右男孩。男孩身後兩排，坐著一個穿著大紅衣服、戴著墨鏡的女人，和一個刀疤臉的中年壯漢。最後一排的那人，最是古怪異常，竟然是一個在車子裏打著傘、遮住頭部的大概八九十歲的老太太！

司機則是一個看起來三十歲左右的男子，他見五個人上車後，便關上了車門，開始發動巴士。

司機不是鬼……那麼……銀夜快速掃視著這七名乘客。

隨身聽少女、鬼面具男、手提電腦青年、病服男孩、紅衣墨鏡女、刀疤臉壯漢、打著傘的老婆婆……在這七個人裏，其中一個人，就是持有地獄契約的厲鬼！究竟……是誰？

車子開動了。五個人都站著，一動也不動。

誰都不敢落座啊，畢竟一定要仔細觀察這七個乘客。任何一個人，都可能是鬼魂。

夏小美的身上帶著一面鏡子，她背過身，拿著鏡子，照出身後的七名乘客。那七個人……全部都在鏡子裏面！

「果然不行呢……」夏小美自嘲地笑了笑。

李隱、嬴子夜、楊臨和銀羽四個人，也到達了寧豐社區。

寧豐社區是一個郊區的廢棄樓盤，那個社區內僅有五幢公寓樓，似乎是由於豆腐渣工程的緣故，最後這個社區的公寓樓全部被廢棄，不久後就會被鏟平另作他用。

整個社區陰森森的，在這接近午夜零點的時刻，進入社區內，感覺周圍好像都是黑暗的幽靈，陰暗破敗的公寓樓，令人膽寒。

一號公寓樓位於社區最裏側。社區地面上，到處都是骯髒的垃圾和灰塵，甚至不時看到一兩隻老鼠竄出來。蚊蟲也相當之多，到處瀰漫著臭味。

「環境真是差得可以。」李隱搖搖頭說，「公寓真會選地方，拍鬼片的絕佳場地啊。」

銀羽則是時刻注意著周圍，畢竟就算時間沒到，也不可大意。

然而，就在這時候，另外還有兩條身影，進入了這個廢棄公寓區。只是這兩個人，是進入了靠近門口的四號公寓樓。這兩個人，一男一女，一個是看起來三十幾歲的西裝男子，還有一個則是穿著低胸襯衣，打扮非常暴露的二十幾歲女人，這身衣服將她豐滿的雙峰完美地凸顯出來。

「我說……這裏真不會有人來？」那女人有些擔憂地左顧右盼，而那西裝男子則拍著胸脯說：「那當然！今天我們兩個可以好好在這搞個天翻地覆。這種陰森氣氛的地方，不別有一番情趣麼？」

「討厭啦，你……」

接著，二人進入了四號公寓樓。走到裏面的樓道，那西裝男子已經迫不及待地脫下衣服，並且要去拉那女人的肩帶。女人莞爾一笑，說：「急什麼，慢慢來……」

幾分鐘後，樓道內開始充斥著呻吟聲，兩團白花花的肉體交纏在一起，享受著魚水之歡。

就在這個時候，樓梯上方，一陣風開始吹來。在倆人上方的一個樓梯的護欄上，忽然出現了一隻枯瘦到幾乎可以見骨的白手！

巴士開動以後，每個人都非常緊張不安。結果，還是司機提醒，每個人才記起拿出交通卡刷卡。

這七名乘客，除了那個隨身聽少女和那個手提電腦青年外……穿紅衣服的墨鏡女也還算正常，另外四個人都感覺……

「那個撐傘的老婆婆……」梁冰仔細端詳著後座的老婆婆，輕聲在吳曉川耳邊說：「該不會就是厲鬼吧？不，那個穿病服的男孩也……」

「噓……」吳曉川說，「沒證據，就別亂說。」

銀夜卻是選了一個較為前排的位置，筆直坐了下來，他回過頭，端詳著那七個人。誰是厲鬼？有必要去想嗎？

銀夜不是白癡。公寓一般都會為血字安排生路，這次當然也不會例外。與其考慮誰是厲鬼，不如考慮生路是什麼。銀夜認為，就算不去招惹那厲鬼，那厲鬼也必定會對他們下手。雖然這看似狹窄的巴士，不可能避人耳目地殺人，但是……厲鬼的手段，自然不可能和人類一樣。比如……消除掉人的記憶。這樣的事情極有可能。

比如厲鬼突然現出猙獰原形殺掉一個住戶，再抹去所有人的記憶回到原位，那麼，等於不知道誰是厲鬼。而觀察出誰是厲鬼後怎麼做？在規定時間內不可以離開巴士，發現後難道硬搶契約碎片？這是找死。所以……關鍵在於血字生路！

實在不行，大不了放棄魔王級血字。銀夜這個人，不同於一般人，懂得如何取捨。利益再大，如果風險過高，那也沒有必要非得涉險不可。公寓必定安排了一條生路，可以讓住戶辨別出厲鬼，取到契約碎片，並且安然離開的方法。否則，就沒有任何意義了。既然讓契約碎片出現在血字指示地點，就絕對不可能安排住戶絕對無法取得的死局。那樣沒有意義，不符合一直以來血字指示的情況。

不過，對於這次血字的生路……銀夜還沒有發現什麼端倪。

這個時候，夏小美忽然坐到了銀夜身旁，說：「柯……柯先生……你有什麼好辦法？」

「暫時我想靜觀其變。」銀夜擠壓了一下太陽穴，「記得我說的話吧？考慮生路為第一優先。」

「這樣啊……」夏小美點點頭，「柯先生你真的很厲害呢，一直那麼鎮定。」

「你高估我了。」銀夜搖搖頭，「我也很害怕。只是比起鬼魂來，這世上有更令我害怕的東西。對我來說，『恐懼』本身才是最值得恐懼的。」

就在這時候，巴士來了一個大轉彎。結果，還站著的梁冰沒有站穩，一個趔趄，居然整個人撞到那個拿著手提電腦的青年身上。

「啊……對，對不起！」梁冰想到這個青年可能就是厲鬼，嚇得連忙移開，不斷低頭說：「對不起，對不起，對不起！」

「沒事，沒事。」那青年面無表情地撫平了西服的褶皺，繼續把目光關注到手提電腦上。梁冰瞄了一眼，上面是K線圖。看來這個青年是在炒股。

而這時候，吳曉川主動出擊了。他緩緩走到了那個戴著鬼怪面具的男人面前，微笑了一下，說：「嗯……這個面具好酷哦！你在哪裏買的？」

看到他如此主動，梁冰眼都直了，而銀夜則在心裏暗罵：太冒失了！怎麼能那麼直接地去……

那個戴鬼怪面具的男子，卻一言不發。

吳曉川也不惱怒，繼續說道：「我很喜歡你的面具哦，非常有型。能不能借我戴一下？」

膽子也太大了吧！那戴鬼怪面具的男子卻是有了反應。他伸出右手，不斷地呈爪狀，並且手指關節發出清脆響聲。男子的指甲非常之長，好像從來不修剪。

吳曉川立即感覺不妙，隨即說：「對不起……我走了。」接著，他走向那個戴著耳機聽隨身聽的少女，又湊在少女身旁，大聲說：「嗯……不好意思，我想問你一些事情……」

少女看向吳曉川，摘下耳機，冷冷地問：「什麼事情？」

「這個隨身聽，是什麼牌子的？我最近也想買一個，但是……」

「真煩人！走開！」少女又繼續戴上耳機，不過剛才拿下耳機的一瞬間，梁冰隱約聽到了裏面傳來的歌聲。是周杰倫的「髮如雪」，此刻正在放到「我焚香感動了誰……」看來是個周杰倫的歌迷？也不能說厲鬼就不可以迷周杰倫啊。不過，現在不是想這些的時候……

銀夜則在觀察這七名乘客的同時，大腦飛速運轉著……到底血字的生路是什麼？就如同他和銀羽所討論的那樣，公寓不可能不給予任何提示，或者至少在殺死第一個住戶前，會有一個提示產生。又或者提示在血字指示中？

銀夜回憶著腦海中的血字指示內容：「二〇一一年一月十五日晚上零點以前，前往天南市郊區東明鎮，乘坐一四五路末班車，前往西郊月華村，末班車到站後即可下車。除司機外，乘坐巴士的乘客中，存在著一個厲鬼。第一份地獄契約碎片，即在該厲鬼身上。地獄契約，一共七張碎片，集合後即可在執行魔王血字指示時，十米範圍內出示契約可封印魔王。另外六張碎片下落會在今後血字指示中發佈。」

乘客中……存在著一個厲鬼……司機除外。果然……並沒有排除掉公寓的住戶。

銀夜看向另外四人……夏小美、林翎、吳曉川和梁冰。也許……這四個人中的某一個根本不是住戶，也許就有一個是厲鬼。當然，這也只是假設而已，沒有任何根據。總之在巴士上，除了司機和自己之外，任何一個人都可能是厲鬼。這樣算起來，實際的嫌疑人一共有十一個。

此時，林翎走向車子最後面那個撐著雨傘的老婆婆。

13 消失的同伴

林翎進入公寓，比李隱大概要早四個月。她是個性格有些敏感、非常脆弱的女子，不過如果是為了自己的朋友也會變得勇敢堅強。她和歐陽菁非常投緣，關係很好。而她的第一次血字指示，是和唐醫生一起執行的。

那一次，地點是在天南市的一個鐘樓最上層。兩個人都是第一次執行血字，那一次血字難度不是很高，但是林翎一度陷入絕境，結果唐醫生冒著生命危險，在本可以逃走的情況下背著她逃回公寓。

唐醫生的死，也令林翎非常遺憾。這是繼歐陽菁之死後，又一個巨大打擊。

林翎走近了那老婆婆，她堆起笑臉，強行壓抑內心不斷湧起的恐懼，問道：「老婆婆，你為什麼在巴士裏打傘啊？沒那個必要啊……」

老婆婆略微抬起頭，她的額頭上滿是皺紋，雙瞳也很是渾濁蒼白，像是得了白內障。她的右手死死抓著傘柄，只是微微有些顫抖。她的嘴唇翕動著，似乎想說什麼，但說不出來。

這個時候，和紅衣墨鏡女坐在一起的刀疤臉壯漢，拿出了一包煙來，取出打火機點燃了煙。吞雲吐霧的時候，刀疤臉壯漢似乎很是享受。湊近看的話，會發現那道刀疤實在嚇人，從額頭一直橫跨到下巴，如同一條扭曲的蜈蚣一般，看來這一刀砍得極深。

紅衣墨鏡女始終坐著一動不動，也沒對刀疤壯漢抽煙表示不滿。

在兩個人前面坐著的穿著醫院病人服的男孩，表情也很僵硬，猶如是木偶一般，毫無生氣，看著的確像鬼。事實上，夏小美感覺那個男孩最有可能是厲鬼。但是，卻無法證實。

巴士內的氣氛實在是非常壓抑。誰是厲鬼？誰拿著地獄契約碎片？住戶們都在挖空心思想著。

吳曉川繼續在巴士內踱步，觀察著每一個人。而這時候，那個隨身聽少女不滿地說：「你們這幾個人幹嗎？空位子那麼多不坐，走來走去的煩不煩！」

吳曉川也不理會，他的目光不斷掃過這七個人……他們中有一個是鬼呀……是誰……誰……嗯？怎麼？吳曉川，忽然間感覺到……後背完全發涼了。怎麼可能！

看著這些乘客，吳曉川發現了一件非常可怕的事情！這是怎麼回事？怎麼會是這樣？必須，必須儘快把這個發現，告訴其他人！接著，他微微抬起了頭。

一個扭曲的身影正緊貼著巴士頂部，一雙血紅的凶瞳正死死盯著吳曉川！

吳曉川頓時嚇得跌倒在地！他想說話，可發現喉嚨似乎被什麼卡住一般！身上的力氣好像被抽走了，根本沒辦法站起來，只能無力地擺動手臂，或者稍稍伸一伸腳。

他在這一刻，知道自己必死無疑了，但是就算死，也不能死得毫無價值！他必須給其他人留下一點線索！

銀夜揉了揉眼睛。怎麼回事？剛才心臟猛跳了一下。

「喂喂……」夏小美忽然對銀夜說：「吳曉川……吳曉川去哪裏了？」

銀夜猛地一個激靈，他前後左右一看……確實哪裏都沒有吳曉川！另外兩個人也發現了。

「怎麼會……」梁冰左顧右盼，確實哪裏也沒見到吳曉川。剛才就看到他走過自己身邊，接著他就……不見了！在這個巴士上，消失得無影無蹤了！

銀夜迅速鎮定了下來。開始了，厲鬼開始殺人了。也就是說，關於生路的提示應該出現了。剛才，所有那七名乘客的任何動作都沒有逃過他的眼睛。

「你們怎麼回事啊？」那個隨身聽少女拔掉耳機，皺著眉頭問：「煩不煩。」

「我們……」梁冰此刻手足無措，「我們的同伴……」

「同伴？」隨身聽少女疑惑地問，「不就你們四個人上車嗎？哪裏來什麼同伴？」

四個？四個？梁冰忽然感覺腦子不夠用了，他，林翎，夏小美，銀夜，加上吳曉川，明明一共是五個人才對啊……居然說只有四個人上了巴士？

他立即看向其他人，說：「你們……你們沒看見我們的一個同伴？個子高高的，穿著黑白相間格子襯衫，眉毛有些濃，臉方方正正的……你們真沒看見？」

這時候，那戴墨鏡的紅衣女噗哧一笑，說：「真有意思，難道今天是愚人節？」

銀夜立即走過來，對梁冰說：「你怎麼了？喝醉了？說什麼胡話呢。」隨即在他耳邊低聲說，「吳曉川已經死了……我們現在必須想辦法活下去！」

這些乘客的記憶被抹去，銀夜根本不意外。他在公寓的一年半時間裏，大量分析過血字指示的各種現象，熬夜是家常便飯，不斷地洞悉公寓安排的各種血字模式。

畢竟，恐怖現象也就這麼幾個套路。活人變鬼，鬼變活人，空的房間突然出現一個鬼魂，未知的洞穴，被篡改的記憶，有規律的詛咒……既能巧妙安排出生路，又能夠避免出現必死之局。同時……也不會做出令住戶無法執行血字的不可抗力。比如不會有巴士誤點，或者去的路上堵車這種現象，為了解決交通資金問題，還給了他們無限充值的交通卡，沒有私家車的人也不用擔心交通費用。所以，既然血字規定巴士到站前不可以離開巴士……那麼絕對不會出現因為有人失蹤，巴士不得不停下的情況。所以必定會有抹去乘客和司機記憶這一招。當然住戶要是犯傻真追究下去，出現的問題就怪不得公寓了。

銀夜剛才只注意著乘客，卻忽略了吳曉川的表情。於是他低聲問另外幾個人：「怎麼樣……剛才吳曉川有什麼變化？你們有誰注意到了？」

林翎思索了一會兒後，說：「我……我不記得了，因為我剛才在和撐傘老婆婆談話……」

「我也沒怎麼注意……」夏小美搖搖頭，「我……」

銀夜又回過頭看向那七個乘客。血字的生路提示應該通過某個途徑告訴他們了，所以才開始殺戮。不過，還有可能是……只有吳曉川本人才收到特別的提示，他也可能是發現了什麼。

此時，在銀夜身側的林翎，身體不停打戰，看起來相當恐懼。吳曉川的突然消失，令她陷入了很深的恐慌。

這時候，夏小美握住了她的手，說：「別怕啦，林小姐。柯先生他一定可以找出……血字生路的。」

夏小美是第一次執行血字，所以鬼魂肯定不會將她作為優先目標。加上夏小美性情開朗，所以也不怕什麼。

「我母親曾經說過，她最喜歡向日葵。」忽然夏小美說起了完全無關的事情。

林翎疑惑地問：「向日葵？」

夏小美點點頭說：「她在我五歲的時候得了白血病。我的骨髓不合適，當時一度很絕望。但是母親總是不願意放棄希望，就算置身絕望的境地，母親還是想如同向日葵一樣，永遠對著陽光。一時一刻，也不會在黑暗中放棄自我。但是，母親要看到向日葵，醫院外卻沒有。她的身體也不合適外出……所以我就開始學習繪畫。」

「我畫了一百多張……對著向日葵，一張又一張地畫著……那時候真是蠻傻的，不是可以用照相機嗎？我卻完全沒想到。畫得也不太好看，可是卻覺得把對媽媽的祝福傳遞進去了……」

「那你媽媽……」

「她現在生活得很好，」夏小美咧嘴一笑，「那一刻我就發誓，無論何時，也不放棄對陽光的嚮往，像向日葵那樣。那以後，我就開始學習繪畫，因為我認為，畫是可以傳遞幸福和溫暖的。」

她握緊了林翎的手，說：「我們不會死的……想著向日葵的話，就不會恐懼了……」

「嗯……我知道了……」林翎點了點頭，她身上的顫抖雖然沒有完全停止，但是，顯然臉上的血色有些回覆了。

「我……」林翎忽然輕聲說道，「我一直很喜歡唐醫生。自從他救了我之後……我一直喜歡著唐醫生。但是唐醫生卻沒有接受我，他似乎一直無法敞開心扉。我感覺得出來唐醫生內心潛藏著痛苦，最初我以為那是公寓帶來的恐懼。但後來聽了連城和伊莣的話，才知道……醫生有那樣一段過去。」

林翎說到這裏，鼻子有些酸酸的：「我真的，真的非常非常喜歡唐醫生……可是那個時候，唐醫生去欣欣商場的時候，我卻很害怕，不敢去……就算知道不會有危險，我還是很害怕。我真的很自責，唐醫生最痛苦和恐懼的最後一刻，我卻無法陪在唐醫生身邊……」

這時，銀夜微微抬起頭，他赫然發現，在車子頂部，留下了兩個有些明顯的……手印！

那手印看起來像是汗水和油脂留下的，不是特別顯眼，但銀夜的視力並不差。他隨即開始聯想……這手印是怎麼回事？

銀夜走到手印的下方，想看清楚些。但手印實在太過模糊，指紋和掌紋都很不清晰。

這個手印的位置……距離最近的，就是那個穿著病號服的男孩。男孩依舊是一副極度冰冷的面孔，毫無生氣。那手印……看起來不小，應該不會是這男孩的。

不，銀夜搖搖頭。還不確定這手印是不是厲鬼留下的，也許是公寓的提示，也可能是誤導。更何況誰能保證鬼魂不會擴大雙手？

銀夜開始感覺到前所未有的壓力。這還只是第四次血字指示而已，而李隱他現在可是在執行第六次血字了，和銀羽一起。公寓目前的變化，太可怕了，誰也不知道將來會發生什麼。

就在這個時候……銀夜忽然感覺到有點兒不對勁。怎麼回事？

他感覺，某個東西非常接近著他。好像他只要稍微轉一下頭，就能看到一張駭人的鬼面孔。銀夜緊緊咬住嘴唇，幾乎要咬出血來，雙手的大拇指指甲也深深嵌入手掌。不能再這樣下去……否則四個人在一小時的時間內，會被全部殺掉的！

巴士繼續前進著。夜幕低垂，附近都是鄉間小道，幾乎看不到什麼人影。

銀夜稍稍穩定了一下心緒，決定重新整理一下思路。生路的提示肯定出現了……如何抓住線索尋找出生路，就是關鍵！之前的三次血字指示，柯銀夜都能夠非常敏銳地洞悉血字生路，只是，他需要時間。

銀夜拿出了手機，調出一段視頻。他因為早就預料到會有抹去記憶這種情況出現，所以早有準備。他事先將上衣口袋剪了一個剛好讓手機攝影機露出的小洞，把手機放在裏面，進行拍攝。從上車到坐在位置上，拍攝始終在進行，他此刻拿出手機才停止。然後，他從包裏取出了一包薯片，撕開薯片袋子，趁其他人不注意，將手機的視頻打開並丟了進去，隨後裝作取薯片，來看視頻。當然，視頻調成了靜音。這一招，是跟「死亡筆記」裏的夜神月學的。契約碎片不能讓別人得到，所以也不可以讓別人注意到視頻內容，再說萬一被後排的乘客發現也很危險。

「不是吧？」夏小美看著身旁的銀夜，「柯先生，你還有心情吃薯片？」

「嗯，稍微吃點東西放鬆一下也好嘛。」

因為知道司機不是鬼，所以坐在最前排，可以拍攝到所有的乘客，不會有遺漏。

很快，手機放到了關鍵部分。銀夜咀嚼著薯片，內心卻是緊張到了極點。會不會拍攝到鬼魂出現？

吳曉川在螢幕上，此刻正左顧右盼著。不過拍到的是他的背影，所以看不清楚他的表情。但很明顯，他的身體在發抖。隨後，他的頭明顯左右擺動著，而且持續了好幾次。他發現了什麼？為什麼左右擺動著腦袋？緊接著，他忽然抬起頭，頓時整個人跌倒在地！他抬起頭，這個時候，看到了他的臉。他的臉……看起來極度恐懼，而且盯著車頂看，但是……螢幕上車頂什麼也沒有。而且，那七名乘客全部都好好地坐著，沒有一個人注意到吳曉川的異常。再接著，吳曉川表情上的恐懼越來越甚，忽然他將右手食指咬破，隨即，在屁股後劃下了什麼！

緊接著……螢幕瞬間一黑！再度亮起來的時候，吳曉川已經不見了。

銀夜倒吸了一口冷氣……果然車頂上有個厲鬼！

他立即扎緊薯條袋子，從口袋裏取出三四顆玻璃球，這些玻璃球就是他為預防這種情況準備好的，他故意扔到地上，腳再裝作不小心地一踩，玻璃球滾落到了後方。

不能夠讓厲鬼發現，他要去查看吳曉川寫了什麼……

銀夜立即站起來，說：「啊呀，我的玻璃球……」然後一步步走向那個手印下方的位置。他彎下腰，開始撿起玻璃球的時候，看向地面……他發現了一個小小的紅色印跡。

那是……一個血紅的十字。

十字？這就是吳曉川留下的資訊？想到這裏，銀夜一邊撿起玻璃球，一邊用腳把血跡抹去了，因為吳曉川剛死不久，血液完全沒凝固，很快完全抹掉了。這個十字，無論是乘客還是其他住戶，都不能讓他們看到。尤其是厲鬼，萬一那個厲鬼注意到自己看到了這十字，必定頭一個要殺了自己。

把玻璃球放回口袋，銀夜開始思索起來……十字？代表了什麼？十字架？不過，吳曉川很可能來不及寫完就被……他抓緊手上的薯片袋子，回到了座位上。

十……不可能是人名。吳曉川根本不認識這七個乘客中的任何一人。那麼是代表什麼？面具男人？不對。隨身聽少女？也不對。病號服男孩？還是不對。會不會是……本本？「本」最初寫的兩筆正好是個「十」字！而且本本比起手提電腦來筆劃少得多，當時情況危急，所以想迅速寫完……拿著本本的男人！那個手提電腦青年！難道他就是厲鬼？

銀夜頓時把目光看向那個拿著手提電腦的青年，他此刻依舊把目光緊盯著手提電腦，估計還在分析股市走勢吧。

銀夜再度把目光集中到手上的薯片袋，卻忽然聽到身後一聲大喊：「漲了！終於漲了！」漲了？不會吧？這個時候了股市還沒停盤？銀夜又回過頭去，卻見那青年拿出手機，撥了幾個號碼，說：「Hello，James，my stock……」

青年快速說著流利的英語，而銀夜是博士生，英語很好，自然很輕鬆地聽懂了他的話。原來他是買進國外的股票，難怪股市還在運作呢。

難道……不是厲鬼嗎？可是，不能光看這些，他也可能是在故意偽裝。

進一步想的話，墨鏡女……刀疤男人……撐傘老婆婆……最初的兩筆都可能寫成為十字，但當時吳曉川應該知道自己時間不多，寫一個「本」時間最快也最容易被理解。因此……最吻合的，就是這個青年了。不……這個十字，也未必是說他們的外貌等特徵。也可能另有所指。

銀夜重新看著手機視頻，繼續進行觀察。

就在這時候……忽然，一隻腐敗潰爛的手，忽然出現在手機螢幕上，然後覆蓋了整個螢幕！嚇得銀夜立即將整個薯片袋子，扔到了巴士外面！剛才看的時候……根本沒出現這一幕！

銀夜頓時心驚膽戰地回過頭去……依舊是一副平和的景象。但是，他的臉色已經開始蒼白了。十是什麼意思？十字架對基督教而言，意味著上帝。而剛才那個十字，似乎有些傾倒……會不會，是倒十字架？倒下的十字架，意味著魔鬼……是說厲鬼是魔鬼嗎？可是，這有什麼意義？是厲鬼還是魔鬼，不都一樣麼。

這個時候，忽然銀夜想到了一個更恐怖的可能……他把目光移向了林翎！林字……最初的兩筆也是「十」字！難不成，當時，當時吳曉川看到的人……不，看到的鬼……是林翎嗎？如果真是這樣，在那一瞬間，吳曉川想給餘下的住戶留下希望，決定咬破手指用血寫下林翎的名字。不，哪怕只寫一個林字也就夠了，這車上他知道姓名而且姓林的人就一個！

林翎……當然公寓裏的住戶林翎，肯定是人類。但是她會不會和當初的夏淵一樣，都是鬼變化的？真的林翎早被厲鬼殺掉了？

從最初起，銀夜就沒把住戶從懷疑名單上劃掉。他只能確定自己和司機不是厲鬼。

可惜把手機扔掉了，否則，就可以從螢幕上看林翎當時的樣子了。

此刻的林翎正拉著扶手，站在距離自己不到一米的位置上，觀察著乘客。她是不是厲鬼？銀夜記得，從公寓出來，一起坐地鐵到東郊，再坐巴士到達東明鎮，這段時間內她始終一言不發。可以說是緊張吧……但是，會不會在某個時間段，被厲鬼殺掉然後掉包了？她剛才那麼緊張和恐懼，也是偽裝的？夏小美安慰她後，她還說，自己其實暗戀過唐醫生……

林翎暗戀過唐醫生？

銀夜想了想，鼓起勇氣對林翎說：「林……林翎，你過來一下。」

林翎聽到後，立即走過來，說：「柯先生……你找到生路了？對不對？對不對啊？」她的樣子的確是充滿了恐懼和慌亂，如果這是偽裝的，也真的演得太像了。

「你……」銀夜此刻心跳得極快，萬一她真是厲鬼……而自己看穿了她，那麼接下來的後果不堪設想。就算當面殺了自己，也可以抹掉乘客的記憶，沒人會有反應。

銀夜不斷告訴自己：她就算真是厲鬼，應該也沒發現我看穿了她。冷靜……冷靜……不要慌張！

接著，他就儘量自然地問：「你看起來很緊張呢，別那麼慌亂，不如吃點鎮定的藥吧。」

住戶每次為了安定心中的恐懼，都會吃抗焦慮的藥物，都會隨身攜帶一些。林翎聽了之後，知道不是生路，明顯露出很失望的神色。問她一些公寓的事情判斷真假沒有意義……怎麼判斷她是不是厲鬼？只有一個辦法。

「我……不用了啦，我不吃……」

「到終點還有一段時間呢，你得打起精神來。」說著銀夜就站起身，走向林翎放在地上的背包，拉開拉鏈，裝作找藥……

只有一個辦法……確認她的身上有沒有地獄契約碎片……

銀夜此時心都懸到嗓子眼了，如果真確認他也不會拿，否則就是找死，不過他要先確認，才能在到站後逃離。在西郊月華村那兒，他已經預先叫了一輛計程車等候著，一到站就可以立即上車逃離。至於為什麼不拿自己包裹的，只要說自己沒帶藥就可以了，事實上也的確沒帶，銀夜自認心理素質還是很好的。這時候，他已經翻到了藥瓶，背對著林翎，汗如雨下。

而林翎，走到了銀夜的身後，伸出手，向他的脖子後方慢慢伸去……

鬼鏡

PART FIVE

第五幕

時間：2011年1月16日0:00 ～ 6:30

地點：天南市寧豐社區廢棄公寓一號樓內

人物：李隱、嬴子夜、柯銀羽、楊臨

規則：血字執行者必須在規定時間內待在廢棄公寓樓裏。第二份地獄契約碎片即在廢棄公寓樓內。執行血字期間，擅離公寓樓者，死！

14 屍身魚餌

此刻，在寧豐社區破敗的一號公寓樓內。

「這裏廢棄多久了？居然那麼髒。」楊臨不禁捂著鼻子，周圍看到的蜘蛛網多到數不勝數，地面堆積的灰塵至少有一釐米厚，樓梯的扶手上滿是鏽斑。

「我查過。」李隱一邊走著樓梯，一邊對身後的楊臨說：「當初承包這個社區的房地產公司，因為豆腐渣工程打了兩年多的官司，居民都搬遷了，和物業鬧矛盾，甚至還有人在衝突中受傷。最後人去樓空，但房地產公司在土地產權問題上還有很多手續要辦理，直到後來申請破產被收購，這裏都一直被棄置。目前收購還在辦理手續，估計將來就會對這個住宅區進行新的規劃了。」

「那也不派人看管一下？」楊臨還是很疑惑，「我們那麼容易就進……」

「這不奇怪啊，」銀羽忽然說話了，「公寓……可以解決所有問題。所以，不可能因為管理的問題導致我們無法進入的。」

「也，也對啊。」楊臨摸了摸後腦勺，「可是我們為什麼不到一樓去？那樣逃起來也方……」

「逃？逃哪裏去？」李隱說道，「我們得待到早上呢，在那段時間就算遇到鬼魂也沒有辦法離開，住在哪一樓還不是一樣？不如在公寓內四處轉悠，說不定可以找到地獄契約碎片。」

「是的。」子夜繼續說，「我查過這裏是不是鬧過靈異事件，但也沒有線索……只有關於豆腐渣工程的問題。不過我們可以放心，主要還是牆面出了問題，大樓的主要結構還是沒有問題的。我們不要接近外牆牆面就沒事。」

這座公寓樓一共有十八層。因為大樓棄置，電梯自然無法使用，只能走樓梯。此刻已經過了午夜零點，在如此幽暗寂靜的時刻，爬這個鬼樓樓梯，任誰都會心悸。不過樓梯這個地方，其實算是最安全的，因為隨時可以逃生。

就在這個時候，他們已經爬到了第十層。四個人進入這一樓層開始查看。尋找地獄契約碎片，確實很花時間，好在他們不缺時間。而且搜查需要的時間也不多，因為房間的鎖早就鏽得不能再鏽，踢一腳就可以弄開，而且房間內基本沒有傢俱，一分鐘不到就可以搜完整個房間。因此，才那麼快就到了第十層。

「你們兩個去左邊的房間找，我們去右邊的。」李隱安排好後，就和子夜去右邊了。楊臨看著那兩個人的背影：「柯小姐，你有沒有感覺這兩個人……現在一副出雙入對的樣子？」

楊臨和銀羽走到了一個房間前，他一下踢開門，走了進去。

房間裏依舊沒有傢俱，因為可以一覽無遺，楊臨還是有些沮喪。

「李隱真有心機啊，故意分開找，這樣發現了就可以獨吞。」楊臨搖搖頭，但他也不敢忤逆李隱，畢竟李隱的頭腦比他好，上次捉迷藏就靠他才得以存活，萬一得罪了他，而他發現生路不告訴自己怎麼辦?雖說李隱不是那種人,但現在涉及地獄契約碎片爭奪,人心叵測,還是相信自己更好。

「沒關係,」銀羽說道,「如果這麼說的話,我們的機會也是相同的。我們也可以發現碎片,不告訴他。」

楊臨點點頭,不愧是柯銀羽,在「必死之局」中活下來的住戶啊!

他聽李隱提起過,以前李隱和柯銀夜、柯銀羽一起執行的一次血字。那一次,地點是在天南市的葉山釣魚基地。要求在那裏住三天,每一天必須有超過八個小時的時間持續在湖邊垂釣。詭異的是,那三天去葉山釣魚基地的人罕見地少。

和銀月島那次的情況很類似,那次執行血字的一共有六個人,而除了李隱、柯氏兄妹外,另外三個人都死了。

葉山湖盛產多種魚類,一直是釣魚愛好者光顧之所。而有些人,如果釣到了不該釣到的「魚」,連怎麼死的都不知道。李隱那時候對生路也是百思不得其解。

而柯銀羽在第三天,釣到了一個「鬼」。

不過李隱和他說的時候,說得不太詳細,楊臨一直有些困惑,所以問道:「柯小姐,那次在葉山湖釣魚……你是怎麼逃出生天的?那是什麼鬼啊?」

「怨靈。」正進入廚房查看的銀羽隨口回應道:「死於水中之人的怨靈。然後,一旦咬鉤,就會將釣魚的人拉入水中,消失得無影無蹤。雖然那時候我們集中在白天釣魚,但發現效果很差,一樣有住戶殞命,當然,如果運氣好釣到真正的魚,就沒關係了。」

「李隱當時提出,釣魚地點絕對是一大學問。但是不管換到哪裏,一樣有人遇害,可又不能不釣魚。有些人甚至學姜太公，釣無餌之魚，一樣沒用。那時候，住戶對『血字生路』的意識不是很強，所以陷入無端恐慌，因此，有一個住戶選擇了自殺。而我在第三天，感覺有魚上鉤的時候，我看到了水下的怨靈。」

「既然如此，放掉釣竿不就可以了？」楊臨走進了廚房，「其他住戶如果也看到……」

「這個嘛……」銀羽的臉色有些低沉，「放不掉的。因為看到怨靈的瞬間，思維就完全失控了，完全無法自主，只能被拉入水中的份兒。」

「那麼……生路是……」

「我……」銀羽說出了讓楊臨極度駭然的一句話，「把那個自殺了的住戶的屍體用尼龍繩綁住，選擇了一個特大號的結實釣竿，作為怨靈的魚餌。普通的魚餌根本滿足不了怨靈，他們期望的僅僅是……拉更多的人陪葬罷了。」

人就是這樣的生物。鬼魂，是死去人類所化的。自私，殘忍，妒恨。死去了，就希望全世界的人和自己一起陪葬。銀羽當時選擇的就是這樣的辦法。

「你……」楊臨頓時感到一陣噁心，銀羽居然用屍體作為魚餌？

「果然，我沒有被拉入水中，收起釣竿後，屍體消失了。那之後不久……血字規定時間結束了。哥哥和李隱，則是運氣好，沒被怨靈咬餌。」

真是恐怖……楊臨自問做不了那麼恐怖的事情。柯銀羽……這個女人……

銀羽的聲音忽然哽咽起來：「那時候我不惜一切也要活下去，拿著釣竿的時候雖然內心不斷泛起噁心的感覺，但我咬牙堅持要活下去。不過……那個令我不顧一切的目標已經不存在了……」

「廚房沒有，我再去廁所看看。」銀羽說完後，走出了廚房。而楊臨依舊震撼於剛才銀羽說的血字生路，內心不斷後怕。

廁所挺大的，裏面馬桶居然還留著，只是馬桶圈已經沒了，水箱內也乾涸了。略微有些破碎的鏡子前，有著一個簡陋的洗手台。擰動了一下，當然沒有水出來。

「沒有呀……地獄契約碎片……」銀羽歎了口氣，正打算著離開的時候……鏡子內，映照出的銀羽身後，位於左側的大門。此刻……一個一絲不掛的女人倒在門口，她的頭部一大半幾乎被搗爛，胸口被撕裂了一道長長的口子！地上，滿是鮮血。

銀羽立即回過頭去……然而，大門前什麼也沒有。她再將臉轉過來，看著鏡子……鏡子裏映照出來的大門，伸出了一雙枯瘦見骨的蒼白手臂，抓住了那具屍體，慢慢地拉動到大門外。

銀羽再一次回過頭去，大門口……依舊什麼也沒有！

她再看向鏡子……那雙蒼白的手已經將屍體拉到門外的走廊上。一雙腳拖著長長的血跡，慢慢地消失在她的視線中……

大巴車上，銀夜迅速地翻動著林翎的背包，每次執行血字，住戶們都會準備大量的防備物品，如尖銳刀具，醫藥物品，手電筒，罐頭食品，備用電池等……所以包內的物品非常之多。

就在這個時候……林翎的手搭上了銀夜的脖頸後方。

銀夜雖然心跳不斷加速，但還是強作鎮定，絲毫不流露出恐懼心態，問道：「怎麼了？林翎？」

「我真的不用吃藥……」

銀夜很清楚，如果他再繼續堅持，一旦林翎真是厲鬼，隨時可能殺掉他。算了……自己似乎也急躁了些，距離到站還有一段時間，這個時候就算拿走碎片，萬一被發現，在這逃都無法逃的狹窄巴士內，根本是必死之局。真羨慕李隱啊……可以直接回歸公寓……

他從包裏抽出，笑了笑說：「那好吧，我大概有些多管閒事了。」隨即幫她拉上了拉鏈。

這個時候，他眼角的餘光注意到……那個紅衣墨鏡女，忽然從她的衣服口袋內，取出了一包口香糖，接著將口香糖的包裝紙撕開，拿了一片口香糖放進嘴裏，開始咀嚼起來。

與此同時，那個穿病號服的男孩，也有了動作。他此時手上拿著一張白紙，然後開始折疊起來，明顯，是在折紙。不過，他剛剛開始折，所以也看不出折的是什麼東西。

白紙……該不會……那就是地獄契約碎片？

其實，其他人也想到了這點，幾乎所有人都看向了那個病號服男孩。梁冰索性走過去，在距離病號服男孩大概兩米左右的位置停下，仔細觀察著他手上的折紙。再近，他也不敢過去了。畢竟萬一男孩真是厲鬼，後果不堪設想……

十字的真實含義依舊是一個謎。銀夜此刻心急如焚，時間在不斷流逝著……那個厲鬼，很快就會開始對第二個住戶下手！而現在，還毫無頭緒！

冷靜……冷靜……銀夜深呼吸了幾下，稍稍讓頭腦清醒了一些……

剛才，手機螢幕上出現了鬼手，這是不是意味著厲鬼已經盯上他了？也許，下一個目標就是自己。如果還不能找出生路，恐怕這個巴士就將成為他的棺材了。

不過，這似乎可以反過來認為……當時手機的確拍到了什麼關鍵證據。說起來……最初吳曉川一直左顧右盼地看著兩旁乘客，反覆了幾次，隨後他抬起頭好像看到了什麼，再跌倒在地上……他當時在看什麼？為什麼反覆掃視兩旁乘客？難道發現了什麼？

還有一個問題……那時候車頂上，肯定是出現了厲鬼的身影，但只有吳曉川才能看到。當時銀夜注意了一下，並沒有發現有乘客在座位上消失。但是厲鬼肯定是在乘客中，血字指示不可能撒謊，頂多只會在文字上進行誤導。

那麼……為什麼沒發現有消失的乘客？銀夜已經將每個乘客的臉牢牢記在腦海裏，少了任何一個人都會立即回想起來啊……莫非是……分身？

過去很多血字指示都出現過鬼魂分身的先例，這種可能性的確不是沒有……但如果真是這樣，為什麼螢幕上出現那隻鬼手想要遮擋？明顯是不讓銀夜看到不該看的東西……果然是有什麼不該讓自己看到的東西？如果真是這樣，那林翎是厲鬼的說法就說不通了，因為當時螢幕只針對乘客拍攝，林翎沒被拍進去。

這時，那個病號服男孩的折紙已經折了一大半，似乎是在折一隻蟬。而那個紅衣墨鏡女，已經從嘴裏吹出一個大大的泡泡，看起來很悠閒自得。而那包口香糖，擺放在她的膝蓋上。會不會，契約碎片被折疊後藏在口香糖包裝紙內？

銀夜不斷看著病號服男孩與紅衣墨鏡女，漸漸感到兩人都有可疑之處。而那刀疤中年壯漢，始終抽著煙，這時候他手上的煙也快抽完了。不過他已經沒打火機了，接下來不會又要向自己借火吧？

而鬼怪面具男、隨身聽少女、手提電腦男，和那個最詭異的撐傘老婆婆，基本上都很安靜。

不過，鬼面男其實也很詭異。他所戴的那個鬼怪面具，看上去是在那些銷售恐怖製品的商店買的。銀夜記得前幾年，因為一些恐怖製品商店在校門附近大肆兜售這類商品，被一些報紙披露，認為有損青少年身心，應予限制。不過銀夜倒認為沒什麼，和現在九〇後的青少年比，這些東西反而正常多了。更何況……人類內心的殘忍和惡意，比起這些鬼怪面具，恐怖了無數倍！

鬼怪面具男人一直坐著一動不動，距離他比較近的銀夜，完全沒聽到他呼吸的聲音，頂多就是偶爾將長著長指甲的手擺動兩下。而那個鬼怪面具，形象是一個張著大嘴、滿是獠牙的鬼怪，眼珠泛白，一副索命冤魂的樣子。

至於那個撐傘老婆婆……她始終將那把傘緊緊握在手中，一動不動，只有傘偶爾傾斜幾下，從前面看，把她的面部都遮住了。那把傘並不花俏，也沒有什麼圖案，就是一把藏青色的傘，傘柄是筆直的。為什麼在巴士內撐傘？如果她不是厲鬼的話，說不定是老年癡呆，但是她又為什麼獨自坐巴士？

就在這時候，梁冰忽然走到銀夜身邊，對他說：「銀……銀夜……」

「嗯，怎麼了？」

「你，你沒發現嗎？」梁冰此刻掃視著兩旁的乘客，他驚恐萬狀地看向銀夜：「銀……銀夜，乘客，乘客的數量……」

「數量？」銀夜隨即意識到了什麼，立即拉著他的手往後跑去！

白癡啊！怎麼可以說出來，最起碼附著耳朵說悄悄話啊！

然而……就在這一瞬間，銀夜感覺到緊攥著梁冰的手的觸感……消失了。銀夜回過頭去……背後，空空如也……

消失了……梁冰消失了。

銀夜迅速跑回車前方，心不斷亂跳。

數量……乘客的數量變化了……是多了，還是少了？都有可能。多出來的，或者少了的乘客……肯定就是厲鬼！是誰？

但是，銀夜根本不敢去數，他並沒發現哪個乘客不見了。每個乘客都好好地坐在座位上。距離終點站越來越近了。厲鬼接下來的殺戮也將更瘋狂！也許，再過五分鐘，自己也會……

乘客的數量發生了變化，所以吳曉川那時候才反覆確認乘客數量，無論增加還是減少，厲鬼都似乎讓住戶無法分辨多出來或消失了的乘客的身分。

為什麼會這樣……鬼面男……隨身聽少女……手提電腦男……病號服男孩……刀疤壯漢……紅衣墨鏡女……撐傘老婆婆……沒理由發現不了的啊……

等，等等……銀夜忽然感到一種很古怪的感覺。

這時候，紅衣墨鏡女已經吹完了泡泡，嘴裏又放入了新的口香糖。

「銀夜……」夏小美嚇得連「柯先生」的稱呼都變了，「梁冰……梁冰他……」

「別怕……不會有事的……」銀夜一邊安慰她，一邊看向那些乘客。

銀夜的腦子飛快地轉著念頭：很奇怪，已經那麼長時間了，這七個人的面孔，已經牢牢印在腦海裏。既然如此，無論是多出來了一個人，還是少了一個人，都應該能看得出來。可是，梁冰卻只是和他說「乘客的數量」，完全沒有提及是怎樣的一個乘客多出來或是少掉了。換句話說，雖然發現乘客的數量發生變化，可是他根本看不出多出來或少了的人是誰！這是為什麼呢？

假設是數量增加了，那也就是說，即使看到那個乘客的臉，也不會對其產生出「陌生」的感覺。

假設是數量減少了，那麼，難道說少了的那個乘客，就算看到他的臉，也會不把他算入乘客中？

無論哪個假設成立，都顯然加大了之前銀夜的一個假設——林翎是厲鬼變化而成的！難不成，林翎其實是根本不存在的？可是，就算是真的，怎麼從她身上拿到地獄契約？

不過，銀夜此刻心中還有另外一個通過「十」字這個線索所獲取的、更加駭然的假設。他打算就這個假設先去試探一番。接著，銀夜就邁開步子，朝著巴士的最後一排走去！

「老婆婆，」銀夜走到了那個撐傘老婆婆的面前，「你……」

話還沒說完，就在這一剎那，銀夜臉上忽然現出無比驚恐的表情！接著他立即伸出手去，一把抓住那把傘的傘柄，從那老婆婆的手上抽出，猛地將這把傘從一旁大開的車窗扔了出去！

在把傘扔出去後，那老婆婆依舊一言不發，看來可能真的是老年癡呆症患者。而因為老婆婆坐在最後一排，除了夏小美和林翎外，巴士上的其他人都沒注意到銀夜扔傘的舉動。

此時，銀夜的手心裏，緊緊攥著一張小小的羊皮紙！

在巴士後面，被扔到路上的那把傘，傘柄開始發生變化，不斷伸長，並且裂開……厲鬼的化身，就是這把傘！

當時吳曉川想寫的……是一個「傘」字。但寫得太急，最上面的兩筆，右邊的一捺略微出頭，看成了一個斜著的「十」字。銀夜以為那是一個斜著的「十」字，其實吳曉川本來就是斜著寫的！

吳曉川和梁冰，他們當時都發現，居然數出八個乘客！那是因為，他們都在一瞬間，看到老婆婆拿著的這把傘，變化為厲鬼的形象！

剛才的一瞬間，銀夜也看見那傘變化為厲鬼。儘管只有短短的瞬間，但他還是注意到了。他當時看到的景象是——老婆婆手中握著的傘，突然變成一個渾身腐爛，鮮血淋漓的猙獰的男人，雙手纏繞住老婆婆的脖子，而雙腳則如同油條一般纏繞在一起，和真正的傘柄一般粗細，被握在老婆婆的手中！而一張羊皮紙碎片，就夾在那雙腳之間！

所以吳曉川和梁冰都沒有發現增加的乘客是誰，因為即使看到了這個厲鬼，雖然將其也當成乘客數了進去，但是似乎被這個厲鬼所「迷惑」，不會對其產生「陌生感」！

老婆婆和那厲鬼，應該沒有任何關係。本身就癡呆的她，所撐的傘被厲鬼調包，機會要多少有多少。否則的話，地獄契約碎片，放在她的衣服口袋裏，更加不容易被發現。而似乎僅僅只有很短的瞬間，能夠將那把傘變化的厲鬼形象，認知為「第八名乘客」。那極短的瞬間過後，就會完全忘記這種感覺。銀夜是因為就站在老婆婆面前，所以才立即反應了過來，在那個厲鬼又變回傘的一瞬間，就把它扔出窗外！如果不那麼做，自己的下場必定會和吳曉川、梁冰一樣！

而扔出去之後，他又再一次被「迷惑」，不理解自己為什麼要把傘扔出去，要不是他發現了自己手心上那張從老婆婆手中奪過傘的瞬間順便搶下的羊皮紙碎片，他恐怕還無法確信，那把傘就是厲鬼化身！

林翎和夏小美都跑了過來，不解地問：「怎麼回事？銀夜？為什麼把傘扔出去？」

「那把傘就是厲鬼化身的！」銀夜沉著臉說。

頓時林翎和夏小美都嚇得面無人色！

「怎……怎麼辦？」林翎驚恐萬分地對銀夜說，「那個厲鬼……還會來嗎？」

「別太擔心。任何鬼魂，只有在我們接近公寓的時候才會竭盡全力攻擊，當然，如果沒找到生路就很難逃脫……」

「那，那生路是什麼？」

「暫時還不知道……」

一定有的……生路的線索！

而整個巴士上，沒有人對撐傘老婆婆的傘的消失感覺到奇怪，依舊故我地做著他們自己的事情。

銀夜緊緊抓著那地獄契約碎片……即使下一秒他立即死去，他也不會感覺奇怪。銀羽……你，一定要沒事啊！

在寧豐社區的一號廢棄公寓樓內，李隱和嬴子夜所在的那個房間裏，倆人正在搜尋著地獄契約碎片的時候，忽然聽見門外傳來急匆匆的腳步聲。

銀羽跑了進來，說：「快……離開這個樓層，這個樓層有鬼！」

「你看見鬼了？」子夜立即問道，「在哪裏？」

「在……鏡子裏。我在鏡子裏看到了鬼，把一個女人的屍體拖走……」

鏡子是無數恐怖故事中，被用濫了的一個劇情道具。鬼魅往往借助這個東西現形，令人深陷恐懼無可自拔。

鏡子……恐怕，是一個和生路有關的提示。

李隱忽然意識到了什麼，立即問道：「女人的屍體？現實中你有看見那具屍體嗎？」

「不，沒有看到。」

「這樣嗎？那樣的話，這個鬼應該就不是被鏡子照出了真身，而是本身存在於鏡子中的鬼！」

就在這時候，子夜忽然注意到，地面上有一小塊類似玻璃的碎片。但是……那不是玻璃碎片……是鏡子的碎片！

「走！立即離開這！」

三個人衝出去後，和走廊上的楊臨一起，衝向樓梯間。這個過程中，沒有遇到任何怪事。衝入樓梯間後，四個人繼續向上跑。在無法離開這個公寓樓的情況下，向上向下都沒有什麼區別，而向上，還有可能取得地獄契約碎片。他們大概跑了五六層樓，才進入了一個新的樓層。

這個新樓層，顯得不是那麼破敗，但也好不到哪裏去。

「大家一定要小心別接近鏡子。」子夜立即說，「對了，身上有帶鏡子的人立即把鏡子塗黑！接下來如果看到鏡子就儘量遠離！」

「贏……贏小姐……」楊臨忽然驚愕萬分地說，「你們，你們看……」

在他們對面走廊牆壁上，掛著一面大大的圓鏡！

李隱反應極快，迅速拉開自己的背包，拿出一個醫藥箱，朝著那面掛鏡狠狠扔了過去！四個人距離掛鏡大約有二十米，這個距離，準確度很難保證。結果醫藥箱稍微偏了一點，沒有砸中鏡子。

在砸偏的一瞬間，李隱立即大喊：「進入房間裏，不要走到走廊上！」

話剛說完，四個人開始分頭行動，各自選了一個房間衝進去。

銀羽在衝進一個房間後，才稍稍安心，抬起頭，發現這個房間裏沒有鏡子，才鬆了口氣。

走廊上的那面掛鏡，讓他們無法離開房間進入走廊。一旦映射進入鏡子裏，誰也不知道會發生什麼事情。

以前銀羽看過一部韓國恐怖片「照出冤靈」，在這部恐怖片裏，鏡子擁有著恐怖的鬼魅力量，人在鏡子裏映照出的鏡像，會自動做出自殺的行為，然後現實中的人也會因此死去……簡直和公寓控制住戶影子的方法，完全相同。

找！一定要找出地獄契約碎片！

李隱衝入的是銀羽隔壁的房間。這裏的門實在已經腐朽得一塌糊塗，稍稍一撞就能夠撞開。然而，李隱的運氣，卻實在很差……

他衝入房間的剎那，就看見……正對著自己的，是一面穿衣鏡！

「糟……」李隱連忙躲開，他隨即躲閃到房間的角落，那裏鏡子照不到。接著他將背包狠狠扔了過去，把整個穿衣鏡撞倒，頓時鏡子完全碎裂，碎片灑了一地。

李隱蜷縮在角落不敢動彈，距離他最近的鏡子碎片大概有兩米遠。不能動……一動，也許就會萬劫不復……

而子夜衝進的那個房間，比較狹窄，進去後立即跑向內屋。內屋內還擺放著一個衣櫃和一個空書架。她不斷喘著粗氣，支撐著牆壁不讓自己倒下。然而就在這時候……

她赫然看見，那個書架內，從上往下的第二格，放著一張碎紙片！

子夜連忙跑過去拉開書架的門，取出那張碎紙片。果然是一張羊皮紙碎片，上面寫著一些根本無法看懂的文字。是地獄契約碎片！

她立刻把碎片拿起，收入口袋裏，臉上露出一絲笑意。然而就在這時候，她背後的那個衣櫃，左邊的門卻輕輕打開了……

一隻枯瘦見骨的白手，從裏面伸了出來！然後，衣櫃的門進一步打開……衣櫃的門裏，原來鑲嵌著一面鏡子！

子夜收好地獄契約碎片後，剛一回過頭，就看見一張慘白如紙的臉死死盯著她看！然後，李隱、銀羽和楊臨都聽到了子夜發出的慘叫聲！

楊臨和子夜所在的房間僅僅一牆之隔，他聽到那慘叫後也非常駭然，但是……他不敢出去，一旦到了走廊上，那面掛鏡……

李隱在聽到子夜慘叫聲的剎那，毫不猶豫地站了起來，衝出房間，朝著她進入的那個門撲了進去！不……不……不！

李隱睚眥俱裂地衝進屋裏，只見子夜的身體緊挨著一面鏡子，而鏡子上……伸出了一隻白手，抓著她的手臂，要把她拉入鏡子內！

「住手！」要救她……救她！李隱撲了上去，狠狠地抓住那隻白手，然後將子夜推開，然而那隻手猛地朝著鏡子裏一拉……

李隱整個人就被拉進了那面鏡子裏！

15 測鬼

楊景蕙睜開眼睛，從噩夢中驚醒了。她忽然感覺心跳得很快。之前李隱回來，她就隱約感覺到，兒子好像有什麼事瞞著自己。到底是怎麼一回事？

「李隱……不會有事吧？」

李隱恢復神智的時候，發現自己待在一個房間裏，面前是那個自己被拉入的衣櫃。衣櫃大門上的鏡子，卻沒有映照出自己的樣子。接著他發現衣櫃和書架的擺放位置，和之前是相反的。難道……難道說這裏是鏡子裏的世界？

子夜愣愣地看著眼前的那面鏡子。鏡子裏，只有她自己的身影。

「這是我寫的……根據我這一年來的經歷總結出的一些規律。你可以看看，參考參考……」那個剛見面，就把珍貴的經驗筆記給了自己的男人……

「要不要做我的女朋友？」

「偶爾也依靠我吧……」

「太好了……你沒事……」

以前李隱說過的話不斷響徹在子夜心頭，這個深情的男人……

不……不！這一刻，子夜猶如被置身於地獄底層一般，就算是小時候父母的死，包括進入這個公寓，她也沒有痛苦到這般地步。忽然子夜心裏一個激靈，立刻把衣櫃的門關上！

「不……不，李隱他……他應該還活著。被拉入鏡子也不代表就要絕望！銀羽她曾經在鏡子裏看見一具屍體，也就是說李隱只是進入鏡子世界，而不是死了……對，他只要等到了早上六點半，就可以自動回歸公寓，哪怕是鏡子裏的世界也一樣！李隱，他一定可以找到生路回公寓去的……」

子夜走到衣櫃後面，略微猶豫了一下，接著用盡全身力氣，將整個衣櫃翻倒在地上！頓時衣櫃內傳來非常清脆的鏡子碎裂聲。沒了鏡子，這個房間暫時安全了。

接著，子夜拿出手機，撥通了銀羽的電話。她此時非常需要銀羽的意見。雖然都在這個樓層，離得非常近，但是要互相說話就必須大聲，那樣不引來鬼魂才怪。

「喂，」電話接通後，子夜說道：「銀羽嗎？是我。」

「嗯，嬴小姐……」銀羽關切地問，「李隱他，他怎麼了？」

「他被拉入了鏡子世界。不過，我相信他還活著。」

「嗯？」銀羽不解地問，「為什麼？為什麼你認為李隱還活著？」

「你曾經在鏡子裏看見一具屍體吧？」

「對，對啊……」

「那屍體是在鏡子世界裏發現的，證明進入鏡子後還需要殺掉對方……李隱，他一定可以找到生路回公寓去的……」李隱……求求你……一定要活下去，一定要！

她繼續說：「分析一下我們的處境吧。既然鬼已經開始對我們發動襲擊，那就證明……血字生路的提示出現了。『鏡子』，難道是提醒我們不照鏡子就可以逃出生天嗎？」

「有這個可能。但是，誰也不知道這個樓裏有多少鏡子。和李隱不同，我們要走必須要通過樓梯才能下去。而我記得……」

一樓有一面很大的鏡子！很難繞過那面鏡子離開。

「從二樓跳下去不知道行不行呢……或者如果用繩子放下去，然後……」

「不行。」

「嗯？」

「我們可以離開的時間是早上六點半。到了那個時候陽光會很強，對面樓房的窗戶上，就會映照出我們的身影，變成『鏡子』。這也是公寓故意安排我們早上才能離開的緣故。」

「那……」

「而且誰也不知道公寓安排了多少隱藏的鏡子在這個廢棄樓房內。即使多出一些鏡子來也不奇怪。」

「對了……你有找到地獄契約碎片嗎？」銀羽忽然問道。

「沒有。」子夜毫不猶豫地搖了搖頭。

此時，子夜和銀羽之間的氣氛，極度微妙。

銀羽一時也沒辦法判斷出，子夜是否在撒謊。她當然知道其他住戶找到了地獄契約碎片可能私藏。但是即使四個人一起找，也不排除某個住戶發現了碎片後立即藏起。既然如此還不如製造一個自己也可以私藏碎片的有利機會。而如果有住戶私藏碎片……只要將來還有其他住戶獲得新碎片，私藏碎片的住戶就會有奇怪的動向。反正最後要的是完整的地獄契約，不如先讓契約碎片集中起來再說。

何況，魔王血字，她也並沒有認真考慮。誰都看得出來，這是公寓刻意安排的一個陷阱，引誘住戶朝裏面跳。就算是用金子打造的，牢籠依舊是牢籠。貪心不足蛇吞象，銀羽不是不懂。用最低風險取得契約，最是妥當。

目前第一考慮的，是活下去。到時候，再考慮怎麼取得碎片。

「好吧，我姑且相信你，嬴小姐。不過你記住哦……」銀羽拖長了音調，「其他住戶，未必會相信你。」在這個殘酷的公寓生存，銀羽也漸漸捨棄了自己原本的善良，何況她必須要守護哥哥。

接下來就是那面掛鏡的問題了。

「距離樓梯間的距離大概有四十米以上，而我們的房間距離掛鏡卻只有二十米左右。電梯又無法使用，一到外面後果不堪設想。」

「對，」子夜同意銀羽的觀點，「一旦我們出現在鏡子前，後果就不堪設想了。目前假定生路是『不出現在鏡子前』的話，就要想辦法毀掉那面掛鏡。」

剛才，李隱錯失了毀掉鏡子的良機，現在就麻煩了。

「我想先聯繫一下楊臨，先掛了。」

隨即子夜撥了楊臨的手機號，接通後，她問道：「楊臨嗎？你那邊情況如何？」

「還好，房間裏沒有鏡子，我沒事。」

「你的房間距離掛鏡……」

剛才跑得太急，沒看清楚楊臨進了哪個房間。

楊臨說：「十五米左右吧，我估計的，也不敢伸出頭去看。嬴小姐……你有什麼對策嗎？」

不毀掉掛鏡就無法離開這個樓層了，而且誰也不知道鬼會不會從掛鏡裏走出來。時間絕對不可以拖延太久！有什麼辦法能毀掉走廊盡頭的掛鏡？

然而就在這時候……忽然傳來了一聲巨響！是走廊盡頭傳來的！接著，不斷傳來更劇烈的碎裂聲。難道……難道說……

子夜大著膽子，稍稍探出頭一看……走廊盡頭的那面掛鏡，正莫名其妙地不斷碎裂，最後，完全碎裂灑落在地上！

鏡子裏的世界，李隱正搬著一把椅子，將面前的掛鏡砸得粉碎。當然，砸的時候，他也時刻注意著背後，不讓鬼有機會接近自己……

「撐到六點半就行了……子夜……我們，一定要活著回去，活著……回到公寓！」

子夜立即來到走廊上，和銀羽、楊臨會合。此時已接近凌晨一點了。

就在這時，子夜看到牆壁上赫然出現了一行左右顛倒的文字：「這個樓層的鏡子都被我打碎了，沒有找到契約碎片——李隱。」

左右顛倒的文字……是李隱在鏡子世界寫的！他果然還活著！李隱還活著！

子夜頓時喜極而泣，彷彿整個人獲得了新生。

「李隱真的……活在鏡子世界裏啊……」銀羽愕然地看著這行字。

「接下來我們必須小心，因為還是有可能出現鏡子。」子夜看了銀羽和楊臨一眼，向楊臨問道：「楊臨，你……找到地獄契約了嗎？」

「沒有。」楊臨搖搖頭，看著眼前的兩個女人，看來她們也沒有找到啊。當然是不是撒謊就不知道了。

子夜點點頭，隨後又說：「走吧。」

「那個……」楊臨卻是膽怯了，「我……我說乾脆待在這個樓層吧，不是所有鏡子都被毀掉了嗎？那麼這裏就……」

「不，」子夜搖搖頭，「沒有鏡子的地方反而更加危險。因為鬼隨身可能從其他樓層的鏡子裏走出來然後來到這個樓層。一旦樓梯間被鬼堵死，我們就徹底完了！」

仔細想想，這種在固定高層建築執行血字，很少有先例。而在高層建築執行血字，最怕的就是逃生無門。像之前的夢魘直永鎮，趙鈺姍就是因為進入高層建築才無法逃脫。

楊臨如夢初醒。

「看得到的鏡子反而安心點。無論何時何地，樓梯間絕對不能夠被把持！這個建築物內沒有辦法使用電梯，樓梯是唯一可以逃離的路徑，畢竟我們不像李隱可以直接回歸公寓！」

至於用繩子逃離，更是絕對行不通的。光是鬼有可能把繩子弄斷這點，就夠可怕了。一旦樓梯無法用於逃生，就會陷入絕境！

「可是……」楊臨又問，「去上面樓層就能保證樓梯不被堵死？」

「不會，」子夜說這話的時候已經進入樓梯間，「因為……樓梯間是沒有鏡子的。鬼只能從樓層中的鏡子裏走出來，而要襲擊我們一般都要選擇進入樓層內。也就是說，不待在固定樓層，鬼就不可能一直守在樓梯間內。」

「真是這樣？」楊臨狐疑地說，「如果我是鬼，完全可以在靠下面的樓梯上，守株待兔啊。那樣我們不就……」

「不可能的。」這時候發話的是銀羽，「根據公寓規定，離開公寓只要限定在四十八小時內，就不會有事。如果鬼守著樓梯，待在鏡子世界的李隱就可以完全逃脫了。對李隱而言這是第六次血字，所以只要李隱還活著，鬼就不會輕易地長時間離開鏡子，這是互相牽制。守株待兔是行不通的。畢竟李隱只要時間一到就可以回歸公寓，鬼將他拉入鏡子內不代表可以殺死他。」

「對。」子夜接過她的話，「而且也可以基本排除鬼有分身的可能，因為剛才我們遭受攻擊，都有時間先後，出現的也都是相同的鬼手。當然也可能是迷惑我們，但我認為這可能性不高。何況，夏淵以前也提過，一到五次的血字，出現複數鬼魂的可能微乎其微。對李隱而言是第六次，可對我們而言卻不是。」

「而且……一樓大廳還有那面大鏡子，就算我們放棄地獄契約碎片也不可能到樓下去……那麼大的鏡子，很難短時間內毀掉的。」

「不。」楊臨搖搖頭說，「我決定放棄地獄契約碎片，太危險了。就算拿到，再集合其他六塊碎片也是很難的。還是朝樓下走吧，畢竟下面樓層的鏡子分佈我們都記得比較清楚些啊。儘量待在樓梯間的話……」

「不可以！」銀羽插話道，「楊臨你糊塗了？已經說了，『樓梯』絕對不可以被堵死！只要我們朝上，鬼就不太可能一直在樓梯間守株待兔。但是朝下的話，就大不相同了。因為那代表著我們將無路可退！如果在上面等著我們，我們可以往下面逃，但是在下面等著我們，我們就只能往上面逃！萬一逃的速度慢了怎麼辦？那就完蛋了！」

聽了銀羽的分析，楊臨只有接受了。而生路想不出來，始終是進退兩難。

但是……更恐怖的現象還在後面。來到上面的一個樓層，三個人先是在樓梯間通往樓層的大門外守候著。萬一開門就是一面鏡子，那真是死都不知道怎麼死的。

其實三個人還是很擔心的……萬一，鬼真有分身怎麼辦？就算是夏淵的話，也不能保證百分百應驗啊。李隱他現在自身難保，更指望不上了。

子夜問另外兩個人：「你們帶鉗子了嗎？」

「嗯，我帶了。」楊臨拉開背包取出了鉗子。

子夜也將背包打開，取出了一個手電筒。然後，她把手電筒打開，走到大門旁，擰動把手，很快打開門，用鉗子夾著手電筒伸到門前。隨後……晃動了幾下手電筒，觀察著門對面的牆壁。

「光沒有反射回來，至少直線方向沒有鏡子。」子夜鬆了口氣，還好現在是晚上，光有沒有反射可以很清晰地看出來。

三個人進入了樓層內。果然，直線方向沒有鏡子。兩旁走廊上，也沒有一面鏡子。

走進這個樓層後，每個人都提心吊膽。畢竟剛才子夜的經歷證明，鬼是可以從鏡子裏出來的。他們掃視了一下地面，別說地獄契約碎片，連張廢紙都沒有。當然不會有，因為碎片在子夜的身上。其實也不是不可以搜身，但是問題有幾個：

一、不確定對方是否帶著碎片，萬一這次搜過了，下次就不好開口。

二、搜身對任何住戶，都是不利的。

三、搜出來的話，就代表讓對方知道碎片到了自己手上，到時候一回公寓，就將成為眾矢之的。

這個時候，三個人再度看到牆壁上有李隱寫下的，「已經毀掉全部鏡子，未找到地獄契約碎片」的文字。

他們回到樓梯間，準備繼續向上的時候……忽然子夜的腳步停住了。她發現，自己忽略了一件非常重要的事情！

子夜回過頭，看向楊臨和銀羽。憑什麼認定這兩個人，不是鬼呢？單獨進入房間的時候，很可能被鏡子裏的鬼殺了掉包啊，屍體藏進鏡子也沒辦法發現。差一點犯下了彌天大錯！如果鬼混在這兩個人中，後果不堪設想。問題是，沒有辦法辨別他們倆是人是鬼啊。但是，子夜也清楚，如果她明確提出這點，他們可能反過來懷疑她是鬼，對她不利……

對住戶而言，能夠絕對判斷一個人不是鬼的辦法只有一個。那就是這個人可以進入公寓。但在公寓以外的地方，這個辦法根本是空談。這時候，子夜想到了一個辦法來。賭賭看吧……

她走到樓梯轉角，停了下來，取出了一張廢紙和兩支水筆，然後將紙撕成三張，說：「麻煩你們一下，請幫我畫出你們在公寓內浴室的大致佈局，還有，所有浴室用品的品牌都寫上去。我也會畫的。這樣，可以排除我們在爬之前樓層的時候，沒有被掉包。」

銀羽先是一愣，隨即反應過來，說：「對，是有掉包的可能！如果是鬼的話……就不可能進入公寓。進不去公寓……就不可能知曉浴室的具體佈局！雖然浴室內的傢俱一般都是固定的，但是洗手台、鏡子、浴缸和抽水馬桶的擺放也不會一成不變，何況還包括了這些東西的品牌。」

而且，客廳和臥室即使可以從窗戶看到，浴室是絕對看不到的，公寓的浴室都沒有窗戶。

「可以是可以……」楊臨也反應了過來，又問：「但嬴小姐你……知道我們浴室的佈局和那些品牌嗎？」

「不知道。但是，我們可以聯繫公寓的人，撞開你們房間的門進去查看。」

說到這個地步，兩個人也只好畫了。

誰知道，剛一開始畫，子夜就猛地抓住銀羽的手，說：「逃！」然後就和銀羽一起朝樓下奔去！只留下楊臨一人在樓梯間發呆。

「為……為什麼……」銀羽一邊跑一邊不解地問，「我，我還沒開始畫呢……」

「楊臨他不是左撇子，可是他剛才畫圖的時候用的是左手！畫那種圖，一般不會有人會用平常不習慣用的手。因為，對鏡子中的鬼來說，左手就等於是右手！」

「那你說要我們畫……」

「當然是為了不讓你們發現我的真正意圖。真要知道你們在公寓的浴室佈局，也可以窺測你們的心思。鬼不可能連讀心這種能力都沒有！」

銀羽恍然大悟，奔跑中她下意識地抬頭朝上看去……她驚愕地看到，一隻枯瘦的白手，死死抓著上方的扶手向下跑來！

「可是……我們怎麼辦？又不能逃出這個公寓！」銀羽開始害怕起來，她不得不依賴起嬴子夜：「有什麼辦法可以……」

「沒關係。」嬴子夜搖搖頭說，「真要殺我們，有的是辦法。公寓會給予我們一定時間思考生路，不會趕盡殺絕。」

「可是……」

「沒關係。」子夜緊抓著她的手，「我們……」

然而，那鏡鬼居然還是緊追不捨！一旦到了一樓，就要面對那面大鏡子！而現在這個時間是絕對不可以離開這個公寓樓的！情況危險之極！

嬴子夜其實真的希望，剛才檢驗出兩個人都是真人。但如今情況太危險了。實在沒辦法，兩個人只有跑到下面那個沒有鏡子的樓層內！只有相信李隱了！

她們衝進去後，正好有一個房間門虛掩著，兩個人進去了。門鎖明顯是被弄壞的，看來是李隱做的。房間內果然地上都是碎片，看來也是李隱做的。衝入裏屋，居然還有一個浴室。裏面有一個髒兮兮的浴缸，竟然還掛著浴簾。兩個人衝入浴缸內，將浴簾拉上！

接下來嬴子夜和銀羽都屏住呼吸……千萬……別被發現啊……

只要是沒有鏡子的地方，就沒問題。這個浴室內本來就沒有鏡子，更讓人放心了。而且子夜特別注意了一下，浴缸內，一滴水都沒有。牆壁也都是裸露的水泥，而非光潔的瓷磚。那浴簾也不會映照人的身影，蒙了很多灰塵。室內光線不足，即使進入浴室，怕也沒辦法看出浴簾後面的黑影。

外面走廊上，隱約傳來了腳步聲！真希望這是錯覺！但那腳步聲，一點一點地清晰起來。

兩個人的身體都不由自主地開始顫抖，甚至大張著嘴巴來呼吸，就怕呼吸聲引來那個鬼魂。

別進來……千萬別進來……

這個時候，李隱也是相當警惕。不斷朝樓上走的時候，忽然看到樓梯間內，楊臨倒在那裏！他忙上去查看，還有氣息。於是他連忙喚醒了楊臨。

「楊臨！你怎麼樣？」

楊臨緩緩睜開眼睛，他看著李隱，頓時一驚，隨即問：「這……是哪裏？」

「鏡子裏的……世界……」

這時候李隱和楊臨，已經接近頂層了。而頂層絕對不可以去的，一旦樓梯間被堵住，就無路可逃了。而且這是鏡子內的世界，也不會有地獄契約碎片。接下來，是朝樓下走。但是不可以持續下樓給鬼魂反應的時間，必須在每個樓層待一段時間。李隱已經破壞了所有他經過樓層的鏡子。每一塊碎片都保證只能伸進來一根指頭。他每次砸鏡子，都儘量讓身體靠近樓梯間，有一定退路。

此時，子夜和銀羽的恐懼已經到達頂峰。

「子夜……」銀羽輕輕地問，「生路到底是什麼？」

「這個……」不能想當然的，認為打碎所有鏡子就是生路，要知道接近鏡子本身就無比危險，只怕還來不及弄碎就會被鬼拉進鏡子裏了。

鬼的腳步聲，還是依稀聽得到，不過，距離比較遠就是了。這也多虧地面的沙粒和塵土太多，走路很難不發出聲音。終於，那腳步聲漸漸遠離了……

謝天謝地啊……但是，就在這時候，一個極為恐怖的聲音響起。銀羽衣袋內的……手機鈴聲！她嚇得迅速取出手機猛地將來電掛斷！可是，雖然只有短短一瞬……

那漸漸遠離的腳步聲，又開始接近了！

「你為什麼打電話給銀羽啊！」李隱立即將楊臨手上的手機搶過來摁掉，「這會讓鬼聽到的！」

「我……」楊臨頓時也感覺他做得不妥當。

而這時候銀羽真有殺掉那個來電者的衝動，也恨不把手機調振動的自己！可是後悔沒用了。

腳步聲，一點一點接近……而且……越來越清晰！

最後，是門被推開的聲音！那個鬼居然直接進來了！看來剛才的聲音，讓其瞬間就知曉了他們的位置。從大門走到裏屋再進入浴室，一分鐘都不需要。外面沒有任何障礙物，根本不需要查看，筆直進入浴室即可！然後一看到這個拉著浴簾的浴缸……

根本就是必死之局！跳窗逃走也不可能，六點半到來以前，都必須待在這個廢棄公寓樓內！那腳步聲……很快進入了裏屋！

完了……

兩個人此刻感覺到無比絕望！就好像是被人直接宣判了死刑一般，除非現在立即想出生路，否則根本沒有生還希望！

怎麼辦？拚死一搏？和鬼正面肉搏？這怎麼可能！無論向什麼樣的神明祈禱，今天都沒有可能逃走了。子夜的第三次血字指示就要結束了……

銀羽則是第五次執行，她也很清楚……一切都結束了。

腳步聲……到了浴室門口。子夜知道大勢已去，緊緊抓住了銀羽的手。為什麼……臨死的時候，不是李隱在自己的身邊呢？

現在，和這個鬼，僅僅只隔著……一層浴簾！腳步聲再度響起……從門口到達浴缸前，頂多也就五六步路，可是……這鬼居然走得奇慢無比！

故意的……鬼是故意要折磨她們！臨死，還要玩弄她們！

接著……浴簾邊緣的一角，被幾根赫然出現的枯瘦、陰白的手指抓住了！只要這隻手一拉，她們就必死無疑！

就在這一瞬間……一聲震耳欲聾的巨響發出……就在樓梯方位的位置上！

那隻手立即收了回去，腳步聲也漸漸遠去了……

得救了？居然……得救了？

此時，在鏡子的世界裏，李隱咬緊牙關，扛著一張寫字臺，狠狠地砸向下方樓梯！他一路扛著寫字臺，不斷地砸，不斷地發出巨響！

剛才李隱摁掉電話的瞬間，注意到撥號失敗了。銀羽掛掉了電話？

他意識到情況不對。子夜現在多半和銀羽在一起，所以，銀羽有事的話就代表子夜有事！

巨大寫字臺發出的響聲，當滾落到距離鬼所在樓層上一層的時候，終於被其聽到了。

當然楊臨被他的做法嚇得魂飛魄散，可是他只能跟著李隱，畢竟李隱如果引出鬼來，那鬼肯定再上樓來殺自己！他雖然想阻止，但是李隱那要殺了人一樣的目光讓他不敢開口。

就在李隱要走下去繼續扛起桌子的時候，忽然，樓下傳來了腳步聲！

這鏡子的世界裏……出現腳步聲，那麼多半意味著……

不幸的是，腳步聲是從下方傳來的。

李隱和楊臨立即朝著樓上逃去！

整整過去十分鐘，當子夜和銀羽確定那個鬼肯定不在浴簾前的時候，才漸漸鬆了口氣……

「是……李隱……」子夜明白過來了，「是他！一定是他！」

她一把拉開浴簾，走出浴缸，說：「必須儘早想出生路來……那鬼很可能回到這裏來，我們必須儘快離開！」

李隱和楊臨如疾風一般地衝到了某個樓層後，就進入了某個房間裏。

那是李隱見過的傢俱較多的一個房間。其中，有一個下面空心的床，只要將床墊下的木板掀開就可以躲進去。而在外面乍一看，看不出床下是空心的。

掀開床墊後，兩個人都躲了進去。下方很小，兩個人實在感覺很擠，但也沒辦法。

他們倒比銀羽、子夜幸運，那個鬼沒有進入這個樓層，直接朝上追去了。

再度回到樓梯間，子夜和銀羽還是感覺心跳得非常厲害。

「我……真要被嚇死了……」銀羽撫摸著胸口，「我……」

「別說話，說不定那個鬼沒走遠。」聽子夜那麼說，銀羽立即嚇得住口了。很顯然……再不找出生路來，要活到六點半根本是癡人說夢。

子夜抬起了手臂，看著手錶的時間。凌晨……一點三十分。還有……整整五個小時！

鏡子的世界裏。李隱和楊臨一直待在那個床底下，已經過去大約半個小時了。然而，李隱可以不急，但楊臨不能不急。李隱可以在六點半的時候，自動回歸公寓，但是……楊臨還會留在鏡子世界裏。他有辦法離開這個鏡子世界嗎？

一想到也許永遠也不能離開，楊臨心中就產生了巨大的恐懼感，這太可怕了……

「別擔心……」李隱說，「車到山前必有路……只要找出生路，肯定能夠走出去的。」

「你倒是說得輕鬆，」楊臨說，「李隱……我，不會永遠待在這吧？」

「我想不會……」李隱剛說出這句話，忽然聽到外面什麼地方，傳來了玻璃破碎的聲音！

頓時，他們都屏住呼吸，一動不動。

來了？又或許是子夜她們在破壞鏡子？不對啊，這個樓層的鏡子都被打碎了，那麼……是誰？玻璃碎裂聲再度響起。聲音越來越近了。

16 無限循環

李隱的手心滿是汗水，心跳也不斷加速。而楊臨也是渾身顫抖。

就在這時候……李隱忽然看到一旁的地面上，隱約出現了一行字跡！要在這地板上寫字是很容易的，因為佈滿了灰塵，只要直接用手指在地上劃出字就能夠浮現出來。雖然光線非常微弱，不過因為字比較大，李隱還是看清楚了。

那行字是：「我是子夜，你在這裏嗎？在的話就畫一橫在下面。」

此時子夜和銀羽在外面世界的這個房間裏，把這個床的床板掀開，在下面寫字。因為不敢拿鏡子來照確認李隱是否在，只能那麼做了。

子夜是根據桌子響動的樓梯所在，並判斷李隱逃脫的樓層，以及最接近的房間，其中就是這張床最適合躲避了。

掀開床板後，她就在地板上寫下了這行字。寫的時候她非常注意，不發出一點兒聲音。

隨後……下面的一些灰塵自動地往旁邊挪移著，現出了一橫！果然李隱就在鏡子世界的這個床底下！

擦掉原先那行字，子夜又寫下：「鬼還在嗎？」

李隱的回答是：「在這個樓層，打碎玻璃。」

這個時候，子夜和李隱，同時聽到了玻璃碎裂的聲音。子夜猛地回過頭去……碎裂的，是這個房間外的客廳內放著的……一張玻璃茶几！那張玻璃茶几掉在地上碎裂了。

也就是說……

那個鬼就在鏡子世界裏的外面客廳內！子夜頓時感覺心臟好像都要停止跳動了，她看向門外的客廳，想像著鏡子世界裏，那個鬼恐怕就站在那裏……

如果鬼進來，掀開床板的話……子夜不敢想像！還好，這個房間沒有鏡子……

子夜的表情變得決然起來，她無論如何都不可以讓李隱死在這個鬼的手上。她要和李隱一起離開這個鬼公寓！

子夜立即走到外面的客廳，注意著有什麼東西可以利用……

忽然，她發現了地面上碎裂的大量玻璃，看起來有些不太自然。那就是……所有的玻璃全部都散落在各處，沒有任何兩塊碎片是緊挨在一起的。甚至，每塊碎片之間，最起碼有超過三四米的距離。所以，地上幾乎每一寸地方都是碎裂的玻璃。

這是怎麼回事？不過，現在來不及考慮這些事情了。子夜迅速地將背包舉起來，然後用盡最大力氣，狠狠砸向一面牆壁！

這個公寓樓的牆壁很不結實，經過這狠狠一砸，牆壁破了一個大洞。這樣子，應該可以吸引鬼的注意。隨即子夜和銀羽跑出這個房間，繼續向樓梯間逃去！

剛才，看到的那些玻璃碎片，不禁讓子夜感到，可能是和生路有關的線索……

仔細想想的話，漸漸發現一些奇怪的現象。這個樓房內的所有鏡子，似乎都有一個共通點……鏡子和鏡子之間，鏡面總是不相對的。走廊盡頭的掛鏡，房間內正好擺放著的鏡子……李隱進入的那個房間，鏡子是正對著大門的……而銀羽所在的房間內，衣櫃也和書架面對面，這樣一來，打開衣櫃的門，鑲嵌在上面的鏡子就絕對照不出書架來……剛才的廁所也是，裏面根本就沒有裝鏡子，而盥洗台，本該在上面裝鏡子的地方卻是裸露的水泥，正對著的……是窗戶。

而剛才的玻璃茶几打碎後，碎片四散飛舞，有些碎片搭在牆壁角落上，而正對的方向沒有一塊玻璃碎片。書架……對了，那個書架，裝著鑲嵌有玻璃的拉門……鏡子，和鏡子……

「銀羽，」子夜邊跑邊問，「你第一次看到鬼的那面鏡子，是在廁所裏吧？」

「嗯……對的……」

「那個廁所裏面，鏡子和窗戶的位置是怎樣的？」

「那個廁所很大，鏡子正對著牆壁，窗戶裝在鏡子的斜對面……」

「鏡子裏可以看到窗戶嗎？」

「很難看到，那個廁所非常大，就是斜著看也很難看到窗戶……」

這樣嗎？難道說生路是……

「往上面逃……」子夜忽然對銀羽說，「去有鏡子的地方！」

公寓從一開始就在欺騙他們。不能接近「鏡子」，這一陷阱。就是為了讓她們，遠離可以逃出生天的……生路！

跑到了一個有鏡子的樓層後，剛跨入樓層。就看見一扇門猛地關上！

那是……風關上的，還是人關上的？不……或者是說鬼關上的？

兩個人都猶豫了一下，隨即反應過來要逃走，誰知道……朝著樓梯上一跑，卻愕然不已地看到一副極端恐怖的畫面。

牆壁上，一堆血肉黏連著，垂下幾根肉筋，連著碎裂的半個身體。

那半個身體是一個男人的上半身，胸口幾乎被完全剖開，鮮血不斷滴下，倒垂的頭顱滿是驚懼，臉扭曲得都拉長了……這人正是那個尋歡的男子！

兩個人都嚇得幾乎要大叫起來，銀羽甚至一下子跌坐在地上，張嘴要吐。子夜也是驚愕地靠在牆壁上，她忽然感覺眼角的餘光，有一團白白的東西……接著，她把頭轉向右邊……樓梯間通往走廊的入口，一個白色的恐怖身影，正瞪大了如同銅鈴一般的大眼，幾乎緊貼著子夜的面孔，死死盯著她……

一四五路末班車，飛馳在鄉間小道上，距離終點站月華村越來越近了。

那個厲鬼，此刻蹤影全無。但是銀夜、夏小美和林翎三個人，絲毫不敢大意，每分每秒都感覺極為緊張。

就在這時候，夏小美隨意朝旁邊一瞥，接著……幾乎大叫出聲來！

那個聽著隨身聽的少女……消失了！剛才她還坐在座位上的，此刻卻……消失了！自然，還是沒有任何乘客發現她的消失。

來了……進來了！

銀夜的牙齒緊緊咬住嘴唇，已經咬出血來了。其實他也知道，揭露出厲鬼的身分對自己其實沒有好處，反而會令其無所忌憚地殺戮。但是，不揭露出來，厲鬼遲早也會動手。揭露出來，還有希望拿到地獄契約碎片。

如今，已經陷入絕境。除非找出血字的生路。就這樣死在這裏嗎？那地獄契約碎片呢？怎麼交給銀羽？

雖然距離到達站點，頂多還有兩三分鐘，但這段時間裏，足夠那厲鬼殺他們無數次了！可是能怎麼辦？不到月華村是不可以下車的！這兩三分鐘的時間裏，在這狹小的巴士內，他們就是無法逃走的籠中鳥！

銀夜的額頭不斷冒出冷汗來，他的手也變得無比冰涼。這還只是第四次血字指示而已，難道就已經束手無策了？

恐懼時刻瀰漫在這個巴士內。

下一刻……銀夜發現，那個中年刀疤壯漢，也不見了！

銀夜幾乎立刻就把身體遠遠離開刀疤壯漢座位附近，他不停地喘著粗氣，雙手顫抖著拿出打火機，點燃了叼在嘴裏的煙。

深深吸了一口後，他對眼前的林翎、夏小美說：「你們……相信我吧？」

二人頓時點頭如同搗蒜一般，夏小美此刻已經被嚇得六神無主了，怎麼也沒想到一把傘居然就是厲鬼，如今更是再度潛入了這個巴士內……

接著銀夜從口袋裏，拿出了那張地獄契約碎片，然後，放在了地上。

「肯定會來拿的……你們幫我死死盯著這張碎片……」

接著，銀夜就觀察著周圍的動靜。其他乘客都開始漸漸平靜下來，然而，這只是暴風雨前的寧靜罷了……

真正的恐怖即將接踵而至。

地獄契約碎片，銀夜志在必得。但如果他死了，就沒有意義了。厲鬼目前最大的優勢是在暗，這狹小的巴士內，隨時可以出手殺他再奪回契約碎片。

但現在不同了……公寓肯定會竭盡全力阻止住戶獲取碎片！所以，厲鬼肯定把首要目標視為碎片，然後再繼續殺人。

這時候，銀夜開始感覺到一種詭異。明明沒有任何人接近地上的碎片，但危險的預感越來越強烈……

司機開始提醒：「各位，終點站月華村要到了，大家準備一下下車吧。」

要到了……還不動手嗎？到底藏在哪裏？

銀夜又深吸了一口煙，而一旁的夏小美和林翎越來越緊張了。尤其是夏小美，她的眼睛一刻也不停地緊盯著碎片，甚至恨不得把眼珠都瞪出來了。

就在這時候，異變開始發生了。

兩隻滿是鮮血的腐爛手掌，從林翎的後腦勺兩隻耳朵旁伸過，抓向地面上的碎片！

就在這一瞬間，忽然窗外吹起一陣風，把碎片吹到了空中！

銀夜立即撲過去，抓住飛到空中的碎片，才鬆了口氣。

然而，銀夜接下來卻看到……林翎消失得無影無蹤了！而夏小美則一直注意著碎片，根本沒注意到林翎是什麼時候消失的！兩個人，都根本沒看到那雙手掌！

這時候，車子終於到站，停住了。

窗外，已經可以看到銀夜叫的計程車在等候著。

銀夜一咬牙，狠狠抓起碎片，就衝向已經打開的車門！

然而，就在這一瞬間，整個巴士忽然陷入了一片黑暗！接著，巴士剛剛打開的車門和每一扇窗戶，忽然都自動關上，所有窗簾全部自動拉上！一瞬間，整個巴士都陷入黑暗的死寂中！

不止如此……司機和其他的那些乘客，全部都消失得無影無蹤了！整個巴士裏，只剩下銀夜和夏小美兩個人！

銀夜感覺渾身冰涼，血液似乎都要逆流了……

他嘗試著到駕駛台去按啟動車門的開關，可是根本沒用。他跑到窗戶，拚足吃奶的力氣，也沒辦法將任何一扇窗戶打開，甚至將背包裏的醫藥箱拿出來去狠命地砸窗戶，也根本砸不開！而夏小美去嘗試拉開車門，也根本毫無作用，她發了狠地去撞車門，結果仍然是徒勞無功。

很明顯，這些門窗也被鬼做了手腳……

「不——」在這種已經絕望了的情況下，還能有什麼生路可言？夏小美整個人癱倒在地上，她頓時意識到，已經完了……完了！當最大的絕望來臨，她卻根本哭不出來，只感覺這個世界在瞬間完全崩潰了，大腦只剩下一片空白。

銀夜也跪坐在了地上。他已經近乎絕望了。在這個黑暗的巴士內，那個厲鬼將他們殺死，僅僅只是時間問題而已！

這次的血字……自己已經無法想出生路……就在這時候……等……等等……

血字？對了，司機！是司機啊！為什麼不讓司機成為厲鬼嫌疑人之一？

銀夜立即站起身，衝向司機的駕駛座，去摸索駕駛座下方，接著，他摸到了一個黑乎乎的東西！

這東西藏在駕駛座下方的黑暗角落裏，是一個黑色的長方形箱子。

這時候的銀夜激動地感覺到……這箱子恐怕就和生路有關係！

他立即打開了這個黑箱子，同時對身後的夏小美大喊：「快！你，給我快點拿手電筒來！」

夏小美這才反應過來，她立即拉開自己的背包，將手電筒取出，衝過去遞給銀夜。

打開手電筒，他們看清楚了箱子裏裝著的東西，赫然是五個大小相同、製作精巧的人偶娃娃！

而那些人偶娃娃……形象居然酷似銀夜、夏小美、林翎、吳曉川和梁冰！

「這，這是……」夏小美非常驚訝地看著箱子裏的人偶娃娃。

而銀夜隨即發現……這人偶娃娃的樣式和做工，和日本女兒節的替身人偶娃娃幾乎完全一樣！

「對！這些人偶娃娃就是公寓安排的生路！日本從平安時代起，就已經有製作人偶、將其放在草蒲上飄在水上流走，代表將災禍一併帶走的傳統。也就是說，人偶是代替人承受災害的，這麼說來的話，如果將這個人偶交給鬼的話，這個人偶就會代替我們死去，我們就不用死了！」

不會錯的……公寓故意那麼安排！為了不讓他們去注意司機，才不讓司機成為厲鬼嫌疑人。這樣一來，誰會看到司機腳下的黑色箱子？就更無法聯想到箱子裏的東西，就是生路！那些人偶娃娃，會代替他們，被厲鬼殺死！

他們從一開始……就完全被公寓欺騙了……

七個乘客裏有一個人是厲鬼，其實厲鬼是在乘客裏還是無形存在很重要嗎？反正不都一樣？契約碎片，銀夜也是九死一生才拿到，完全是運氣好，一個不小心小命就交代在巴士裏了。

如果從一開始就注意司機，看到那個黑色箱子，把它拿出來打開，結合日本的人偶娃娃傳說，銀夜就能夠立即推算出這是生路！但是，為了讓他們注意乘客裏誰是厲鬼，故意引導他們不去注意生路的所在！

這個公寓真是恐怖……幾個簡短的血字，就將他們逼入可怕的心理陷阱，將眼前的生路棄之不顧！

銀夜完全猜對了。實際上，這個司機今天開始上班的時候就看到駕駛座下面放著這個黑箱子，但不知道為什麼，他根本不想打開它，也不想扔掉它，就讓它一直保留到現在……

夏小美一聽居然還可以絕境求生，激動得幾乎要流出淚水來！

就在銀夜剛要將人偶娃娃拿出來的時候……忽然一陣風吹來，將黑箱子的蓋子重新蓋上！銀夜再要打開，卻發現蓋子似乎卡住了，根本打不開！

而就在這時候，銀夜和夏小美赫然看見……巴士最後一排，出現了一個黑色的身影！它出現的瞬間，手電筒的光芒便立即熄滅了！

那黑色身影，不斷古怪地扭動著身體，慢慢地向銀夜和夏小美走過來！

銀夜和夏小美都用盡全身的力氣地去掰黑箱子的蓋子，可不管他們怎麼用力，蓋子還是紋絲不動。

「開……開，開啊！」

黑影越來越近……很快，走到了距離銀夜和夏小美不到兩米的地方！

不要……不要……不要！

銀夜和夏小美用手指死命去掰那蓋子，可還是沒用！

不……不……不！

那個黑影，終於走到了他們面前，站定了。

銀夜將箱子在地上狠狠地砸，砸，砸！可是這箱子極其堅固，怎麼也砸不開！

銀夜和夏小美所在的位置是在司機駕駛座旁，已經是……避無可避了！

忽然，那個黑影將雙手高高地舉起，然後……猶如閃電一般分別向二人的面部抓來！

銀夜在這一瞬間，雙眸也完全失去了生的希望，手只是慣性地再一次將那黑色箱子狠狠砸到地上！

「咚！」隨著這一聲巨響，那個黑色箱子的蓋子終於被砸開了！裏面裝著的那五個人偶娃娃，滾落出來，散落在地上！

在人偶娃娃滾出的瞬間，這個黑影的手猶如是影像被按下靜止鍵一般停住了！這個時候，那雙帶著強烈腐臭氣息的手，已經幾乎要碰到銀夜和夏小美的面孔了！

一秒……兩秒……三秒……銀夜和夏小美一動也不動。他們知道，生與死，即將宣判！短短幾秒的時間，猶如幾個世紀一般漫長！

然後，那雙手，又開始動了！黑影將雙手緩緩地縮了回去，猶如放慢動作一般。而那雙手縮回的每一秒，銀夜和夏小美都無數次在地獄和天堂之間徘徊！

接著，黑影抓起了地上掉落的兩個人偶娃娃，接著，那黑影開始慢慢地後退，後退……

最終，黑影消失在了黑暗中。

與此同時，車門再次打開了。

銀夜和夏小美只是傻傻地看著前方，似乎還無法接受，他們已經活下來了的這個事實，身體依舊僵直在那，猶如化石一般……

寧豐社區的廢棄公寓樓內。

子夜此刻渾身癱軟，幾乎要倒在地上。那白色的恐怖身影就赫然在自己身旁！子夜迅速地將身上的地獄契約碎片取出、揉成一團，狠狠地朝著樓梯間內的窗戶外丟去！

她的目光再回到原先那白色身影所在的地方，已經是空空如也了。顯然……是去下面拿地獄契約的碎片了。接著子夜跑過去緊抓著銀羽的手，說：「逃！快逃！」

鏡子世界裏，李隱和楊臨走出那個樓層來到樓梯間，發現沒什麼異樣，鬆了口氣。只要是在有鏡子的地方，就必定有危險。反過來，沒有鏡子的地方，就稍稍可以安心一些。

楊臨看著窗外的這個鏡子世界，忽然突發奇想：「這個世界……會不會也有著那個公寓存在？」

「誰知道呢……不過，公寓似乎將這個鏡子內的廢棄樓，也視為是血字指示規定地點之一。否則我們就已經被影子操縱，而自殺身亡了。」

「李隱……你聽著。」楊臨忽然鄭重其事地說，「你該知道吧？唐醫生，他是我的救命恩人。當初在華岩山，要不是唐醫生捨身相救，我現在根本沒辦法站在這裏。唐醫生對我恩重如山，我絕對不能坐視不管。我一定要封印魔王，為醫生報仇！所以，李隱……如果，地獄契約碎片在你身上的話……那請你無論如何，都要為唐醫生報仇雪恨！」

子夜和銀羽，來到了上面某個還有著鏡子的樓層。

「子夜……」銀羽和子夜經歷了多次生死歷險，感情已經很深了，她說，「不要緊嗎？接近鏡子的話……」

「餘下的時間已經不多了，就算不接近鏡子，我們也一樣逃不出去。」

還有好幾個小時的時間，就算不接近鏡子，那個鬼一直到處尋找的話，總會找到她們。這裏畢竟不是面積廣闊的華岩山，幾個小時的時間，在無法離開大樓的情況下，碰到的機會太高了。不過子夜和銀羽越來越確定，這個鬼很可能被公寓所限制，無法長時間離開鏡子世界，不然不會在她們如此刻意避開鏡子的情況下，還沒有離開鏡子來找她們。這令兩個人心頭稍稍感到一絲慶幸。

「銀羽，我想問你一句。」

「嗯……」

「如果將兩面鏡子，鏡面對著鏡面放在一起，會出現什麼現象？」

「那當然……會映照出一層又一層的鏡像，無限循環下去啊……」

「對。」子夜進入了這個樓層，「關鍵就在這裏。那樣一來，就會有無數個鏡子世界存在著。那麼……李隱他們會是在哪個鏡子世界呢？」

「這……」

「鏡像映照出來的，如果本身也就是鏡像的話，那代表著什麼？在這鏡子裏的世界，還有著更深一層的鏡子世界，再不斷疊加下去，一層又一層……本來應該是在同樣的鏡子世界裏，但實際上卻完全不是如此。鏡子的世界……是可以無限循環下去的，根本就沒有盡頭！但是，那個鬼不可能同時存在於那麼多的鏡子世界裏。鬼可以來到我們的現實世界，但自始至終都沒出現過分身。如果有那麼多鏡子分身，這個大樓早就佈滿鬼影了。不是嗎？」

「難道……」銀羽開始明白子夜的意思了！

「沒錯。如果將兩面鏡子相對放在一起的話，鏡子世界就會無限循環。只能待在某一個鏡子世界裏的鬼，根本無法分辨我們在哪裏的。也就完全無法殺掉我們。這就是唯一的生路！」

所以，這個大樓內的鏡子，都避免讓鏡面相對，即使中間有障礙物，也儘量保證不發生這樣的情況。因為不可以讓鏡子世界出現無限循環的現象，讓鬼迷失來到現實世界的路。

「那……李隱呢？還有楊臨……」銀羽問道，「他們兩個人怎麼辦？」

「楊臨恐怕沒救了，因為人類沒有辦法從鏡子世界來到正常世界。不過李隱還有救，只要讓鬼在六點半之前，遠離他所在的那一層鏡子世界就行了。」

「你的意思是……」

「把那個鬼，引誘到另外幾層鏡子世界去！讓那個鬼完全迷失！」

對子夜而言，最重要的人是李隱，楊臨能救則救，不能救也沒辦法，她不是神，不可能保證每個住戶都沒事。

「那……」銀羽表情有些黯淡地說，「只能夠放棄地獄契約碎片了。算了，從最初起我就知道，這根本不可能實現的。」

走到一扇門前，她們首先要確定裏面有沒有鏡子。輕輕擰著已經完全鬆動的門把，猛地一推，用手電筒照射了一下……

一旁的牆壁出現了一個反射的光點。裏面有鏡子！還需要一面鏡子……

於是，又來到一個房間前，居然根本就沒有門了。一眼就可看到裸露的水泥牆。二人走了進去。

「好，好緊張啊……」銀羽此刻真的很擔心……必須要拿到一面新的鏡子才行。

但是一旦出現在鏡子面前，後果就不堪設想了。

鏡子世界內的李隱和楊臨，正待在一個沒有鏡子的樓層內。

「你還記得下面哪幾個樓層有鏡子？」

「走廊上應該不會有。」楊臨很確信地說，「李隱，我……到底怎麼才能出去啊？」

「這個……」

就在這時候，眼尖的楊臨，忽然看到……一旁的窗臺上，居然……有一張羊皮紙碎片！

地獄契約！楊臨立即推開李隱，一個箭步衝上去，來到窗臺前，就要抓起碎片！

誰知道，他的手剛拿起碎片，窗戶下方猛然就伸出了一隻白手，扼住了他的喉嚨！

這一瞬間，楊臨當機立斷，把契約碎片揉成一團，向李隱這裏扔了過來！

接著，他整個人被那隻白手抓著，翻出窗戶，往樓下墜落下去！

李隱一個箭步衝到窗臺前，看著樓下……已經空空如也。楊臨……在離開這大樓的瞬間，就已經是死人了。不管那個鬼殺不殺他都一樣。

他攤開手心上的那團羊皮紙，慢慢展開，上面寫著一些完全看不懂的文字。

地獄契約碎片！

楊臨在最後一刻，把碎片給了李隱，恐怕就是希望李隱為唐醫生報仇雪恨吧？

當初，楊臨和唐蘭炫在華岩山九死一生，自己一個電話把他們從地獄深淵救回了人間。他們，都是自己和子夜一起拯救的生命啊！

可是……現在，兩個人卻都……不過，現在說這些，也沒用了。既然如此，就不能辜負楊臨最後的心意！

時間飛速地流逝，天，漸漸亮了。早上六點了。

還有……半個小時！

子夜在做著最後的努力。她和銀羽必須要用兩面鏡子，製造出無限循環的鏡子世界！

她們耗費了很多時間，終於發現了兩面尺寸基本相同的長方形的穿衣鏡。

兩個人用布蒙住鏡子的鏡面，然後將兩面鏡子擺在某一樓層的某個房間內，將兩面鏡子正對著放置。因為不能夠看鏡面，兩個人耗費了很長時間，才令兩面鏡子完全只映照出另外一面鏡子的鏡面。

這個大樓，首次出現了正對著的鏡子。兩面鏡子各自映照出了無數的鏡像！這樣一來，鬼無論從哪一面鏡子走出來，都會進入另外一面鏡子的鏡子世界！

接下來，就是要將鬼引誘到這裏來了。

仿照之前的做法，子夜和銀羽一起，將這個房間的豆腐渣工程牆壁拚命砸破，發出巨響，然後兩個人一起逃走！

千萬拜託！一定要成功啊！

然而這時候，聽到這聲音的，不光是鬼。還有李隱！

他立即衝到樓梯間，循著聲音向下搜尋是哪個樓層！

「子夜……子夜不會有事吧？」

有剛才的前車之鑒，李隱又不敢打電話給子夜。而他居然找到了那個樓層所在！相反的方向，卻看到了那個房間內的那兩面鏡子。

李隱疑惑地走進去，來到了兩面鏡子之間，看著鏡子映照出的無數自己……這是怎麼回事？一瞬間，李隱反應過來……

這是血字的真正生路！如果鬼站到這裏來，要從鏡子裏出去，恐怕根本分不清楚哪裏才是真正的世界了。一層又一層的鏡子世界……

哪裏找得到真正的世界？不過是左右顛倒，再顛倒，再循環，再顛倒……

可是，李隱反應過來的時間，稍稍慢了一拍。

一隻手，輕輕地拍了拍他的肩膀。

此時，是六點二十五分。

子夜和銀羽正在二樓樓梯間，子夜負責望風，而銀羽則是死死盯著手腕上的手錶！指針每轉動一圈，她們距離生存也就更近了一步！等時間一到，她們就會從樓梯間的窗戶跳下去！她們已將背包裏攜帶的大量被褥扔到下面，以最大限度抵消衝擊力！然後，拚盡一切逃走！

當然，如果鬼不中她們的陷阱的話，就算子夜和銀羽逃出寧豐社區也沒用！

在這個公寓內，幾乎沒有多少玻璃，供水也早就停止，傢俱近乎沒有，可以用來成像的就只有一般人概念中的鏡子！但是，外面可不一樣，大量的玻璃製品，可以用來成像的各種金屬，也包括各種鏡子……就能讓她們死上無數次！

當李隱感覺肩膀上搭了一隻手時，他下意識地回過頭去，可是……什麼也沒有！

難道是鏡子的幻覺？還是說鬼已進入了這個樓層？驚魂未定的李隱強迫自己冷靜下來……他很清楚……自己不能逃。否則鬼就未必能夠跳這個陷阱了！

只要進入這兩面鏡子中任意一面鏡子，都將迷失在無限循環的鏡子世界裏。

一旦逃走，就代表著將子夜置於危險境地！到了外面，無論走到哪裏，都很難完全避開鏡子啊！

他看了看手錶……還有不到五分鐘，還有不到五分鐘，就可以回歸公寓了！為了子夜……拚了！

李隱立即蜷縮在房間的一角，驚恐地等待著時間流逝……

快，快啊！快到時間啊！

只要一到六點半，就可以回公寓去了！時間一分一秒地流逝，鬼卻遲遲不出現。

怎麼回事？為什麼不出現？子夜再次抬起手腕，看了看錶……還有一分鐘！指針，正緩慢地走著一圈。

此時李隱真恨不得把這指針撥著走完這一圈啊！快……快……快啊！就在李隱心急如焚的時刻，忽然……

一張倒懸著的陰白面孔，突兀地出現在距離李隱僅幾釐米的地方……這個鬼，居然待在天花板上！

李隱在這錯愕之際，只感覺身體一輕……他的腹部，緩緩出現了一道血紅的線，隨即，李隱的上半身和下半身……完全分離了……

不要回頭

PART SIX

第六幕

時 間：2011年2月4日20:00 ～ 2月5日0:00

地 點：天南市真田路至北遙路一帶的廢棄城中村

人 物：卞星辰、溫雪慧、孫箭、陸曄、柳相

規 則：在規定時間內不可擅離城中村，違者，死！
本次血字指示不發佈地獄契約碎片下落。

17 復活

卞星辰醒了。

「要不要……回去看看大哥呢？」

搬進這個公寓，剛好滿半年。

最初，他非常惶恐不安，甚至一度絕望。必須要十次面對無數幽靈鬼魂，才能離開這個公寓。不過，好在有許多住戶的安慰，他才漸漸振作起來。

不過現在想來，其實住戶們都在自我安慰，自我欺騙吧。根本沒有可以安然離開公寓的保障。

他住在公寓二十五層，對門的鄰居，是一個叫敏的女孩。那個女孩總是用長長的瀏海將左眼完全遮住，始終臉上毫無生氣，鬼氣森森，但是長得卻很漂亮。

看了看錶，現在是早上六點半了。

卞星辰將放在椅背上的衣服拿起穿上。

這個時候，床頭的電腦，傳來了提示音，有新的郵件到了。星辰這才發現，昨天沒關電腦就睡了。

他拿著滑鼠點開郵件，發來郵件的是大哥。

「星辰：最近在外面過得怎麼樣？你不告訴我你住處的地址和電話號碼，手機又關機，只好給你發郵件了，就是不知道你是否時常查看郵件。爸媽又推遲了回國的時間，可能明年才能回國吧。聽說你放棄大學學業了？如果你有新的打算，盡可以去做，但是別太勉強自己了。天氣冷了，注意保暖啊。」

星辰冷漠地關掉郵件，重重地坐在椅子上，抬頭看著天花板……

他伸出手，摸了摸自己的右眼……星辰的右眼，在一年前失明了。

殘疾之後，他很清楚自己的人生變得更為黯淡。雖然現在裝了義眼，但是自己瞎了右眼的事實卻沒有改變。

被人嘲笑、譏諷……原本相戀的女友，也拋棄了他，她無法接受一個「獨眼龍」男友。牛活好像完全失去了光彩，而父母也不怎麼關心他的情況，依舊是長期在海外生活，時不時才回來一次。

雖然，他住在父母留下的別墅裏，但是卻依舊很孤寂。

那棟別墅，足夠數十人生活，但卻只有自己和大哥在。而平時熱衷於學術研究的大哥，也很少和他交心。英俊外貌的大哥，有著無數戀慕者，甚至不少女生聽說自己是卞星炎教授的弟弟，跑來請求自己讓她們和教授見面。

大學念到最後一年，他卻還是無法拿到畢業證書。遲到早退，無數曠課，被當更是家常便飯，學分差得太多了。導師常常說：「你真是鷹真大學卞教授的弟弟？差太遠了吧？」

這和哥哥有什麼關係？有一個教授的哥哥就必須有一個教授的弟弟嗎？

車禍後右眼復明的希望微乎其微。父母聯絡過國外的醫生，都說這輩子或許都會如此了。本來還指望眼角膜移植手術，抱著一線希望，但是……

自己的情況，顯然比較嚴重。

就連接受手術復明的希望，都不超過一成。哥哥雖然也積極幫他打聽，可是星辰很清楚……自己一輩子都將是個「獨眼龍」了。

那就這樣吧！畢竟還有一隻左眼。

星辰關掉電腦，走進了浴室。

本就慘澹的人生，本以為不會再有更糟的事情……可是，他卻進入了這麼一個公寓。目前只執行了一次血字，倒是比較輕鬆地度過了，但他因此做了無數次噩夢。

還要持續九次……當初，出現了那個什麼「魔王血字」後，星辰本希望靠那個來獲得自由。但是唐蘭炫醫生的死令所有人望而卻步了。

擰開水龍頭不停朝臉上澆水，星辰看著鏡子中的自己。無論如何都不想輸給的人……就是哥哥。

他一定要活下去……絕對不能夠死！

打開門，他想出去走走。這時候，卻看見對面的門也開了。

那個名叫敏的女孩也走了出來。和以往一樣，她穿著一身素白的衣服和裙子，左眼被長長的瀏海遮住。

她這樣遮住左眼，能夠看到東西嗎？那不就和自己一樣，只能用一隻眼睛看東西？

「你在？」星辰略微有些驚愕，「你沒去底樓大廳，等李隱、柯銀夜他們回來？」

「不用，」敏淡淡地回答，「反正到時候一樣會知道結果。」

此刻，在天南市市區某個高檔住宅區，那裏坐落著大量的別墅群，周圍是許多人工湖和綠地。而位於中心地帶的最大的一座別墅，位於人工湖的湖心，占地面積極大，一共兩層，是非常豪華的西歐複合式別墅，尤其是在市中心，房價自然昂貴得離譜。但是，這完全在卞星炎父母的經濟承受範圍內。

別墅二樓的書房內，一個戴著眼鏡、模樣儒雅、頭髮微卷的男子，正坐在書桌前，拿著筆記寫著一些複雜的物理定理。下周，他將要展開進一步的研究實驗，許多仰慕他的學生都會參加。

這時候，桌面上的手機，開始震動起來。男子過了好幾秒才反應過來，拿起手機，問：「喂……星辰嗎？」

「是……哥哥。」

倚靠著牆壁，蹲坐在冰冷的地板上，星辰和他的哥哥卞星炎通著話。已經有一個月沒聽到哥哥的聲音了。

「我發給你的郵件，你看到了？」

「嗯……」星辰點點頭，回答道：「哥哥，你不用擔心我。我現在住在公寓裏，環境還不錯。我暫時不打算繼續學業……」

「你總得有打算才行啊，」儒雅男子摘下眼鏡，「你的情況就業或許會有些困難……當然如果你想先打工磨煉磨煉，我是支持的。不如到我的大學來負責實驗室的整理工作如何？不涉及什麼專業知識，你只要……」

「謝謝你了，哥哥。」

星辰悽楚一笑，鷹真大學……那是和北大、清華一個概念的學府啊。他當初高考的成績，距離本科線還有十幾分之差，鷹真大學對他而言簡直就是至高無上了。

哥哥呢？當初還沒有高考，就可以保送進鷹真大學，但哥哥卻說希望經歷一下高考，結果以超過鷹真大學錄取分數線五十多分的成績考入，畢業後就留校擔任教授職務。如今，在鷹真大學的招生宣傳冊上，凡是介紹師資力量部分的，哥哥的資料絕對不會缺少。更是上過好幾次電視，「鷹真大學的卞星炎教授」也變成小有名氣的人物。畢竟，以他還不到三十歲的年齡就擔任鷹真大學教授，而且相貌英俊，無法不令人傾慕。

「你考慮得如何？星辰？」

「我暫時在經濟來源上沒有困難，」星辰繼續說道，「所以不需要哥哥你操心了。我聽說了，哥哥你有可能獲得榮譽教授稱號。恭喜你了……」

「這……也沒什麼，虛銜罷了。」

虛銜？星辰內心一陣冷笑，如今社會上的人看重的不就是這所謂的虛銜嗎？

「星辰……」電話那頭稍微沉默了一會兒，繼續說道：「可能的話……你還是回來吧。在外面租公寓住，總要開銷，既然你暫時沒有找工作的打算，也不繼續學業，至少先回來吧。我們是兄弟嘛，還是在一起商量比較好。」

就在這時候，忽然，星辰轉換了話題。

「哥哥……」

「嗯？」

「你，見過嬴子夜嗎？她以前，不是在你們學校擔任教師嗎？」

「啊……那個……」卞星炎似乎回想了一下，「你是說嬴青璃教授的女兒嗎？她在我們學院擔任了一年的物理教師，以前我見過幾次，不過我和她不是很熟悉。去年，她因為私人原因辭職了，之後我就沒再見過她了。」

「你感覺她是個怎樣的人？」

「這個……實在說不好啊。她母親嬴青璃教授是我們學院的先輩，就是現在的校長當初都是她的學生啊，可惜英年早逝……不過她的學生都很喜歡她，至今還很思念她，我想她應該是個很不錯的教師吧。你問這個做什麼？」

「沒什麼……」星辰說到這裏，感覺也問不出什麼了，「大年夜的時候，我會回家的。」

「好，那就好。我還擔心到時候沒辦法和你吃團圓飯呢……」

「都一樣吧……父母不還是回不來？放心，我會回來的。」

掛了電話後，星辰的心沉甸甸的。如果那個時候……我還活著的話……

掛了電話後，卞星炎繼續寫著他的實驗方案。

在他背後有一個書架。那個書架，足足有五六米高，沒有梯子，高處的書拿不下來。有許多都是光學、電磁學的物理書籍，也有一些有機化學、生物醫藥的書籍。

這時候，在最上面的一格其中兩本書的縫隙裏，忽然湧出了鮮血！

血順著書架不斷往下流，隨即……兩旁的書籍也不停地流出鮮血，血跡幾乎將整個書架都完全染成紅色！

大量鮮血流下，可是卞星炎卻依舊在全神貫注地寫著。

鮮血在地上流動著，不斷接近著卞星炎的背後，越流……越近……

終於，血液流到了卞星炎的腳下。

就在這時候，卞星炎皺了一下眉頭，似乎感覺到了什麼，回了一下頭。

然而……後面的場景卻非常正常。書架上和地面上的大量血跡，猶如從沒有存在過一般，消失得無影無蹤了。

李隱此刻的感覺非常奇怪……意識好像處在混沌中一般。全身似乎都很痠軟。

我……我怎麼了？

在寧豐社區的廢棄公寓一號樓，被拉入鏡子世界的我……被那個鬼，砍斷了身體……還活著？我還活著？

李隱睜開眼睛後，卻發現柯銀夜、嬴子夜兩個人陪伴在他的床前。他正在公寓四〇四室內。

「這……這是……」

「你還真是命大啊！」銀夜說，「我回到公寓後，就一直在底樓等你們。到了六點半，忽然之間，你就出現在底樓大廳的大理石地板上。可是……那個時候你的身體已經斷成兩截了！估計，你是身體剛剛被攔腰斬斷，所以一瞬間還沒有死絕。因此在回到公寓後，上半身和下半身，就像蚯蚓一樣，完全自動地接合在一起！公寓的自癒力量真是強得可怕啊！」

李隱這個時候，內心一陣後怕……差一點，就差一點……如果那個鬼再早五六秒殺掉我……如果我不是執行第六次血字指示，可以直接回歸公寓……如果公寓內部沒有自癒力量……那我這次絕對是必死無疑啊！

這時候，一旁的子夜，忽然抱住了李隱。

「我……我真的好怕……你如果死了……」子夜說著說著，淚水不停湧出：「你如果真的死了……我，我該怎麼辦……」

這是李隱第一次看見子夜流淚。即使以前在非常恐怖的血字指示中，都未曾見她流過淚。

「你也活下來了啊，子夜……你的那個陷阱成功了呢。你既然活著回來了，就證明，那之後，那個鬼一定進入了那個無限循環的鏡子世界了。想不到你居然能想得出這麼厲害的一招啊……」

就是為了不讓子夜的這個陷阱失敗，李隱才甘心冒死待在那個房間裏，和死神擦肩而過！而此時，緊抱著懷中依舊還活著的心愛之人，李隱覺得一切都是值得的……

銀夜站起身，走出了臥室。

李隱立即坐起身子，抱住了子夜，他時時刻刻，都不想放棄懷中這份短暫的幸福……

李隱和子夜漫步在天南市的某條商業街上。唯有此刻，倆人才可以如同普通的情侶一樣，安心地互相挽著胳膊，不需要擔心隨時隨地會出現的幽魂鬼魅。

只有經歷過真正的恐怖，才知道日常的這種平淡是多麼大的幸福。

現在臨近春節越來越近了，所以商業街上有不少人流，出門置辦年貨。

「又是一個沒辦法安心度過的春節啊……」李隱苦笑著說，「你怎麼想？子夜？連城的意思是就算在公寓裏，也要過春節呢。他還邀請我們大年夜的時候去吃年夜飯……」

「嗯。」子夜點點頭說，「不錯啊。就算在這個公寓中，也不可以完全絕望啊。儘量喜慶些吧。」

「既然如此，要不要去買爆竹和福字什麼的？」

「這個啊……」

這樣恬靜、幸福的日子……能夠多持續一段日子就好了……

此時，銀夜正在公寓裏，和銀羽商談地獄契約碎片的事：「銀羽，目前我已經執行了四次血字，你則執行了五次，可以說是已經將這漫長的道路走完了一半……而且，我取得了一份地獄契約碎片！」

地獄契約碎片是由銀夜取得。但是，寧豐社區鬼樓的那塊碎片，在子夜丟棄後，又被李隱機緣巧合地獲取，自然完全隱瞞住了。而夏小美也沒有說出銀夜身上有碎片。住戶們對這些說法都半信半疑，始終認為有私藏碎片的住戶。但懷疑也沒用，這畢竟是需要證據的。李隱、銀夜和銀羽都是公寓住戶中很有智慧的人，得罪了他們，萬一以後執行血字時，他們不肯盡力幫想生路，就得不償失了。

反正，碎片共有七份，只要獲得一份碎片，就有了和其他人交易的籌碼。所以住戶們倒也不著急。如果真的沒有人獲取碎片，那麼想必以後公寓不會再發佈含有契約碎片的血字了。

但可以肯定的是……每個住戶，對於地獄契約，都極為眼饞。所以接下來的日子裏，銀夜就發現，自己出門後都有人在後面跟蹤。看來住戶都懷疑他身上私藏了碎片。估計，平日裏也有住戶強行闖入他在公寓的家中翻箱倒櫃吧？反正就算撞壞大門，也會恢復如常。不過他自然不會那麼傻，他已經選擇在一家信譽良好的銀行，將契約碎片存入保險櫃中。甚至為了保險，他和銀羽各自保有一半的密碼。

銀夜並不認為另一份碎片，沒被任何人取得。

首先他仔細詢問了銀羽，當時贏子夜在扔出碎片後，是否和她始終待在一起，片刻沒有離開過。銀羽是非常肯定的。

銀夜對銀羽是百分百信任的，所以完全不懷疑她的話。既然如此……

楊臨已死，嫌疑最大的……就是李隱了。不過，如果那契約碎片到了那鬼的手上，李隱真能取得碎片？可能性實在是微乎其微。但是，依舊不能排除這個可能。銀夜主觀上也希望可以集合碎片。

而李隱，對自己獲取碎片的事情，在子夜面前，也沒有隱瞞。

「你打算怎麼處理那份碎片？」子夜問道，「不會是……貼身帶著？」

「不……隨身攜帶的話，以後執行血字，可能還會被鬼奪去，那就太冤枉了。不過放在公寓的房間裏也不保險，所以我藏在我自己家裏了。而且，是很嚴密的抽屜暗格裏，鑰匙……子夜，就由你保管著吧，如果你需要去執行血字的時候就把鑰匙給我。不過也不需要太擔心，那個抽屜暗格，鎖孔也很難找的。」

「是嗎？那就可以放心了。另外柯銀夜那邊，雖然他和夏小美都說沒拿到碎片，但我感覺他們的話，並不全然可信。」

「嗯？怎麼說？」

「我後來專門問了夏小美。她說，厲鬼是變成了一把傘，然後幻化出了一個老婆婆撐著傘，而銀夜看穿了這一點扔掉了那把傘。既然如此，銀夜會不會那時候取得了碎片，而她不知道？當然，還有一個可能是夏小美在撒謊。她或者柯銀夜取得了碎片但不說出來。也可能是她知道碎片在柯銀夜身上，卻不想讓這件事情被別人知道。」

「的確呢。而且柯銀夜也一定會對我有所戒備和預防。最麻煩的是，下一次一旦公寓繼續發佈契約碎片下落的血字，就代表前一次有人取得了契約碎片！那麼我說我沒拿到碎片的謊話就不攻自破了。畢竟地獄契約碎片必須集合七張才有效，公寓不可能在上一張碎片未被取得的前提下，繼續發佈這樣的血字，那沒有意義了。以柯銀夜的智慧很容易猜測到這點，然後，他就會想辦法從我身上取得碎片。」

「那你……」

「沒關係，他不太可能會到我家裏去找出碎片。他也不是什麼神偷大盜，我家住的是高級別墅，住宅區的防盜設施也非常先進。而且我的那個抽屜暗格，是我自己設計的，連我父母都不知道，鑰匙也只做了一把。銀夜要取得那份碎片，是千難萬難。為防萬一我還特意給母親看了那兩兄妹的照片，我跟她說，如果這兩個人中任意一人來拜訪，無論如何不要讓他們進門。」

儘管如此，李隱還是不放心。

畢竟這次的敵人……是柯銀夜和柯銀羽啊！柯銀羽已經執行了五次血字，再一次達到這個高峰！繼自己之後，又一個追平夏淵記錄的住戶！柯銀夜，也還差一次就將達到五次血字指示！

這時候，倆人走累了，在這條商業街的一個椅子上坐下。此時天氣還是有些冷，不過街上過年的氣氛已經很濃厚，商家都打出恭賀新年、讓利促銷的標語。

二〇一一年了……新的一年又到了……

「大年夜的晚上……」子夜的聲音頓了一頓，「我可以和你一起去你家嗎？」

一時間，好像周圍都變得寂靜無聲了。

「我想見見你父母。」

李隱愣了一下，隨即欣喜地說：「你真的決定和我去見我父母？」

「嗯。」子夜微微點了點頭，面容略略浮現些許緋紅。

「好！到時候我們一起去！」

時間一點點過去，很快到了晚上。

這條商業街上有一個很大的美食廣場，李隱和子夜選擇了一家店進去。裏面的菜大多很貴，以西餐為主，李隱握著菜單的時候，卻什麼也不考慮。第一次請子夜吃飯，當然不能太吝嗇。她喜歡的話，再貴也沒關係。好在這個月稿費已經到賬了，他把信用卡帶了出來。自己雖然不是高人氣小說家，但最近的訂閱數有增長趨勢，再加上一直存著錢，也有一筆不小的積蓄。

「你想吃什麼？子夜？」

嬴子夜拿過菜單翻了翻，抬起頭對李隱說：「這裏的消費很高，你沒關係嗎？」

「沒問題啦，我還有點積蓄。你儘管點吧，義大利麵和蛤蜊湯怎麼樣？嗯，這個菌菇焗飯還是不錯的。還有這個蔥香麵包和……」

點完後，子夜發現李隱為他自己點的並不多。

「你不多吃些嗎？」

「嗯，」李隱點點頭說，「其實我不太習慣吃西餐。主要是因為以前我父親去留學時期，迷上了西餐，結果我從小到大幾乎頓頓吃西餐，到後來完全膩了……」

提到父親，李隱的神色開始黯淡了下來。一時氣氛變得有點尷尬。

「子夜……」李隱沉默了一會兒終於開口了，「我們一定要活下去。我會娶你，照顧你一生，永遠遠離那些痛苦和災厄……所以我們絕對不能死。你明白嗎？」

子夜聽著李隱這幾句話，她漸漸聽出了其中的意思。

「我們要奪來地獄契約碎片。即使和其他住戶、和柯銀夜、柯銀羽等人為敵，也在所不惜！」

畢竟，人性都是自私的，而牽涉到能否離開這個公寓，那麼幾乎所有人都會變為敵人！

卞星辰正待在公寓所在社區裏的一座橋上。這個社區內有一條內河流經，幾乎貫穿了天南市南北。卞星辰偶爾撿起一塊石頭，向河中扔去。

眼前，有一半是永無止境的黑幕，那黑幕時刻啃噬著星辰的內心。他緊捏石塊再一次將其扔入水裏，回過頭，他看向公寓的方位。

眼前，右邊部分的黑暗，對應著眼前公寓的方向，忽然猶如變成一隻張牙舞爪的黑色惡魔，開始蔓延，猶如要將左邊部分的光明也吞噬掉一般……

星辰死死蓋住了右眼。

冷風不斷吹拂著，橋下的水面蕩漾著輕微的波紋。

過了很久，卞星辰都沒看到有一個人經過，四周，安靜到了極點，這令他不禁感覺到，似乎置身於墳地中一般……

風越來越大了。星辰這時候穿的衣服並不多。

「大年夜……去見見哥哥吧。」

隨後，他就向公寓的方向走去。

這個社區的綠化帶並不多，滿目都是雜草和枯木。因為沒什麼人來清掃，地面上堆積了不少垃圾。

就在這時候，星辰忽然看到了敏。此時……她正站在社區那條河的河岸上。

事實上，那座橋的橋下，有一部分的河灘完全沒有護欄攔阻，可以輕易走到下面去。社區住戶因此向物業反映過安全問題，但一直都沒有什麼改善。

敏一直凝視著那條河，她忽然跨出了一步……進入了那河水中！

星辰頓時愣住了！隨即他立即反應過來……她，她要自殺！

這並不奇怪，生活在這個公寓的住戶，每日都在痛苦和恐懼中掙扎和煎熬，因為有著背負同樣命運的住戶們，還有或許可以活下去的希望，才勉強得以支撐著，但是這種事情，任何人都是很難承受的。當看著一個個住戶去執行血字指示卻無法歸來，每個人都會想，下一個會不會是自己？

這種負面情緒累積到一定程度，會產生輕生的念頭，一點都不奇怪。實際上，以前也的確發生過住戶自殺的事情。

就在星辰發愣的這段時間，敏的另外一隻腳也跨入了河水中。

在接近河灘的地方進入河水，暫時水只是淹沒到膝蓋部分，但再這樣下去的話……

星辰快步衝了過去，沿著那個空缺口，來到下方河灘，這時候敏已經半個身體被河水淹沒！

「喂！你……你別做傻事！」

星辰也衝入了河水中，他其實並不會游泳，但是總不可能眼睜睜看著敏在自己面前自殺吧？

好在目前河水還不深，他總算抓住了敏的身體，不斷把她往回扯，他大喊道：「我……我理解你的心情，我知道你很害怕將來有一天也會死去……可是我們不都是一樣的嗎？為什麼我們都活得好好的，你要去死！」

敏的身體依舊不停在水中掙扎著，但是，她漸漸地不再動了，不是像狗血言情劇中那些女人一樣，自殺被阻止就大喊「讓我死，讓我去死」，那根本是扯淡。

自殺的人，有很多都會在自殺的過程中後悔。沒有人真的願意死。

將敏拉到岸上，卞星辰死死按住她，生怕她再回去做傻事。

「好了……」敏抹了抹臉上的水，「你放開我吧。我……不會去那裏了。」

看她的眼神不像是假的，星辰這才放開手，鬆了口氣。此時倆人都躺在河邊的雜草堆上，附近依舊沒有一個人經過。

「你……好像已經執行了一次血字指示吧？和我一樣吧？都是去年加入的住戶。」

「嗯。」她點點頭，「對，是的。」

「已經害怕到沒辦法繼續了？敏小姐……我先聲明，我可是不會游泳的。如果你已經在河中心掙扎，我可絕對不會來救你，我沒那麼犯傻！命只有一條，沒了就沒了。既然都執行通過一次了，為何不能再來九次？」

「我累了。」她忽然說道，「真的很累。這種不知道要持續到何年何月的重負，連自己的生死都掌控不了。明明知道是危險的，會令自己死無葬身之地的場所，還是必須要去。必須要去……」

「走吧。」星辰站起身，「先回去吧。你得換身衣服才行啊。真是的，受不了……出來吹吹風都能碰上這種事情！好了好了，別哭喪著臉了……既然那麼怕死，盡力活下去不就可以了嘛！」

18 獨眼

公寓二十五層，星辰回到了房間內，換好了衣服，然後他走出門去，看到敏也換好衣服出來了。

「真是啊……」星辰走近敏，「以後別那麼做了，知道嗎？」

「嗯。」她微微點了點頭，就不說話了。

「要不要和我談談？」星辰忽然說，「雖然我們是隔壁鄰居，但是……你好像很少和我交流啊。這個公寓，住戶和住戶間還是多溝通一些比較好吧？」

「隨便吧。」她喃喃地說，「不過，還是謝謝你了。來……救我。」

「別謝我了……總不能眼睜睜看著你去自殺吧。進來吧，嗯，你這件衣服倒是很不錯，哪裏買……」

話說到這裏，星辰就意識到說錯話了。所有的衣服，自然是公寓衣櫃內自動出現的，哪裏會是買來的。事實上只要住戶在衣櫃上貼上寫有衣服品牌的條子，什麼名牌的衣服都可以出現。但是，哪個住戶有這個心情啊。

進入星辰房間，是四室一廳，比敏的房間要大出許多，三間臥室內都有一台電視機，電腦也有兩台。即使是在這個公寓內，依舊可以收看電視，使用電腦上網，電話機也一樣可以使用。真是詭異得很。

事實上這個公寓的水電來源也是個謎。明顯不可能有人給公寓供水供電，但是水電卻能夠自動產生出來，源源不斷。

「你上次執行的血字……我記得，是到某個遊樂園去吧？規定要在夜間去坐一個摩天輪。沒錯吧？」

敏點點頭，說：「當時去執行的一共有六個住戶，分散在不同的摩天輪座艙內。然而……鬼會在臨近我們的座艙出現，神秘莫測。整個摩天輪轉動的過程又特別慢。接著，鬼就會不知不覺地出現在住戶的座艙內……不斷接近我們……結果，一共死了三個住戶。都在座艙中消失了……」

在摩天輪座艙內，根本無法逃走的封閉牢籠裏，確實太過恐怖了。而這僅僅是第一次血字指示的難度。最後，敏和另外兩個住戶僥倖逃脫。

「我理解你的心情。」星辰說道，「不過，對每一個住戶來說都是一樣的。如今，魔王血字對我們而言是一個絕好的機會。只要能夠拿到地獄契約，我們或許就有一線生機。不是嗎？」

「你的家人……」敏忽然問道，「你的家人那邊怎麼樣？你怎麼和他們解釋你搬到外面住的事情？」

「我父母常年在海外，國內就我和哥哥一起住。我哥哥是個大學教授，我……只是一個很普通的人罷了，不，甚至是個殘疾人。對父母而言，或許我是多餘的吧，因為有哥哥在……我的存在就不那麼顯眼了。」

「沒那回事情的……對父母而言……」

「不。也許你是獨生女，會那麼想。對有兩個子女的父母來說，不可能完全不抱偏袒的態度看待孩子，尤其是其中一人特別出色的時候。而我非但不出色，還始終……」

「別那麼說。」敏搖了搖頭，「我認為你是個很不錯的人。生活在這個公寓內，還能夠來救我，安慰我，幫助我……這些都是很珍貴的品質。」

「或許吧……」星辰苦笑了一聲。

但不是的。至少我的母親，根本就不會重視我。

母親的出身並不好，是個在風塵裏打滾的人。而父親則是個混血兒，他的家族在國外有著頗為豐厚的產業。他和母親相戀的時候，就遭到家族的一致反對，甚至聲稱如果和母親結婚，就將其逐出家門。

但是父親鐵了心要娶母親，和家族的人整整周旋了一兩年，才得以讓祖父和祖母同意此事。不過，祖父母提出要求，婚後一年內必須生子，繼承家業。

在那樣的情況下，卞家的長孫出生了，也就是哥哥。星辰是在過了六年後才出生的。

母親在哥哥出生後，就不遺餘力地給予他最好的教育。家族中幾乎所有人都對母親冷眼旁觀，等著她出洋相。看她生出兒子，自然更是憤恨。母親為了把哥哥培養成未來家族的接班人，讓哥哥從很小的時候起就接受大量的文化知識以及社交禮儀教育，甚至在哥哥十歲左右就讓他學習管理學。

好在哥哥天資聰穎，學什麼都很容易掌握，這也讓原本反對婚事的祖父母欣慰了不少。甚至後來對待母親的態度，也在很大程度上有所緩和。可以說，哥哥的出生和他不斷表現出來的聰慧天賦，是非常重要的原因。

這也讓母親給哥哥定下了很高的目標，一定要讓哥哥上最好的大學，將來接管家族的事業，讓她能夠在卞家徹底抬起頭來，不用再因為以前的風塵往事，被人冷眼看待。她很清楚……一旦哥哥的天賦才幹不復存在，或者稍稍表現出遊手好閒的一面，那麼，肯定會有人歸咎於自己的遺傳。這是母親絕對無法允許的。

自己出生的時候，母親最初也對自己抱了一定期望，給自己請了許多家庭教師，才三四歲就讓自己學習英語，稍稍長大些就開始學習歷史和政治。而自己和哥哥完全不同，沒有天賦，學習什麼都很難完全消化，記憶力也很差。他的成績和哥哥比，簡直是天淵之別。這讓母親對自己很頭痛，每次看到他都是強烈鄙視和憎惡的眼神。

倒是父親待自己很好，經常陪伴自己在學習之餘做做遊戲，玩玩電動什麼的，也會帶自己去遊樂園玩。可是，母親卻對自己始終很冷淡，因為自己完全比不上哥哥，對母親在家族的地位鞏固也毫無益處，甚至會因此落下話柄，讓自己的那些姑姑、叔父譏諷母親。這讓母親越來越討厭自己，甚至有點後悔畫蛇添足生下自己。

畢竟……有哥哥就足夠了。有了哥哥，遺產繼承權大部分自然就能夠獲得。身為家族長媳，也是顏面有光。

哥哥對母親有用處……可是，自己對母親而言，卻是一無是處的人。

所以，當遭遇那次車禍，他和哥哥一起送入醫院，那時候需要儘快治療。當時父親不在國內，只有母親在。哥哥和自己當時都昏迷不醒，哥哥是腦部受傷，而自己則是右眼被玻璃碎片扎傷，都是比較危險的狀況。

當時醫院正好也接到幾個緊急的大手術，外科醫生數量不足，就連血庫的血庫存也不足。但是患者是等不了的，因此母親指名道姓要讓該院的王牌外科醫生立即負責哥哥的手術。而自己……被母親拋棄了。因為母親的背景，醫院也只能按照母親的安排做。

其實當時自己的情況比哥哥更嚴重些。哥哥經過腦部CT掃描後，認為情況不是特別危急，但自己當時的情況再拖下去，就有失明的危險。

但母親還是選擇了哥哥，而不是自己。如果當時讓那名王牌外科醫生負責自己的手術，也許眼睛就能夠保住。

車禍過去已經那麼久了，可是至今，他還是可以聽到耳邊，傳來那轟鳴的聲音。

開車的人是自己，出車禍是為了避讓幾名行人。手術後，知道自己眼睛可能再也看不見了，母親居然還埋怨自己，如果哥哥出了什麼事情，該怎麼辦，甚至根本沒有怎麼安慰自己。

「不是還有一隻眼睛嗎？有什麼關係。你哥哥可是腦部受傷，萬一有什麼事情，那可不得了啊！」

哥哥……哥哥……母親心裏只想得到哥哥嗎？那自己算是什麼？既然只需要哥哥……那麼為什麼生下我？

在那以後，完全瞎掉的右眼，猶如一個噬人的黑洞，時刻蠶食著星辰的內心。

「怎麼了？」敏看他一副那麼出神的樣子，問道：「你的表情……看起來很憂傷啊。你，是右眼完全看不見吧？」

「嗯。後來等過移植眼角膜，但始終沒有消息。女朋友也因此嫌棄我，和我分手了。其實我也知道，她看上的無非是卞家的財力而已。和我這個人，一點關係也沒有的。」

敏沉默了一會兒，說：「你……很在意這一點？很痛苦？」

「算了。就算痛苦和抱怨，眼睛也不會復明，與其如此還不如努力活下去。雖然我是那麼想的……但是身邊的人都會投來鄙視和冰冷的目光，這個世界上，無法接受他人殘缺的人，實在是數不勝數……」

「不會的！」敏說，「不會……不會的。這不是什麼殘缺……有一隻眼睛看不見，根本不是什麼殘缺……真正殘缺的，是失去了靈魂和人性的那些人……」

就在這時候，敏的手機卻振動了起來。敏拿起手機一看……來電顯示是「深雨」。

接通電話後，聽到了那個無比熟悉的聲音，讓敏激動得幾乎流出眼淚來……

「你以後，別再來見我了……」

可是，電話裏的頭一句話，就讓敏猶如墜入深淵一般。

敏走出房間，來到走廊上。

「深雨……」敏含著眼淚說，「你就……那麼不想見到我嗎？那麼希望和我徹底劃清界限嗎？」

電話那頭略微沉默了一會兒。

「我嘗試過去理解和接納你。但是……還是做不到。就算這不是你的錯，但我還是無法接受。我根本無法面對你……一看到你，我就會極度地厭惡和憎恨自己。」

「深雨……」

「就是這樣，如果你明白的話，那我就掛了。」

「等……等等！」

敏咬著嘴唇，對深雨說：「好的……我答應，我以後不再出現在你的面前……但是，請你答應我一件事情好嗎？送我一幅畫，送我一幅你畫的畫……如果以後思念你，我就看著那幅畫。這樣，可以了嗎？算我求求你……」

過了一會兒，電話那頭說：「那……好吧。我選一幅寄給你。告訴我你的住址。」

住址？這個公寓哪裏可能接收快遞？

「我……親自去取吧。到時候，就算我們最後一次見面吧……」

「……」

「求求你……」

「好吧。那麼，大年夜那天上午，你到孤兒院來，我把畫給你。」

大年夜。星辰睡到上午十點左右才醒來，他已經和哥哥約定，傍晚時候會回家裏去，和哥哥吃一頓年夜飯。父母的話……估計也就父親會寄一張明信片來吧。

從床上支撐起身體，揉了揉眼睛，剛穿上拖鞋，忽然胸口一陣劇烈的灼燒感，令星辰內心一緊！來了！第二次血字指示發佈了！

星辰顧不得胸口劇痛，支撐著身體迅速奔向客廳！來到外面一看，牆壁上的血字才只形成了一半，有幾個字還看不太清楚。地獄契約……會不會有地獄契約？

幾秒鐘後，血字完全形成。

「二〇一一年二月四日二〇：〇〇─二月五日〇：〇〇分為止，前往天南市真田路至北遙路一帶的建築群內，時間到後即可回歸公寓。本次血字指示不發佈地獄契約碎片下落。」

內容很簡單，然而不發佈地獄契約……著實讓星辰有些失望。

真田路……北遙路？

星辰回憶起，那似乎是……天南市市內的一片違章建築群。去年，拆遷大隊終於將最後的三個釘子戶勸服，讓他們搬離，那一帶有著相當多的待拆遷建築。現在臨近過年，拆遷過程估計暫緩，過了年再繼續吧……

那一帶的建築群，應該是沒人住的，拆遷過程也是過了一半，估計都是些廢墟磚瓦，按照公寓的一貫風格，在執行血字的時候，那裏肯定是不會有任何人來的。

真田路到北遙路，範圍還是相當大的，畢竟那一帶的違章建築實在太多了。若非那些釘子戶，去年就已經可以拆除完畢，完全不至於拖到現在。

星辰思索的時間裏，血字已經漸漸消融不見了。

他把門打開，立即前往電梯，要到一樓去確認有哪些住戶同行。

如果有李隱或者柯銀夜在，那生機就大了很多……上次夏小美第一次執行也和柯銀夜在一起，那麼估計這次……

進入電梯的時候，星辰也很緊張，不知道都是哪些住戶？

電梯門打開時，卻只看到一個人坐在客廳的沙發上。

那是一個戴著眼鏡、留著馬尾辮的女人，看起來不到三十歲，星辰記得見過她，可一下子想不起來了。

「你好，」那女人見到星辰走出來，忙問：「你也是……執行這次血字指示的？」

「嗯。」星辰點了點頭，隨即問道：「不好意思，你是……」

「我叫溫雪慧，是住在一二一〇室的住戶。其實，我也不記得你是誰了……」

「卞星辰，我住二五〇四室。我們樓層距離那麼遠，記不太清楚倒也不奇怪。」

不會只有兩個人吧？不，不會的，肯定是還來不及下來。

這個叫溫雪慧的女住戶，看起來很靦腆內向，也不知道她通過了幾次血字指示？目前公寓增加了不少新住戶，估計她也是其中之一吧。

「你……執行了幾次血字？」卞星辰坐在溫雪慧身旁，隨意問道。

溫雪慧表情一僵，說：「才……才一次……第一次血字，比較輕鬆地過了……」

「這樣啊……」

「你呢？兩次？三次？」

「沒有。」星辰搖搖頭，「和你一樣，一次而已。」

「啊……這樣啊……對了，你的血字，也是說不發佈地獄契約碎片下落？」

「是……是的。」

這時候，電梯門再一次打開。這個時候，走出的是一個剃了板寸頭的濃眉青年，這個人星辰倒是見過，他的名字是叫陸曄，是個游泳運動員，身體很不錯。

又等了一會兒，電梯門再一次打開了，這次一下走出了兩個人。

其中一個人，居然是柳相！

星辰愣了一會兒，隨即立即走過去，對身材挺拔的柳相說：「你……阿相你也是……」

「星辰？」柳相也很吃驚，「居然這次也是和你……」

柳相進入公寓不足半年，和星辰一起執行了第一次血字指示。星辰沒想到，第二次也是和他一起。那一次，兩個人互相扶持，一同逃回公寓，因此關係變得很好，也是星辰在公寓內最交心的一個朋友。

而柳相身後的，則是一個穿著一件夾克衫，頭髮染成金黃色，看起來十七八歲的小青年。

那小青年說：「嗯，我叫孫箭，住在一三〇八室。」

接下來過了半個小時都再沒人下來。

確定……五個人執行這次血字指示。

「好，等會兒我們去四樓見李隱樓長。」柳相非常溫和健談，所以另外四個人也很信服他，不知不覺就以他為中心了。

沒多久，五個人來到了四〇四室，李隱房間。

「是嗎？」李隱聽五個人說完後，開始擔憂一件事情。

這一次……沒有發佈契約碎片下落。極有可能讓銀夜認為，自己其實根本沒拿到契約碎片。

而銀夜或者夏小美的身上，也許就有一張地獄契約碎片！

銀夜生性謹慎，應該還會保留碎片觀望。但萬一獲取碎片的人是夏小美怎麼辦？她個性比較單純，說不定認為第二份碎片肯定沒被任何住戶拿到，所以……極有可能會將碎片丟棄！

想到這裏，李隱立即回過頭對他們說：「你們……有沒有將血字發佈的事情告訴其他人？」

「沒有。」星辰搖搖頭，「只有我們幾個。」

其他人也是這樣回答。

也就是說，銀夜和夏小美還不知道這件事情……但是，瞞不了多久的。每一次血字發佈，公寓都會人盡皆知。大家都希望盡可能多獲悉一些和血字有關的情報，來增加生存經驗和查找生路的竅門。而血字的內容，也必定被一些人刨根問底。

所以這件事情被銀夜和夏小美知道，只是時間問題罷了。

但是，讓這五個人不說出去，也顯得不自然。等於是不打自招，承認自己身上有地獄契約碎片。

如果被那兩個人知道的話……會不會採取什麼行動？

其實，銀夜會丟棄地獄契約碎片的可能性很低，但是……只要有一絲可能，李隱就不敢冒險。地獄契約碎片是他和子夜可以離開這個公寓的最大依仗，可以說是在河水中即將溺斃的人，能抓到的最後的一根浮木了……

絕對不容有失！

那麼和銀夜或者夏小美合作？畢竟還有五份碎片下落不明，完全有合作的空間。當然，這樣做，有一定的風險。首先，必須告知對方自己身上也有地獄契約碎片，等於暴露了自己的弱點，萬一碎片不在對方手上，那自己反而吃虧了。因為對方可以毫無顧忌地將自己有碎片的情報告知全公寓的人。而且和銀夜合作的話，實在難保他不會在背後捅自己一刀。這件事牽扯到能不能離開公寓，完全沒有人情可講，極端一點的話，就是鬧出人命也很正常。

不過……李隱看向那五個人，注意著他們每個人的表情。會不會……

他們聯合起來隱瞞了血字中發佈契約碎片的事實？

這是很有可能的。事實上只要達成共識，不難辦到這點。因為血字被住戶看過後就會消失，沒有人能夠證明他們撒謊。而且隱瞞這一點也有好處，因為這樣一來其他住戶就不會知道該血字包含了契約碎片。當然缺點是下一次血字就會暴露，因為血字中會透露碎片是第幾張。

但是，卻可以爭取到不少時間。比如，能夠在減少監視自己的住戶的情況下，將碎片埋藏起來。聰明一些的住戶很可能會提出這一點來。再加上，血字的生存率很低，運氣好的話，如果只有一個人回來，那麼就不會有其他住戶知道自己持有碎片了。

這五個人都是新加入的住戶，住得最久的卞星辰也只有半年時間而已。李隱實在很難判斷五個人中是否有人有這等心機。

該如何試探出，這次血字是否有契約碎片發佈？如果有，怎麼考慮銀夜和夏小美那邊的問題？不，確切地說還要加上銀羽，銀夜對銀羽不可能有任何隱瞞的。

「我再問一遍。」李隱滿臉肅然地看向面前的五個人，「你們……的確，所接到的血字指示中，沒有發佈地獄契約碎片的下落？」

「真的，」柳相說道，「樓長，你不信我們？」

「不，確認一下而已。」

柳相回答的時候神色自然從容，看起來不像是撒謊。但是，人心難測，李隱也沒有學過測謊的技巧，所以也很難斷定。不過剛才柳相沒有明顯的慌亂，其他四個人看起來也很正常。

果真沒有發佈契約碎片？如果真是這樣的話，那麼銀夜和夏小美那邊……

李隱想了想，做出決定……無論如何，暫時還不能暴露自己持有碎片。能多拖一段時間就好……不過，還有一個更加嚴峻的問題等待著李隱。

如果……銀夜或者夏小美死了怎麼辦？

在將來的血字裏，如果他們中有一個人死了……

以銀夜的謹慎性格，說不定藏契約碎片的地點，他也不會告訴銀羽。夏小美自然更不會告訴其他住戶了……

萬一他們中有一個人死了，那麼，就永遠沒人知道碎片在哪裏了！

公寓三〇一室，夏小美的房間。

她此時對著畫架，拿著調色板，對剛剛畫好的畫上色。

「真是的……」她畫了幾筆就放下了筆，歎了口氣說：「真是的……畫不下去啊。」

午夜巴士上的恐怖，她到現在還是歷歷在目。當時，身邊的人一個接一個消失……最後陷入一片黑暗，只差……只差那麼一丁點兒就被那個厲鬼給……

要不是銀夜及時發現了那把傘就是厲鬼真身，並且終於找到了生路，並且恐怕自己也早就不在這個世上了。

夏小美放下了畫筆。

銀夜可以說是救了她，把她從地獄深淵重新拉回到了這個世上啊。自從那之後，夏小美每次都會在午夜夢迴之時，想著銀夜。

直到現在，她發現自己每次畫畫，總會不由自主地去畫銀夜的樣子。

「我……我在想些什麼啊……」

她把畫架上的畫紙撕下來，揉成了一團，扔進了垃圾桶。「我……愛上了銀夜嗎？」

夏小美確實發現自己幾乎每時每刻都思念著銀夜，所以時不時會以各種理由去十四層見他。到後來幾乎都編不出理由的時候，就會極度苦惱。

此刻，她已不再懷疑自己的心意了。因為只要一想到銀夜，心就跳得很快，只要能看見他，自己的心中就有說不出的甜蜜，根本沒辦法忘記他。夏小美也因此隱瞞了銀夜獲得地獄契約碎片的事實。

但是她也聽說了那件事——銀夜，是為了他的義妹銀羽，才進入這個公寓的。他是深愛著這個妹妹，才那麼拚命地想要奪得碎片吧？

能夠愛一個人愛到這種程度……夏小美心中充滿了惆悵。那樣的話，還能夠讓銀夜接受自己嗎？不過，唯一的欣慰是，銀夜的這份感情似乎只是單戀，自己還是有機會的。

今後還有九次血字，生死都難以操縱的情況下，還想要獲得愛情，或許是太奢侈了。但是，感情卻是沒有辦法被控制的。

夏小美下定了決心。

「對……我絕對不輕易放棄！一定要和銀夜一起離開公寓，然後大膽地向他表白！銀羽那個白癡，銀夜這種絕世好男人，居然還看不上？」

而且，夏小美也有著一個私心……假如，假如……將來銀羽在執行血字的時候死去的話……那自己不就更有機會了？雖然這想法是惡毒了一點，可是夏小美無法遏制這個想法不斷地冒出來。

目前，只有自己知道地獄契約碎片在銀夜手上。不過自己絕不會把這件事告訴別人的。只要她不說，那麼，將來住戶們懷疑的焦點就不會只集中在銀夜身上，自己也一樣會被懷疑。這樣就足夠了。

至於李隱、嬴姐姐和銀羽……三個人都說沒拿到契約碎片，誰知道是真還是假？銀夜肯定天真地相信他那個義妹的話，相信她沒拿到碎片……

但是，就算是親兄妹，在公寓這生死危難的地方，都不可能沒有私心，何況是沒有血緣的兄妹？說不定她根本就是在撒謊。也有可能，是在李隱和嬴姐姐的身上。

對了……夏小美想到：我，我如果幫助銀夜，拿到第二份地獄契約碎片，他肯定會感激我……到時候，也許就會對我……可是，怎麼拿呢？

說起來，銀夜他，會不會告訴銀羽，他獲得了地獄契約碎片？萬一真是這樣，就麻煩了。夏小美一點都不相信銀羽能保守秘密。只有我……我才會真心為銀夜著想。她要想辦法，試試看能不能拿到第二份地獄契約碎片呢……

就在這時候，忽然門鈴響了。夏小美連忙跑去開門，門口站著的，居然是子夜。

「嬴……嬴姐姐……」夏小美有些驚喜，連忙讓她進來，隨後關上門問：「有什麼事情嗎？」

子夜走進客廳，看到那畫架，問道：「你在畫畫？」

「對……對啊。」夏小美說話時有些慌亂，還好，差一點被發現她在畫銀夜……

「我有事情想和你說。」子夜和夏小美都坐了下來，她開門見山地說，「又有住戶接到血字指示了。這次，都是加入公寓不到半年的新住戶。」

夏小美心一緊，臉色立即露出欣喜神色，問：「那，有沒有發佈第三張地獄契約碎片？」

她根本沒想到，自己的話剛一出口，就已經中了陷阱。

畢竟，夏小美……太單純了。換了銀夜，絕不會犯這等低級錯誤。

子夜立即提出了她話語中的漏洞：「夏小姐，你的話很奇怪。」

「嗯？奇怪？啊……」夏小美立即意識到自己說錯了話……如果，自己和銀夜都沒拿到地獄契約碎片的話，那麼，就自然會認為公寓不會再發佈地獄契約碎片的血字了。即使真發佈了，沒必要露出那麼欣喜的神色吧？完了！完全被看穿了。

夏小美立即穩住心神，心裏對自己說：別……別慌！反正，就算我說沒拿到，住戶們也不會完全相信的。嬴姐姐也不可能把這件事情說出去的……接下來，不能讓自己露出破綻，決不能讓子夜看出，契約碎片不在我身上……

子夜接著說：「莫非，夏小姐你拿到了地獄契約碎片？」

怎麼回答這句話？夏小美又緊張了起來。

回答「不是我拿的」，那不就等於是說「是銀夜拿的」嗎？夏小美絕對不可以讓子夜懷疑的矛頭指向銀夜。可是，難道回答「是我拿的」？

這樣回答得那麼爽快，她不反而會起疑心？那麼一樣會去懷疑銀夜啊……

夏小美你這個白癡，白癡，超級大白癡！一時沒有辦法，夏小美索性說道：「這個嘛……贏姐姐你不如猜猜看呢？」沒辦法了……只好先裝高深試試，說不定能蒙過去……但實際效果如何就不得而知了，畢竟是臨時的應對策略。

而子夜看她這麼一說，倒一時難以判斷。契約碎片是她拿到了還是銀夜拿到了？

其實還有一個可能，那就是銀夜和她聯手。實際上，子夜不明白的是，假如兩個人中真有一個人取得了碎片，而另外一人知道的話，那麼沒取得碎片的人，為什麼不把這件事情告訴其他住戶？

比較合理的解釋就是，兩個人達成了某種協定。比如，共同保管這一契約碎片，暫時結盟，將來再奪取其他六塊碎片。

如果是真的，那多半是銀夜提出的建議。比如，他可能說，將地獄契約碎片保存到銀行保險箱內，兩個人各自持有一半的密碼什麼的……若真是如此，那碎片在誰手上就沒有意義了，因為等於是兩個人共有碎片。

可是子夜哪裏想到，這根本就是夏小美對銀夜產生了感情，才保守這一秘密的。

「算了。」子夜岔開了話題，「反正你不說，我也不知道。這次發佈的血字，沒有關於地獄契約下落的內容。」

夏小美立時臉色一白……不會吧？

難不成，寧豐社區那邊的碎片，真的沒被人拿到？

但隨即子夜話鋒一轉：「不過，雖然如此，並不能確定他們說的是真話。也有很大可能，是血字中出現了地獄契約碎片的下落，但五個人卻聯合撒謊，說沒有出現。」

這是李隱對子夜的指示。他的立場不方便說這句話，說了就等於承認自己身上有地獄契約碎片。

「啊？這……」夏小美立即說道，「這麼說，嬴姐姐你認為……李隱或者柯銀羽，拿到了地獄契約碎片？」

「嗯，我也只是猜測。」

接下來子夜又開始給夏小美進行詳盡的分析，這段分析，是為了讓夏小美相信，卞星辰等五個人隱瞞地獄契約碎片發佈的可能性很高。那樣，萬一她真持有地獄契約碎片，就不太可能會丟棄它了。畢竟是保命的最大希望，沒有百分百把握誰敢丟掉？反正留在手上也不會發黴。

不過，和柯銀夜說這段話，效果肯定大打折扣。柯銀夜這個男人，根本不是那麼好糊弄的。真那麼說，反而是此地無銀三百兩。而且，以自己和李隱目前的感情，說李隱沒告訴自己地獄契約碎片下落，他是萬萬不可能會相信的。如果去跟柯銀夜說這些，就跟告訴他第二份契約碎片在李隱身上了。

事實上，當初李隱的兩段身體出現在公寓底樓，並重合後，不少住戶第一時間衝上去，都虎視眈眈地盯著李隱，有想趁他昏迷搜身的打算。但是當時住戶們都互相監督著，所以反而不便下手，否則他身上的地獄契約碎片早被人拿走了。

好在，如果是柯銀夜拿著地獄契約碎片，會扔掉的可能是很低的。而且，看夏小美的神情，碎片在她身上的可能也很高。如果兩個人真是結盟關係，夏小美不同意丟棄的話，也能起到很大作用。

總之，現在是盡了最大努力了。以後的事情，誰也說不準了。

子夜走後，夏小美渾身感覺都癱軟了。

「真……真是……」她不斷拍著胸口，隨即又從門口的貓眼看了看，確定子夜走了，於是立即跑進臥室內，關上門。

立即聯絡銀夜！她拿起桌子上的電話，快速撥通了銀夜的手機號碼。沒多久，就接通了。

「銀夜嗎？我是夏小美。」

「哦……什麼事情？」

「聽好哦……嬴姐姐，她已經知道，你和我，有一個人身上持有地獄契約碎片了！」

她把剛才的事簡單說了一下，電話那頭道：「我明白了。沒關係，反正她也只知道這些而已。」

「我……沒給你添麻煩吧？銀夜？」

「不……你肯幫我保守秘密，我已經很高興了。」

「真……真的？」

「嗯。」銀夜隨即又說道，「而且我得感謝你呢。你……給我提供了一個重要情報。」

這句話，讓夏小美頓時感覺猶如天籟之音……自己，居然幫到了銀夜？

「謝謝你。再見。」

掛了電話後，夏小美依舊死死抓著電話聽筒，不敢相信剛才聽到的是事實……

「萬……萬歲！銀夜，銀夜……對我說了『謝謝』！」

掛斷電話，銀夜看向坐在他對面的銀羽，說：「已經可以確定……李隱，他肯定拿著第二份地獄契約碎片！」

19 公寓裏的預知者

李隱和子夜最大的失算，就是沒想到夏小美愛上了銀夜。否則，夏小美不可能打電話給銀夜，讓他提防子夜，這對她沒有好處。

而子夜的行動，令銀夜立即就得出結論——李隱害怕，他害怕自己會丟棄地獄契約碎片！

「太好了呢，銀羽。」銀夜一步走上去抱住了銀羽，「我們……一定可以離開這個公寓的！一定可以！」

今天晚上是大年夜。

公寓內，也是稍稍有了點喜慶氣氛。

華連城和伊莣夫婦是最積極的人，為了讓住戶們從恐懼和不安中解脫，他們不斷活躍氣氛，買了不少「福」字回來，挨個貼在公寓內住戶家的門口，甚至還買了不少煙花。

「不知道今年的春晚怎麼樣啊……」連城幫自己房間的窗戶也貼好了倒過來的「福」字後，對身後的伊莣說：「和大家是說好了八點來我們家吃年夜飯了吧？」

「對啊。」伊蕓笑著說，「可惜李隱說要回家去。不過很多住戶都會來，還好花費了不少時間去購買年貨呢，到時候我們是在社區裏放煙花，還是在公寓外面放？」

「還是在社區裏吧。放煙花的時候，不希望看到這個公寓。」連城說著打開了電視，「先看一會兒電視吧，我們都累了一天了。」

此時電視機上，是慶祝新年到來的節目。兩名主持人穿著大紅的衣服，在電視螢幕上說：「二〇一一年的新年鐘聲即將敲響，在這裏給全國人民拜個早年了！希望大家兔年大吉啊！」

在李隱家中，他也在和子夜收看電視新年節目。

今年，就是二十四歲了，又過去一年了。

李隱抬起手錶，看了看時間，說：「嗯……差不多了，我們走吧，子夜。」他和子夜約定好，大年夜帶著她去見父母。

就在即將動身之際，他的手機接到了母親的來電。

「很不好意思，小隱，」母親在電話裏說，「你之前說大年夜回來陪我們一起吃年夜飯，可是醫院臨時要召開會議，接下來是我們醫院和寧安堂談判的關鍵時期，只怕春節期間我們也沒時間和你見面了。等工作閑下來再見面吧。」

李隱不禁感覺很失望，他可是很期待著帶子夜去見母親的啊！為了給她一個驚喜，也沒事先說會帶女朋友去。但是，既然是為了工作也沒辦法。他知道，寧安堂一直以來都是醫院最大的藥品供應商，對正天醫院而言，和寧安堂的合作對醫院未來的經營非常重要。

「好的，我知道了……媽媽，那，以後有機會再見吧……」

掛斷電話，他苦笑著對子夜說：「我們……還是去連城那兒吃年夜飯吧。真抱歉啊……沒能實踐對你的承諾。」

「沒關係。」子夜淡淡一笑，「以後還會有時間的。」

以後……李隱自問，他和子夜……究竟還有多少「以後」呢？

而這時候，夏小美則有些無所事事地看著電視。不少電視臺因為慶賀新年，滾動播出連續劇，播個五集十集的，不過劇情都很無聊。

「晚上去連城家吃年夜飯……不如先出去隨便逛逛商場吧？公寓也的確需要用這喜慶氣氛，沖淡一下大家的壓抑心情了。」

離開公寓，走到外面的馬路上，夏小美來到公車站，卻發現一旁站著一個眼熟的人。

仔細一看……正是卞星辰。

「你……你是……叫卞星……」夏小美立即走過去，指著星辰說：「星什麼……」

「哦，」星辰看向夏小美，「我叫卞星辰。」

星辰是打算回家去和哥哥吃頓年夜飯。心裏就算和哥哥有什麼嫌隙，大過年的，至少吃頓團圓飯還是要的，星辰也沒那麼心胸狹隘。

只是，父母依舊留在海外沒有回國。恐怕長期待在國外的他們，早就把耶誕節當做新年過了，中國的春節已經不那麼看重了吧？

「你是要回家去吃年夜飯？」夏小美問道。

星辰點了點頭，說：「對。你也是？」

「啊……我是另外有點事情。你家住在哪裏？」

一問才知道，兩個人要坐的是同一輛公車。

不久，巴士來了，兩個人相繼上車。坐好以後，夏小美忽然問他：「嗯……那個，我聽說了。你要執行血字吧？而且就是過年期間。」

「嗯。」星辰微微點點頭，「不過是和阿相一起，也放心了很多。」

「這樣啊……」

星辰這時候看向夏小美，注意到她的表情不太自然。

「你……不問我地獄契約碎片的事情嗎？」

「啊？」

「你大概已經知道這次血字沒發佈契約碎片吧？也就是說，很可能契約碎片的確沒被拿到。」

「這個……我聽說了。不過這也很正常啊，畢竟我和銀夜那邊沒有拿到地獄契約碎片……」

「我倒是覺得……李隱樓長的態度有點奇怪呢。」星辰繼續說道，「他，問了我們，地獄契約碎片是不是真的沒有發佈下落。他的問話，真是很古怪啊……」

「啊？古怪？哪裏怪了？」

「他本人說，沒有拿到了地獄契約碎片，可是……如果真是如此，那麼即使你和柯銀夜中有一個人拿到過地獄契約碎片，那麼我們接到的血字不發佈契約碎片下落，就是件很正常的事情。但他卻很明顯地懷疑我們的話，不僅問了一句，還特意觀察我們的神情……」

這句話令夏小美精神一振……對啊，難道……難道李隱身上持有地獄契約碎片？

「不過，也不是完全不能理解。」卞星辰繼續說道，「根據他們的描述，當時李隱被拉入了鏡子世界，而嬴子夜和柯銀羽在一起。那兩個人說沒拿到地獄契約碎片，自然也不能完全相信。只是……沒道理嬴子夜和柯銀羽要為對方隱瞞獲得碎片的事情啊，畢竟兩個人都是聲稱一直和對方在一起的……不可能兩個人同時撒謊。如果這麼考慮的話……」

「李隱樓長，說不定其實拿到了地獄契約碎片呢。」

這句話一出，夏小美頓時激動不已……如果真是如此，這件事情一定要告訴銀夜啊。

不過，她忽然感覺很奇怪。為什麼卞星辰特意和自己這麼說？

分析一下的話……卞星辰莫非是想要坐收漁翁之利？有可能啊。他自己目前得不到地獄契約碎片，但是，他肯定會懷疑李隱、銀夜還有自己身上有碎片。

那麼，故意告訴自己這件事情，目的是為了透露給自己一個資訊，李隱很可能持有碎片，而自己身上也有可能藏著碎片，在這種情況下，就可能和李隱接觸，想辦法去獲得碎片。

卞星辰……這個人真是有本事啊。

事實上星辰的確是存著這個心思。他是故意把李隱的反應告訴夏小美的，目的就是為了……能夠利用這兩方相爭，自己則可以黃雀在後。

今天和李隱接觸後，他就打了個電話給哥哥。然後對他說，自己正在和別人玩一個遊戲，遊戲就是要互相爭奪一些碎片什麼的。修改了一下事實後，詢問哥哥有什麼辦法可以獲得碎片。

然後，哥哥卞星炎就對他說：「嗯，目前的情況對星辰你的確很不利。不過，你可以利用一下可能獲得碎片的兩組人。首先，根據你的說法，我認為那個叫李隱的人很可能持有著碎片，否則不會那麼問。如果要獲得碎片的話，你可以將他的反應告知另外一組人，同時觀察對方的反應，來判斷出……」

哥哥的確是很優秀，對任何事情都能夠冷靜地判斷給出最準確的分析。學生時代，星辰就常常拿著那些令他頭痛的幾何代數問題去問哥哥，結果都能被哥哥以最快的速度做出。

夏小美比星辰早四站路下車，她立即決定將剛才的事情告訴銀夜。不過，想了一想……會不會那個卞星辰是在撒謊騙自己？說李隱問他那句話，誰知道是真是假？等回到公寓，再去問問柳相等人，看看他是否說的是真話吧。

星齊孤兒院，是天南市的一家私立孤兒院。敏輕輕地推開了門。這個灰暗狹小的房間，顯得很是沉悶。

「你……不吃點東西嗎？」敏走向房間中央，看著一個坐在輪椅上，背對著她的人。

坐在輪椅上的人，從背面看是個女性，似乎很年輕，留著一頭及肩長髮。她並沒有回答敏的話，而是認真地看著牆壁上掛著的一幅畫。

「真是的……難得我大年夜回來一次，你也不用這樣吧？」

敏把手伸向牆壁上的電燈開關，將燈打開……隨即室內變得很亮堂。坐在輪椅上的人，緩緩地轉過身子來。

那是一個大約十八歲左右，容貌極為美麗的少女。少女穿著一件猶如洋娃娃一般的白色花邊衣服，她眼神空洞地看著眼前的敏。

「別這樣……」敏歎了口氣，「我知道你不想看到我。算了……其實我也知道，就算大年夜這個時候，你也不會願意見我的。」

坐在輪椅上的美麗少女，微微抬起手。衣服的袖子很長，幾乎將手遮住了一半，這是少女自己設計的衣服。

「畫我已經給院長了。你馬上出去，把燈關上。」少女只是淡淡地說了這麼一句話。

她的眼神裏沒有憎惡，也沒有喜悅，只是純粹的空洞。就是這樣，才讓敏更加難以忍受。但是，她卻又必須面對。她和這個少女是無法切斷聯繫的。

離開後關上門，她重新走到了外面的房間。那裏的沙發上，坐著一個戴著眼鏡、大概四五十歲左右的中年男人。男人的頭髮已經微微發白，面目很是慈祥和藹。

「院長……」敏坐了下來，「深雨她……看來不希望我和她見面。還希望你多幫助她吧，她今後的生活只怕也會越來越困難的。」

「那倒不妨事的，其實她的畫畫很不錯，可是……沒有資金和贊助者，很難開大型的個人畫展。她最近的確很努力呢……」那中年男人說到這裏，又補了一句：「還有，雖然她看起來不願意接受你，但是……偶爾也會問起你的狀況。你現在是在什麼地方工作？」

「我，現在的工作還可以，收入也算穩定。院長，今天晚上我還是回去吧。深雨既然不想見我，那我待在這裏意義也不大。」

「那好，既然如此，我也不留你了……這是深雨托我給你的畫……」孤兒院院長遞來一個包得嚴嚴實實的四方形包裹。

隨後，敏離開了這裏，這個她生活了二十多年的孤兒院。孤兒出身的自己，無論生活還是就業，都很困難。由於是殘疾人，深雨至今還住在孤兒院裏，單靠她的畫，掙的錢根本無法生活。正如院長所說，沒有贊助者支持，深雨根本沒有辦法開大型畫展，提高知名度。

而自己……又進入了這個公寓。

那一天，她的確是想要去死的。雖然猶豫，雖然也想到了深雨……但是，如果自己真的死了，深雨會感覺痛苦嗎？

不會吧？因為她對自己是那麼漠然，甚至眼中根本沒有自己的存在。就連憎恨自己的心也沒有。深雨的心裏，完全沒有自己。那麼，今天這個時候，去哪裏呢？回公寓去？不，她根本不想回到那裏去啊。

星辰也回到了家中。

偌大的豪華客廳內，到處都是名牌進口傢俱，哥哥一個人生活，倒也沒有不方便，日常生活都是他自己打點的。

穿著一身普通家居服的星炎對弟弟說：「你真的不打算搬回來住嗎？我知道，關於你的眼睛的事情，你一直很記恨我……可是……」

「別說了，哥哥。」星辰擺了擺手說，「今天是大年夜，說些高興的事情吧。爸媽呢？寄明信片過來沒有？」

「估計年初一初二會寄快遞過來吧。我已經給爸媽打過越洋電話了，不過……爸爸的聲音聽起來，不太好的樣子……」

「怎麼了？」

「雖然表達得有些隱諱，但是，似乎……媽媽的身體不是很好。」

「什麼？怎麼不好？」

「我想問爸爸詳細的情況，但是爸爸說，還要檢查一段時間，他還要我放心，說美國那邊的醫療條件很好，不會有問題。但很明顯，爸爸其實也很擔心。我問他要不要我去美國看看，但父親一口回絕了，說不需要。」

「所以沒回來嗎？」星辰聽到這裏，內心有些惆悵。

儘管對母親，星辰始終有種怨懟的心態，可是畢竟是生母，她身體不好，星辰也不太安心。

「不是大病的話就好……」

「爸爸說得實在不太清楚啊……星辰，要不你搬回來住吧？我們兄弟倆在一起，也比較方便，那麼大的房子，就我一個人住，也太冷清了啊。」

這所別墅確實相當大，房間也是多得驚人，以前星辰甚至還在裏面迷路過。那麼大的房子，只有哥哥一個人住，確實有些寂寞。

但問題是……自己能回來住嗎？

「抱歉，哥哥……」星辰搖搖頭說，「我目前住的地方，我很滿意，暫時不想回來。哥哥你也別想太多了……」

「好吧，算了，你來了就好。今天晚上就在家裏住一個晚上吧，明天年初一再走吧。」

夜幕降臨，所有的食物都準備停當。在餐廳裏，兩兄弟相對而坐。滿桌子的美食，正是倆人辛勤勞動的結果。

星辰內心忽然感到一陣淒然……

這，會不會是他和哥哥吃的最後一頓飯呢？再過幾天，他就要去執行血字指示了……

「哥……」開始動筷子後，星辰的眼睛明顯有些濕潤：「以後，爸爸媽媽那邊，就由你多照顧了……」

「嗯，那是當然……可你這麼說幹什麼？你不照顧爸媽嗎？」

「我？我哪像哥你那麼有本事呢……我啊，真的，真的好羨慕你啊，哥哥……能夠被媽媽那麼喜歡……」

星炎夾了一塊紅燒肉給星辰，說：「你說什麼呢，還沒喝酒就醉了？羨慕我什麼呀，吃菜吧。」

這頓飯，倒也算吃得比較溫馨。

晚上十點多，兩個人都沒有看春晚的意思，星炎想去書房再做一些工作，過年後會很忙，學校要開幾個學術研討會，而星辰也沒那個心情。他本來打算回公寓去，但想想還是在家裏住一晚上算了。

和哥哥分開後，星辰沿著長長的走廊，來到二樓，走向自己的房間。

這個空曠的別墅，此刻顯得非常寂寥，又那麼晚了……

星辰不禁感覺有些瑟縮。

「真是的……又不是在執行血字指示，怕什麼呀……」

這時候……在星辰身後，走廊的拐角處，出現了一道拖動著的血痕！

那血痕不斷在地面上伸展著，在背後跟隨著星辰！而且，那血痕的輪廓明顯是……一個在地面上爬動的人！

敏此刻待在公寓自己的房間裏。今天去見深雨，是她鼓起了很大勇氣才決定的。

但是，事實證明，深雨，面對自己，終究無法解開那個心結。

這也是可以理解的，畢竟自己和她是那種關係……

她獨自一人躺在床上，雖然知道不少住戶去了華連城房間吃年夜飯，但她完全沒有胃口。不是和深雨在一起的話，她什麼也吃不下去。

她拿起桌子上的那個包畫的包裹，一點一點，將外面的包裹撕開，她想看看，深雨給了自己一幅怎樣的畫……

二月四日到了。

柳相此時正在星辰房間裏，其他三個人也在，大家都在討論這次該如何應對。

「例行調查如何？」柳相先問陸曄，「有什麼線索嗎？」

「沒有呢……」陸曄搖搖頭說，「並沒有特別令人在意的地方。那片違章建築群，在拆遷過程中確實有過一些糾紛，主要是針對一些釘子戶的……」

那個地段，在拆遷過程中，並沒有發生什麼死亡事故，更沒有發生過靈異現象。

依舊是如此啊……

「真是奇特啊……」陸曄有些感慨地說，「一般的恐怖電影和小說裏，鬼魂都有一些特定來歷才對。可是公寓發佈的血字，多數似乎都是……」

「不……」柳相搖了搖頭，「陸曄你是去年年末才進入公寓的，可能不太清楚。其實這一點並沒有太多規律，我加入的時候，去問過李隱樓長這個問題，他對我說，以前的樓長夏淵說過，血字鬼魂是否有來歷可循，一般是一半一半的機率。但是近一年來，似乎無來歷的鬼魂越來越多了……」

「我認為，鬼魂什麼的，可能是人的大腦波動的能量。」陸曄繼續說道，「其實鬼魂什麼的聽起來很靈異，但實際上可能是不瞭解的人才會那麼認為。電燈如果放到幾百年以前，在人們看來也是類似魔法、巫術的不可思議的存在。鬼魂也是如此……可能是某些人死去的時候執念特別深，大腦散發出去的腦電波形成的殘影或者說是能量……」

「這種假設在科幻小說裏就有人提過了吧……」卞星辰插話道，「而且，能不能用科學解釋都一樣吧……對於公寓來說，除了找到生路或者運氣好及時逃回公寓外，沒有別的辦法了……」

那個地段距離公寓所在社區並不是很遠，坐地鐵半個小時就能到。一般情況下，住戶為了盡可能地讓血字結束後回歸公寓的時間充裕，都會選擇較晚離開公寓去執行血字。畢竟，除去血字指示時間段外，離開公寓的其他時間都是計算在四十八小時時限內的。

也正因為如此，在第一到第五次血字的情況下，一般都不會安排距離天南市太遠的地點。公寓一般都會安排到現代交通工具在四十八小時內可以到達地點的極限。所以，最多也就是臨近的省。

不過在第六到第十次血字，可能會安排到較遠的地方。只要乘坐飛機，即使遠在歐美國家，也可以在四十八小時內到達。公寓幫他們安排護照肯定也不成問題。當然這是後話了。

這次是在市內，考慮到意外情況，大家還是選擇在下午五點的時候出門。吃過晚飯後，五個人在底樓集合。早去也沒意義，而且反而危險。

到了下午四點多的時候，星辰從微波爐裏取出已經熱好的比薩，放在桌子上，對柳相說：「阿相，吃吧，這個比薩加了很多的芝士還有蘑菇。我記得你說過你喜歡吃芝士比薩的吧？」

「嗯，謝謝你了。」柳相是個很熱情的人，他在進入公寓前的工作是社區工作者，一直都非常熱心地幫助別人，進入公寓後，雖然也一度恐懼過，但還是振作起來了。

對於住戶而言，心理上的坎兒，不比血字容易過。很多人都因為難以承受這公寓的恐怖而崩潰或者自殺。

柳相是除了夏小美外，星辰見過的最樂觀的住戶了。

「阿相……」星辰用刀子切開比薩遞給柳相，「上次真的謝謝你了……如果不是你拉住我的手，說不定我就被那個黑衣服的鬼拖進地下室去了……」

「還好吧……我也嚇了一大跳啊……」

星辰又咬了一口比薩後，繼續說道：「這一次……我仔細查看了一下地圖……真田路到北遙路這一段，基本上相當於一個大型社區的面積了，目前拆除工程進行了大概三分之一，那裏有很多的廢棄房屋，可以供我們隱藏。」

「嗯……」柳相咀嚼著比薩，問道：「然後呢？」

「我……提議，我們不要一直聚集在一起，而是分散開進行活動。」

柳相頓時差點噎住，忙問：「分……分開？」

「對。」星辰繼續說，「雖然說是有不少廢棄房屋，但是因為拆除工程進行了一部分，空曠的地方也有不少。何況鬼魂可能時刻鎖定目標，在這種情況下，我們聚集在一起的話，鬼魂就可以肆無忌憚地下手。但是，分開的話效果會好很多，反正對方是鬼，就算我們人再多也沒用的。」

「是啊……」

「公寓需要給予我們生路的提示後，才會讓鬼魂動手殺我們，李隱樓長多次提過這點，而且柯銀夜也很認同。他們兩個人都是很有才能的，一個執行了六次血字，一個執行了四次血字……經驗都是極為豐富的。」

「換句話說……五個人分散的話，公寓要一一給予血字生路提示，再根據這順序讓鬼魂去襲擊……能夠拖延一定的時間。這一次，血字指示的時間一共為四個小時……拖延時間對於短時間血字是最有效的策略。」

「可是，四個小時，也足夠鬼殺掉我們了吧……」

「不，給予提示只是第一步，公寓會留給我們一定時間來思考。當然時間有長有短，思考能力較差的可能會先被解決掉……」

到了四點，兩個人進入電梯後開始下去。

坐進電梯時，剛關上電梯門，忽然柳相問星辰：「對了，你大年夜的晚上去見你哥哥了吧？」

「嗯……」星辰點了點頭，「有他在，就算我真的……去了，相信他也能照顧好我父母吧。」

「別那麼說……」柳相搖搖頭，抓著他的肩膀說：「我們不會死的，才第二次血字不是嗎？」

到了樓下後，電梯門打開，星辰和柳相走了出來，這時候，孫箭已經在大廳等候了。他依舊是那不修邊幅的打扮，耳朵上戴著耳釘，胸口掛著一個骷髏頭吊墜，嘴裏叼著一根煙。但看得出來他很緊張，身體一直在發抖，面色也明顯很蒼白。地面上，已經有兩根煙蒂了。

孫箭看星辰和柳相走來，立即拿下煙，說：「你們來了？還有兩個人呢？」

「也該下來了吧……都這個時間了……」

這時候又一扇電梯門打開，陸曄和溫雪慧走了出來，這下人到齊了。

正準備走的時候，忽然柳相看到，大廳內的茶几上，放著一張紙。他將紙拿起，上面是一行列印出來的字。

「給予前往真田路一帶執行血字的住戶的忠告：在執行血字期間，無論發生任何事情，都不要回過頭去看。記住，無論發生什麼！」

紙上，就只有這麼一行字。

「怎麼回事？」柳相疑惑地將紙遞給其他住戶看，大家都有些疑惑。

如果，這是公寓血字的指示內容，再古怪，大家也不會有什麼反應。但這明顯是人為的，是某個住戶寫下後放在這裏的。

「開什麼玩笑？」孫箭一把抓過那張紙，「我們……我們何必相信這種東西？肯定是哪個住戶故意那麼寫的。」

「這樣又對那個住戶有什麼好處？」柳相不解地說，「我不明白有人要這麼做的原因。」

「確實很古怪。」星辰接過那紙來看，「這是很普通的Ａ４打印紙，顯然是某個住戶不想讓我們查出是誰寫的，才用印表機……」

無論發生什麼事情都不要回頭？

單從血字來判斷，根本得不出這個結論。而且他們已經調查了那個拆遷地的各種情況，都沒有和「回頭」有關的靈異傳聞。當然時間比較緊促，也許沒能來得及查出一些事情。

莫非這個住戶查到了什麼？

緊緊捏著那紙，星辰感覺很不安。

「時間還來得及。」他立即做出決定，「召集住戶們來問問，到底是誰放的這張紙？或者找李隱商量一下吧。如果真有住戶知道了什麼內情的話……」

如果真有誰知道內情……

畢竟血字太過可怕，一個不小心就是死。誰都不敢拿命去賭，如果真有人查出了和生路有關的線索，自然不能忽視，即便可能性很小。

「好吧……」柳相也認同了。

於是，他們先給李隱打了電話。然後李隱用手機給所有住戶群發了簡訊，告知了這件事。目前還在公寓的住戶都立即聚集到了底樓大廳。

等到所有人聚齊，已經是半個小時後了。

李隱仔細地看著那紙，說道：「的確是非常普通的Ａ４紙啊……」

接著他對住戶們問道：「是誰？這張紙是誰放的？」

但是住戶們都默不作聲，沒一個人回答。

「沒人承認？」李隱又核對了一下手上的住戶名冊，沒有人缺席。那麼……是哪個住戶隱瞞了？

「那個住戶，恐怕是通過某種不可告人的特殊途徑，獲悉這些事情的……」忽然銀夜說話了，「否則沒有理由不光明正大地說出來。」

「或者……」銀夜身後的銀羽補充道，「是和住戶們有仇恨，故意用這張紙誤導住戶，不過這個可能性不高。但是，也不能完全忽略。」

總之，沒有任何證據顯示紙上的內容是真實的。

無論任何時候都不可以回頭？那萬一鬼到了身後怎麼辦？這根本就是要命的「忠告」啊。還「無論任何情況」？

「誰來過底樓大廳？」李隱掃視了一番住戶們，「誰？」

沒有人回答。

有人在撒謊。某個人列印出了這個內容，然後來到底樓大廳，放在這兒……

奇怪……太奇怪了……

李隱仔細盯著那張紙，眼中彷彿要噴出火來……難不成……

在住戶中，存在著一個可以瞭解公寓意志的人？為了不讓別人知曉這一點，但又想解救住戶才那麼做的？

假如真有這樣的人存在，那麼度過血字就會變得輕而易舉。

這個人……究竟是誰？

「你們先去吧。」李隱將紙條交給星辰，「裏面的內容你們也不要輕信，但可以參考一下。我會繼續調查這件事情，有了新進展立即致電你們。」

「好的……」星辰點點頭，接過紙條，隨即對身後的人說：「那……我們先走吧。」

已經五點多了，雖然還有三個小時，但萬一有意外無法及時趕到，那就死得太冤枉了。誰知道會不會出現什麼地鐵事故之類的……

離開公寓後，星辰拿著那張紙條反覆地看。紙上絲毫不容置疑的語氣，實在令人心悸。

「我感覺，還是按照紙上說的去做比較好。」溫雪慧開口說話了，「我想……應該不會是假的……」

「別說了！」孫箭惡狠狠地瞪了她一眼，隨即又取出一根煙來點燃。

五點半左右，地鐵到達了真田路。出站後，五個人都面色蒼白，時不時地想著那張紙上的內容。

不要回頭……無論任何情況都不要回頭……

如果回頭的話，會怎麼樣？會發生什麼事情？光想就心驚膽戰。以至於五個人剛才差一點就坐過了站。

出了地鐵後，沿著真田路，五個人先是去了附近的一家商店，等待到規定時間，再接近那裏。

此時李隱、嬴子夜、柯銀夜和柯銀羽四個人，都在四〇四室內。

那張紙的內容已經被寫到另外一張紙上，放在四個人中間的一張茶几上，每個人都觀察著對方的表情。

「我認為這張紙的內容不是假的。」銀夜首先打破了沉默，「你也是那麼想吧？李隱樓長？」

李隱點了點頭。

「撒謊根本沒有意義。這次血字沒有涉及地獄契約碎片爭奪。如果紙上的內容是假的，可以說是損人不利己，而且謊言編造得過於拙劣了。」

「我也有同感。」子夜說話了，「這些住戶如果是被謊言誤導而死，那麼……誰也得不到好處。即使是同行的住戶，也不可能有好處。也就是說……」

紙上的內容是真的。目前最大的可能是，某個住戶，通過某個途徑，發現了某個能夠預先洞察血字指示玄機的方法，或者接觸了某個能夠預知血字現象的人物！無論是哪一個情況，都必須要查出來！

必須要立即召集住戶，詳細詢問住戶們近段日子的動向。但是，現在公寓增加的住戶太多，很難判斷，還要考慮通信問題，手機上的通話記錄隨時可以刪除，而且還有電腦……要一一甄別非常困難。

誰也無法保證是通過什麼途徑，什麼方式接觸的。但必須查！

這個住戶是通過什麼方法瞭解血字現象的……比獲得地獄契約碎片更加令人興奮！簡直就等於是打遊戲開的作弊器啊！

20 背後有「鬼」

時間不斷流逝，已經接近八點了。執行血字指示的五個人離開商店，走向真田路一帶。

他們很快來到了那個待拆遷建築群附近。那一片幾乎都是平房，看不到高層建築。走過兩棟矮平房後，他們進入了……

那一片廢棄房屋之內。

周圍實在是寂寥得令人不寒而慄。一眼望去，周圍毫無人煙。地面都是碎石泥漿，以及一些施工設施。

事實上這附近幾乎沒有什麼商業街，附近好幾條街道都沒有商店和餐館，一些普通平房也幾乎沒看到有人走動。在那幾條街道，就已經給人很詭異的感覺了。

周圍寂靜得猶如進入了無聲的世界。在這夜裏，又幾乎沒有什麼光亮，人和人面對面都不大看得清楚面孔。

根本很難想像這是在大城市裏。

一陣風吹來，地面的一些塵土飛揚而起，踩著地面的石塊和泥水，五個人慢慢走動起來。

按照星辰的設想，是五個人分開行動。但是看了那張紙後，沒人想那麼做了。萬一真是不能回頭，至少可以讓人到身後幫自己看一看啊。

周圍的房屋大多都被拆得一塌糊塗，到處是堆積成小山的建築垃圾。哪裏也找不到好走的路，越是向前走，路就越不平。

而且，沒有一個人，敢回頭去看。那張紙還是在很大程度上影響了他們。

此時，每個人都手持一把尖銳的刀具，陸曄甚至帶著一把女性防狼用的電擊槍，五個人幾乎是走一步就要看看，走一步就要看看……但誰也不敢回頭去看。

其實，也不是非要回頭不可。感覺後面有人，就可以用手機拍下後面的場景。反正隱身的鬼也有，說不定手機反而可以看到真正的鬼呢。當然這也只是自我安慰罷了。

「我們……我們進來了呢……」溫雪慧說話的時候一直顫抖著，畢竟她只執行過一次血字，經驗很少。

十米的距離，五個人居然走了一分鐘。

恐懼感不斷壓迫著每個人的神經，手上的刀子越握越緊。甚至，時不時就會朝後面揮舞兩下。

此時五個人正經過一座兩層樓的建築旁。建築的牆壁已經被拆了一個大洞，裏面也只有一些破敗的傢俱。牆壁上還有一些看不懂的塗鴉。

「我們不如躲進去吧？」陸曄立即提議，「總在外面晃悠很容易被發現啊……」

「那也不能進牆壁有洞的地方啊，」柳相立即否決這一提議，「還是找個相對完整點的房屋吧。」

他們又走了一段路，就看到……前面的兩座房屋，其中一座看起來還算比較完整，大門虛掩著，五個人立即跑過去，走了進去。隨後將大門關上。

這座房屋也是有兩層。

走進去後，柳相下意識地想回頭看看門關上沒，脖子剛轉了一下立即停住了，頓時暗叫不好。

樓梯就橫在一旁，房屋內幾乎沒什麼傢俱擺設，又有一個破爛的櫃子放在房子中央。櫃子的門也大開著，不用擔心裏面有鬼。

柳相和星辰沿著樓梯走，他們決定上樓去看一下。

如果沒問題，就暫時在這兒躲藏一下。

沿著樓梯向上走，兩個人內心都很緊張……就怕會碰到一個鬼在上面。不過還好，來到樓上後，上面空無一物。

隨後就是要下去了。因為不敢回頭，兩個人都是倒著走下樓梯的。

下去以後，柳相說：「放心吧，大家可以暫時在……在……」

眼前……一樓空蕩蕩的。

一個人也沒有。

星辰和柳相都是瞪大了眼睛，看著空無一人的一樓。

其他三個人……全部消失不見了！

去哪裏了？

身上感覺到陣陣寒意的星辰，衝出這個樓房，四處查看，也找不到任何人的蹤跡。這到底是怎麼一回事？

星辰又走回到樓房裏，然而……

打開門的時候，柳相卻消失了。

「阿相……」

「喂喂，阿相！」

星辰的臉變得煞白，立即沿著樓梯跑上去，可是……上面也沒有人！

消失了……居然都消失了……

與此同時，柳相也是百思不得其解。他看見星辰跑出去後，也緊跟著他跑出了這個樓房，但是……跑到外面一看，卻根本找不到星辰。

星辰就這樣消失了！

柳相四處搜索，都看不到星辰。難道……他也被……

柳相懷著最後一絲希望拿出手機，想和星辰通話，但是……電話根本就無法接通。難道……他們四個全部都死了？

不可能的！

生路的提示應該還沒出現才對，何況也不至於剛剛開始，就一口氣將四個人全部殺掉啊！如果難度那麼高，就會像當初夏淵接受的那個十字路口的血字一樣，短時間內終結。

柳相迅速讓自己鎮定下來，開始分析目前的情況。

他在進入公寓以前，是個市場分析師，思維非常敏捷靈活。之前和星辰一起執行的血字，也是他先一步看破了生路，才得以和星辰一同回歸公寓。

「冷靜……冷靜……」

柳相知道，如果陷入慌亂，恐怕只是會陷入更大的災厄。那麼……星辰是去了哪裏？另外三個人又是去了哪裏？

此時，溫雪慧等三人，正在那座樓房的一樓，等待著星辰和柳相下來。

「好慢啊，都過去五分鐘了。」陸曄看著手錶說道，「他們兩個還不下來？難道在上面發現了什麼不成？」

「不如我們上去看看？」孫箭也有些不耐煩了，「又不能大聲喊他們下來，否則會被『鬼』聽到的。」

待在這個時刻會出現鬼的地方，三個人簡直感覺置身冰窖一般。這也是和他們剛進入公寓不久有關，從他們還拿著刀具這點就可以看出。資深住戶是絕對不會多此一舉的，因為絕對不會有刀子能夠傷害到的鬼魂。

陸曄也贊同，他說：「既然如此，我們三個人一起上去吧，溫小姐你一個女人待在下面也會害怕吧？」

溫雪慧當然害怕了，她自然也跟著兩個人，一起上到二樓。

結果不用說，三個人在二樓什麼也沒看到。

「不……不會吧？」陸曄驚愕不已，四處環顧，但這個空曠的二樓的確什麼人也沒有！他一時間完全陷入了混亂……

這是怎麼回事？

為什麼那兩個人忽然消失了？他們沒理由從二樓跳窗逃下去吧？

那麼……一個很簡單的可能浮現在腦海中。這個二樓有鬼！

「我……我們，我們快逃啊！」

好在緊要關頭依舊記著不可以回頭，三個人倒著走下樓梯，逃出那座房屋，並且不斷地向後逃。

必須要離這座房屋越遠越好！

跑在最前面的是孫箭，他體力也最好，沒多久就把那樓房遠遠甩在了後面。最終跑得精疲力竭的時候才停下來。

好不容易才喘了口氣，他忽然感覺到奇怪，後面……怎麼沒聲音了？

可是又不敢回頭，他只好說：「陸曄……溫雪慧……你們，你們還在嗎？」

沒有任何人回答他的話。

「陸……陸曄，你別嚇我啊，別嚇我……還有溫雪慧，你，你怎麼也不出聲啊……喂喂，好歹說句話啊……」

很長時間過去了，還是沒有任何的回答。

恐懼感開始壓迫孫箭的神經，他進入公寓也沒有多久，因為李隱經常跟他們強調，血字並不可怕，可怕的是住戶的恐懼心態本身，只要找出生路，就一定可以逃出生天。加上李隱本人執行六次血字的經歷，他的說法極為有說服力，安撫了許多住戶的恐慌心態。

要知道，進入這麼一個公寓，正常人早就精神崩潰了，何談冷靜地在血字中思考生路？李隱始終認為，住戶的心態在執行血字時非常重要，所以他每週都會在公寓至少開幾次會議，總結每個月的血字情況，生路規律分析，以及最重要的……對住戶的心理輔導。

李隱以自身經驗，循循善誘，才讓一些因為進入公寓而無比絕望的住戶看到一絲希望，得以支撐下來。可以說，李隱目前在公寓的地位已經徹底取代了昔日的夏淵，甚至更勝一籌！

孫箭想到這裏，立即取出手機，打給李隱。把這裏的情況報告給他，或許有一線希望。李隱和他們說過，如果遇到問題就打手機給他，說明血字的具體情況，讓他來分析生路。

然而電話卻根本無法撥通！

李隱這個最大的希望突然破滅，令孫箭猶如墜入深淵！還沒碰到什麼，已經嚇得腿都軟了。

此刻，雖然沒出現鬼，但是孫箭的大腦已經開始不斷地產生出許多想像，寂靜的四周猶如一個巨大的牢籠。他感覺如果自己回過頭去，說不定就有一張猙獰的鬼臉在看著他！

陸曄本來是跑在孫箭和溫雪慧身後的。只是跑著跑著，他漸漸感覺累了，稍稍停下低了低頭，再抬起頭來的時候……

前方的兩個人已經不見了！怎麼可能？就那麼一剎那的工夫啊！

陸曄害怕得不斷後退，他開始懷疑，前面就有一個索命厲鬼存在著！

後退的速度越來越快，可是，他卻根本不敢回過頭去。

溫雪慧則是跑著跑著，也發現前面的孫箭消失了。後面則不敢回頭去看……但是，她也陷入了巨大的恐懼中。

五個人……全部被分散了開來！

星辰此時已經慢慢冷靜了下來……他仔細觀察著附近，覺得還是不要再進入樓房了。其實在樓房裏還是在外面，根本沒區別。難道鬼不可以躲藏在樓房裏嗎？

重點是……找到生路！

別怕……別怕……恐懼才是最值得恐懼的……

深呼吸了好幾下，星辰的心依舊跳得很快。他緊緊捏著手上的刀子，說：「阿相……你，一定還活著吧……」

雖然和柳相認識的時間還不到半年，但是，因為有過一起出生入死的經歷，反而像是過命的兄弟一般。

在那之後，他和阿相一直非常親密，他告訴了柳相不少事情，包括和哥哥的事情。

星辰相信阿相一定還活著。將刀子緊緊抓著，他吞咽了一口口水，繼續朝前走去。同時取出了一面小鏡子，對著自己的後面。

不能回頭，沒說不能用鏡子照後面啊？鏡子是許多住戶執行血字的必備之物，星辰這次自然也帶著。

鏡子中照出的後方，什麼也沒有。但是，鏡子裏的東西不能完全相信。誰知道鬼是否可能會騙人？當初，楊臨在華岩山用礦泉水製造鏡子，自以為萬無一失，可他那時候的做法根本是自掘墳墓。

星辰對鏡子內的景象也是半信半疑的。

他也給李隱打了電話，卻無法撥通。這究竟是怎麼回事？

詭異的現象越來越多了……

星辰不斷思索著，如果鬼出現了，自己該怎麼辦？拿著刀子刺過去？其實刀子根本是用來壯膽的。真的鬼魂，哪裏可以用物理方式傷害？

就在這時候……忽然，那面鏡子，出現了一條裂痕。接著……裂痕不斷擴大，最後完全碎裂了！

星辰看著那碎裂的鏡子，半晌說不出話來……

如果之前他對「不要回頭」還有一點懷疑的話，那麼現在卻是有些確信了……那張紙上說的恐怕是真的……

否則為什麼鏡子要碎掉？沒了鏡子就只有回頭去看了……

想到這裏，他取出手機仔細一看……果然，攝影鏡頭也碎裂了。根本無法拍攝。

壓抑的氣氛，籠罩在這片廢棄建築群中。

五個人，都忐忑不安地等待著那即將到來的恐怖時刻。

然後……終於，該發生的，發生了。

溫雪慧轉過一個轉角，眼前又是三座連在一起的廢舊房屋。其中一座已經拆掉了一半，外牆已經徹底沒了。

溫雪慧慢慢向那裏走去……就在這時候，她忽然聽到了……

「呼——」

身後不遠處，傳來一聲非常清晰的歎息聲！

溫雪慧頓時渾身都冰涼了，整個人僵在那裏，腳步只是機械性地前進。

此時已經是八點半，天空中連月亮都被陰雲籠罩，一絲光線也沒有。明明是年初二，附近卻看不到任何煙花燃放，寂寥到讓人感覺無比陰森。

溫雪慧立即加快了腳步……不，不要回頭去看……不要回頭去……

她不敢立即就跑，因為……有可能後面那個「東西」也會立即追上來！

前面就是建築群……到了那裏，說不定可以靠建築物的阻擋逃掉……

「呼——」

又是一聲非常清晰的歎息聲！

溫雪慧不再猶豫，立即向前拚命衝刺！沒多久，她就跑到了一座樓房後面！

不要回頭……絕對不要回頭……

星辰實在是不理解，如果那張紙的內容是真實的……那麼是誰寫了那張紙呢？

難道有人能夠瞭解到這個公寓血字背後的玄機？

真有這樣的高人存在嗎？如果有，那為什麼不光明正大地走出來，說清楚前因後果呢？還是有難言之隱……又或者，是一個陰謀？

走著走著，星辰感到光線越來越暗了。這已經開始影響到他辨別前方的路況了……但他又不敢取出手電筒來。畢竟一有光，難保不會引來……

如果回過頭去會怎麼樣？會立即被鬼殺死？還是說……

這時候的星辰，正走在兩座房屋的狹窄縫隙內。

這條縫隙很長，最初星辰以為不會走多遠，但往前走了很久也沒到頭，估計至少也有二三十米。

就在這時，他看到右側房屋有一個缺口。那個缺口比較明顯，不過並不大。星辰慢慢走了過去，通過這個缺口，朝裏面看去……

很普通的房屋景象，看起來很正常。這個缺口，剛好可以容一個人通過。不知道怎麼的，星辰走了進去。

他進去以後，發現房屋很大。周圍還有不少木製傢俱，不過看不出來是什麼品牌，式樣很是古舊。莫非是請木匠專門定做的？

星辰面前就立著一個大大的木櫃子。櫃子的門關著，而櫃子上面有著不少的裂痕。櫃子附近還有不少木製傢俱。

因為室內太陰暗，實在無法判斷實際的面積。星辰慢慢地在室內走著，克制著拿出手電筒的衝動。生路的提示，肯定存在於某個地方吧……那麼，或許這裏會有？漸漸向那黑暗深處走去，星辰也感覺越來越緊張……

突然，他的腳似乎踩到什麼，他連忙向下看去，卻只依稀看到一些輪廓。從觸感來判斷，似乎是什麼硬物。不會是僵硬了的屍體吧……

星辰儘量不自己嚇自己，他跨過那硬物，繼續向前走去，隱約看見前面有一扇門。

門的螺絲似乎已經壞了，半耷拉著垂在地面上。星辰走上去，拉開了門。裏面依舊是一片黑暗，看不清楚有什麼東西。

不過，他感覺房間似乎不小。

一步……一步慢慢走著，星辰連呼吸都不敢太大聲。

忽然，他只感覺一腳踩空，左腳居然陷進了地板！他嚇了一大跳，好半天才反應過來，把腳抽了出來。看來這地板是年代久了，一踩就爛掉了。不過從剛才掉下去的感覺，似乎也是木製地板。

伸出腳來，他摸著黑繼續走去。這時候……窗戶外，終於透進了幾絲月光，室內終於開始清晰起來。

房間確實比較大。不過，這個「大」可能是因為拆除掉了一部分牆壁的關係。似乎是一個合租的院落，地上是不少雜亂的垃圾，而在這個房間內的牆壁上，有著一些古怪的塗鴉。

牆壁上有不少灰塵，而這些塗鴉似乎是用粉筆畫上去的。

塗鴉的內容很簡單，就是一大片黑色。但是，這黑色下面，隱約看得出原先畫出了些什麼。但是現在都被塗黑了。是誰把這牆都給塗黑的？

星辰緩緩走向牆壁，仔細觀察。原來畫的是什麼？但是黑色覆蓋的面積太大了，什麼也看不到。那黑色幾乎蔓延到整個牆壁，而且畫得很均勻。一時間，讓星辰感覺很不舒服。

忽然，窗外的月光又黯淡了，室內再度陷入一片黑暗。

星辰越來越感覺有些不寒而慄。他倒著走回到了門口，緩緩走了出去。

然而，隔著牆壁，忽然他聽到房間裏傳出了一些聲音。

「咯——」

「咯咯——」

那是什麼聲音？最初聲音比較微弱，但是，隨著時間推移，聲音不斷地變得明顯起來。隨後，是很明顯的碎裂聲。牆壁的碎裂聲……

那聲音仔細聽起來，很類似於禽類動物從蛋中孵化出來，蛋殼破碎發出的聲音。

聲音越來越響了……

不過，與其說是碎裂，星辰更加覺得……像是牆壁不斷膨脹後，才開始碎裂的聲音。好像是什麼東西……從牆壁裏「出來」了！

那覆蓋著整個牆壁的黑色……

星辰忽然感覺一陣惡寒，他連忙向原來進入的那個牆壁缺口跑過去，剛一走到那裏，還沒把腳跨出去……

身後傳來了，那耷拉著的門，墜落在地發出的響聲！

他根本不敢回頭去看……回過頭的話，誰知道會發生什麼？他立即衝了出去，沿著這個狹窄縫隙，就直向前跑去！

與此同時，柳相也正在尋找著另外四個人，並思考著躲避鬼魂的生路。這個建築群實在太大了，走到哪裏都是廢棄房屋。而且房屋排列得很密集，很少看到空曠地帶。

這些房屋，影影綽綽的，猶如一個個猙獰的妖魔鬼怪。

柳相對於不能夠和李隱聯繫這一點確實很焦慮。但是仔細想想，一味依賴李隱，也未必是好事。將來如果李隱死了，或者他完成血字離開公寓了，那時候該怎麼辦？難道還要去靠他？

柳相認為，只有自己才是最值得依靠的。

前面的一座房屋，幾乎被拆得七七八八了。牆壁完全被拆除不說，裏面也全部都是磚塊和垃圾。而柳相此時正向這座「房屋」走去。

高高的垃圾山上，忽然一塊碎磚頭滾落下來，把柳相嚇了一跳。

柳相忽然感覺到有些古怪。

地面上的垃圾堆積得極多，也散發出不少臭氣。可是為什麼……為什麼沒有一隻蒼蠅？他走了那麼長時間，卻發現附近一隻蒼蠅都沒有。

難道……這裏是個拒絕其他活物的「空間」？聯想到星辰等人的詭異失蹤，柳相感覺這個可能性很高。

柳相直接走過那個廢棄房屋，繼續向前走去。

這時候，有些月光露出。柳相的影子被不斷拉長，甚至伸長到眼前一座房屋外牆的牆壁上面。

這種環境下，就是看著自己的影子，都有些悚然的感覺。而且，誰都知道……那影子裏，有著公寓下的詛咒。這樣一想，看著那影子，就更加令人不舒服了。

剎那間，在那牆壁上，一個更高大的影子突兀地出現在柳相影子的後面，死死掐住了柳相影子的脖子部位！

陸曄此時有一種奇特的感覺。

這一段路變大了。而且地形也不同了。按理來說，這段路雖然房屋密集，但至少也該有街道和馬路，但是……現在無論走到哪裏都是廢舊房屋群，簡直像是科幻小說中的末世景象一般。

天空猶如被龐大的黑幕遮蓋住一般，月光一絲也透不出來。

陸曄儘管不斷放慢腳步，但是……還是經常撞在牆壁上。而且，房屋和房屋之間的縫隙越來越狹窄了，簡直這裏是被房屋完全覆蓋住一般。

好幾次想打開手電筒，可他還是不敢。萬一被「鬼」注意到……

此刻他感覺到，兩旁應該都是房屋的牆壁。也不知道走了多久，在這樣的黑暗中，根本連方向都辨別不了。他甚至害怕自己會不會無意中走出真田路到北遙路這一段地帶了。

但是……應該不會吧？

一陣陣寒冷的陰風吹來，後背感覺涼涼的。而陸曄對背後極為敏感，時不時地就會伸出手到背後去摸一摸，而回頭，是怎麼也不敢的。

那張紙……誰知道是真還是假？

這時候，他走出了房屋間的縫隙，忽然一頭撞到了什麼，一頭摔了進去。站起來才發現，他是撞在了一扇門上，進入了某個房屋。

在無法回頭的情況下，只能倒著走，但那樣太麻煩了。陸曄決定索性就先在這裏待一會兒。

一片黑暗的環境，實在是讓他恐懼到了極點。但是，怕也沒有用，唯有找出生路才行。可是……那麼暗，什麼鬼生路的提示能夠看到啊……

陸曄摸著黑，實在是感覺沒辦法走路，心一橫，還是打開手電筒算了。這麼黑，女鬼就是站在自己面前，搞不好都不知道。

陸曄從背包裏取出手電筒，打開開關，久違的光明出現在視野中。

這是一個面積較小的普通民居底樓，有些奇怪的是還有不少傢俱在，而且多數都是實木傢俱，這些傢俱顯得都比較古樸陳舊，桌椅和地板看起來都很古老了。

旁邊是一個樓梯。陸曄緩緩地朝著樓梯走了過去，扶手上有不少地方都斷裂開了，蜘蛛網隨處可見。

沿著樓梯，陸曄小心翼翼地走上去，一步、兩步……三步……

雖然沒有任何根據，但他時刻都在害怕，背後是不是有「人」跟著他。這種感覺從最開始起就一直存在著，並伴隨到現在。雖然他很清楚是心理作用，但是依舊難以釋懷。

沿著樓梯走到上面，迎面而來的……是一面大大的穿衣鏡。

穿衣鏡上，赫然照出了陸曄。而他身後……什麼也沒有。

果然是自己嚇自己啊……陸曄鬆了一口氣。他緩緩地朝那面鏡子走過去，又仔細看了看，確定自己背後的確什麼也沒有，這才放心地繞開鏡子走了。

陸曄進入了旁邊的一個房間內，輕輕地擰開門把手，裏面空無一人。

剛才看了鏡子後，陸曄的恐懼感減輕了很多，他背後沒有人。不過，緊張的感覺仍然無法鬆弛下來。因為鬼依舊有可能在任何一個地方出現。手電筒的光照著房間各個角落，依舊是很普通的景象。沒有任何發現。看來，房屋內部也許找不到血字生路提示了。

陸曄朝著外面走去，再次經過那面穿衣鏡。他這一次又在鏡子前面照了照。和剛才一樣，自己的身後，仍然沒有人存在。

果然是多心了啊……

接著陸曄就倒著往回走向樓梯。

然而……如果他剛才仔細看一看的話，就會發現，在他的兩隻腳後面，多出了……一雙腳來！

在一個房間裏，一名少女，正對著畫架，拿著調色板，用畫筆蘸著顏料，正在畫一幅油畫。這幅畫的草稿已經完成了，現在開始上色了。

畫的背景是一片黑色。周圍，都是些磚頭和碎瓦。

畫的中心，是一個男人，男人的胸口……戴著一個骷髏頭吊墜。而在他的背後……有著一團看不清楚的陰影。

少女不斷喘息著，手也微微顫抖，但她還是繼續畫著。

這時候，旁邊椅子上的手機響了。

少女拿過手機，看了看來電顯示的號碼後，立即將手機丟在一邊，任它不停地響。

此時在另一地方，孫箭已經跑得上氣不接下氣了。

他緊緊捏著胸口那塊從古玩市場淘來的骷髏頭吊墜，據說這吊墜表面看起來兇險，卻可以放出煞氣，讓一般鬼魂不敢近身。否則孫箭進入這種公寓，哪裏還敢戴這麼恐怖的飾品。當然，那個古玩店的店主說的話，誰知道是真是假？但現在也只能死馬當活馬醫了。

此刻，他進入了一個房屋的庭院內。那庭院內有一棵高聳的槐樹。孫箭靠在那棵槐樹上，心想：

那群白癡……靠著東西不就不怕鬼在後面偷襲了嗎？

這一棵大槐樹非常粗，三四個人合抱也未必能抱得住。

孫箭靠在這兒，暫時安心了一些。

眼前視線所及，沒有任何死角，應該不會突然冒出個鬼來。不過，他手中的尖銳刀具時刻揮舞著，並擺弄著那個骷髏頭吊墜，希望真能放出點「煞氣」，鎮壓住鬼魂。

「暫時……應該沒問題了吧？」

少女繼續著這幅畫作。在畫中，那個青年的臉看起來非常蒼白。

畫到這裏，忽然少女猛地一劃，將模糊的部分塗得亂七八糟，隨即將整個調色板扔在了畫布上！

「我……我在，做什麼……」

然而，猶如著魔了一般，她又再度拿起筆，接著畫剛才的畫。繼續勾勒出背景，還有……那青年背後模糊的顏色。只是……比起剛才，現在清晰了許多。

她繼續畫著……一點一點地，越來越清晰……

與此同時，孫箭越來越感覺不對勁。他時不時伸出手去摸後面的大槐樹，雖然感覺沒有什麼問題，但心裏總有些毛毛的。

後面……真的是大槐樹嗎？不會是……鬼吧？

他站起身，儘量遠離槐樹。

畫中，青年的背後越來越清晰了。

少女一邊不斷地喘息著，一邊作畫。

是……是什麼？背後那到底是什麼？那不斷清晰的影子……而那影子已經非常清晰了。而且，距離那青年，越來越近……

回頭去看看吧……孫箭突然感覺到有什麼東西正在接近自己……

那張紙未必是真的啊……那感覺越來越強烈，孫箭強烈意識到，如果回過頭去，肯定會看到什麼……

回頭……不回頭……

終於，孫箭猛然把頭轉了過去！

什麼也沒有。只有那棵大槐樹。

孫箭鬆了口氣，拍了拍胸口，說：「那張紙……果然是騙人的啊。」

這個時候，那少女的畫總算顯得清晰了。

畫中戴著骷髏頭吊墜的男人，將頭回了過去，看向他的背後。而背後的那團原本曖昧不清的陰影，終於被畫為一個無比清晰的男人身影。

而那男人……赫然正是孫箭的樣子！

此刻，孫箭將頭轉回了前面。

一個胸口戴著骷髏吊墜、面目慘白的男人，正在前方回過頭來，看著孫箭！

21 唯一生還者

慘澹的月光下。

真田路至北遙路一帶，依舊寂靜得猶如一個墳場。沒有任何生靈的氣息。

星辰正走在大路上，雖然沒有回頭，但是他還是看著兩旁。「陸曄他們在哪裏呢？阿相又在哪裏啊……」

他希望可以早一點找到他們中的某一個人！忽然，星辰看到對面走過來一個人！

那個人似乎也注意到了自己！這時微微露出了一些月光。

在星辰面前出現的人，竟然是柳相！

頓時星辰驚喜交加，連忙跑了過去。而對面的柳相，也注意到了星辰。

「阿相！」星辰跑過去握住柳相的手，急切地說：「我……我身後有沒有什麼東西跟著？快告訴我！」

「不……沒有。」柳相朝著星辰背後看去，「什麼也沒有。」

柳相的話，讓星辰心裏鬆了大半。儘管鬼魂可能有無形的存在，但對於加入公寓才半年，僅僅執行過一次血字的星辰來說，思維還沒有完全轉換到這個無法用常識判斷的公寓中來，所以，「看不見」對他來說就等同於「不存在」了。

「星辰……」柳相也很焦急地說，「我，我的背後呢？沒什麼東西跟著吧？」

星辰搖搖頭，說：「沒有。絕對沒有。」

「嚇死我了……剛才我背後突然冒出個影子掐住我的脖子，我拚死才逃出生天，否則，現在根本見不到你了啊……星辰……」

兩個人見面後，恐懼感都減少了不少。而且，也確認對方身後沒有鬼魂存在了。

接下來，兩個人就開始並行。

「不知道溫雪慧，陸曄和孫箭那三個人怎麼樣了……」柳相此刻和星辰，彼此對換，一會兒星辰走在柳相前面，一會兒柳相走在星辰前面，隨時確認背後有沒有「鬼」。畢竟，兩個人都不可以回頭。

這樣輪換了一段時間，兩個人頭都有點暈了，但畢竟這樣做有安全感。知道自己的背後，是自己過命的兄弟！

「阿相！」星辰突然流下淚來，對一旁的柳相說：「阿相，你真是我的好兄弟！只要可以安然回到公寓去，我……我一定……」

「別說了，」柳相搖搖頭說，「我們要一起回去呢。星辰，我絕對不會讓你死的。」

走著走著，兩個人再度開始談起那張紙來。那張紙究竟是誰放的呢？

「星辰，需要特別注意的一點是，那張紙雖然強調『不要回頭』，但是完全沒有解釋為什麼『不要回頭』。如果提出忠告要讓人信服，把理由說出來，不是更好？只要合情合理，還是會有人接受的。」

「是啊……」星辰也點點頭，應道：「所以呢？」

「如果說這是故弄玄虛的話，我不認為對任何人有利。老實說，如果這次血字有發佈第三份地獄契約下落的話，或許我會認為，這是住戶為了奪取契約而採取的什麼計謀。但沒有契約碎片存在的話，住戶和住戶之間的利害關係自然是完全一致的。」

「這個……也對啊……」

「這麼考慮下來的話，我認為，只怕那個理由說與不說，我們都無法用實際行為加以改變。也就是說，是我們完全無能為力的情況。」

如果說，「不要回頭」是公寓內血字的指示，那麼大家也不多想什麼了，反正這是必須執行的。然而，寫那張紙的人，是以什麼為依據將血字考驗的規避方法斬釘截鐵地提出的呢？

「其實，我有考慮……」柳相繼續說道，「『不要回頭』是否可能是生路。也就是說，只要一直不回頭，就絕對不會死。但是這點根本無從證明，或者更嚴格地說……只能夠反證。也就是說，『即使沒有回頭』也一樣會死，就證明『不要回頭』對於能否活下來沒有意義。」

「的確啊。」星辰非常認同地點著頭，「阿相你好厲害啊，居然考慮得那麼多。」

「之前，我們被分開，導致這個反證無法經由現實證明了。」柳相歎了口氣說，「無論如何，證明是否是必須要『不回頭』，對我們而言有著很重要的意義。因為……還有一種可能，那就是『不回頭』，反而會導致我們死去！」

星辰聽到這句話，極為愕然地說：「阿相，你……你說什麼啊？不會吧？」

「你為什麼認為不會？」

「因為……那張紙條是在公寓內發現的啊。也就是說寫紙條的肯定是人，身為住戶，大家又沒有深仇大恨，何況我們又都剛進入公寓不久，沒人有理由會對我們恨之入骨啊……」

「沒錯，寫紙條的人，肯定是人類。」柳相說到這裏頓了一頓，接著，說出了一句令人毛骨悚然的話來：「但是，誰知道寫紙條的人，是通過什麼管道獲得『不要回頭』這個資訊的？難道你能保證那個人一定是在公寓裏，獲取這個資訊的嗎？」

星辰一愣……難道他想說的是……

「以下是我的假設，星辰你就姑且聽著……」柳相繼續說道，「某一個住戶，在公寓外的某個地方，和『鬼』產生了接觸和交集。『鬼』為了將我們殺死，就必須要堵死我們的生路。於是，『鬼』利用某個住戶，傳達給我們一個資訊。至於怎麼利用，非常簡單，比如化身為某個算命靈驗的算命先生什麼的，提出我們這次血字關鍵在於『不要回頭』。」

「阿……阿相，你，你別說了……」此刻星辰的臉已經變得慘白。

「我說了，這只是假設，但這個假設有成立的可能。假如，這個血字的『生路』是『要回過頭去看』。那麼鬼利用那名住戶傳達給我們『不要回頭』的虛假資訊，讓我們按照和生路完全相反的行為去做，就可以成功地堵死我們的生路！而且被利用的住戶絕對不可能光明正大地來告訴我們，畢竟，有那種『算命靈驗』的高人存在，任哪個住戶都希望自己獨享，好在將來地獄契約碎片的爭奪中，佔據不敗的優勢！」

「別說了！別說了！」星辰已經嚇得連路都走不動了。

而柳相說到這裏的時候，他正在星辰的背後。

這個假設的確很合理。過去很多的例子都證明，「鬼」完全可能在血字開始前很早一段時間，就做出一些事情來。夏淵之死，即是一個最好的前車之鑑！如果要堵死他們的生路，這麼做也確實相當有效。就算這紙條的內容來歷不明，但因為進入公寓的住戶，有著對諸多顛覆了往日世界觀的詭異事物的恐懼感，都會抱著「不可不信，不可全信」的態度。

而且……就算想到了這個假設，在無法反證這一說法是錯誤的情況下，依舊沒人敢回過頭去。畢竟，這也只是假設，還沒有任何證據加以支持。沒有哪個住戶，敢拿自己的性命去賭博。

這時候，星辰差一點就回過頭去，看一看柳相了。阿相居然那麼聰明？

「正如我剛才所說，唯有『反證』才可以知道，這個假設是對還是錯。但是沒辦法反證啊……」

「不……阿相，」這時候星辰還是走在柳相前面，「其實要反證是很容易的，非常之容易。那就是……將某個人的臉，強行拉轉回來試試看。如果這個人死了，就證明『不要回頭』的說法是正確的，『不要回頭』是生路的可能也大幅上升。但是，反過來，如果沒有死，那麼你剛才的假設，也就得以完全證明了。」

「星……星辰！」柳相走到星辰前面去，「你，你怎麼可以這麼說呢，你……你難道懷疑我想對你那麼做？我們可是一起執行了第一次血字指示、共過患難的好兄弟啊！我怎麼可能會那麼做……！」

「不……」星辰的聲音冷冷傳來，「普通情況下，我們的生死交情，的確是很強的羈絆。但是，這個公寓中的住戶，無時無刻想的不是如何度過一個又一個血字指示，找出生路！為了能夠找出生路，拿一個人來進行實驗，有什麼好奇怪的？」

「我說過了……那只是假設而已。星辰，你和我相處了這段日子，難道你認為，我是會就只為了一個假設，而做出那種事情的人嗎？」

「這種事情……誰會知道！人心隔肚皮，正所謂畫龍畫虎難畫骨，知人知面不知心！」

「星辰，你……你別這麼說！你想啊，如果我有這個意思，我何必將我的想法告訴你？趁你沒有防備的時候動手不就行了？」

「這個嘛……我還想到一點。你剛才不厭其煩地對我說這些，用意為何？你口口聲聲說，那張紙條有可能是『鬼』的傑作，但是，你說這些，是否也是有所圖謀呢？」

兩個人之間的信任土崩瓦解。星辰的眼神，變得越來越冰冷。

而這時候……柳相又走回到了星辰的背後。

星辰的背後……背後的是……對……是柳相。

「你……」星辰立即大怒道，「你想做什麼？」

「我們輪流跑，一會兒你在我前面，一會兒我在你前面，僅此而已啊……星辰，你別多想什麼……」

「是嗎？我看你，是怕我在你背後，對你先下手為強吧！阿相，你的狐狸尾巴要露出來了吧？」

「你……你胡說什麼啊，星辰！好，我到你前面來！」

於是，柳相又重新跑到了星辰前面。

看著眼前柳相的背影，星辰忽然緩緩地伸出了雙手，向柳相的背後伸去……

接著，星辰忽然抓住眼前柳相的面頰，下一刻，柳相的頭被那雙手一拉，猛地轉回過頭去……

下一秒，一聲淒厲的慘叫響起！

柳相的身體倒在地上，而星辰則站在他的面前。

柳相的頭顱，已經有二分之一消失了……

站在他面前的星辰……臉卻絲毫不像星辰，而是有著一張大到足以吞下一隻足球、充滿腥臭氣息的血盆大口，以及……一張完全變形的面孔……

同一時間，在這附近的另外一條路上。

「這慘叫聲……是，是阿相！怎麼回事？」

說話的人，看向慘叫聲發出的方向，臉上滿是驚恐之色。這個人……才是真正的卞星辰！

星辰……真正的卞星辰，此刻心裏七上八下的。

剛才從那個屋子出來後，他就一直感覺到，背後似乎有什麼東西死死跟隨著。但是，他就算知道這一點，也實在不敢回頭去看。

也該思考一下了……到底有什麼辦法可以找出生路。

那張紙上說，不要回頭就可以。通俗意義上，是理解為將頭部轉動到一定程度，還是整個身體轉過去？

如果是哥哥，會怎麼做呢？

事實上，他在來這裏的時候，已經給星炎打過一個電話。星炎說他會思考一段時間，等想出來了會給他答覆。當然，星辰依舊說這是一個遊戲，甚至索性說自己最近加入了一個俱樂部。

他也明確表示這個遊戲很重要，如果贏了的話，就有很多獎金。但是哥哥一直沒有回覆。

星辰沮喪地取出手機又打開一看……頓時，眼睛都瞪圓了……居然有新簡訊！自己明明設置來簡訊就發出鈴聲的啊，怎麼不知道？該不會，是在地鐵報站的時候，聲音蓋過了簡訊提示音？

簡訊是卞星炎發來的。而且還是分段發來的，內容似乎很長。

「好像你現在在地鐵裏，信號不好，我就發簡訊給你了。『不要回頭』這一隱藏條件是否是真實的，無法確定，我考慮了一下，建立在隱藏條件成立的情況下的生路有幾個可能。首先，第一個可能，假設你帶的鏡子，被遊戲的『管理員』弄碎，那麼，就證明鏡子是被認為『可以』照出背後扮演『鬼』的玩家的。否則那麼做就沒有意義了，因此可以考慮，製造出一面不會被輕易毀掉的鏡子來試探。理由很簡單，『管理員』如果阻止鏡子在遊戲中的作用，就證明一旦鏡子照出背後的東西會令玩家獲勝，如果不是這樣的話，不該弄碎鏡子，因為玩家完全可以用鏡子而不再回過頭去，與隱藏條件『不要回頭』不吻合，因為對管理員來說，『回頭』就可能成為『殺死』玩家的『契機』。」

「再說第二個可能，如果遊戲開始後，管理員設置的『陷阱』令你和其他玩家分開，那麼就嘗試找到其他玩家。根據你的說法，遊戲必定存在生路，那麼和其他玩家見面很可能成為生路之一。其他玩家可以確認你身後有沒有『鬼』跟隨著。不過你提過，『管理員』可能會讓人假扮為『玩家』，而根據遊戲規則無法用任何方法知道對方是假的。在這個情況下，則建議你先去看找到的『玩家』的背後。假如你沒看到『玩家』背後有任何東西，就默認該玩家是『假扮』的。因為每個『玩家』到了遊戲中段，估計背後都會有『鬼』跟隨，而背後沒有『鬼』的，就很可能是『鬼』假扮的。而相對的，假設『玩家』背後也有『鬼』跟著，則可以確定這一假設，同時可以詢問對方玩家，你背後是不是有『鬼』存在。」

厲害！星辰看了這段長長的分析，很佩服哥哥。就靠自己給他的那點條件，就已經得出這麼多的結論來了。

而接下來的一段，令星辰更加佩服星炎。

「上面的分析只是假設，接下來我談談自己的見解。因為你說這個遊戲對你極為重要，所以我盡可能幫你分析了。首先，我建議你不要用躺在地上、或者靠在牆邊這種方式，想要成功地在時間結束後，贏得遊戲的勝利。理由很簡單，那就是你特別提到了這次血字沒有發佈一個關鍵道具的零件下落。換句話說……管理員可能有刻意地誘導你們那麼做的嫌疑，因為你們會擔心和『鬼』相遇，而刻意限制自己的活動區域，甚至為了『不要回頭』，而選擇讓背後靠著什麼東西，想讓『鬼』無法接近。但是如果有發佈那個關鍵道具下落的話呢？你們就絕對不會那麼做了。明明一個可以讓你們擴大活動範圍的方法，為什麼不用？很簡單，管理員有意讓你們縮小活動範圍。」

「你再三和我聲明，『不要回頭』這個條件不可能是管理員直接給予的。既然如此，那麼就比較明顯了。『不要回頭』可能是正確的，但是絕對不能因此而將活動區域縮小。你們進行遊戲的地點本來就是一個範圍較小的空間，而且時間也比較短，在這種情況下，還要刻意引導你們縮小範圍……我就大致可以得出一個結論來……」

「管理員，刻意要讓你們去接近遊戲場地中，保存較為完好的房屋！那樣的房屋比較少吧？而你們一旦躲藏在那裏，就會逐步被鬼盯上。」

什麼？星辰頓時想到，剛才自己就是進入了那個房屋，才會……不光如此，所有人都進入過房屋……

「我的猜測是，『鬼』可能就隱藏在保存較為完好的房屋內。那樣的房屋，數量本來就比較少，只要每個房屋內佈置一個『鬼』，就可以在你們進入後，盯上你們。」

自己被盯上了？星辰頓時恨自己為什麼沒有早點發現這條簡訊！

此時，身後那被跟隨的感覺越來越強烈了。但星辰也無可奈何，手機的攝影鏡頭也碎裂了，無法拍攝。

「不過，你如果已經進入了房屋才發現我的簡訊，但是你還沒有從遊戲中出局，那就無需太緊張。這證明『鬼』不會立刻就將你『殺死』，同時也證明『不要回頭』這一說法的正確性在一定程度上是可信的。那樣的話，建議你先是無論如何都不要回頭，然後，通過試探，確定我上述的兩個可能性，是否能夠實現。」

「首先先提一下第一個可能。而這是對你而言比較有利的一個因素。你戴的是玻璃義眼吧？你可以用那個玻璃義眼，來充當『鏡子』。」

頓時，星辰恍然大悟！義眼……義眼啊！

他的右眼，在眼球摘除後，一直戴著玻璃義眼。而這個玻璃義眼，就可以充當鏡子！而且似乎也沒有碎裂……完全可以當「鏡子」來用啊！

但是，會不會摘下來，就立即碎掉？問題是星炎只知道這是個遊戲啊，計算不到這一點。

「然後是第二個可能，關於尋找其他玩家。如果你真的和其他玩家失散了，就回到最初和玩家失散的地點去。估計，有秘密通道可以通往玩家所在的地方。找到他們後，就可以按照我的計畫行事了。當然這只是我的意見，僅供你參考而已。」

簡訊到此結束。星辰感歎著，這麼複雜的事情，換了自己絕對想不出來。

他頭一次……慶幸自己是一個「獨眼龍」。

但是……回到那裏去，或者利用玻璃義眼？選哪個辦法？

無法用手機聯繫到阿相他們，或許……只有兩個辦法選一個了。但是他幾乎肯定，玻璃義眼一拿出來就會碎裂。

話說回來……看到「鬼」的形象就算是生路？自己完全沒想到這一點呢。

他抬起手腕，摸著右眼。要不要拿下來？他的心情極為緊張。對於星辰來說，這隻失去的右眼，或許唯有此刻能夠給他帶來安慰了。

不過，他隨即把手放下了。

其實還有一個可能。這條簡訊……是「鬼」發給他的。這一點根本無從證明啊。那麼，去到當初大家分開的屋子，不就是極為危險了嗎？

誰知道「鬼」是在背後，還是……

一想到這，星辰的心又是一緊……到底「不要回頭」這句話是真的還是假的？由於自己不能把公寓的事情告訴哥哥，他也無法就住戶的心理進行分析。

也對啊……一直研究物理的大學教授，絕對不會相信這種事情的。

換了自己，任何人和他說這件事情，他也會立刻否定。

捏著手機，星辰默默地說：「謝謝你……哥哥。」

雖然不確定發信人是否真的是哥哥，但是，星辰還是說了「謝謝」。為什麼以前要怨恨哥哥呢？其實哥哥並沒有錯，而是自己沒有學習才能，一次又一次地輸給哥哥。母親偏愛哥哥，也是正常的。

其實如果不是眼睛的事，星辰也不會對哥哥充滿怨懟。但是，哥哥的確是關心著自己的，一直在為他著想著。這一次可以活著回去的話……一定要回去再見哥哥一面，雖然住在公寓裏，但是，也希望可以經常見到哥哥。

星辰內心的恐懼感驅散了不少。背後有「鬼」跟隨著的感覺，也開始減弱了。或許剛才根本就是心理作用吧。

星辰決定先不將義眼摘下，萬一義眼也碎了，自己就沒有別的辦法了。或者，只有回那個房屋去，試試看能否找到阿相了。

此刻，星齊孤兒院內。敏幾乎是衝入了孤兒院的大門，她此刻只想立即見到深雨！

這時候，正好院長迎面走來，他見到了敏，愣了愣，問道：「怎麼了？敏？出了什麼事情？」

敏連忙跑過來問：「院長，深雨，深雨在哪裏？我要立即見到她！請你讓我馬上見到她！」

「出了什麼事了？那麼慌張？」院長愣了一愣，說：「深雨她……剛才拄著拐杖出去了。你打她的手機吧。」

「她根本不接我的電話啊！我，我該怎麼辦……」

敏此刻心急如焚，剛剛她在公寓內，被李隱反覆詢問的時候，真的非常緊張，就怕被他看出什麼來。無論如何，深雨的事情絕對不可以告訴任何一個住戶！

那天，看到了深雨的那幅畫後，極為震驚的敏，就在二月三日深夜，列印出了那張寫著「在血字執行過程中絕對不要回頭」的紙條，偷偷地來到底樓大廳，放在了茶几上！

深雨給自己的那幅油畫，上面畫著幾個人。

而那幾個人……竟然是卞星辰、柳相等人！而附近明顯是一堆待拆除的廢舊房屋，遠處，赫然立著一塊路牌，上面寫著「真田路」。

這幅畫的場景，令人感覺極度駭然。

根據星辰所說，接到血字指示是大年夜上午十點，而這幅畫，也是在十點的時候，敏到孤兒院來取的！

換句話說……深雨居然完全預言了公寓發佈的血字指示！

敏完全無法理解這一現象，接下來的日子裏，她不斷打電話給深雨，可深雨根本不接她的電話。最後，她親自來到了孤兒院。畢竟……深雨如果真是一個擁有能夠畫出血字真相的特殊的人，那麼自己將來就很可能成功度過十次血字，離開那個公寓！

當然，這件事情絕對不可以讓任何住戶知道。那幅畫她已經完全燒毀，灰燼全部沖進了馬桶。列印出那張紙給予忠告，也是她打算報答星辰之前救她的恩情。

爭奪地獄契約碎片已經如此劍拔弩張，深雨這樣的「能力」如果被住戶知曉，後果更加不堪設想！

她打算出去找深雨！無論如何都要找到她！

同時，她的心裏也很難過。

到最後……自己還是要利用深雨嗎？雖然，她時常認為，深雨的出生毀了她，但深雨是無罪的。她沒有任何罪過啊！

結果，她卻被人稱之為「惡魔之子」。身為人，卻被當做惡魔看待，不被這個社會所接受和理解，明明不是自己的罪，卻要去承擔那罪的後果。

如今，自己卻還想著要利用她……而明明知道這一點，她卻還是來了。還是……來了……

星齊孤兒院附近的一家圖書館內。深雨此時坐在一張桌子前，捧著一本書看。

她依舊穿著那件袖子長得覆蓋住半隻手的衣服。她偶爾撥開額前的瀏海，繼續看著眼前的書。

這本書名叫《子彈飛過》，是一本軍事題材小說。她看得很快，接近三百頁的小說，她半個小時就快要看完了。

她很喜歡這本書，內容是二戰時期的一個感人故事，這本書之前是網路小說，後來出版了實體書。書的作者筆名是「十次血字」。

這個網路小說家的作品，她幾乎都讀過，不少都是戰爭題材的，看得出來作者對歷史和軍事都非常熟悉和瞭解，那個作者……真想見見他啊。

深雨閉上了眼睛。

我是不該存在於這個世界上的。從一開始，就不是被需要而出生的，對於母親而言，我……是她最憎恨的人吧？

不被需要，不被愛，不被重視，更不被任何人所接受。

當年，真相揭曉後，她常常聽到的話語時刻盤旋在腦海中……

「喂喂喂，你們聽說了嗎？深雨她是鬼胎啊！她母親六歲的時候就莫名其妙地懷了她！」

「不會吧？真的假的？」

「我也知道哦，院長還竭力隱瞞呢……」

「對哦，想不到她竟然留著那麼可怕的血啊……」

「我要是她，早就去自殺了，那麼骯髒的身子！」

不光是孤兒院內的孩子，每到一個地方，都有人用那種異樣的眼光看著她，彷彿在看著一個非常骯髒的東西。

她的母親其實還活著。

在真相揭曉的瞬間，深雨就陷入了無法想像的痛苦中。她一出生就是「罪惡之子」。深雨陷入了無法自拔的罪惡感中。沒有人是天生的罪人，可是……她卻是。她本身就是罪惡的產物，罪惡誕生出了她。

敏是深雨的母親。

敏在六歲的時候肚子大起來，她只是個孩子，完全不知道發生了什麼事，她的母親早早就去世，父親則是根本不管她，整日買醉，終於在一個暴雨天失蹤，直到現在也沒有任何消息……

理論上，女性只要開始排卵，就有懷孕的可能。所以，即便只有五六歲，一樣有懷孕的可能。只是……想想都覺得恐怖，僅僅六歲的女孩，就懷上了一個孩子！

敏的痛苦可想而知。後來敏終於通過書籍明白了自己「身懷鬼胎」是如何可怕的事實。她被身邊所有人排斥，被視為異端。

接著，敏被天南市星齊孤兒院的院長收留了。知道真相的院長為敏隱瞞了一切，敏在院長的幫助下，生下了深雨，同時把深雨安排成了一個棄嬰，和她一同生活在孤兒院裏。

但是，當時醫生還是對這件事情感到難以理解。年僅六歲的敏，身體根本沒有發育完全，居然成功地生下了深雨！這讓人感到已經是「奇蹟」了！而深雨出生後，竟然還非常健康。敏至今都百思不得其解，只能認為，是現代醫學還無法解釋的一種現象。

深雨閉上眼睛的時候，還是會無數次回想起敏。

她小時候一直認為，自己是一個棄嬰，是被父母拋棄的孩子。

深雨出生後，敏跟院長來到了天南市，院長幫她抹去了以前的所有記錄，加上她是未成年人，案件的報導也不會用真名，因此順利地瞞住了所有人，包括深雨。

敏對深雨的感情很複雜。深雨本來一直將敏視為可以依靠的人，將她當做自己的姐姐一般來看待。但是，敏對深雨，眼神總是那麼冰冷，甚至帶著一絲恐懼。

敏不是沒想過把深雨送走，但是一時半會兒也找不到收留她的人。最後，院長只好把她收留在星齊孤兒院裏。

敏和深雨，一對古怪的母女，這畸形的關係一直伴隨著她們成長。

深雨從小就很喜歡敏，也許是母女天性使然，她總喜歡黏著敏。然而敏卻總是刻意避開深雨，不願意和她在一起。

而敏對深雨，真正表現出關懷和感情，是在深雨被診斷出患有小兒麻痺症的時候。她們根本沒有足夠的錢治療，當時的情況下，深雨的命都可能保不住。

如果深雨死了，會怎麼樣呢？

自己就可以擺脫諸多謠言，異端的指責，身上的罪惡感就會消失了。也許自己就可以獲得解脫了。

那是敏最初的想法。但是後來不是了。她沒有資格恨深雨，因為深雨是她自己生下的，是她把深雨帶到這個世界上來的。無論如何，深雨都是她的女兒，她的血脈。

即使這個世界上所有人都用冰冷和鄙夷的目光注視深雨，唯有自己不可以，自己必須時刻站在深雨的身邊保護她，給予她呵護和溫暖。

看到病床上痛苦的深雨，敏下定了決心。她在網上開通了博客，把深雨的情況和病情寫出來，希望社會上的人能夠獻出愛心。博客寫得催人淚下，點擊率很高，得到了網友和媒體的關注。

「身患小兒麻痺症的孤兒」，實在是太適合用來當社會版標題了，幾乎都不用怎麼組織語言就可以寫出很煽情的一篇報導。結果報導刊登出來後，捐款不斷地匯到醫院來。經過治療，深雨的生命得以保全，但從此不得不坐輪椅。

從那以後，孤兒院內，總是可以看到敏推著深雨的輪椅，兩個人說說笑笑的情景。那個時候，真的，真的很幸福。

一年一年過去，深雨慢慢長大。而就在這個時候……深雨的身世被揭曉了。

然後，她就被人們稱為「惡魔之子」。那是一切悲劇的開始。

溫雪慧正繞著接近北遙路的松田路方向走去，這條路比較空曠些，稍稍讓她有些安心。身後的喘息聲已經不再有了。

她的雙手不停地在胸前畫著十字，祈禱能夠得到保佑。自從進入這個公寓，她經常出入教堂，希望能夠獲得神的護佑，逃過鬼魂的威脅。

雖然不知是否有用，但秉承著「信則靈，不信則不靈」的想法，溫雪慧不願意放棄。

走著走著，她忽然停住了腳步。

恐懼猶如一盆冰水般傾瀉而下，身體的每一個毛孔都開始迸發出寒意。

毛髮……猶如毛髮一般的東西，觸到了她的背後！

她想逃，但好像有種無形的力量阻止著她。

毛髮不斷垂下。

「啊……啊……」

猶如失語了一般，此刻的溫雪慧，就好似是一個斷了線的人偶。她想掙扎，可是無從掙扎。

回過頭去……猶如惡魔的囈語一般，她的內心不斷浮現著這個聲音。

回過頭去看看……看看那是什麼……

冷汗不斷從額頭沁出，她雙手緊緊捏著，心臟也劇烈跳動起來。終於，她抬起腿，向前猛然衝去！她跌跌撞撞地跑了好幾步，差一點摔倒。此刻她感覺好像力氣被抽走一般，怎麼跑都跑不快。好不容易跑了一段路，又來到了建築物群附近，溫雪慧剛剛停下來……

身後，又感覺到那毛髮的觸感！

回過頭來……回過頭來看看吧……

這個聲音，邪惡的聲音不斷在溫雪慧腦海中響起，催促她回過頭去，脖子似乎也僵住了。

死亡的氣息開始逼近身後……

終於，溫雪慧猛然地轉動脖頸，把頭……回了過去！

是什麼？是什麼東西？是什麼鬼東西？

「啊，啊，啊，啊，啊……」

不停喘著粗氣，溫雪慧感覺心臟都要蹦出體外，她瞪大了眼睛，眼珠似乎要撐開眼眶，看著自己的身後。

然而……身後空無一人。除了偶爾吹過的冷風外，什麼也沒有。

沒有？沒有東西？怎麼可能沒有呢？

那是錯覺？幻覺？還是……

溫雪慧最終還是緩緩把頭轉了回去。

可就在這一瞬間，身後又感覺被毛髮觸到！她立即又回過頭去，可是……還是什麼也沒有看到。

溫雪慧喘著粗氣，瞪大眼睛看著……

為什麼沒有？究竟為什麼……

她再度回過頭去，拚命跑起來。此刻她的精神已經接近崩潰邊緣了。本以為只是第二次血字，難度不會太高，可是……

她太小看這個公寓了。

與此同時，星辰也終於快到極限了。

恐懼感不斷壓迫著他的神經，一直不回頭，反而時時刻刻都懷疑背後有什麼東西跟隨著……手裏不斷捏著玻璃義眼，卻不敢拿到眼前。誰知道，如果真看到了那個鬼，是不是反而會死掉？

哥哥的推斷無法保證一定是對的啊！

無力感不斷襲上心頭，而周圍的黑暗也愈加強烈地覆蓋他的身心。光明從來沒有像此刻這樣，距離他那麼遙遠。

想著這些的時候，可怕的事情卻先一步發生了。

此時的星辰，正在一座房屋旁。剛才他走過的地方有一扇門。而就在他走過那扇門大概五步遠時，身後，傳來了門被打開的聲音……門把手轉動的聲音……推開門發出的響聲……

接著是……門被重重關上的聲音！

劇烈的寒意侵襲著星辰的後背，他立即加快腳步，不敢回過頭去看，他不斷拉開和身後那「東西」的距離！

不……不要！不要跟著我！

可是，身後那東西明顯緊跟著他。不管怎麼走，都猶如影子般緊緊跟著他。

那顆玻璃義眼不斷捏在手心，卻始終不敢拿出來看。

我果然是個無能的人啊……

如果是哥哥的話……如果是他的話，就不會如此無力了吧？但是，現在說什麼都沒有用了。

也許真的回不去公寓了……

星辰舉起了抓著玻璃義眼的手，慢慢攤開手心。

這是最後的機會了……輸了的話，一切都會完結。

終於……星辰將玻璃義眼拿到了左眼前！他仔細看著玻璃義眼上映照出的……自己背後的情景！

然後……星辰……看到了一個令他幾乎叫出聲來的東西！

攤開手心的同時，他看到了那隻義眼。

事實上剛才拿出來的時候，他都沒有仔細去看。

但現在仔細看的話，就會發現……這根本……就是活生生的人的眼睛！

早就失去了右眼的自己，為什麼會有一隻活生生的眼睛？

敏的腦海中，浮現著深雨畫的那幅畫的景象。

畫上畫出了卞星辰、柳相、孫箭、溫雪慧和陸曄五人。畫上的五個人，全部都回過了頭去。而在每個人的身後，都有一個模糊不清的黑影。五個黑影都伸出雙手，將五個人的兩顆眼球摘下，並將另外兩顆眼球塞入眼眶中！

這五個人的眼睛，全部都被換掉了！

不光是視覺，星辰從接觸那顆眼球時，也明顯感覺得出……那是真正的生物眼球！怎麼可能？

接下來，一個恐怖的問題就出來了。

既然被換成了真正的眼球……那為什麼自己的右眼依舊無法視物呢？

唯一的解釋就是……一直到自己取出這顆眼球之前，一直都有著什麼東西阻擋著右眼的視線……

星辰微微抬起手，摸了一下前方。

他抓住了一隻冰冷無比的手！

五個人被換掉眼睛的時間，就是在剛進入這段地帶的時候。周圍幾乎沒有任何光亮。

因此，就算當時幫他們把眼睛換掉的「東西」站在他們面前，也根本看不清楚。完全地隔絕光，就是這個原因。

眼睛被換掉後，所看到的一切就全部是虛假的「現象」了。所以，才會出現那些古怪的現象。

五個人被「分開」，其實是那雙假眼睛的幻覺。

孫箭始終無法看到一直出現在自己面前的，戴著黑色骷髏吊墜的鬼也一樣……

感覺到這個廢棄樓房建築群太過寬闊也是一樣……

陸曄沒有從鏡子裏發現身後多出來的腳也是一樣……

柳相會將「鬼」看成是星辰也是一樣……

溫雪慧回過頭去看，卻什麼也看不見也是一樣……

看不到類似蒼蠅等活物的原因也是如此，因為眼前根本不是真實的景象。

全部都是因為這雙「眼睛」帶來的假像。眼睛被換掉後，無論鬼從哪個方向來殺害住戶，都無法防備。

事實上，雖然有許多無形的鬼魂存在，但公寓也會因此給予鬼魂行動限制，作為生路，不會有完全無形又無法找到鬼魂行蹤的血字指示。那樣就是完全無解了。

敏給予住戶「不要回頭」的這個忠告，就是因為她認為，或許不回過頭去，這個未來就可以改變，如果鬼出現在他們面前，那麼自然可以隨時逃走。總之不回過頭，鬼就必須到他們面前才可以換掉眼球。當然如果這鬼是透明的，那她也沒辦法了。就算寫「保護好眼睛」也沒用，如果護住眼睛的話，會因為看不清楚前面而更容易被鬼給殺掉，而且鬼也不可能因為人護住眼睛就奈何不了了。然而敏的小聰明還是完全落空，她根本沒想到當時真田路一帶暗到伸手不見五指，就是在卞星辰等人面前換掉他們的眼睛，他們也根本察覺不了。

這不禁讓人聯想起《聊齋志異》裏的《換頭》。

其實，如果星辰之前回過頭去的話，就會發現……一回過頭，右眼就能夠看得清楚了。之所以他的眼睛被換掉右眼依舊看不到，是因為他的前方，右眼被某個「東西」用手遮蓋住了。

另外，值得一提的是，他們的眼睛被遮蔽，被欺騙的地方其實還有一個。

那就是……手錶。眼睛被換掉後，所看到的手錶顯示的時間自然也是虛假的。實際上，五分鐘前，剛好過了午夜零點。

但是實際上此刻還活著的星辰和陸曄都以為，現在是晚上十點剛過。

這也就是為什麼，公寓要安排星辰等人用手機無法和公寓住戶聯繫的真正原因。因為這樣一來，就沒有一個人，可以獲悉真正的時間。

自然……星辰所看到的哥哥發來的簡訊……也是「假像」。

即使通過那簡訊拿出「義眼」來，發現了真相，也根本沒用。因為沒有辦法判斷出真正的時間來。無法知道現在真正的時間，即使血字指示時間過去了，也根本無法離開這個地方。何況眼睛無法使用，也根本找不到離開這一帶的方法。

星辰，已經陷入了絕境。他幾乎無法逃出去了。

不知道生路，也不瞭解真正的時間，始終在他面前遮住他右眼的那個「鬼」，終於要行動了。

星辰已經沒有任何辦法可以逃出去了。他……死定了。

凌晨一點了。

住戶們全部都守候在公寓門口，但是依舊沒有人回到公寓來。大家都不禁歎惋著，這次……一個人都回不來啊。

「還是不知道那紙條是誰寫的啊。」一九〇五室的住戶蘇小沫，一個戴著眼鏡，留著馬尾辮的年輕女孩說：「也沒辦法從他們口中得知不要回頭這是不是真的生路了。」

李隱則是不停地祈禱著，至少有一個人能回來。

死定了……絕對死定了……

這麼想著的星辰，已經不再抱著活下去的任何希望了。

雖然不知道柳相他們怎麼了，但是……自己絕對活不下去了。該怎麼辦？怎麼辦？怎麼辦……

絕望瞬間壓倒了卞星辰。

隨即，他感覺到，後面一陣陰冷的氣息襲來。死亡的氣息不斷逼近！

卞星辰剎那間失去了所有力氣，絕望地一屁股坐在地上，「當」一聲，他的屁股似乎碰到了一個硬物，卞星辰感到疼痛的同時，下意識地用手抓住硬物，摸索著。

頭盔，忽然間，卞星辰福至心靈地想起了公寓裏李隱曾經交代的種種生路提示……難道……

就在那股冰冷幾乎完全籠罩卞星辰全身時，他戴上了頭盔。

奇蹟發生了。

死亡氣息逐漸消失了。

自己真的還活著？

星辰怎麼也沒想到，自己居然誤打誤撞地找到了生路。

事實上，如果他們每個人都可以視物的話，就會發現，基本上每走大概五十米左右，就會有一個黑色的頭盔出現在他們腳下。這個建築群內所有的頭盔總數至少也有幾千個。

之前，星辰在那個破舊房屋裏，在一片黑暗中曾經踢到一個「硬硬」的東西，就是那個頭盔。他看不到頭盔不是因為那個房子裏暗，而是因為他的眼睛根本看不到真實的東西。當時的他實際上是走在外面，根本不是在屋子裏。

這個頭盔類似於之前午夜巴士上的替身人偶娃娃，一旦戴上頭盔，鬼就無法看到他們了，同時原本的眼睛也會換回來。

此刻，星辰抬起手腕，看到了手錶上的正確時間！

卞星辰成為這次血字唯一一個存活下來的人。

同一時間，陸曄又抬起頭看了看手錶，顯示的時間是十點半。

「怎麼……怎麼時間過得那麼慢，才十點半？」陸曄走著走著，越來越擔憂了。此刻，他正好路過一個頭盔。

接著……

他的腳步聲停止了。

一切恢復了寂寥……

死一般的寂寥……

魔性嫁衣

PART SEVEN

第七幕

時間：2011年3月2日0:00 ～ 12:00

地點：天南市西南江楓製衣廠

人物：敏、嬴子夜、金德利、沈子凌

規則：在規定時間內不可擅離江楓製衣廠，違者，死！第三份地獄契約碎片，就在該廠的一件紅色古式嫁衣內。

地獄公寓

22 鬼胎

深雨失蹤了。

她是在那個血字指示終結的當天晚上消失的。

敏一直等到第二天早上，深雨都沒有回孤兒院來。打她的手機，卻發現她註銷了號碼。之後在她的房間裏，找到了一張紙條，上面寫著，她不會再回來了。那的確是深雨的筆跡。

接下來的日子，深雨完全從這個世界上消失了。

敏很清楚，無論如何，必須要把深雨找出來。從生還的卞星辰的證詞來看，她的畫的確預言了未來真實的血字指示場景！她對於生活在公寓中，幾乎失去了全部希望的敏來說，是唯一的救命稻草！

另一方面，李隱依舊無法確定那張紙條到底是不是真的，畢竟從卞星辰的回答來看……無法做出進一步的判斷。

接下來，公寓的新住戶，開始不斷增加了。二月進入的新住戶，一共有二十七人！

這讓身為樓長的李隱感覺事態愈發嚴重，人多了，也不容易管理。不過，因為一出巷道便無法看見公寓的恐怖景象，倒是不少人都相信，這個公寓的確無法用科學常理解釋。

接下來，李隱給住戶們安排輪值的任務，老住戶一直在底樓值班，負責向新人講解公寓的規則。十次血字的規則，光是聽聽就讓人渾身顫抖，不少年紀較輕的女性被嚇哭了。而不相信的也大有人在，當然，後果自然是離開公寓超過四十八小時就會死。

以前住戶比較少的時候，還可以反覆勸阻，但是現在，住戶那麼多，一個個去勸服是不可能的。不相信的人，只能算他們倒楣了。

公寓的空房間迅速減少了。從一樓到頂樓，每個樓層都有住戶了。

這一天，敏面色蒼白地回到公寓，剛來到自己房間的門口，她雙手顫抖著取出鑰匙，好幾次都沒有對準鎖孔。

深雨依舊毫無音訊。

敏找遍了所有能夠找的地方，還是找不到她！敏從來沒有感覺像此刻一般無力！

原本，自己也曾憎恨過她，忌諱她的存在，甚至希望她不存在這世間。然而，此刻，她真的不存在了，敏卻感覺心頭彷彿被挖空了，這世間的一切都黯然失色了。

敏終於對準了鎖孔，將門打開，卻忽然感覺胸口一股劇烈的灼燒感產生！

過了幾秒，她才反應過來，這是血字指示發佈的先兆！她立即衝入房間內，只見牆壁上鮮紅的血液不斷地浮現並組成文字。

血字的內容為：「二〇一一年三月二日〇：〇〇－十二：〇〇，前往天南市西南的江楓製衣廠。第三份地獄契約碎片，就在該廠的一件紅色古式嫁衣內。」之後，是一段慣例的介紹地獄契約的文字。

紅色古式嫁衣？這是怎麼回事？

四〇三室裏，子夜也是捂住胸口，看著眼前牆壁上相同內容的血字。

「這一天，終於還是來了。」

第三份地獄契約碎片下落發佈的瞬間，也就意味著，之前李隱的謊言將會不攻自破。

她立即出門，走向隔壁的四〇四室，按響了李隱房間的門鈴。

底樓大廳。此刻已經有一個住戶站在這裏了。

這個住戶名叫沈子凌，是一個穿著一身緊身黑衣的森冷男子，在住戶中，算是身手比較矯健的了，有人甚至懷疑他是退役的軍人。

接著，又下來了兩個住戶。

一個自然是敏，還有一個，則是梳著爆炸頭、戴著墨鏡的男人。爆炸頭的男人名叫金德利，不過他的確是中國人，據說這是他的英文名字，中文名則根本沒告訴過任何人，大家也懶得管他，就用英文名稱呼他了，據說他酷愛搖滾樂，很崇拜貓王和披頭四，之前他加入過一個樂隊，但是因為進入公寓不得不離開樂隊。

「不好意思，請問你是……」敏疑惑地走過去問沈子凌，「這位先生請問你怎麼稱呼？是……幾〇幾的住戶？」

沈子凌那猶如寒刀一般的目光掃向敏，頓時令她打了個寒戰！

「沈子凌，一六〇五室住戶。」機械一般地給出這個答覆後，他便不再說話了。

金德利則湊近他們，說：「本打算等人到齊，我再說的。不過還是先談一談吧，血字指示你們都看到了吧？第三份地獄契約碎片出現了，這證明，李隱、柯銀夜等人中肯定有人私藏了地獄契約碎片，卻謊稱沒有拿到。不如討論一下，撒謊的人，是哪兩個？」

敏此時顯得局促不安，她的嘴唇翕動著，卻一句話也說不出來。而沈子凌更是一言不發，甚至看也不看金德利。一時間，這個爆炸頭男子好不尷尬。

這時候，電梯門又一次打開。走出門來的人，自然是子夜。

「嬴小姐！」爆炸頭男人剛迎過來時，還來不及說話，子夜已經先發制人了。

「如果是要和我提地獄契約碎片的事情，李樓長會在今天晚上的住戶會議上公開此事。相關詳情，我也不清楚。」

金德利愣了愣，他怎麼也沒想到會是這樣！

李隱早就預料到會發生這樣的事情。所以他一早就決定，當第三份地獄契約碎片的下落發佈，就召開一個住戶會議，公佈此事。

這麼做的目的，有以下兩方面因素：

第一，如果不公開此事，僅僅讓接到血字指示的住戶知曉，那麼這幾名住戶自然也就大致能夠鎖定哪些人的嫌疑比較大。同時，也就會為了奪取地獄契約碎片，而對他們不利，甚至還可能以此要脅自己。而公佈以後，就等於把水攪渾，讓所有住戶都知道此事後，反而會令住戶們互相顧忌。這就好比一群猛虎看到一塊肥肉，哪隻虎也不會輕易去搶，否則就會成為眾矢之的。全體住戶反過來會形成一種互相牽制和警惕的作用。

第二，公佈此事後，柯銀夜或者夏小美，抑或是二人的聯盟的謊言就會不攻自破。要說不利，對雙方都會不利。誰都能猜得出，他們都私藏了地獄契約。這樣一來，等於將銀夜的立場逼成和李隱一樣，那就是都要面對全體住戶的虎視眈眈，所以銀夜必定會選擇暫時和李隱站在一條戰線上共進退。因為，他們有了共同的「敵人」。正所謂，沒有永恆的敵人和朋友，唯有永恆的利益。利害關係一致，就算世仇也可以暫時化解；若是利害關係衝突，就算是再親密的盟友也會反目成仇。

於是當晚，底樓大廳內，聚集了大批住戶後，被圍繞在中間的李隱，將此次的血字公佈了出來。當聽到「第三份地獄契約碎片」的時候，大家頓時一片譁然！

「果然有人私藏地獄契約碎片！」

「李樓長，該不會其中一塊地獄契約碎片在你身上吧？」

「柯銀夜！一定是柯銀夜！他不是解開厲鬼化身嗎？哼哼，肯定是他！」

「也可能柯銀羽私藏了地獄契約碎片吧？」

「怎麼會，嬴子夜不是說當時她丟出地獄契約碎片後，柯銀羽一直和她在一起嗎？」

「難說，也許她和嬴子夜達成了什麼協定吧……」

住戶們不是白癡，不少人基本猜出了事情的輪廓。看著他們咄咄逼人的神情，李隱看向同樣成為眾矢之的，被許多住戶圍住的柯銀夜和柯銀羽。

好了……銀夜，接下來，就和我暫時聯手吧……

柯銀夜也沒想到李隱居然玩這一招置之死地而後生，故意將自己推到風口浪尖，更逼迫自己必須和他站在同一陣線。要知道，地獄契約，是雙方都想得到的東西。而一旦李隱的契約被奪走，那麼狀況很可能超出自己的控制和計算。最可怕的是，萬一因為住戶的爭奪，而令地獄契約碎片被誰奪走都查不出來的話，那就更麻煩了。

這個時候，幫李隱就是幫自己。當然，對李隱來說也是一樣的，自己和銀羽身上的碎片被奪走，對李隱也一樣不利。

夠狠！銀夜不得不承認，這次，他輸了李隱一著。雖然立場被逼迫至和李隱相同，但顯然想出這個計畫的李隱很可能準備了更多後手，自己現在只能陷入被動！

當然，住戶們也不會用暴力脅迫他們交出地獄契約碎片，原因有三：

第一，住戶們也不是白癡，動用暴力是下下策，何況還不清楚真正拿著地獄契約碎片的人是誰。這份契約碎片會落入誰手，還不得而知。用暴力的話，很可能拚得玉石俱焚。

第二，李隱和銀夜，都是洞察能力和分析能力很強的人，對今後住戶執行血字幫助極大。李隱也好，銀夜也好，都沒有持有完整的地獄契約，犯不著得罪他們，令將來執行血字的自己陷入絕境。

第三，住戶們都渴望獲取地獄契約碎片，但這也是一個燙手山芋。住戶不可能為奪取碎片建立真正意義的聯盟。少數人或許可能達成協定，但人數一多就不現實了。魔王級血字指示，畢竟是住戶隨時隨地可以決定執行與否的，也就是說，即使很多人達成聯盟，說取得完整契約後一起離開公寓，但這等寶物誰都不可能放心交給自己以外的人保管，即使輪流保管也很難接受。畢竟完整的地獄契約只有一份，而魔王級血字指示也是五十年才會發佈一次。錯過這次機會，就沒有下次了！就只能在十次血字這條無比兇險的路上走到最後！所有人都會害怕，一旦某個住戶急於出逃而去選擇執行魔王級血字指示，就會拿著契約一逃了之。魔王血字一旦執行成功就可以離開公寓，到時候只要逃得離天南市遠遠的，只能夠被束縛在公寓內的住戶又能奈他何？而且李隱狠到把這件事情讓全體住戶知曉，那麼多人，如果真能達成齊心協力的同盟，李隱寧可相信二〇一二真的是世界末日。

顯然，住戶們漸漸冷靜下來後，也開始意識到……李隱這一招的厲害。誰都不可能對他、子夜以及銀夜做什麼，地獄契約碎片到了任何人身上，那個人就會成為現成的唐僧肉！地獄契約碎片，明搶不行，暗搶則沒有多少人有那個能力！何況目前契約碎片也只才發佈了三張，第三張現在只是剛剛發佈下落而已。

現階段就將整個公寓變為一個鉤心鬥角的戰場，對誰都沒有好處。反正大家知道地獄契約碎片肯定就在這幾個人身上，身為公寓住戶又不可能逃走，怕什麼？不如等七張契約碎片全部落入不同住戶手中，再來一場拚死的爭奪也不遲！

只是，想到這裏，就讓人膽戰心驚……到那個時候，會死多少人啊？

李隱此刻，猶如一個統帥一般，精密地操控著每一顆棋子。一切都在他的計算之中。他知道，大多數明智的住戶，是不會在現階段做出搶奪地獄契約碎片這種不明智行為的。

能寫出優秀軍事小說的李隱，自然懂得怎麼把兵法運用於現實！戰爭權謀可不是看看電影和小說，隨便想像下，就可以寫出來的！

而且李隱很清楚，他的謀略可以成功，還有一個重要因素。那就是……自己和銀夜各自持有一份地獄契約碎片！

這就是所謂的「制衡」。如果兩張地獄契約碎片都在自己手中，那麼自己的這個計畫，效果會打不小的折扣。全體住戶將同仇敵愾地一致和自己為敵。地獄契約碎片分別被不同住戶掌握，住戶們才會放心。否則，萬一七份碎片集中於同一個人之手，那麼……

那個人絕對會用地獄契約，立即去自己房間牆壁上寫上「祭」字，來執行魔王級血字指示，逃脫公寓！那等於是斷絕了其他住戶的最後生路，是最可怕的！

不過目前考慮這些，還為時尚早。

當下就有一個問題存在。可能持有地獄契約碎片的重點嫌疑人之一的嬴子夜，就要去執行這次的血字了！

如果地獄契約碎片在嬴子夜手上，那一旦她死了，不就沒有人知道那張碎片的下落了嗎？白癡才會相信，子夜這樣的聰明人，會將那張碎片放在公寓自己的房間裏。畢竟她和李隱確認戀愛關係時間還不長，是否會將這樣的事情告訴李隱都是未知。何況，還有不少住戶甚至懷疑，她和李隱談戀愛，其實也有利用李隱的因素。

接著，會議議題開始轉為這次血字的討論。

會議終結後，敏非常疲憊地回到了廿五樓。

星辰跟在她的身後，他看得出，敏此刻非常痛苦。

第三份地獄契約碎片，自己能夠取得嗎？老實說她想都不敢想。第一份地獄契約，多半在柯銀夜手上，第二份則在李隱和嬴子夜手上。

敏進入公寓的時候，夏淵已經死了，李隱是樓長。所以她對夏淵沒什麼感覺，而對剛就任樓長的李隱很是敬畏。畢竟能度過四次血字的，也不是一般人了。如今，他已經是度過六次血字的強人，雖然第六次血字，幾乎是差那麼一丁點兒就喪命，但能夠活到這一步也不容易了，其謀略和手段絕非尋常。而柯銀夜，參考他以前的血字記錄，也不是普通人。他妹妹柯銀羽是在「必殺之局」中逃脫的住戶。嬴子夜更是身世離奇、度過了三次血字的人物。

和這四個人搶奪地獄契約，她自問力不從心。

當她走到房間門口，拿出鑰匙的時候，忽然星辰開口說道：「敏……敏小姐，你可以和我談談嗎？」

至今星辰都不知道，敏到底姓什麼。她進入公寓後，自我介紹的時候，只是說：「你們就叫我『敏』吧。」所以星辰最初甚至懷疑敏並不是她的真名。

但事實上，敏這麼做，是不希望說出自己的姓，避免被人查到自己的來歷。

深雨也一樣，她在知道自己的身世後，也從來不希望任何人稱呼她的全名。

敏看著星辰，點點頭，說：「好吧，你進來吧。」

她確實很想找一個人傾訴。

打開門，她疲憊地將身體靠在沙發上，感覺好像有千斤重擔壓在身上一般。

突然，她抬起了頭，對眼前的星辰說：「你那個時候，為什麼要救我？為什麼不讓我那個時候就死了？」

「什麼？」星辰一愣，她難道又有輕生的念頭了嗎？

「敏……」

「因為你救了我，讓我又有了僥倖的、想活下去的想法！」

「如果那時候死了，一切就都結束了！」

「可是……可是……」敏的眼裏不斷湧出淚水，「現在，連深雨都不在了。無論是愛和憎恨，我都沒有了對象。在這個公寓裏，也沒有未來了。我根本沒有活下去的理由了！可是你救了我……」

星辰連忙走近她，說：「敏小姐，你，你冷靜一點……」

「我沒有辦法再去自殺一次了！結果，還是要去執行血字指示，被那些恐怖可怕的鬼魂殺害！即使活過了這一次，下一次，下下一次，再下下下一次呢？我該怎麼辦？那個時候的我該怎麼辦？」

接著，忽然她把頭深深低下，淚水泉湧而出。

「為什麼……我那個時候，決定帶著深雨來到這個城市！如果我沒有來到這個城市的話，那麼，我也就根本不可能會進入這個公寓！」

星辰只好想辦法讓她冷靜下來，他問：「深雨，她是你的兄弟姐妹嗎？」

「不，不是！」敏咆哮道，「不是，不是！」

為什麼當初生下了她呢？其實僅僅半年後，她就後悔生下了深雨。不該生下她的。如果她不存在該多好。

那樣的想法其實無時無刻不在折磨著敏。但是，當深雨罹患小兒麻痹症的時候，那種對自身骨血的情感終於占了上風。

然而，那只是一個更可怕的開始。

因為，隨著時間推移，敏發現，深雨開始越來越展露出一些古怪的「天賦」。

比如，深雨天生具有繪畫才能，而且對人體繪畫很有興趣。如今，她更有了預知地獄公寓的能力。尤其是後者，更讓敏堅信深雨是惡魔，是「鬼胎」。

這一切都令敏感到不安。可是不安也沒有辦法，她無法讓深雨改變。

「你根本不知道我經歷過什麼，」敏此刻已經跪倒在地上，哭喊著：「懷上一個『鬼胎』，那樣的孩子在自己體內成長，你能想像那種痛苦嗎？那個時候我只有六歲啊！只有六歲！而我，居然把她生了下來！你呢？你六歲的時候在做什麼？肯定是無憂無慮地看著卡通片，到遊樂園去玩耍，被父母愛著吧？是這樣吧？」

星辰的眼睛瞪得溜圓。會有這麼離奇的事情？眼前這個年齡和自己差不多的女子，居然經歷了那種地獄一般的童年？

「我……我不知道該怎麼辦了。我該恨她，還是愛她？你能告訴我嗎？既然你救了我，你那告訴我，我該怎麼活下去？」

23 神秘來電

三月一日到了。

下午兩點多，大家終於要出發了。

江楓製衣廠位於市區和郊區的一個邊界地帶，已經宣告破產，目前廠區一個人也沒有，雖然有建成化工廠的打算，但因為當地居民擔心環境污染問題，所以還在僵持，目前還沒有獲得正式的許可。

這一次，公寓沒有再出現提示的紙條。這也是當然的，因為深雨已經失蹤了。

李隱送別子夜等四人到了這裏。大家都清楚，這是因為子夜的緣故。

真北路地鐵站，地鐵軌道前。

李隱把一張地圖展開，對眼前的四個人說：「我知道地圖你們一定都爛熟於心了，不過還是再多看幾遍為好。江楓製衣廠，在天南市西南的田棱區，廠址占地面積大約為……」

「你們坐六號地鐵到文驊路下車，再步行一段路就到了。目前該廠的六號門最適合進入。我查過了，這家廠以往接的訂單，都沒有古式嫁衣的……不過公寓說有，那自然肯定有。」

然後，李隱看著子夜以外的三個人，又補充了一段話。

「接下來我說的話很難聽，不過請你們諒解我的心情。聽好了。如果你們中有誰敢威脅子夜的人身安全，子夜會第一時間給我發出已經編好的分別對應你們三個人的特定暗號簡訊。所以你們絕對不要為了搶奪契約碎片而心存僥倖，別以為你們事後活著回來的人，跟我說她是死在鬼魂手裏的就能瞞過我。一旦我知道殺害子夜的人是誰，那麼我就會殺了那個人！我發誓，我絕對會殺了那個人！」

李隱暴怒和凶戾的眼神令他們膽寒。頓時，大家都面色慘白……如果真惹得李隱那麼做，那真是死得太冤枉了。對住戶而言，他們是不可能離開公寓的，只要李隱和他們拚命，他們逃都沒有地方可逃！

「你們應該很清楚，這個和外界完全隔絕了的公寓裏，法律和道德早就沒有任何意義了。所以，我對於殺掉你們不會有任何心理負擔，而且你們必須明白一點。只有你們對子夜做出危及她性命的行為之後，我才會和你們拚命，在目前的情況下，我相信不會有人和你們處於同一立場，更不會有人有人選擇站出來幫你們。甚至我和你們拚命的時候，反而會有住戶保護我不被你們殺死。」

的確，李隱很可能有一張地獄契約碎片，加上他推理血字生路的能力，住戶絕對不會眼睜睜看著李隱死去。

「當然，」李隱這時候臉色略微緩和下來，「我想你們應該不會有這麼愚蠢的念頭。這只是我給你們的警告而已。你們只要記住，正所謂龍有逆鱗，觸之即死！觸及我的逆鱗，我就讓那個人下地獄！」

一股王者之氣完全釋放出來，此刻站在李隱面前的人，看著他目光中的那不容置疑的堅定和震懾，都感覺身上有些發顫。

都說軟怕硬，硬怕橫，橫的怕不要命的。雖然他們對子夜其實都沒有殺心，但還是感覺很恐懼。而聽到李隱這番話，子夜一時竟然不知道說什麼好。

這時候，地鐵列車已經開了過來，四個人準備要上路了。李隱和子夜依依不捨地分別。

「一定要小心……」李隱緊緊握住子夜的手，凝視著她的雙眼，希望時間定格在此刻。

當地鐵列車停下，車門打開後，子夜慢慢抽出手來。再不捨……也必須分別。

「我會回來的。」

子夜走進了地鐵列車，她始終凝望著李隱，想要將他的身姿，永恆烙印在心頭。

也許……是最後一次看到李隱的臉了……

列車車門關閉了。

當這節列車消失在視線中後，李隱幾乎身體不支地倒下……

第四次血字啊！子夜能夠挺過來嗎？

回到公寓，銀夜和銀羽已經在底樓大廳等他了。因為地獄契約碎片的緣故，倆人也對子夜的生死很關心。

三個人來到四〇四室內，銀夜一眼看見，放在客廳沙發上的一疊厚厚的Ａ４紙。沙發上還放著一條毛毯。

銀夜走過去拿起那疊紙，是江楓製衣廠創辦以來全部的詳細資料，李隱似乎是熬夜上網下載列印出來的。公寓內的印表機，墨水匣永遠也不會用光，打印紙也是取之不竭。

難道李隱昨晚是在沙發上看著資料睡著的？

三個人都坐下來，等候子夜等人發來的聯絡，來討論這個血字的生路！而同時……銀夜和銀羽也希望，能夠想辦法得知，這一次，將會是誰取得了地獄契約碎片！

此刻，卞星辰回到了家中，和哥哥星炎在一起。

「你是說……俱樂部出現了一個隱藏的會員？」在書房內，品了一口咖啡，卞星炎看著眼前滿臉焦急的弟弟，問道：「那個『會員』可以知曉管理員發佈的任務內容？」

「對。哥哥，你知道有什麼辦法……」

「你加入的什麼俱樂部啊，聽起來挺有趣的。」星炎放下咖啡杯，說：「嗯，我先想想。你明天就要回去嗎？不多住一段日子？你說你現在住在公寓，那裏地段怎麼樣？不如有時間帶我去看看？」

星辰連忙擺擺手說：「不，不用了……沒那個必要……」

沒那個必要……

如果把哥哥帶去那裏的話，意味著什麼呢？也許，可以讓哥哥也成為住戶。那樣，自己的不平衡心態就可以消除了，因為哥哥和自己一樣，處在了那猶如地獄一般恐怖的公寓中。縱然他天資聰穎，不在李隱、柯銀夜二人之下，又能夠活過幾次血字呢？

這個惡毒的想法最近不斷盤踞在他腦海中。

這時候，他放在桌子上的手機響了。

是一個陌生的號碼，星辰拿起手機接通，問道：「喂，哪位？」

「卞星辰嗎？」

這是一個似乎用布蒙住聽筒、再刻意改變聲調弄出來的聲音。那個聲音聽起來，感覺不到有絲毫善意。

「我，我是，你是哪位？」

「你身邊有沒有人？」

「嗯，有。」

「找個安靜的地方，我有重要的事情要和你說。關係到……你的生死存亡。」

聽著如此駭人的話語，星辰也不禁起了雞皮疙瘩。他站起身，走出房間，繞著走廊來到一個房間，進屋後還鎖上了門，接著，他悄聲問：「你……有什麼事情？」

「確認身邊沒人了嗎？」

「對……確認。」

「很好。」那個不善的聲音繼續說道，「接下來就談談吧。簡單地說，你想活下去吧？」

聽到這句話，星辰的心猛地一跳，隨即問：「喂，你，你是誰？為什麼會知道……」

「可是，你認為，一直這樣下去，你可以活多久？」

星辰感到渾身冰冷，他摸了摸鼻子，問：「你，你是誰？公寓的某個住戶嗎？還是……」

「上一次，你們的眼睛，其實是在回過頭的時候，被換掉的吧？」

聽到這句話，星辰的心猛然一驚。

「總之……我們做個交易吧。」

「交易？」

「我想你不可能把我的存在告訴別人吧？交易很簡單。將來，我可以提供給你，你朝思暮想的東西。但是，你能夠給我什麼作為報答呢？」

「你，你別裝神弄鬼的，你是人還是鬼？」星辰已經在考慮是不是要逃回公寓去了，這個聲音太詭異了！

「在我看來……人比鬼更讓人恐懼，更讓人噁心。聽好了，我現在就先免費附送你一個情報。過一會兒我會發一條彩信給你，然後，我明天會再聯繫你。如果你有意向和我交易，我就會說出將向你索取的報酬。」

接著，電話便掛斷了。

星辰捏著手機，感覺很不安。不一會兒，手機上顯示收到一條新的彩信。星辰立即打開彩信。

看著那封彩信，星辰開始沉思起來……

地鐵繼續行進著。

子夜坐了下來，剛才和李隱的分別，還殘留在手中的李隱的體溫，都讓她難以忘懷。

敏坐在子夜的身旁，她不停側目看著這個女人，心中不禁感慨，在這麼一個公寓，子夜居然能夠收穫一份如此癡心的愛情。也算是一件幸事吧！

「聽好了。」子夜忽然開口說話了，「江楓製衣廠的廠區很大，我們的重點搜索目標，應該集中在存貨倉庫和製衣車間。這兩個地方，有更大可能會找到那件古式嫁衣。不過，現在有一個問題，你們應該都知道吧？」

另外三個人，此刻都緊緊盯著子夜的臉。誰都知道她在公寓裏是智慧不下於李隱和柯氏兄妹的人，她的每一句話，都不敢漏聽。

「當我們找到那件嫁衣後，我們四個人，肯定都想拿到地獄契約碎片，對吧？」

敏的心「咯噔」一下。沒錯……誰都想得到地獄契約碎片啊！

每個人自然都希望能夠偷偷拿到地獄契約碎片而不被發現，那樣最好。住戶們在執行血字時，都有互相不搜身的默契，畢竟一旦搜身行為發生，對任何人都不利。

「如果我們四個人，聚集在一起搜尋那件嫁衣，一旦找到，自然不免發生爭奪。畢竟我們在執行血字，逃生是第一優先，無論如何，互相爭奪而導致流血，後果不堪設想。」

雖然李隱說了那番話，但前提是「子夜死了」。換言之，如果子夜沒死，那麼李隱也無法說什麼。大家都知道目前公寓處在一個制衡的微妙狀態，暫時誰也不會採取實際行動奪取契約碎片。持有碎片的是哪些人，心裏有數就行，也不用點破。

「不過，要是四個人全部分開，你們也不會答應。第一，單獨行動，自然會更加恐懼，也給了鬼下手的更多機會。第二，你們會擔心其他人偷偷獲取了碎片而私藏，不是嗎？所以，我折中了一下，我建議到時候我們分為兩組，一組去搜索存貨倉庫，一組去搜索製衣車間。這樣一來既不是完全分散，又可以監督對方。即使因奪取碎片而發生爭執，流血爭鬥也可以減到最少。你們覺得怎麼樣？」

聽她這麼一說，大家都猶豫起來。如果四個人聚集在一起，混奪契約碎片，難免受傷，甚至可能鬧出人命來。子夜大家不敢殺，可是另外三個人完全不同啊。結果鬼還沒出來，反倒是住戶窩裏鬥起來，那豈不是……

「我同意。」沈子凌最先表態，「就這樣吧。」

而敏則還有些猶豫，身邊只有一個人陪伴？這也太……

如果能夠找到深雨就好了，如果有了深雨的畫，那就不會像現在這樣盲人摸象了。深雨……究竟去哪裏了？

而爆炸頭金德利則是摳著鼻子，歪著頭，想了想，說：「這樣不太妥當吧？那被另外一組人發現了契約碎片怎麼辦呢？他們私藏起來的話，那不就……」

子夜把頭轉向金德利，說：「你考慮清楚。一旦四個人聚集在一起爭奪契約碎片，後果不堪設想。躲避鬼，逃回公寓，都要體力。如果身受重傷，連路都走不穩，鬼出來了逃都沒法逃。你們必須記住，血字指示，第一要考慮的是活下來，第二才是圖謀契約碎片！」

這句話，猶如當頭棒喝，敏也清醒了許多。她點點頭，說道：「好吧……我也同意。」

其實，鬼真的出現時，就是一支軍隊也沒有對抗之力，是四個人還是兩個人，又有何分別？

而此刻，令子夜更在意的，是那古式嫁衣本身。

古代女性穿的嫁衣，又稱為霞帔，一般為大紅色，繡以鴛鴦等吉祥圖案，以表喜慶。

現代的婚禮，雖然也有些人不選擇婚紗，而是用近似霞帔的紅衣作為嫁衣，但真正的古式嫁衣，只怕也不多見，例如鳳冠和紅蓋頭就很少使用。

那古式嫁衣，明顯就是玄機所在！

上一次，午夜巴士上，是厲鬼持有契約碎片，顯然奪到碎片的人是銀夜。他能夠將這碎片成功奪取，固然有膽色和謀略的因素，但是運氣的因素更多一些。

但運氣是偶然因素，沒有人能夠靠運氣一直活下去。那件嫁衣如果是鬼的化身，那去尋找它，等同於自尋死路。子夜很清楚這一點，所以她也反覆強調，求生第一，第二再考慮獲取契約碎片。

而要求生，最重要的，自然就是找出生路。目前要確定的就是，不接近嫁衣是否會是生路？但她隨即否定。公寓一向平衡血字難度，也不會設計矛盾的內容。既然發佈契約碎片，自然會給予住戶取得的機會。如果去取得碎片等於走入死路，那麼就破壞了血字一貫的原則，變得沒有意義了。畢竟，公寓根本不是要他們的命，而是讓他們在一次次血字中，掙扎求生！

「各位乘客，下一站是文驊路，請要下車的乘客們做好準備。」

到站後，每個人都是渾身一凜，敏更是雙手不停發抖。上一次，困於摩天輪座艙，幾乎求生無門的恐怖經歷，令她已經對血字恐懼得無以復加。這時候雖然車門開了，但她還是不敢站起來，無助的她看向子夜，說：「嬴……嬴小姐，求你救救我，我，我不想死……我真的不想死啊……」

無論之前動過多少次輕生念頭，面臨自身無法支配的死亡局面，任何人都會是這個反應。

「找到生路就不會死了。」子夜的回答卻是很簡單，「下去吧。」

接著子夜站起身，向車門口走去。而此刻敏的心卻是如同滴血一般：什麼找到生路就不會死了……你以為每個人都像你一樣是智商無上限的怪物啊！你已經過了三次血字了，還很可能拿到了一張契約碎片，而且你還有李隱這個男友，我呢……我有什麼？連深雨都棄我而去了……

她猛地站起身，向車門走去，內心充滿了詛咒和憎恨：去死吧……你這個女人去死吧！死在鬼的手上吧！我倒要看看，被鬼逼到絕境的時候，你還能不能那麼冷靜！

「從文驊路走，」沈子凌展開一張地圖，指著一道用紅線畫出的路徑說：「穿過平東路再通過江衛橋，就到達江楓製衣廠的廠區了。」

從地鐵站下來，就來到文驊路上。文驊路是接近郊區地帶比較長的一段路，而江衛橋可以說是市區和郊區的分界線了，一些郊區的農產品都是通過這座橋運入市區的，橋建設於三十多年以前，橫跨在天南市的一條內河上。這裏距離天南市的震雲大壩已經很近了。因為天南市和沿海城市東臨市離得很近，所以有不少內河流經，在郊區地帶築造了不少大壩。震雲大壩就是附近修建的一座大壩。

從文驊路來到了平東路上後，路變得有些崎嶇起來，附近開始出現一些矮平房。遠遠的，子夜已經看到了江衛橋。

過了這座橋……就要到江楓製衣廠了。

此刻，每個人都是無比緊張，不斷警戒四周，身體都靠得很近。沈子凌依舊是那副冷峻的神情，金德利也小心翼翼。敏依舊非常不安，她緊跟在子夜後面，打算一旦有了什麼情況，就立即逃走。

「可以了，就先到這吧。」子夜說，「過了這座橋，就離江楓製衣廠太近了。我們先到附近什麼地方暫時待一下。晚上十一點多再聚集到這裏，進入江楓製衣廠。」

遙望著橋的另外一頭，每個人都在想像……那裏，有著怎樣的噩夢在等待他們？走過這座橋的人，有多少可以走回來？

這個時候，在卞家。

星辰披上了掛在衣架上的大衣，對星炎說：「哥，我先走了。有些事情要去辦。」

「這就走？不留下吃晚飯嗎？」星炎很懇切地說，「而且，多待一會兒，也許爸爸會打電話來呢。」

「爸爸最近和你聯繫，有提到媽媽的情況嗎？」

「詳細情況不太清楚，不過最近似乎有所好轉了。過一段日子，也許爸爸會帶媽媽到中國來。雖然他們長期僑居國外，但是媽媽畢竟是在中國土生土長的啊。」

「是嗎？」星辰一邊扣著鈕扣，一邊想：父母真回來的話，萬一要來看我怎麼辦？

他不禁擔憂起來。可是，現在也沒有別的辦法。

不過，更令他在意的是那個電話和那封彩信。那個電話，回撥過去後才知道，是路邊的公用電話亭。對方太神秘了。

那個人究竟是人還是鬼？他想儘快回公寓去，待在外面心裏太不安了。

這個房子真的很大，他走了好半天。他和哥哥一起到國內來住，父親買下這棟別墅，他待的時間也不是很長。哥哥因為一心想做研究，所以才到大學任教，星辰則被父親派在星炎身邊，向他「學習」而已。其實星辰自小在國外長大，對這裏不是特別有歸屬感。而且，他也很後悔當初為什麼不堅決一點，不回國，否則，他也不會進入公寓。

但是，現在說這些已經晚了。

終於，星辰找到了長長的螺旋形樓梯，朝下走去。一邊走，還一邊拿著手機，看那封彩信。

「這個家真是太安靜了。」

星辰走到樓下，看著巨大空曠的長廊，一點聲音也沒有，感覺不太舒服。父親當初也不知道怎麼想的，只有兩個人住，而且也不一定一直住在國內，何必買那麼大的獨棟別墅。有錢也不是這麼浪費的，他很清楚如今國內房價漲得離譜，這麼一座豪華龐大的別墅，對於一般收入水準的人來說是絕對可望不可及啊！

「實在太靜太靜了……」越來越感覺到莫名的不安，星辰匆匆地朝大門跑去。

夜幕降臨了。很快，就到了十一點多。

江衛橋橋頭，子夜等四人聚集，一朝著大橋另外一頭走去！

走上江衛橋之後，子夜雖然表情上沒有太明顯的變化，但她的手已經開始不斷地攥緊。和李隱分別的情景，浮現在她的腦海中。

「嬴小姐，」爆炸頭男人金德利這時候忽然說，「你還有什麼對策嗎？你可是活過了三次血字的人啊，而且，你第一次執行遇到的就是第六次血字難度的挑戰啊。」

「你們記住一件事情，鬼不會在公寓不給予生路提示的情況下殺人，」子夜說道，「也就是說暫時我們還是『安全』的。如果鬼一開始就殺人，那只有一個可能。那就是生路的提示隱藏在血字之中。不過目前我還看不出血字中有生路的提示。」

敏拿出手機，調出深雨的手機號碼。深雨已經把原有的手機號註銷了，根本聯絡不上她。敏實在很希望能夠和深雨聯繫上，只要能夠讓她畫出血字將出現的危機，就算向她下跪，向她磕頭，敏也在所不惜啊。

敏發現了一件事情。

在拿到那幅油畫的時候，她有生以來第一次感覺到，生下深雨，是一個正確的決定。以前，她從來沒有那麼堅定不移地認為，生下深雨是對的。

求求你……深雨，聯繫我，聯繫我吧……

她真的很希望能夠活下去啊！

只要可以活下去，她會去愛深雨，會忘記深雨帶給自己的所有恥辱，會忘記深雨身上流著的「惡魔」的血液，什麼她都可以不計較了。

然而深雨一次也沒有聯繫她。

他們走到了大橋對面。江楓製衣廠已經越來越近了。

展開地圖，子夜把手電筒咬在嘴裏，照了照，回過頭說：「六號門要往左邊走。那個地方最適合進入工廠，因為距離存貨倉庫很近。」

他們已經商量好了。到時候，子夜和敏一組，沈子凌和金德利一組。前一組去存貨倉庫，後一組去生產車間。

他們又走了一段路，終於，一棟黑黝黝的建築物出現在眼前。一條小路，通向一道已經殘破不堪的鐵門。牆壁上掛著一塊牌子：江楓製衣廠。

「到了。」子夜將地圖放回背包，看了看時間，距離午夜零點還有大概十分鐘。

「還剩下兩分鐘的時候進入。」子夜回過頭，說：「你們兩個，隨時和我們保持聯繫。」

明明只有四個人，卻還被分開來了。但是，卻不能不那麼做，畢竟地獄契約碎片太讓人眼饞了，不搶奪是不可能的。

終於，他們進入了江楓製衣廠！

製衣廠的幾座舊大樓，已經近在眼前。因為害怕招來鬼，沒有一個人敢將手電筒打開，而是在黑暗中尋路。

沈子凌不斷地觀察四周的動靜，時刻豎著耳朵，金德利則緊挨著沈子凌。

存貨倉庫大樓就在眼前了。

然而子夜卻感到一陣強烈的心悸，那是一種以前從未有過的心悸感。這感覺，比上次在寧豐社區鬼樓遭遇鏡中鬼魂的時候，還要強烈數倍！

空氣中，似乎瀰漫著一種極為邪惡的氣息，彷彿遍佈著這個工廠的每個角落！子夜甚至感覺呼吸都困難起來了。

這次的血字……她有著極為不祥的預感！

「那麼，我們去車間了。」

沈子凌和金德利走遠後，子夜看著二人消失在黑暗中的身影，又看向前方不遠處的倉庫大樓。那黑夜之中，彷彿隨時都會浮現出一個猙獰的鬼影！

「敏，」子夜說，「時刻緊跟著我。」

她們朝倉庫大樓走去，越走越近的時候，子夜的心悸感也開始越來越明顯。其實不僅是子夜，敏也有類似的感覺。

倉庫大樓的大門已經近在咫尺了，猶如一個幽深的怪獸的大口，隨時要吞噬掉她們。敏的身體緊緊貼著子夜，她甚至有一種近乎絕望的感覺。

明明，鬼根本還沒有出現，卻已經如此恐懼了！

「我們……我們一定要進去嗎？不要吧，不要進去了……」敏幾乎是哀求著對子夜說，「反正已經進來了，我們……」

「這個工廠範圍內，不存在安全的地方。」子夜強忍住內心的不安說，「多走走，就有發現生路提示的可能。否則，根本活不下去。」

「生路，一定能找到生路嗎？嬴小姐，你肯定能找到生路嗎？」

說話間，兩個人已經到了大樓的大門口。黑暗的大門內，幾乎是伸手不見五指，只能夠看見一些輪廓。

不過，樓梯所在，倒是很快就看到了。

兩人慢慢朝那裏走去。這幽暗的大樓內，寂寥無比，敏已經快要精神崩潰了。

敏清晰感覺到這棟大樓裏，有一個極度邪惡的東西在等待著自己。但她也不敢離開子夜，畢竟子夜活過了三次血字，她要可靠得多。

淚水開始流下。為什麼那個時候，她沒有對深雨伸出援助之手呢？

如今進入這個公寓，就是報應嗎？

「敏，敏……你回來，回來啊……」

耳旁依稀聽到深雨的聲音，真希望她消失掉算了……真希望再也見不到她……

衝出孤兒院後，她在大街上漫無目的地奔跑，不知怎麼的，就跑入了一個陌生的公寓區，跑進了那條該死的小巷，然後……成為了公寓的住戶。

這世間果然存在著報應嗎？

是深雨毀了自己，還是自己毀了深雨呢？

淚水不斷滴落，她的雙腿都走不動路了。這時候，子夜扶住了她。

「堅強一些。」

敏微微抬起了頭，看向子夜。黑暗中，看不清她的表情。

「我會想辦法讓我們活下去的。所以，堅強一些。」子夜，很少會說鼓勵人的話。但是，此刻她卻說了。

她能夠感同身受。成為這個公寓的住戶，是一種怎樣悲哀的痛苦，無法掌控生死，如同螻蟻一般被玩弄。太多，太多的人死去了。

夏淵、歐陽菁、唐蘭炫、楊臨、林翎……

這些人，都是那麼努力地掙扎著想活下去，成為住戶後，也沒有完全絕望，一直都在拚盡一切開拓出一條生路，希望能夠活到第十次血字，離開公寓。

那些人做出的努力，才成為後來住戶的經驗，能夠令他們在黑暗中尋求方向。

沒有別的選擇，唯有拚死找到離開公寓的道路！

「我們沒有別的選擇。再憎恨，再恐懼，再絕望，現實還是不會改變。」子夜繼續對敏說道，「要活下去，只有選擇繼續努力。」

接著，她就朝樓梯走了過去。

敏挪動腳步，跟了上去。心悸感雖依舊存在著，但是，正如子夜所說，沒有選擇。沒有選擇了！沒有誰是願意經歷這一切而成為住戶的。但是成為住戶，已經是無法改變的事實。唯有活過十次血字，或者取得地獄契約，才能夠成為活下去的方法。

第二層的倉庫中基本空無一物。因為要尋找那件嫁衣，所以必須打開手電筒。此刻二人也無法顧忌什麼了。

敏始終躲在子夜身後，就怕手電筒照著照著，會出現一個恐怖鬼影。

不給出生路提示前，鬼不會殺人……如果真是如此就好了。但是，生路提示往往很隱晦，越到後來越難找。

現在……該怎麼辦？

找到了嫁衣後，怎麼和子夜搶奪地獄契約碎片呢？

二人繼續走向樓梯。

走向三樓的時候，心悸感又加強了。

子夜甚至感覺向前走路，都有些困難了。

走入附近的倉庫大門內，只有一些空的紙箱。儘管如此，子夜還是走過去一一翻看，試圖尋找出嫁衣的蹤跡。

同時，她也留意著四周，看有沒有什麼可能會是生路的提示。

雖然那心悸感一直很強烈，不過，始終沒有出現鬼的蹤跡。但，這樣反而更折磨人。敏不斷撓著頭皮，翻著一個個紙箱，都沒有嫁衣。

其實，契約碎片雖然重要，但她此刻想得更多的，是如何活下去。

「這個樓層的倉庫沒有，去上面的樓層吧。」

敏點點頭，回過頭去看向子夜，這時候她透過手電筒的光發現，子夜正凝神思索著，她注意觀察著四周所有的蛛絲馬跡。

只有活下去……這是唯一的選擇……

走出倉庫，又走向樓梯的位置。敏的身體，更加貼近子夜了。

「嬴小姐……你有找出什麼線索嗎？生路的線索？」

「目前我還沒有任何頭緒。」子夜搖搖頭，「也許再上面的樓層會有吧。」

「如果，如果鬼突然出現了，那我們……」

「只有逃走，沒有別的辦法。」

可是能夠逃掉嗎？深雨，自己還能夠見到深雨嗎？

也許，永遠也見不到她了。對自己的一生而言，深雨，算是什麼呢？這個時候，第四層到了。再度擰開手電筒的開關時……倉庫大門赫然出現在眼前。

走了進去一看，這個倉庫非常大。但是，幾乎沒有別的東西。

而在倉庫正中央，手電筒照過去一看……

一個掛著一件大紅色古式嫁衣的衣架，赫然出現在兩個人眼前！

那件紅色嫁衣赫然出現在敏和子夜面前，周圍空無一物，一目了然！

然而，這卻讓兩個人都止步不前。

這件嫁衣，很有可能隱藏了陷阱。難保不會接近嫁衣就發生什麼可怕的事情！

就在這沉默的氣氛下，敏身上的手機忽然振動起來。這讓敏嚇了一大跳，連忙摸出手機接通，手機另外一頭，立即傳來了一個聽起來很模糊的聲音。

「聽好，不要穿上那件嫁衣。無論如何，都不要穿上它！」這句話說完後，電話就掛了。

敏卻是拿著那手機，發了一會兒呆，去看來電顯示，卻是個陌生的號碼。是誰打來的？聽聲音應該是個男人，但好像故意用什麼蒙住嘴說話，聽不出是誰。

如果是女性，她立即就會想到是深雨。但卻是男人，那會是誰？

「誰打來的？」子夜問。

「打，打錯的。」敏連忙將手機塞回口袋，看向紅色嫁衣。

不要穿上它？誰要去穿它？

兩個人還是沉默著，一動不動，終於，子夜動了。她開始朝那件嫁衣走了過去。接著，敏也邁開了腳步。

無論如何，總不可能放著眼前的契約碎片不去拿啊！

至於陷阱，看情況再說吧。

不要穿上它？好古怪的說法。

越來越接近那紅色嫁衣，兩個人的步伐也越來越慢，尤其是在只剩五米的時候，速度極慢極慢，走一米都要耗費幾十秒。離那件嫁衣，越來越近了。

突然嬴子夜奔跑幾步，一把掀開嫁衣，隨著嫁衣落到一旁的地上，她也終於看見了衣架夾縫上夾著的一張碎片。與此同時，敏也似乎反應了過來，為了地獄契約碎片，她衝過來打算和嬴子夜拚搶。

而就在這時候，一陣強烈的心悸感忽然洶湧而來，子夜和敏動作都停頓了一下，感覺天地萬物似乎在刹那間消失得無影無蹤，只剩下眼前這件掉落在地上的嫁衣。

嫁衣……紅色的嫁衣……

忘記了公寓，忘記了地獄契約，忘記了鬼魂的存在……

子夜和敏的雙眸，都變得一片迷茫，伸出手去，要抓向那嫁衣！兩個人與嫁衣的距離幾乎一致，就看誰的手更快了。眼看手距離那嫁衣越來越近，敏忽然抓住子夜的手，她的眼睛依舊變得空洞不已，身體彷彿是被操縱的機械人偶一般，用冰冷的口吻說：「這件嫁衣……是我的。是我的！」

子夜也看向她，她的眼睛也變得完全沒有生氣，看到敏阻止自己取得嫁衣，雙眼露出一絲凶光。

兩個人，這時居然不為契約碎片，而是為了嫁衣本身而開始爭奪！

「是我的……是我的……」敏感覺世間不再存在任何東西，甚至連深雨的存在都被她忘記了。她的眼前，只剩下了這件紅色嫁衣！

無論如何都要穿上它，穿上它！

任何和自己搶奪嫁衣的人，就殺死她！無論那是誰！甚至連李隱的警告，都忘記得乾乾淨淨了。

接著，她大吼一聲，死死地拉開子夜的手，伸向嫁衣！而子夜也揚起右腿，用膝關節狠狠擊中敏的腹部，讓她痛苦地倒在地上。而子夜去抓那嫁衣的同時，敏猛地將衣架弄倒在地上，然後如同一隻暴怒的獅子一般，撲向子夜，把她撲倒在地上，雙手狠狠地掐住子夜的脖子！

「死，死，死吧！這件嫁衣是我的，是我的！誰也別要搶走它！」

子夜感覺呼吸越來越困難，脖子被扼得越來越緊。敏是真的要殺掉她！

子夜忽然也伸出手，抓住敏的雙手，要將其拉開，可是，無論怎麼拉，敏都不肯放手。最終，子夜將手移向敏的面部！死死地抓她的臉頰！子夜是拚了命去抓，很快敏的臉上出現了一道道觸目心驚的血痕！

鮮血不斷流下，她的雙手依舊不斷用力，絲毫不肯放手。子夜的雙腿也試圖掙扎，可是被敏死死壓著，根本動彈不了。

子夜的手向旁邊抓去，想要抓住什麼可以充當武器的東西，最終她抓住了那個衣架的支架。她發了狠，抓起那支架，就朝著敏的額頭部位敲了下去！

敏終於鬆開了手，子夜則是掙脫開她，伏在一旁，不停地咳嗽。

那張羊皮紙碎片，此刻就在倆人腳下的地上，觸手可及，此刻卻似乎被遺忘了一般。

子夜又站起身，雖然還是在咳嗽，不過她死死盯著敏手中的嫁衣，拿起那衣架，就朝敏打過來！

敏立即避開衣架，右手死死抓著嫁衣，然後左手抓住那衣架一頭，往後一扯，隨即朝著子夜頭上打去！子夜的額頭也被那衣架狠狠打中，一個趔趄倒在地上，暈了過去。

「是我的了……是我的了……」敏此刻，頭腦中，只剩下這嫁衣。她立即抱住嫁衣，衝出了這個房間，跑到外面，接著，伸出右手，就朝著一隻袖子裏伸了進去……

同一時間，在生產車間大樓內，尋找著契約碎片的沈子凌和金德利二人，根本不知道另外一座大樓內發生的事情。

說是生產車間，但是已經幾乎沒有一張機床了。只剩下一些已經很舊的零件和壞掉的機器。雖然也有一些半成品的衣服，但根本沒有嫁衣。

「不知道嬴小姐和敏小姐那邊怎麼樣了……」金德利從一個紙箱內取出一件白色成品舊衣服，歎了口氣說：「還是找不到啊。沈子凌，你那邊怎麼樣？」

「沒什麼收穫。」沈子凌也回答道，「都是第六層了。該不會被嬴子夜和敏找到了吧？」

「算了。我認為，先考慮怎麼活下去更重要啊。」金德利將紙箱扔在地上，「沈子凌，你有沒有感覺，那個什麼嫁衣，很嚇人啊。還古式的，該不會，被什麼鬼魂附身了吧？」

「附身？有可能。中國古代的婦女，歷史地位始終非常低下。當初儒家的三綱中，其中就有『夫為妻綱』，女子必須從一而終，遵守三從四德，裹小腳，沒有求學和成為官員的可能，只能被視為生育子女的工具，被貞節牌坊束縛，過完悲慘的一生。很多女性婚姻不由自主，出嫁的時候，甚至根本不知道新郎的容貌。」

「是啊，」金德利點點頭說，「古代嫁衣上，很可能隱藏了古代怨靈的憎恨什麼的。想到這裏，我就心裏發毛啊。我說，乾脆這次契約碎片讓給嬴子夜算了，等將來七張碎片全部集合再說吧……」

「如果真是如此，嬴子夜也未必能夠取得吧。不過李隱那番話，讓我們誰都動不了她啊。李隱對她，用情果然很深。」沈子凌說到這裏，眼神有些落寞：「當年，我去參軍的時候，一直捨不下女友。但她說，她一定會等我，讓我安心去服兵役。但是，當我終於信守諾言回來的時候，她卻已經是別人的新娘了。那時候，我對愛情已經不再抱任何希望了。人和人之間的諾言，實在太脆弱了。所謂

『愛情』，也是可以朝三暮四的。可是，沒想到，真會有這種為了愛情不惜犧牲一切的人。」

這個樓層找完了。沒有嫁衣的蹤跡。

這個時候，沈子凌無意中注意到，窗戶正對著對面的存貨倉庫大樓。他心一動，想：如果現在用望遠鏡去看一看，會不會看到什麼呢？

他從背包內取出望遠鏡，打開窗戶，看了看。能看到嬴子夜和敏嗎？

這時候，對面大樓的窗戶一片黑暗，什麼也看不清楚。果然沒有收穫啊！

正當他打算放下望遠鏡的時候，忽然，一個紅色的身影出現在對面大樓的窗戶前！

沈子凌一驚，連忙看了過去。

那個紅色身影，看起來，是個穿著紅色衣服的人。那個人正背對著窗戶，留著一頭長髮。而那件紅色衣服，仔細一看……

竟然是一件嫁衣！

還不等沈子凌反應過來，忽然那個人回過了頭！

那個人……不，那是人嗎？

一條條紫色的筋條在臉上千溝萬壑地豎著，左邊的面孔被長長的頭髮完全遮住，嘴巴已經撕裂開，眼睛充滿冰冷和怨毒，死死地盯著窗戶！

沈子凌嚇得倒退了好幾步，扔掉了望遠鏡！

那張臉，不會錯的，那左邊面孔被頭髮遮住的臉，絕對是敏！

24 千萬不要穿上嫁衣

敏，穿上了那件嫁衣！

「喂，金德利，快逃！」沈子凌對身後的金德利大喊，「鬼，對面的大樓出現鬼了！快逃啊！」

金德利聽到這話也是現出駭然神色，立即朝對面大樓窗戶看去，然而只看到一片黑暗，其他的什麼也沒看到。

「鬼？你沒看錯吧？」

「絕對沒錯！是敏，敏穿著那件嫁衣，她，她變成鬼了！」

這個時候，星辰回到了公寓所在社區。他的手，依舊死死捏著手機。

「那個人，到底是誰呢？無論如何，我已經打電話給敏，通知她，不要穿上那件嫁衣了。用公用電話亭打去，又用手帕捂住嘴說話，她應該不知道是我吧。發來彩信的這個人，和那放紙條的人，很可能是一個人啊。這麼一來，是公寓的住戶嗎？」

此刻，他手中的手機螢幕上，是一張照片。

照片拍攝的是一幅很抽象的畫。畫上，是一個穿著一件繡著鴛鴦的紅色嫁衣，頭微微低著的女人。女人的面目很可怕，滿臉都是紫色的筋條，頭髮遮住了左邊面孔，嘴巴完全撕裂開，張開雙手，好像要撲出來一般。

這幅畫畫得十分寫實，看起來當真很是嚇人。

「不會……是真的吧……」

子夜揉了揉眼睛，她支撐著身體坐了起來。第一反應，就是將螢光手錶拿到面前一看，時間……是凌晨一點多了。

過去那麼長時間了？

幸好這個時候沒鬼出現，否則……

剛才，她只感覺接近那嫁衣後，記憶就變得很朦朧了。而眼前，只有一個倒在地上的衣架。而……一張羊皮紙碎片，就在距離她不遠處的地面！

是地獄契約碎片！

子夜立即站起身衝上去，撿起了碎片，將其收入衣服的貼身暗袋內。如果，可以活到最後離去，那麼自己和李隱就有了兩張地獄契約碎片了！

她昏迷過去的這段時間裏，究竟發生了些什麼事情呢？

這個時候，她的手機忽然振動了起來。子夜拿出手機一看，是沈子凌打來的。

接通電話後，沈子凌立即說：「嬴小姐嗎？敏，敏小姐她，她變成鬼了！」

「什麼？」

「她穿上那件嫁衣了，對吧？」

這時候，朦朧的記憶開始逐漸復甦起來。子夜立即回憶起，之前發生的一切！

不知道為什麼，好像那嫁衣有古怪的魔力一般，讓人想要穿上它，擁有它。接著，就失去理智，要去穿那件衣服，阻攔的人都要殺掉。

子夜感覺當時猶如著魔了一般。現在根本無法理解，那時候為何會那麼想。

「你們現在在哪裏？」

「在工廠三號廠房的地下室。我們已經在過道堆積了障礙物，可是，這樣下去……」

「固定待在一個地方是很危險的！立即離開那！」

「可是出去的話，也許會遇到……」

子夜想了一想，說：「待在那裏一樣很危險，總之……」

的確，這個江楓製衣廠，沒有一個安全的地方存在。

敏變成了鬼？

「你說她穿上了嫁衣？」

「嗯，我用望遠鏡看到的。然後我和金德利就不斷地逃，後來終於逃進這個地下室裏。我也知道一直待在這也不安全，可是……可是……」

生路的提示出現了嗎？

嫁衣，穿上嫁衣……變成鬼……敏變成了一個鬼？

那嫁衣莫非被什麼邪惡的東西附體，然後敏成為了惡靈的宿主？這很有可能。恐怖小說裏，這樣的套路也不少見。

如果剛才，搶到嫁衣的人是自己，那麼變成鬼的……就很可能是自己了！

「聽好，你們先離開地下室。如果鬼出現在那，你們根本連逃的地方也沒有。到了外面，才有可能逃的餘地。先出來再說，我立即趕到第三廠房。」

子夜掛斷了電話。

此刻，鬼時刻都可能出現在她的周圍。生路提示很可能出現了，也就是說這個時候可以毫無忌憚地殺死她。

生路提示是什麼呢？毀掉那紅色嫁衣？目前的敏是完全變為了鬼嗎？是否還有住戶時候的記憶和意識存在？

子夜又撥打了李隱的手機號。

此刻，在公寓四〇四室，李隱放在眼前茶几上的手機，鈴聲驟然響起！李隱在聽到鈴聲的瞬間，手就迅速地伸上去，甚至銀夜都沒看清楚他是怎麼打開手機翻蓋的，他就已經接通了電話：「喂，子夜，目前情況如何？」

「嗯，嗯……是這樣啊。」

李隱聽到子夜險些穿上那件嫁衣，內心也是很緊張。好險！差一點點，子夜就變成了惡鬼！

「知道了。」李隱揉著太陽穴，閉著眼睛思考對策，他的內心早就飛到江楓製衣廠去了。

「生路不是『別穿上嫁衣』。因為契約碎片，我們必須接近那嫁衣。而按照你的說法，一旦接近那嫁衣就可能會喪失心智，而搶奪嫁衣將其穿上，從這幾點可以判斷出，公寓的生路並不是這個，否則的話，就是必死之局。」

「我不明白。」子夜說，「但是對敏而言就是個『必死之局』。她……」

「這個問題，確實不解啊。」李隱思索了一會兒，「總之，目前還不清楚，這個鬼是否可以感知你們所在的位置啊。」

的確如此，雖然沈子凌說，鬼暫時沒找到他們，但是，這不代表他們的位置無法被感知。也可能是，還沒有讓他們看到相應的生路提示，或者是還沒有做出某種打破生路條件的行為。甚至，也可能是鬼故意玩弄他們。

在位置可能被感知的情況下，擁有地獄契約碎片的子夜，是最危險的。

這一點，令李隱很擔心。所以他必須儘快地想辦法瞭解這個鬼有沒有感知他們所在的能力。

再這樣下去，子夜太危險了！

李隱一邊聽著手機，一邊用大拇指在手機上敲擊了三下。這是他和子夜約定的一個暗號，如果聽到這個聲音，就意味著李隱對子夜下達的指示……

一旦遇到鬼出現，就馬上放棄契約碎片！

子夜和地獄契約比，李隱毫不猶豫地選擇前者！

「總之就這麼做吧。如果有事情，我再打電話過來。」

子夜掛斷電話後，來到了黑暗的室外。此刻，工廠依舊在一片寂靜的黑暗中，四周一個人都沒有。

而恐怖的正是這樣的時刻。

子夜隨時注意著前後左右，甚至上方，絲毫不敢鬆懈。此刻，哪怕有一秒的不注意，下一刻自己就有可能命喪黃泉。

拐過幾座樓房，接近第三廠房的時候，她已經看到沈子凌和金德利從遠處跑來。

那兩個人都還活著。

二人跑到子夜面前後，都有些氣喘吁吁。金德利四周環顧著，說：「我們，我們接下來該怎麼辦啊？敏，敏她真的變成鬼了，她會殺掉我們的！」

「別那麼慌張。」子夜說道，「這個工廠那麼大，如果無法感知我們的位置，那麼也不是那麼容易就找到我們的。現在，我們依舊有不少有利的地方。」

這個時候，沈子凌看著子夜，心想：不知道地獄契約碎片在誰的身上？如果在敏身上，絕對沒那個命去拿，如果在子夜身上，就更麻煩，有李隱在，她只要拚死不給我們契約碎片，那我們也拿她沒辦法。

子夜看了看四周，說：「我建議，暫時躲進員工食堂去。員工食堂在第一廠房的底樓，一共有四個出入口。一旦鬼出現，我們也可以逃走。而待在室內也不容易被發現，否則只要居高臨下，就有可能發現我們。」

「但是，如果有分身怎麼辦？」金德利還是不放心，「如果把四個門都堵住……」

「這種需要附體在人類身上才能行動的邪靈，有分身的可能極小。」子夜搖搖頭，「而且按照你的說法，只要變出無限的分身，這個工廠早就遍佈鬼魂，我們哪裏還有活路。」

子夜說得言之有理。兩個人也只有聽她的了。

來到員工食堂內，三人選擇了一個門窗都無法看到的死角待著，同時也距離某扇門很近。三個人，都是背靠背坐在地上，無論鬼從哪個方向過來都能夠發現。當然子夜也提醒他們，也要時刻注意天花板。李隱之前就是忽略了天花板，險些在寧豐社區喪命。

在等待的時候，每個人也都看著手錶。雖然知道在這個食堂熬到時間結束根本不現實，但也沒有其他辦法了。

接下來，就是生路的討論了。

「我有一個想法，」沈子凌提出，「會不會，把那件嫁衣脫下來，敏就會恢復原狀？她現在很可能只是被附體，但並沒有死去。」

「你說得倒輕鬆。」金德利冷笑著回應道，「你敢去脫那件嫁衣？你這不就跟老鼠去給貓掛鈴鐺的那個寓言一樣麼。」

「我也認為不太可能是生路。」子夜也反駁道，「至今為止，生路多數是易於實現的行為，甚至還有些時候公寓會給予輔助類道具，作為生路本身，這種行為等同於送死，是生路的可能性太小，一旦失敗就全盤皆輸，目前也不存在驗證的方法。」

「果然如此嗎……」沈子凌搔了搔頭發，「那……金德利，你有什麼想法嗎？」

「我怎麼知道。」金德利說，「對了，嬴小姐，打電話給樓長吧。樓長他一定……」

「我打給他了。」子夜又抬頭看了看天花板，「他正在和柯銀夜、柯銀羽討論中。集合那三個人的智慧，也許很快就能想出生路。」

李隱、柯銀夜、柯銀羽，都是公寓中多智的人物，李隱本人更是超越昔日夏淵，執行了六次血字指示。這三個人一齊想辦法，或許真能夠逃出去啊！

「我認為關鍵還是那件嫁衣。」金德利又開口道，「那件古式嫁衣，肯定是指向生路的關鍵。」

「嗯。我感覺把契約碎片放在那，根本就是公寓的陷阱啊。如果接近那嫁衣，就會如同嬴小姐你說的那樣，變得喪失理智穿上嫁衣的話……那血字本身簡直就是絕境啊。提供給我們拿碎片的機會，卻又同時讓接近嫁衣的人變成鬼……這也太……」

「這點我也不理解。」子夜又說道，「公寓不可能給出真正意義上的『必死之局』。除非，存在我們尚未察覺的生路。」

「尚未察覺的生路……」沈子凌和金德利此刻都咬著牙……

「那個人……」金德利忽然說，「上次放了那張A４紙的住戶，他也許真的知道生路呢。」

「不是不確定他的話對不對嗎？」沈子凌說，「何況，那個住戶也不知道生路，否則直接寫『摸到一個頭盔就馬上戴上』，他們不就不會死了嗎？」

「說起來，」金德利歎了口氣說，「還是不知道，是哪個住戶放了那張紙條啊。到底是誰，為什麼那麼做呢？大概是哪個在公寓中精神崩潰的住戶吧？想乾脆拖幾個住戶一起死，就列印出了那張紙條。」

人被逼入絕境，有時候所做的一些行為的確無法用正常邏輯推測。

時間不斷地流逝，流逝……

過去了大概一個小時左右，食堂內一片寂靜，絲毫沒有任何奇怪的地方。

難道鬼真的無法感知他們所在位置？

如果是真的，那辦法就多了。這裏不是那寸草不生的華岩山，完全可以躲到某些大樓內，某個隱秘房間，要找到那也不會很容易。

子夜摸了摸自己胸口的暗袋……契約碎片，就在裏面。

「該不會……鬼真無法感知住戶的位置？」

此時在公寓，李隱對銀夜說：「子夜已經一個小時以上沒打電話過來了。另外三人也沒打來。如果鬼沒有找到她，那也許就意味著……」

李隱也不敢打電話過去問，發簡訊也不敢，就怕子夜正躲藏在某處，這一打過去讓鬼發現。上一次在寧豐社區，楊臨就曾經那麼做，差點害死子夜和銀羽。

「現在下結論似乎還為時過早。」銀夜還是不敢認同，「也許鬼可以感知他們，但是限於某個條件無法殺死住戶。一旦構成那個條件，會發生什麼事情，就很難說了。」

氣氛一下變得很壓抑。

「關於那件古式嫁衣，」銀夜又說，「你們知道『冥婚』嗎？」

對中國古文化非常瞭解的銀夜，自然很清楚「冥婚」這一習俗。冥婚又稱為陰婚，是一種古代，為死人舉行婚禮的怪異習俗。在漢代以前就出現過，在宋代時最為盛行。

「冥婚，一般是在未婚子女死亡後，將其並骨合葬，但也有讓已經訂婚的女子，嫁入已經亡故的丈夫家，抱牌位成親的先例。」

「冥婚？」李隱的確對此有些印象，「你是說那古式嫁衣，和冥婚有關？」

「我也只是猜測罷了。江楓製衣廠從未接過古式嫁衣的訂單，也就是說那嫁衣是因為公寓才會出現在那的。那麼，是不是說，那嫁衣是代表冥婚中的『新娘子』呢？」

李隱愣住了，問：「你這話是什麼意思？」

「也就是說……假如有一個活著的『新郎』，接近那嫁衣，和新娘子完成冥婚，完成其心願，或許就會離開附體的敏，回歸陰間去了……當然，這只是我的假設。」

冥婚？新郎和新娘？

「不是吧？」李隱感覺太過詭異了，「你能確定嗎？」

「這麼一來或許就可以解釋，為什麼接近嫁衣，女性就會喪失心智。目前無法確定男性接近那嫁衣會有什麼反應，也許不會喪失心智呢？也就是說，男性如果接近嫁衣，和其拜天地，行夫妻之禮，或許就構成了生路條件。」

「好噁心的感覺，」銀羽插話道，「和一件嫁衣拜天地……那難道還要入洞房不成？」

「銀夜……就算你的說法是對的，可是無法驗證啊。再說哪裏去找新郎服裝這些東西……」

銀夜沉吟了片刻，說：「的確很難驗證，這個我承認。不過我也想不出別的可能了。目前線索實在太少了。」

就在這個時候，忽然響起了門鈴聲。

銀羽立即站起身說：「我去開門，你們繼續討論。」

銀羽打開門一看，外面站著的人，是卞星辰。

「卞先生？」銀羽忙說，「你有什麼事情？」

「我想來問問，敏他們的消息如何了。畢竟敏就住我隔壁，也算有些感情，所以來問問。」

「嗯，那進來吧。」

走入四〇四室的客廳，卞星辰就見李隱和柯銀夜還在討論，他只聽到「冥婚」什麼的。

「那個……樓長。」星辰立即問道，「敏她，還活著嗎？」

「這個……」李隱搖了搖頭，說：「她的情況很糟糕。」

「很糟糕？什麼意思？」星辰不安起來，不會，不會是被發那條彩信來的人說中了吧……

「敏穿上了那件嫁衣，變成了一個『鬼』。」

星辰聽到這幾句話的同時，大腦一片空白！

發來彩信的手機，還在他的口袋裏啊！

「什麼……什麼時候的事情……」

「一小時前子夜打電話來。她和敏進入江楓製衣廠不久，」銀夜補充說明道，「接著，就……」

聽完一切後，星辰連忙說：「我，我感覺不太舒服，我先走了。」

說完他逃跑似的衝出房間去，飛速衝到電梯前，伸出手，顫抖了好幾下才按下電梯按鈕。

「真……真……真的！」

「那個人……真的能夠預言出來！」

星辰此刻激動得不能自已！那個人，那個人如果真的可以將未來血字會發生的事情預先畫出來，那麼通過血字的機會將大大增加啊！就是一路順利地活到第十次血字，也不是不可能的！

那個人，怎麼說來著的？

交易，要和自己交易！管他要什麼代價、報酬！錢？如果要錢怎麼辦？雖然卞家很有錢，但是父母一直都把財務方面的事情交由哥哥管理。

房子！賣掉那棟別墅，賣掉的話就有足夠的錢了！那麼大一棟別墅啊，還是在市中心啊！那個人要錢，給他就是。再怎麼說，要個一千萬最多了吧？如果要得太多怎麼辦？

讓在美國的父親匯款？但是如果那個人要得太多，那自己……

可恨自己居然沒有錢！自己怎麼說也是卞家的少爺啊！卞家長年僑居海外，生意遍佈好幾個國家啊！

假如父親百年之後，他繼承了大筆遺產，至少也可以分個一半，就算那個神秘人開價五六千萬美金，也可以付得出來！可父親現在還活得好好的。

他倒是知道，母親去美國以前，給哥哥在國內銀行開了一個戶頭，裏面應該有不少錢。

哥哥有錢……一個可怕的惡念在自己腦海中萌生……

星辰大步流星地走出公寓，他知道，自己必須儘快！

哥哥……這就當是……你還我這隻眼睛的債吧……不要怪我！

幽暗的員工食堂內，依舊寂靜。

「這樣就更好了。」

用了更多的遮擋物，例如桌椅，將身體蓋住後，被發現的可能更進一步縮小了。最初沒有人認為鬼不具備感知方位能力，但如今看來，這一可能再不斷增加。

三個人甚至也互相不再說話，就怕聲音引來那個鬼。

子夜回過頭，看了看背後的金德利和沈子凌，他們此刻的緊張有了很大程度的緩和。不過，沒有血字生路，要逃出去，依舊很困難。

就在這時候，忽然沈子凌聲音很低地說了一句話。

「子夜……那件嫁衣，能不能看出，是哪個朝代的？古代人新娘的嫁衣，也是有不同種類的。」這之前，他們都上網搜集了很多這方面的資料，以備不時之需。不過，網上的資料也不可盡信，但是一時要找到這樣的專業書籍也不容易。

子夜剛要說話，那金德利卻是低聲說：「什麼意思？什麼朝代的很重要？」

「這個嘛，如果結合與古代嫁衣有關的風俗的話，也許可以理解血字的生路。」沈子凌繼續說道，「具體瞭解一下的話……」

「這麼說的話，會不會……」金德利沉吟了一會兒，「和殉葬有關係？」

「殉葬？」

金德利繼續說道：「你也知道吧，在奴隸社會時期，就很盛行殉葬制度。皇帝死後，有些妃子就會一起被殉葬。難道和這嫁衣有關？」

雖然胡思亂想了很多，不過，思路都集中在「古代」。

子夜此刻，則也是時刻注意著四周，尤其是天花板。透過擋在面前的桌子的縫隙，她也凝神觀察著，任何風吹草動，她都會立即產生反應。

鬼無法感知，是不是因為在敏這個人類的肉身上呢？也就是說，在精神上和敏是完全相同的？僅僅是個「肉身」上超脫物理性，但精神上依舊遵循物理性的鬼嗎？

在血字中，局部可以理解的物理現象，往往會構成生路的關鍵要素。假定這一點的話，敏的記憶應該也可以被讀取。也就是說完全可能撥打他們所有人的手機。不過此刻手機都調成了振動，無法通過鈴聲來判斷方位的。

而且敏的記憶可以被讀取的話，那麼自然判斷得出，契約碎片在自己身上。這一點自然是致命的，也就是說，鬼優先會選擇殺有著契約碎片的自己。如果真是如此，只能和上次寧豐社區一樣，丟棄碎片以求自保了。李隱當時在電話另外一頭的「指示」，她自然是聽到了。

但是，地獄契約，是可以成功離開公寓的一個極大捷徑。不到萬不得已，子夜是不會選擇那麼做的。只是，這個「萬不得已」的情況，太容易發生了。

面對超脫人類物理常識的鬼，根本就束手無策。任何物理性打擊都無法令鬼致命，這一點，就是最絕望的時候。

除了公寓的「生路」，唯有這地獄契約碎片，可以帶給自己和李隱生存的希望。

那一天，在那家餐廳裏，李隱語重心長地告訴自己，一定要取得地獄契約。當時，他的聲音中含著決絕和痛苦。

子夜能夠讀懂他的痛苦。

李隱很清楚，要做到這一點，不光要面臨更多血字帶來的威脅，更要和那些昔日生死與共的住戶，反目成仇。夏淵死了，葉可欣死了，唐蘭炫死了，楊臨死了……

也許，李隱將來還要用他的手，再去殺掉昔日自己珍視的人。

那個時候，雖然看不見，但是子夜知道，李隱的心在啜泣。他其實是多麼想保護自己以及其他的住戶，希望能夠救更多的人。他似乎對這件事情有著超乎尋常的執著。而這個執著，卻在地獄契約帶來的誘惑下，完全動搖了。

自己和他人的生命相較，他選擇了前者。

所以，他才能說出，會「殺死」住戶的那種話來。子夜很清楚，李隱不是那種能夠隨便把「殺」字想當然地說出來的那種人。

與其說他那樣是在給住戶立威，倒不如說……李隱在強行撕碎他內心僅存的良知和人性。為了活下去，他不得不那麼做。

但是，那麼重視自己生命的他，卻還是敲著自己的大拇指，向自己傳遞了這個信號——為了活下去，可以連自己的人性也能泯滅的李隱，為了子夜的生命，毫不猶豫地選擇了子夜。如果他不那麼做，子夜強行保存契約碎片，或許還可以落入另外一個住戶手中。雖然可能性小，但如果將碎片再給鬼，再拿回來的可能性就幾乎為零了。

在李隱心中，子夜比他自己，和所有其他的住戶，都要來得重要得多。

她再一次摸向胸口暗袋的位置。

她會把契約碎片帶回去的。她不想再看到李隱痛苦的樣子了。

因為，對子夜而言，李隱也一樣最為重要。比任何人，都要來得重要。

這時候，子夜忽然感覺手濕濕的。她立即將手拿到眼前一看，雖然很黑，但撲鼻而來的，是一股濃烈的血腥氣！

子夜摸向自己的胸口和地面，這時候發現，自己身後不斷地滲出血來！

她立即回過頭去一看，沈子凌和金德利都還好好地坐著。

子夜立即去推沈子凌，說：「沈……」

話沒說完，沈子凌的身體重重倒在了地上，定睛看去，他的胸口，竟然出現了一個碗口大小的空洞！

他已經死了！

就這樣無聲無息地，在他們背後！

「啊——」金德利頓時要尖叫起來，子夜立刻捂住他的嘴巴，迅速站起身，朝著其中一個出口跑去！

跑的同時，她不斷聽到附近那些桌子下方傳來強烈的撞擊聲。眼角略微斜著看去，桌子底下，一個紅紅的影子飛速穿行著！

她和金德利飛快地跑出了食堂，兩個人都跑得飛快，絲毫不敢停下！

子夜此刻感覺後背盡是冷汗……

敏變化的這個鬼，可怕程度遠遠超出想像！竟然一點動靜都沒有，就將沈子凌在瞬間殺死！也就是說，剛才，那個鬼一樣可以這樣無聲無息地將自己也送入陰曹地府去！

「分頭跑！」子夜對金德利說，「一起跑的話，遲早會死！」

沒有別的選擇了！只有暫時分開！

說完也不等金德利同意不同意，子夜就朝和他完全不同的另外一個方向跑去！

這可以說是二選一的賭命抉擇。子夜也很清楚，那個鬼很可能優先選擇自己？但當下她也想不出更好的增加生存可能的方法來了。

沿著眼前一座廠房大樓，她發現自己越來越接近於工廠某個出口了。根據對工廠各個廠房位置的記憶，子夜彎入了另外一條道上，更加健步如飛，然而……

那股強烈的心悸感開始襲來！

放棄地獄契約碎片嗎？

放棄掉碎片，也許就意味著，放棄自己和李隱的未來！

子夜的手不斷緊抓著衣服，她無法下決心丟掉碎片。

唐醫生的死，她看得很清楚。人的心魔會在魔王級血字指示，變為無所不在的夢魘，也就是純粹的唯心現象。根本無從逃避，也沒有生路可言。只有地獄契約，才可以對抗魔王級血字指示！

這個時候，子夜穿行到了一片空曠地帶。

再一次回過頭去，沒有人追上來。

周圍，空無一人。

但是子夜很清楚，時時刻刻，鬼都有可能再度出現！

一般情況下，鬼不會在很短的時間內連續殺兩個人。每次殺人都會有一段時間的間隔期，也許是十分鐘、半小時、一小時，甚至一天。

不過，在這次僅僅半天時間的血字指示中，間隔必然會很短！最多，也就一個小時。最少，就是只有十到二十分鐘，也是大有可能的！

所以時限越短，對住戶越危險！

子夜從暗袋內取出了地獄契約碎片，緊緊抓在手心。如果真到了最後一刻，只有扔出契約碎片，爭取到一點逃跑時間了。

周圍一片寂靜。但這才是最為可怕的。

她不斷地看著前後左右，以及上方，甚至腳下。子夜沒有漏掉一個地方，但是一切都很正常。這種暴風雨前的寧靜，比真正鬼出現的時候更加可怕。

子夜判斷著該如何逃生，這附近的廠房還有三座，但是，跑進廠房就等於進入一個囚籠，她事先早就精密研究過，這幾座廠房都只有一個出入口。雖然可以用窗戶逃生，但那比門要慢上許多，她實在是不敢把性命寄託在這上面。進入建築物，也可以起到遮擋身體的作用。但問題是……

鬼果真沒有能力，來感知自己所在位置嗎？如果可以感知位置的話，那麼根本無用啊。

最後，子夜還是決定，進入旁邊一座廠房內。但是，不上樓去。在執行血字的時候進入高層建築，那是找死。

時間還很長。她根本沒有選擇。生路依舊還是很難推斷出來。畢竟，線索太少太少了。

同一時間，星辰，來到了他哥哥所住的別墅住宅區。通過水上的浮橋，來到那座人工湖的湖心，巍峨的別墅赫然出現在眼前。

星辰下定決心，無論如何都要去做。

哥哥對今後或許有很大幫助，但是，李隱的智慧，其實也不在哥哥之下。所以，哥哥不是「必須」存在的。

邪惡的念頭其實也令星辰非常內疚，但是，沒有其他選擇了。

但是，當他真的站在鐵門前，他卻無論如何也進不去了。

我在做什麼……

為什麼要這麼做……

星辰捫心自問，星炎是個很稱職的兄長。他並沒有做過對不起自己的事情，反而一直很關懷他。當然，因為那優越的資質，有時候會顯得自信，甚至自傲一些，也是正常的。他並不在星辰面前掩飾自己的優越感，而那令星辰感到無比大的壓力。

星辰幾乎做什麼都是失敗的，都勝不過哥哥。沒有一技之長，悟性差，也沒有經商的才能。從小，就是被母親放棄的人。

可是，哥哥卻並沒有放棄自己。他，一直都細心教導自己，教授他許多學習經驗，自己提出想到中國來，也是哥哥答應的。

「我……」與其說是恨哥哥……倒不如說，是恨無法超越哥哥的自己吧。

就在星辰思緒萬千的時候，他的手機又一次響了。星辰立即取出了手機，又是個陌生的號碼。

接通後，那個熟悉的聲音再度傳來：「怎麼樣？你現在，知道那封彩信的真偽了吧？」

「我相信你！」星辰迫不及待地說，「你，你有什麼條件？有什麼條件你儘管提吧！」

「別那麼急嘛。反正，你下一次血字指示還沒到啊。」

「你是不是公寓的住戶？如果你是住戶的話，肯定過了很多次血字，難道，你是李隱？或者是柯銀夜？還是柯銀羽？」

「住戶？別開玩笑了。記住一件事情吧，我，對你們所有人來說，是『神』。你們的生死，全部都在我一念之間，可以決定。你相信嗎？」

「我，我信！求求你，你到底有什麼條件？要錢？還是……」

「錢的話，當然也可以。不過錢不是我最想要的。我最想要的是……看到人類偽善的本性暴露，那份原始的『惡』的醜態的萌生。對我而言，那就是最大的快樂。我想向你索取的報酬，明天我會聯繫你，向你索取。」

「人類的……原始的『惡』？」星辰緊握著手機，攥緊拳頭，說：「這到底是什麼意思？莫非……莫非公寓是你建造的嗎？血字的詛咒也是你創造的？是你主導和支配著一切？」

「哈哈——！」那個聲音大笑起來，「你的想像力很豐富啊，創造這個公寓？我哪裏有這麼大能耐。以前，夏淵他倒從來沒這麼和我說過呢。」

聽到這句話，星辰感覺身體一僵，隨即問：「誰？夏淵？什麼意思？」

「告訴你，也無妨。」

那個聲音開始變得低沉，以及充滿著一股令人毛骨悚然的冷然。

「五年半以前，我和那個叫夏淵的男人，也進行過這樣的交易。我將能夠提示生路的畫給他看，從第一次血字到第五次血字，那個男人就是靠我，才一直活了五年！是我，給了他五年的壽命！」

星辰頓時感到渾身冰冷。他加入公寓的時候，沒過多久，夏淵就死了。而住戶們，大多都說，夏淵是個如何如何了得的人物，每次執行血字都鎮定自若，能夠非常準確地判斷出生路，一次次險中求生。同時他也將許多血字的規則，以及一些幾十年來住戶總結的規律，告訴住戶們。

他曾經是公寓住戶心目中的「神明」。

「如果沒有我，他本來在第一次血字就會死去的。那時候，和我交易的住戶，也不止他一個。不過，這個男人，我和他交易的時間最長。你知道為什麼嗎？」

「為……為，為什麼？」

「因為那個男人，一直都信誓旦旦地說，他希望能夠解救其他的住戶，能夠盡可能多救一條人命。說得好像自己是偉人一樣，那個時候，我對他產生了非常大的興趣。這個男人的『偽善』，可以持續多久呢？我非常想知道。既然如此，就必須讓他盡可能多活一段日子。於是，我和他進行了交易。交易的內容是，我可以提供給他血字生路的線索，但是，也僅僅只會給他自己要執行的血字的生路線索，不允許他把血字的生路告訴別人！」

「你……你胡說什麼！夏淵以前執行成功的五次血字，我聽住戶說，有很多次他都和其他人一起回公寓的。如果只有他有生路線索……」

「我好像告訴過你，我當時交易的住戶，不止夏淵一個吧……」

聽到這裏，星辰頓時了然。

「當然，即使有生路線索也一樣死去的住戶也有不少，所以夏淵能活下來，運氣也不是一點也沒有。不過，我給予他的生路線索，最為關鍵。順便一提……夏淵總結出過許多血字的規律告訴你們吧？但你們不感覺奇怪嗎？」

「奇怪？奇怪什麼？」

「為什麼，那麼多規則都能夠延續下來？事實上能夠通過十次血字的住戶極少，加上死亡率那麼高，就算幾十年累積下來，那麼多詳細的規則都能夠一一流傳下來，並且完全經過夏淵一個人的口告訴你們，你們都不感覺到絲毫奇怪嗎？例如六到十次血字都可以直接回歸公寓，前五次血字出現複數鬼魂的可能較少，曾經有人用炸彈爆破公寓，這麼多的資訊，夏淵一個人完全得以繼承了……你們都不感覺奇怪嗎？」

星辰幾乎站不穩了。

「難道……難道說……」

「那些規則，全部都是我告訴他的。算是我額外的附送吧。我告訴他，執行血字絕對不可以把生路告訴其他住戶，如果他說了而令本該死去的住戶活下來，我就不會再和他交易。那個口口聲聲說要解救住戶的男人，完全按照我說的做了……他之前執行的，十字路口的血字，你聽說過吧？」

「啊……聽說過，那次夏淵是運氣很好才……」

「運氣？你相信有那麼好的運氣？那一次，四輛車連續開過來，生路就是，去看車子玻璃上是否映出對面的車子。映照不出的車子，就是『幻影』。朝著『幻影』衝過去，就沒事了。當然判斷也需要一點時間，車速又那麼快，他還是被撞到了，不過因為及時避開所以撿了一條性命。事後，他卻編造出了他僥倖被撞飛而不死的謊言來，和他同去的住戶自然是死無葬身之地！明明近在咫尺可以解救的人，為了自己的命，依舊捨棄了他們！這份人性罪惡的暴露，讓我更確定，這個男人有多麼偽善！為了嘉獎他展現給我的人的『惡』，我就將很多公寓的潛在規則告訴了他。通過我的畫……」

「那，為什麼……為什麼夏淵在第六次血字的時候死去了？你不是一直和他交易嗎？為什麼……」

「沒什麼，厭倦了而已。他帶給我的快樂已經足夠了，我，不需要他了。所以，第六次血字，我對他說：『提前一天到那個別墅去，然後你就會發現生路的線索。』但事實上，是因為我畫出了，他在那別墅前，被一個黑衣惡鬼殺死的畫。所以……」

「你……你……」星辰說不出話來。

這個人……是惡魔，是惡魔！

「那我怎麼知道你會不會同樣捨棄我？你……」

「沒關係。你和夏淵不同，他提供給我的報酬，已經足夠了，但只要你能夠一直給我我想要的報酬，我不會欺騙你。當然信不信隨便你。我，到時候還會聯絡你，提出我想要的報酬的。當然若是你不願意和我交易，我也無所謂。只不過……我可以明確告訴你……」

「第三次執行血字，你，即將會死！」

接著，電話就掛斷了。

走廊上一片漆黑。

破碎的窗戶，不斷地吹入蕭瑟的冷風。子夜走在路上的時候，時刻地注意四周左右。鬼可能感知他們位置的不安，不斷萌生。

為什麼，鬼過了那麼長時間才殺了沈子凌？就算是和敏遭到詛咒拉開距離，時間也太長了。

子夜開始推斷，這個鬼的殺戮，可能有另外的條件。沈子凌也許是觸發了那個條件才會死去。

他做了什麼我們沒有做的事情？

走到一扇已經鏽跡斑斑的門前，子夜站定了。

他提到了「殉葬」。雖然不是那之後馬上就被殺的，但是，感覺也沒過去多久。那麼，莫非被他說中了，殉葬果真是生路的關鍵嗎？

天南市在歷史上，從來都不曾作為任何一個古代國家的都城，無論從奴隸社會還是到封建社會，都是如此。不光是大王朝，即使是處於分裂割據時期的一些小國也是如此。

不過，不一定是國家的都城。在奴隸社會，一般奴隸主去世後，也會讓大批的奴隸殉葬。到了秦代的時候，秦始皇皇陵才以兵馬俑替代了人殉。

子夜穿過一條走廊，來到了一個大廳內。

那張契約碎片，依舊捏在她的手心裏。

這個大廳比較空曠。空曠這個條件，有利也有弊。有利的地方是鬼不容易突然出現，弊端則是不容易隱藏自己。

當然，如果鬼可以感知自己的位置，那藏不藏的就沒有多大意義了。

就在這時候……子夜將頭稍稍轉向旁邊，卻赫然看見……

那件古式嫁衣，居然就扔在地面上！

子夜立即警覺，立即回過頭朝反方向跑去，然而……退路上，再度看到地面上的那件嫁衣！回過頭去，原先的地方，嫁衣已經消失了。

子夜的身體漸漸冰冷，為什麼只有嫁衣？敏呢？

敏在哪裏？

就在這時候，那嫁衣的其中一隻袖子，猛然伸出一隻佈滿紫色筋條的手來！隨即，地上乾癟的嫁衣開始鼓了起來！

子夜回過頭去再要跑，嫁衣就會再度出現在她身後！無論朝哪個方向跑都一樣！

另外一隻手也伸出了衣袖來，接著，敏那已經完全扭曲的面孔，伸了出來……

「敏，清醒過來！」子夜只有用這最後的一招了，「你不是說你很想活下去嗎？你不是不想死嗎？那就快清醒過來，不要被嫁衣附體！」

情感攻勢，能夠奏效嗎？子夜不知道，但是，那件嫁衣已經完全被撐滿了！

「敏」正在慢慢站起來！

沒有辦法了……

「我把契約碎片給你！」

子夜說著這句話的瞬間，一邊回過頭去，要扔掉那契約碎片。誰知道就在這時候，一旁一扇門被撞開，金德利竟然衝了出來，大吼一聲。與此同時，子夜剛把手上的契約碎片鬆開，竟然被金德利抓在手心！

隨即金德利大喊道：「逃！」

接著兩個人就衝著廠房的大門逃去！

似乎，那鬼被「契約碎片」瞬間迷惑，而兩個人衝刺的速度又極快，一下跑出了這個廠房。金德利看起來很興奮，因為他拿到了地獄契約碎片！

衝出廠房後，他對一旁的子夜說：「嬴小姐！多謝你的契約碎片了！這下李隱也沒有理由向我發難了吧！」

「如果可以逃出去再說！」

子夜此刻也顧不得那許多了，那個鬼隨時還會追來！不過，現在，契約碎片，變成了在金德利的手上，也就是說，鬼優先攻擊的對象已經不再是自己了。

與此同時，在公寓。

李隱給星辰打去了一個電話。

「你和敏做鄰居也那麼長時間了，她，有沒有什麼精神上的弱點？比如特別害怕老鼠蟑螂，或者恐高之類的……」

「這我不太清楚……」

李隱記得，敏是孤兒出身。那麼，她就沒有父母親人了。

「敏有沒有什麼朋友夥伴？」

這個時候，星辰想起了敏和他提及的那個叫深雨的女孩。

「我，我知道了。敏她有一個……『妹妹』。她一直很惦記那個妹妹。」

「妹妹？」李隱聽了立即來了精神，如果是親人的話，也許能夠喚醒敏。

雖然不知道這會不會是生路，但現在李隱也暫時想不出更好的辦法。那所謂的冥婚假定，實在很難證實。「她妹妹叫什麼名字？住在哪裏？」

「她和妹妹都是孤兒。她妹妹名叫深雨。不過，現在不知所蹤。」

「不知所蹤？」李隱的心涼了半截，「算了……你知道敏的孤兒院在哪裏嗎？我親自去一次！」

如果可以將敏的人性喚醒，子夜就有生機！

「銀夜，銀羽，如果有什麼線索，立即聯繫我！」李隱披上一件大衣，「我去一下星齊孤兒院！那是敏以前住的地方！」

「現在是凌晨，那的人恐怕都睡了。沒有理由，你怎麼問出情況？」

「管不了那麼多了！」李隱把門重重推開，「再不快點找出線索，子夜就完了！」

那個叫「深雨」的人，為什麼偏偏這個時候失蹤了呢？

「我和你一起去吧，我有車。」銀夜跟了出來，對身後的銀羽說，「銀羽，你先回房間去吧。」

兩個人匆匆離開公寓，來到社區停車場上。

「銀夜，」李隱此刻已經慌亂到了極點，「子夜會死嗎？」

銀夜將車門打開，說：「上來吧。這種事情誰知道，不想她死你就盡可能去努力！這副消極的樣子，哪裏有李隱的風格！」

發動車子後，銀夜問：「那個星齊孤兒院，在哪裏？」

「就在……」

407 第七幕　魔性嫁衣

25 惡鬼圖

與此同時，江楓製衣廠。

金德利和子夜已經是跑得氣喘吁吁。「敏」沒有再度出現。

「金德利……」子夜靠在一面牆後，問道：「你瞭解敏的情況嗎？」

「嗯，還算清楚一點。」出乎預料，金德利居然還知道一些敏的情況。

「她是孤兒，你也知道吧？以前雖然我和她偶爾談過幾次。那個時候是因為在坐電梯的時候偶爾遇到，聊天的時候比較投機。」

「投機？」

「嗯，她和我以前一個樂隊的同伴性格很像。都是那種碰到什麼事情都放不開的人。而且，她也蠻喜歡搖滾樂的。」

子夜記得金德利是搖滾樂愛好者。

「所以我們談了不少和搖滾樂有關的事情，越談越感覺她的性格很像當時我樂隊裏那個人。她的眼睛裏，看起來有很深的陰霾啊。」

金德利說到這裏，已經將地獄契約碎片收入口袋，說：「我聲明啊，嬴小姐，碎片我可不會還給你了。」

「知道，你拿著吧。」子夜現在渾身力氣都被抽走，自認拚體力拚不過金德利。金德利是不敢殺她，但自保綽綽有餘。現在這個時候，還是多節省一點體力，增加活下去的希望更加重要一些。

「你剛才提到搖滾樂？」子夜有些意外，「難道，敏對搖滾樂特別酷愛嗎？」

「嗯，她特別喜歡披頭四的歌。」

「如果這樣的，那麼下載披頭四的音樂歌曲並播放出來，或許能夠起到喚醒敏的作用？」子夜不願意放過任何的求生法門，當即用手機聯網，下載了披頭四的音樂。

音樂是非常不可思議的。往往能夠起到淨化心靈的作用，甚至有人認為音樂可以阻止戰爭。金德利帶來的線索能否構成生路呢？

時間已經是凌晨四點多了。

「接下來，如果『敏』出現，就播放披頭四的音樂？」金德利不解，「你確定這對她有那麼大影響？我不知道她是否一定是我這樣的搖滾樂發燒友啊。」

「能夠和一個發燒友談那麼長時間的搖滾樂，即使她不是發燒友，也應該對搖滾樂有相當程度的喜愛。」子夜說到這裏又注意了一下身後，「目前只有賭一把了。你現在拿著地獄契約碎片，也就是說，你是優先被攻擊的對象啊。」

無論如何，地獄契約碎片落入了金德利手上，實在不知道是福是禍。

「搖滾樂……居然能夠成為我們最後的救星？」

金德利對這一點，感覺很不可思議。

星齊孤兒院到了。

李隱和銀夜下了車。這時候孤兒院大門緊閉著，門衛值班室還亮著燈。

李隱一個箭步衝上去，跑進門衛室後，他就對眼前的門衛說：「麻煩幫我聯繫孤兒院內的人，我有十萬火急的事情！」

「啊？有什麼事情天亮了再說吧。」那門衛不滿地說，「你們……」

李隱剛要說什麼，銀夜攔在他面前，說：「我們一個朋友現在要自殺，她是這個孤兒院裏長大的。現在，我們需要和她的妹妹聯繫。也只有她妹妹可以勸服她不要自殺了。」

「什麼？這……」

「人命關天啊！我們聯繫她，她都不接我們電話，也不知道她在哪裏，只有和她妹妹說，讓她妹妹和她聯繫讓她打消自殺念頭了！」

銀夜的謊言無懈可擊，門衛一聽是這等事情，也感覺事關重大，立即和孤兒院內的人聯繫了。

院長倒是還在。

「什麼？」

院長室內，剛剛醒過來的院長駭然地聽著李隱和銀夜的描述，說：「你們是說，敏要自殺嗎？」

「對。」銀夜斬釘截鐵地說，「你知道深雨吧？真沒有辦法聯繫上她嗎？」

「深雨那孩子……」院長皺了皺眉，「她和敏都是苦命人啊。那樣的孽緣，任何人都承受不了啊。」

「孽緣？」李隱不解，「什麼孽緣？」

「你們……」院長歎了口氣說，「我也真不知道，該怎麼去找到深雨。」

李隱連忙問：「那能不能讓我們進一下深雨的房間？也許能找到什麼東西，可以令敏的自殺念頭打消，比如照片啊，或者……」

「這……」院長很躊躇，「你們有什麼證明你們認識敏的東西嗎？」

「有。」銀夜毫不猶豫地取出了一張照片，「這張照片可以證明。」

這是大年夜晚上，連城夫婦的安排下，讓住戶們集中拍了一張新年照。敏當時也被伊莣拖著去拍下了照片。

「嗯，看來你們關係還不錯啊。」院長點點頭，「好吧，平時這種行為是絕對不允許的，但是現在事關重大，也只有……」

「深雨她後來一次也沒有再聯絡孤兒院的人嗎？」李隱又問，「哪怕一次也好，假如……」

「完全沒聯絡過。難道敏是因為深雨的不告而別而自殺嗎？深雨這孩子雙腿都不能走路，一個人怎麼生活啊……」

「雙腿無法走路？」銀夜問，「她是殘疾人嗎？」

「不錯。」院長點頭回答道，「深雨自小就罹患了小兒麻痹，她雙腿都無法行走。真是可憐。」

雙腿無法行走，那能走多遠？說不定就在這附近！

「她的手機一直打不通嗎？」

「她原有的號碼註銷了。」

「你們不報警嗎？」銀夜又問，「很可能是綁架或者誘拐啊？一個雙腿無法行走的人，被誘拐的可能性是很高的。」

「當然報警了。不過，可以確定她的確是出走的。因為她在自己房間裏留下一張紙條，說自己不會再回來。」

「那紙條，」李隱又追問，「可以給我看看嗎？」

「嗯，還保存在我這兒。敏她也看過了。」

這時候院長走到門前，拿出鑰匙開了門。

裏面是一個陰暗的房間。房間擺滿了不少畫具，正中的地方擺放著一個畫架。桌子上則有著調色板和畫筆，以及一盒盒顏料。

「紙條在這。」院長從身上拿出一張疊好的紙，交給了李隱：「你們看看吧。」

而銀夜則將桌子的抽屜一個一個拉開，隨即又看向那調色板，並打開了顏料盒。很明顯，都有用過的痕跡。

但是……沒有留下一幅畫。畫，全部被帶走了嗎？

「深雨很喜歡畫畫？」銀夜問。

「對。」院長指著那顏料盒和調色板說，「她特別喜愛油畫，從小到大一直廢寢忘食地畫，繪畫水準真是高超呢。不過，她似乎把畫都帶走了。」

銀夜點點頭，看向畫架。

如果，有一幅畫就好了，畫……也許也可以作為喚醒敏的人格的關鍵……

子夜和金德利目前在的地方，是位於第一廠房，也是三號工廠入口較近的一個車間大樓內。選擇在這裏，有一個很大的理由是……這座大樓，和旁邊的第二廠房，之間有一條聯絡橋。兩座大樓靠那個聯絡橋可以互相相連。

那個橋所在的第四層，是最安全的場所。無論「敏」從哪個方向襲來，逃生道路都不會被堵死。

天已經快亮了。

但是，天亮並不能改變什麼，要到中午時分，才能夠離開這個可怕的工廠。而在此之前，還有很多事情要處理。

「關於生路，暫時我也沒有頭緒。」子夜此刻和金德利站在聯絡橋的其中一頭，說：「不過，我估計，應該和那古式嫁衣本身有關。也許會牽涉到一些古代風俗。」

「這個我也想過。」金德利立即提道，「我之前就好幾次去查過資料了，包括這個工廠什麼的。不過也實在查不出有用的線索。到底該怎麼辦……我，我不會死在這吧……」

子夜將手機蓋打開，撥通了李隱手機的號碼，她打算再問問李隱。

她本打算集中一些有用的線索再一次性問清楚的，但是現在看來，這樣的時間是沒有的了。「敏」隨時會再次現身，至於那地獄契約碎片，她打算等終結血字，回到了公寓再做打算。

東方已經逐步露出魚肚白。天亮了，總算把人內心的恐懼和陰霾驅散了不少。

看著日出，金德利不禁一怔，暫時忘卻了恐懼，似乎是陷入了什麼回憶之中。

「還能夠看多少次這樣的日出呢？」金德利慨歎道，「我，到底還能夠……」

這時候子夜接通了李隱的電話。

「子夜！」李隱接到電話後激動不已，「你沒事吧？」

「嗯，暫時。」子夜看了看手錶，又對電話另一頭的李隱說：「之前我有發簡訊來，提到『殉葬』可能是線索，你看到了吧？」

「有。我也去查過了，但是，嫁衣本身和殉葬不是很有關聯。殉葬在我國，從奴隸社會起就極為盛行，但是你所看到的那古式嫁衣，明顯是在宋代到明代時間段內的，時代上相差太遠了。」

「這樣啊……」子夜再度看向聯絡橋另外一頭，又說：「那件衣服，所得知的資料實在太少。不過，一旦接近那衣服，似乎就會有想擁有它的衝動。不過我估計，應該要在一米的距離範圍內，才會有效。事實上之後我再度看到那嫁衣的時候，那衝動就不再有了。」

「那是，你要盡可能遠離嫁衣才是。」

「其實我還有一件在意的事情。」子夜繼續說道，「那就是，為什麼，敏被嫁衣上的惡靈附體後，為什麼，不回到我這裏，奪取契約碎片。這一點，很不理解。」

「嗯？」李隱聽到這裏，也是一愣。

「而且也沒有殺死我。」

為什麼……為什麼沒有殺子夜？

「難道……」李隱做出一個大膽的假設，「那個時候，敏的人格依舊在一定程度上起作用嗎？」

「嗯，這個可能很高。但也可能是，有某個限制條件。」

「如果敏的人格依舊能夠起到作用的話，或許就能夠……事實上我到了敏住的孤兒院，找了很多她昔日認識的孤兒。如果說有……」

李隱和子夜打電話的時候，銀夜則對孤兒院院長說：「院長……我再問一遍。深雨的畫，一幅也沒再留下了嗎？」

銀夜已經拍下了不少敏經常使用的日常物品的照片，但是他還是感覺深雨的畫或許更有效果。自己妹妹的畫，敏肯定會經常看才是。

「這個嘛，」院長思索了一番後，忽然說：「對了！大年夜的時候，敏來到孤兒院，深雨那時候交給了我一幅畫，讓我轉交給敏。」

「畫？」銀夜一驚，隨即追問，「那幅畫，給了敏嗎？」

「深雨……她和敏似乎有什麼很大的誤會啊。沒辦法，總之深雨不想再見敏了。敏哀求深雨，至少給自己一幅她畫的畫。她本人所說，那是最近畫的畫，敏似乎也打算將那幅畫作為自己最後的紀念。」

就是這個！能夠喚醒敏記憶的關鍵！

相依為命在孤兒院長大的姐妹，妹妹給自己的最後的紀念……那幅畫有八成可能，可以喚醒敏的人格！

也許這就是公寓隱藏的生路！

而李隱也聽到了這番話，立即對子夜說：「子夜，我稍後打給你！」

而這時候銀夜已經先一步拿出手機，打給了銀羽！

此時，守候在公寓四〇四室的銀羽立即接通了電話：「喂，哥哥，有線索了嗎？」

「對，銀羽，馬上去二十五層，敏住的房間……」這時候銀夜又看向李隱，問：「你，把住戶房間的備用鑰匙都放在哪裏？」

「書房裏面寫字臺第三格抽屜裏！」李隱走過來一把抓過手機，說：「喂，銀羽，你馬上拿出鑰匙來，敏住的房間號是……」

銀羽迅速來到李隱書房，拉開了寫字臺，將那串鑰匙取出，找出了敏的鑰匙。

「對了，最好再聯絡一下卞星辰！」銀夜說，「他們是對門的隔壁鄰居，他也許知道敏把那幅畫放在哪裏。敏很重視那幅畫，說不定就裝裱後掛在臥室牆壁上！不過，如果藏得比較深，找起來也麻煩！」

這時候銀夜又看向院長，說：「院長……敏有沒有說把畫拿回去，會掛在哪裏？」

「這個……她沒有說過。深雨始終不肯見她，對敏的打擊很大啊。」

「她們姐妹到底有什麼矛盾？」銀夜追問，「我想敏自殺也很可能是因為……」

「這個嘛……涉及她們的隱私，我不能說。」院長苦笑著說，「其實敏告訴你們，深雨是她的『妹妹』，我都有些意外啊。」

李隱已經掏出手機，打給了星辰。此刻星辰已經在公寓他自己的房間裏了。

「敏的……畫？不，我不記得。大年夜那天晚上，我回到家和我哥哥一起吃年夜飯，在那裏過了一晚上。根本就不知道當時敏的情況。她也沒和我提過畫……」

「在那以後，你進入過敏的房間嗎？」

「嗯，有過，就是敏的血字發佈那一天，會議結束後回去時，我進入過她的房間一次……」

李隱激動地問：「真的嗎？那，那你看到哪裏掛著一幅油畫嗎？」

「油畫……這個真不記得了。當時敏的狀況很糟糕，她一直在哭。而且，反覆提及她的……『妹妹』。」

星辰是目前公寓裏，唯一一個知道敏那段不堪過去的人。他認為這件事情，似乎也沒必要說出來。畢竟，找不到深雨，這件事情也就沒有什麼幫助。

她被鬼上身了啊……

星辰內心十分慨歎。雖然在這個公寓裏，人人都是自身難保，但是星辰對敏也有著一份特殊的情感。畢竟，當初是他救了敏的性命。她在自己面前，哭訴了那段極為痛苦的過去。

可是，她還是逃不過血字這一劫啊。

她的今日，就是我的明日啊……

想到這，星辰更是下定了決心。就算「那個人」是惡魔又怎樣？如果惡魔可以幫助自己徹底逃出這個公寓，就算將靈魂奉獻給惡魔又如何？生路線索不告訴其他住戶？可以！這有什麼不可以的？

但是，似乎「那個人」索求的，不僅是如此。

「那個人」想要看到人性的本惡。那麼，「那個人」會如何，向自己……

等等……等一下……

「李隱！」星辰忽然說，「你剛才，說是『畫』？為什麼突然要提到『畫』？」

那封彩信，正是一幅油畫啊！李隱問的，也是油畫！

「是這樣的。敏的妹妹，她在大年夜的時候，送給了敏一幅畫……」

星辰聽完之後，腦海中還迴響著敏說過的話……

「她被人稱為『惡魔之子』……」

「惡魔」……「惡魔」……

不，一定是巧合。只是巧合而已啊。星辰這樣告訴自己，怎麼可能會一樣呢。但他又想到了一點。

敏說，深雨現在完全失蹤了。

失蹤了……敏拿到那幅畫，是在大年夜，自己接到血字指示的當日。接著，執行血字當日，出現了那張告誡他們的Ａ４紙。再接著，深雨失蹤了……

「李隱，」星辰繼續追問，「敏的妹妹，是什麼時候……失蹤的？」

「其實，嚴格來講是出走。」李隱說，「她留下了紙條，說自己不會再回來了。」

「我問你是什麼時候失蹤！」星辰說，「也許，這是個很重要的線索啊！」

李隱想想，似乎也有點道理，於是說：「說起來，是你們執行血字當天，那天晚上敏來到孤兒院找深雨，然後就……」

「就失蹤了？」

「嗯。」

星辰幾乎沒拿住手機。這也太巧合了吧！大年夜晚上，敏拿到了深雨給她的畫。執行血字當天出現了那張紙條，深雨就在當天晚上離開了孤兒院。

那張紙條，肯定是公寓住戶放的。那個神秘人，最初就說「你們最初是因為回了頭，眼睛才被換掉了」。

回頭……不要回頭……公寓住戶放了紙條……

難道說……和自己交易的那個人，就是深雨嗎？

可是，如果是這樣，那麼為什麼把那幅畫給了敏呢？

這是為什麼？

江楓製衣廠，子夜和金德利時刻警惕著，二人貼著牆壁，目不轉睛地注視著聯絡橋對面。天，已經完全亮了。

陽光給二人注入了不少勇氣。金德利也不再像剛才那般恐懼了。

子夜忽然說：「剛才，李隱和我提到的『冥婚』。你認為如何？」

「『冥婚』？我是有聽說過，不過那個，太扯了吧？還要找一個人作為新郎和『新娘』拜天地，解放嫁衣上的惡靈？我絕對不做，這根本是九死一生啊。」

「不找出生路，就無法安全。」子夜說道，「總之，我認為可以考慮在這個工廠找找看有沒有古式的新郎服。如果有，就為這個說法增加了很大可信度。」

「不會吧？真要找？」

金德利看起來很是瑟縮，隨即搔了搔頭，說：「古式嫁衣……說起來的話，以前我家也有一件類似的古式嫁衣。是我外曾祖母，在民國時期穿的嫁衣。」

「你們家也有？」子夜追問，「那你瞭解這嫁衣嗎？」

「不是很瞭解。不過那件嫁衣保存了大半個世紀，也算是很古老了。後來傳給我外祖母，再是我母親。」

「本來，那嫁衣還打算傳給我的媳婦，但是，我堅決反對。我說，將來我結婚，肯定是要新娘穿婚紗的。對古式婚禮，我半點興趣也沒有的。但是母親硬是交給我，讓我放在箱子底下。我啊，從那時候起就很討厭那件嫁衣。」

「現在也都還保存著？」

「應該還保存著吧。說句實話吧……我當時也只是稍稍瞥了那件古式嫁衣一眼，只是一眼啊，我就覺得……很像是我家的那一件。」

子夜心中一凜，立即追問：「怎麼回事？」

「嗯？就是這麼回事啊。都是蘇繡的手工，都繡著鴛鴦，也都……」

「有多像？」

子夜再一次追問，那嚴肅的神情讓金德利疑惑不已，問：「怎麼了？你，不會以為，那件嫁衣就是我家那……怎麼可……」

怎麼可能？

「其實這種嫁衣都差不多的樣子，我想看錯也很正常，那時候我那麼緊張，所以……」

子夜又問：「你沒有看清楚？」

「對，沒有。」

「告訴我那件嫁衣的事情。我是說你們家保存下來的那一件。」

金德利見子夜那麼認真地詢問，於是，思索了一番後，開口道：「我想真的不可能。我外曾祖母，在民國時期的時候，是被一個軍閥搶過去，收為第三個姨太太。那嫁衣，也是我外曾祖父，就是那個軍閥特意訂製的。當時他似乎非常寵愛我外曾祖母。民國時期的時候，軍閥的實力可以說是最強大的，我外曾祖母是戲子出身的，所以，她自以為找到了依靠，決定抱緊這隻大腿。」

「繼續說。」

「不過，當時我外曾祖父，原本的一個姨太太，非常善妒，也因此很厭惡我外曾祖母，認為一個戲子，根本就是人盡可夫……總之，在下聘後第二天，就找了一堆人，來打罵我外曾祖母。她甚至拿出剪刀，要去剪那嫁衣。如果不是我外曾祖母攔著，只怕要把那件嫁衣剪壞了。然而，後來外曾祖父帶了不少軍人來，制止了姨太太的暴行。那時候他的確很寵溺我外曾祖母。聽我外曾祖母說，那個姨太太，在那之後過了一星期，詭異地猝死了……」

「猝死？具體是怎麼死的？」

「都過去那麼多年了，我也沒見過我的外曾祖母，這段故事也是我母親轉述給我的。詳細情形我也不清楚。這種事情，也多半是以訛傳訛吧。」

雖然說是那麼說，但看子夜如此在意，金德利的聲調，聽起來也不是那麼自信了。

「後來呢？」

「之後的事情，我就不是很清楚了。我知道的，就只有這一件而已。」

子夜沉吟片刻，她又抬起頭問：「那嫁衣，還在你家中的話，有沒有辦法確認，是不是還在？」

「確認？我老家不在天南市的，在龍潭市。不過就算打電話去問我父母，只怕他們也不記得是放在哪裏了。」

「關於那件嫁衣，你打電話去問問你父母吧。」子夜當機立斷，「雖然不能確定，但，不能保證完全沒有關聯。」

接著，子夜又是朝著聯絡橋的對面，看了看。

就在這時候……兩隻被長長的紅袖遮蓋住的陰森森的紫手，從子夜的腋下伸過，死死抱住了她的腰！

子夜立即回過頭去，然而，背後卻只看見金德利而已！

「逃！」

子夜當機立斷地對金德利大喊，隨即就朝著聯絡橋對面奔去！

出現了！「敏」出現了！

子夜在奔跑的同時，也越來越疑惑起來。為什麼，不優先去對擁有契約碎片的金德利出手？剛才，也是先殺了沈子凌。之前，也沒有來趁著自己暈倒的時候拿走契約碎片……

莫非真的存在什麼限制條件？

奔到聯絡橋另一頭，衝入大樓中，一路上，沒有再出現過「敏」的蹤跡。但是，誰也不能保證，什麼時候再出現。

生路的限制條件是什麼？是什麼令「敏」的行動受到限制？如果可以想辦法查出這一點，就可以構成生機！雖然還不能完全確定，但是，這個可能是很高的。

進入對面的大樓，子夜對金德利說：「你幫我注意身後吧，我想……」

目前生路的線索非常曖昧不清，不過子夜已經漸漸找出了幾種可能。但，還需要驗證。現在天已經亮了，樓道內已經灑入陽光，所以恐懼也不像剛才那麼重了。

子夜將手機中的搖滾樂開始播放出來，並且等待著「敏」的再度出現。並且也讓金德利的手機打開，播放一些銀夜拍下的孤兒院內，敏常用物品的照片。

公寓內，李隱和銀夜也回來了。

「怎麼樣？」

敏的房間已經被翻了個底朝天，但是，還是沒有找到那幅油畫。

「完全找不到啊！」銀羽對李隱、銀夜說，「你看，我們已經找了那麼長時間了，可還是一無所獲。」

李隱抓起地上一個被翻出來的抽屜，忽然咆哮一聲，狠狠地將那抽屜砸到牆壁上，抽屜被摔得斷成兩截！

「你要冷靜啊，李隱！這樣又有什麼用處！」銀夜連忙阻止他，「你這樣也不可能救子夜的！我也會想辦法的，你先冷靜下來，冷靜才可能救她！」

李隱恨恨地倒在牆壁上，擠壓著太陽穴，深呼吸了一下，說：「對，對，我該冷靜，冷靜……」

地上斷開的抽屜，又重新接合起來，碎裂的木頭很快復原如初。

公寓內的任何傢俱，都根本無法破壞。

「敏不可能丟棄那幅畫的啊，」李隱看著滿地狼藉的房間，「可是，又沒有辦法親自去問她。」

「是啊。」銀夜歎了口氣，「問了卞星辰，他也說不知情。不過，真是奇怪啊，敏的妹妹送給她這幅畫後就突然失蹤了，這是怎麼一回事？」

「如果敏的妹妹在的話，讓她通過電話和『敏』說話，也很可能喚醒敏的人格啊。」李隱凝神思索著，忽然對站在銀夜身後不遠處的星辰說：「卞星辰！你還知道什麼嗎？關於敏的事情？」

二十五層原本只有星辰和敏兩個住戶，雖然因為新住戶大量增加，多了兩個住戶，但是，那兩個新住戶根本沒怎麼接觸過敏。

敏的性格本來也比較孤僻，她看人的時候總是一副幽怨和哀傷的樣子，很多人甚至覺得她本人就很像是個女鬼了。所以，瞭解她的，也就只剩下星辰一個人了。身為孤兒的她也沒有什麼親人，在孤兒院關係特別好的人也幾乎沒有。那個院長倒是對敏還不錯，目前是唯一的救命稻草了。

這個時候，子夜已經撥了李隱給她的孤兒院鍾院長的辦公室電話號碼。一旦「敏」出現，就打出去。然後按下免提鍵，讓院長和「敏」通話！

鍾院長的聲音，很可能會讓敏的人格復甦！

只是，有多大把握，實在說不準。這種非常曖昧的方式，李隱也不感覺是生路。說白了，純粹是希望可以多拖延一段時間罷了。

要活到中午十二點……非要找出真正的生路不可！

但是，這一點談何容易？李隱已經快把腦子想破了，但依舊思索不出生路是什麼。而每過去一分一秒，子夜都將陷入極大的危險啊！

星辰看著此刻已經完全失去理智的李隱，也開始有些同情他了。在這個公寓，誰不是只想著自己可以得到存活下去的希望？像李隱這樣，一心只為自己心愛的人著想，為此不惜一切的人，實在少有。

他走出房間，來到隔壁自己的房間，拿出鑰匙打開門，走了進去。

「願上天保佑你吧，李隱。不過，就算贏子夜這次活下來了又如何呢？還有第五次、第六次、第七次……除非你們收集齊全地獄契約，否則……」

想到這裏，他又忐忑起來，拿起手機。

那個人……什麼時候再聯繫自己？還有，那個人真的，就是深雨嗎？敏被惡魔盯上，所產下的「鬼胎」罪惡之子？

六歲的幼女，身體還沒有發育完全，懷孕本身就是很不可思議的了，還能正常產子，簡直是天方夜譚。最初他聽敏說完這段話，幾乎不相信這麼離奇的事情。

但是，如果是真的呢？

那個「惡魔之子」，如果還同時擁有著可以畫出公寓血字指示現象的油畫，就能夠把找出生路的可能性擴大無數倍！

他已經有了打算。他想去執行魔王級血字指示！

一次一次地執行血字，誰能保住哪一天，不會像夏淵那樣，被那個人給拋棄。但，魔王血字可不一樣，一次性就可以過了。如果能夠獲得魔王級血字指示的生路，就算沒有地獄契約，他也可以離開公寓！

就算那個人提出的條件，是要自己去殺人放火，他也會去做！人性的惡？可以！想看我就給你看個夠！只要你給予我生路！

可是，沒有再聯繫過來的電話。

這讓星辰非常憂心，莫非，那個人臨時改變主意了不成？

這可是自己唯一的救命稻草了！

這時候，他走入臥室，將門緊緊鎖上，甚至將窗簾也一併拉上。在昏暗的房間內，他再一次打開手機。

點開那封彩信，那幅畫得極為駭然逼真的女鬼圖，再一次出現了。

「畫得實在太好了，」他不禁讚歎道，「筆觸，上色，背景……奇才啊！這個人的畫，絕對是大師級的水準！」

因為出身豪門，星辰從小也被教育鑒賞音樂和美術。因此，他對西方美術，在父母請的老師的言傳身教下，也學習了不少。對於如何鑒賞油畫，他也算是有些知識的。

找不到敏的那幅畫，似乎更凸顯了，深雨和那個人是同一人的可能。

看著那幅畫，星辰竟然有好幾次產生錯覺，感覺那根本不是畫，而是一張照片。而看著昔日朝夕相處的鄰居敏，變作這副令人毛骨悚然的形象，也讓星辰感到一陣惡寒。

看著，看著……忽然，星辰瞪大了眼睛，拿著手機的右手不斷地顫抖，手機猛然摔在了地上！

「這……這是……」

星辰再度拿起那手機，再度目不轉睛地看著那幅畫。

一開始，那種感覺，並不算很明顯。可是，越是看下去，這種感覺就越清晰了。

「不……不會吧？這，這不是真的吧？難道，這就是血字的生路不成？」

他從畫中發現了一件非常駭人的事。

「不，不對，不可能的……沒道理會這樣的……」

可是，隨著時間推移，他越來越覺得，並非沒有那個可能。

「去……告訴李隱嗎？不，不行！如果是那樣我怎麼解釋，這幅畫的來歷？或者，就和之前那樣，也是放一張Ａ４紙去……不，萬一被人看到怎麼辦！不行，不行……」

星辰的確也很同情李隱和嬴子夜。可是……同情歸同情，星辰可不認為自己有義務幫助李隱。

「李隱……這次，算你倒楣。如果那個人是選擇和你交易，嬴子夜就肯定能活下來了。如果是阿相，我也許會冒著危險去提示。阿相已經死了，現在，公寓裏沒有誰是我一定要去幫的了。你和柯銀夜都是多智的人物，即使我再怎麼旁敲側擊地提示你，你也很可能會推測出我有問題，說不定就會把我當做是放那張紙條的人。而且我是上次唯一一個活下來的住戶，你懷疑我的可能性就更大了！」

想了想，星辰下定決心，把那條彩信刪除了。

與此同時，在樓梯上，子夜和金德利都是不斷警戒著四周。放了一遍又一遍的搖滾樂，而始終「敏」沒有再度出現。

「她……她不會再度出現了吧……」金德利抖抖索索地說，「剛才打電話給我父母，可他們也都不接電話……嬴子夜，難道那嫁衣真的是……」

「一切都只是推斷而已。」子夜平靜地說，「不過，任何詭異的現象，公寓都有可能會令其實現的。」

「怎……怎麼會……」說到這兒，金德利忽然說：「對，對了！我想起來了！外祖母，曾經和我提過一件事情，關於那件嫁衣的！她說，那件嫁衣，據說是當時一個有名的蘇繡師傅製作的，但是，製作完成後不久，那師傅就剁去了自己的雙手。然後，聲稱不再製作嫁衣。還留下了一個規定。每一個新娘，在穿著這件嫁衣拜堂的時候，都必須要做一件事情……」

「什麼事情？」子夜立即追問。

「簡單地說，拜堂的時候，嫁衣十米範圍內，絕對不可以放置任何尖銳之物。那蘇繡師傅說，這嫁衣有著一定的靈性，一旦放置尖銳之物，靈性將被壓制，甚至會傷害到新娘本人。那個時代的人，很是迷信，所以我外曾祖母，外祖母，我母親成婚的時候，十米範圍內，都不會放置任何尖銳物品。像是髮簪，四角的桌子，甚至發展到眼鏡的鏡腳，都不行。」

「尖銳物品？」

她和金德利，此刻身上，都沒有尖銳之物！很簡單，因為刀子對鬼的傷害微乎其微，索性不帶，畢竟背包越輕越好，否則，逃跑的時候，速度會大大受到限制。

尖銳物品……難道尖銳物品就可以克制那件嫁衣？

「去找找看。」子夜加速了腳步，「如果找到尖銳物品，或許就可以逃過一死！」

這是不是生路，毫無證據。很可能只是巧合。但如今已經陷入絕境，又想不出別的生路，恐怕，也唯有冒死一試了。

「之前你和沈子凌搜索車間的時候，有發現尖銳物品嗎？」

「這個……」金德利苦笑著說，「尖銳物品的話，大概也就只有碎玻璃了吧……」

對！碎玻璃！那也可以算是尖銳物品！

廢棄廠房內，只要找到玻璃，就可以變化為尖銳物品了！其實尖銳物品，只要花點時間久可以製作出來。但是，「尖銳」，要多「尖銳」呢？

自然是越尖越好！

來到下面一個樓層，卻也很失望。窗戶上的玻璃完全沒有了，只有冷風嗖嗖吹入。附近也沒有碎裂的磚塊，牆壁也是混凝土鋼筋製成，無法利用。箱子也都是紙箱，和尖銳物品差了十萬八千里。

「嬴小姐……」金德利忐忑地問，「你真的確定，要這麼做？可是那件嫁衣真的無法確定就是……那也太不可思議了吧。」

「任何線索都不可以放過。」

子夜又打開了一扇門，裏面又是一堆堆的紙箱。

玻璃，依舊找不到。

「可惡，如果我把墨鏡帶來就好了。」金德利看起來很懊悔，他可是有一副墨鏡的。墨鏡的鏡片，完全可以弄碎變為「尖銳物品」。

「沒工夫後悔了。」子夜將背包拉開，找找看有沒有什麼東西可以充當尖銳物品的。手電筒，急救藥品，礦泉水，粗繩……急救藥品大多是外用藥，根本沒有藥片之類的。藥片如果弄斷，也可以勉強充當一下尖銳物品。

「你有沒有帶抗焦慮藥物？」子夜問金德利，「如果有藥片的話……」

「沒有，」金德利苦著臉說，「我一般都是用聽搖滾樂來舒緩焦慮情緒的。沒有那個東西啊……你都不帶髮夾嗎？有髮夾也可以充當一下尖銳物品啊，女人的話……女……」

忽然金德利像是想起了什麼，臉變得緋紅，他看著子夜，開始吞吞吐吐起來。

「怎麼了？想到什麼就快說。」子夜感覺金德利似乎有了什麼想法。

「那個，你的那個……」金德利指著子夜的胸口，「那個，上面帶不帶……」

「你是問胸罩帶不帶鋼絲？」子夜居然面無表情地就隨口說出來，倒是把金德利嚇了一大跳：「沒有，帶鋼絲的胸罩對胸部壓迫比較緊，所以我沒有選那種。」

「喂喂喂，你是女人嗎？那種話可以那麼隨便說出口……」

「生死之間，還管這些做什麼？」子夜卻是毫不在意，「倒是你，再想想有沒有其他可以利用的尖銳物品。」

「只能想到碎玻璃了。」金德利說，「這個大樓不會沒有吧？有一塊碎石頭也好啊。」

來到外面，也開始注意對面上有沒有碎裂的石塊。但是，整個廠址雖然地上有不少垃圾，但是石頭卻是一塊都看不到。只能去車間大樓找找碎玻璃了。

不過，子夜還有一個想法。既然是製衣廠，那個東西很可能在車間能夠找到吧，也是最符合尖銳物品標準的東西。

26 人性之惡

剪刀！

製衣廠使用的剪刀，也肯定比較尖銳鋒利。可惜的是，二人的背包內都沒有剪刀，不過，如果找到了剪刀的話，而尖銳物品確實是生路的話，就最好不過了。

「我再問你一次。」子夜又對金德利說，「你確認是尖銳物品嗎？不會記錯了？」

「絕對不會。因為這個風俗很奇怪，所以我印象很深的。一直不明白，為什麼拜堂的時候，周圍不可以有尖銳物品。當時因為這個原因，桌椅都要換成圓形的，所以印象特別深啊。」

車間大樓就在眼前了。

獲得尖銳物品，或許就可以逃過一劫！

走入車間大樓的時候，子夜依舊用手機播放著搖滾樂，而金德利則是用手機不斷播放著敏在孤兒院內的那些物品。

能夠喚醒敏嗎？或者用那尖銳物品可以克制那嫁衣嗎？

來到二樓後，打開門，金德利說：「這個房間，我記得地上有不少碎玻璃……碎玻……」

可是，地上卻只堆放了幾個紙箱而已，根本看不到一片碎玻璃。

「怎……怎麼會……」金德利臉色大變，「明明我記得是這裏的，地上有很多碎玻璃啊！怎麼塊都沒有了？」

子夜緩緩走上去，蹲了下來，看了看地面後，說：「你去翻翻看紙箱裏有沒有。」

「啊，好，好的！」金德利連忙又去翻動紙箱，可是，還是一無所獲！

什麼也沒有！

「搞什麼飛機！難道又是公寓搞的鬼！」金德利恨恨地將紙箱朝著地面上一摔，又用腳去踩了幾下，大喊道：「我……」

「看來是『敏』拿走了。」

子夜忽然說出的這句話，讓金德利懸在空中的腳停住了。他一聽，立即跑過來問：「什麼？你的意思是……」

「如果尖銳物品的確可以構成生路的話，那麼『敏』很可能故意破壞掉生路，將碎玻璃給收集起來。也就是說……尖銳物品是生路的可能，很大程度上被證實了。」

「怎，怎麼會，如果這說法是真的，那麼十米範圍內有尖銳物品的話，那就根本無法靠近啊……」

「不，只要在十米以外，把這些碎玻璃弄消失就行了。鬼的話，這點能力肯定有！事不宜遲！」子夜說，「『敏』應該還沒有把所有尖銳物品都收走。再上去看看，哪裏有剪刀！只要找到一把剪刀，就不用擔心了！」

「可是，可是……」金德利猶豫著說，「如果是這樣……那『敏』也可能在上面啊……如果我們撞個正著的話……」

「不入虎穴，焉得虎子。」子夜卻是毫不猶豫地走出門去，「你要是不敢，一個人留在下面也行。」

「喂喂喂，你……好，我跟你一起去！」

金德利也緊緊跟了上去，而順著樓梯，不斷向上。

「你們當時也沒有找到過剪刀？」

「當時一心在找那嫁衣，根本沒顧上，也可能看到過，但是忘記了。」金德利搔了搔頭，不斷警惕地注意四周：「剪刀……如果我帶剪刀來就好了！平時整天都拿得到的東西，今天偏偏還要拚命去找！」

剪刀，碎玻璃……任何一樣東西都可以救命啊！

「對了，」金德利忽然來了精神，「那個衣架……掛那嫁衣的那個衣架，有沒有掛鉤？如果有，也可以形成尖銳物品啊！」

「沒有。」子夜搖搖頭說，「如果有，我現在就和你直接去存貨倉庫大樓了。」

「這，怎麼會……」

「不奇怪。如果尖銳物品真是生路，那嫁衣如何能夠掛上那衣架？」

看來，真要拚上性命，去找剪刀了。

子夜自然不可能不恐懼。為了一把剪刀，就算明知道，「敏」可能就在上面，卻還要冒著生命危險上去。畢竟，剪刀可以構成生路的可能，已經很大了。

既然如此，就值得博一博性命！

就這樣，兩個人……一路來到了七樓。

這是最頂層的一樓了。這裏再找不到的話，就只有再去其他大樓找了。

七樓非常寬敞，一共有好幾個房間。大多數房間，放置的依舊是紙箱。

子夜和金德利此刻手心都不斷沁出汗珠，「敏」此刻，很可能就在這個樓層！

此刻，那強烈心悸感開始襲來了。這不祥預感就象徵著，「敏」就在這個樓層！就在這兒！

他們進入第一個房間。這個房間極為寬敞，地面不斷疊放著亂七八糟的紙箱。翻開一個個紙箱，依舊找不到剪刀。

「我們分頭找吧。」子夜說，「這樣也快一點！」

「好，好吧。」金德利點點頭，於是也跑出房間去。

子夜拉開最後一個紙箱，裏面還是沒有剪刀。

她死死咬著嘴唇，站起身回過頭去，剛走出這個房間，那心悸感就迎面而來！子夜立即朝前後左右以及上方一看，都沒有看到任何身影。

子夜緊緊捏著的手機，正以最大音量播放著搖滾樂，這能不能在一定程度上牽制住「敏」呢？

這時候，星辰再次接到了那個神秘人的電話。

熟悉的聲音再度傳來。

「怎麼樣？考慮得如何？」

星辰不斷加快步速，不時回頭看看身後，他進入了樓梯間內，不斷注意有沒有人竊聽他的話，壓低聲音問：「你，要提出報酬對嗎？只要我力所能及，什麼我都做！」

「你絕對力所能及。」

電話那頭，似乎深呼吸了一番，好像是下定了某個決心一樣。接著，緩緩地，吐出了一句話來。

「我要你……」

聽完這句話，卻讓星辰一陣駭然，他又回頭看了看身後，繼續問：「你……你是認真的？」

「你認為我會開玩笑嗎？」

「如果……如果你畫一幅魔王級血字的生路線索的畫給我的話……」星辰咬緊牙關，「我會考慮這件事情。」

「明白了。」電話那頭的聲音說，「我靜候佳音。」

同時，在江楓製衣廠，車間大樓七樓。

來到對面的房間，擰開門把，隨即，子夜就看見……一把紅色的大剪刀，赫然放在眼前大概三十米開外的地面上！

子夜不再猶豫，立刻把門重重關上，衝向那把剪刀！誰知道她跑了還不到一米，身後的門就被重重地撞開！

子夜想也知道背後是什麼，但她絲毫不減輕速度！只要跑入十米範圍內，就行了！眼前，還有大約十幾米！

可是，她的速度……還是太慢，太慢了。

一股陰森的寒氣襲上子夜的後背，那寒氣距離自己的後背越來越近，越來越近……她感覺，只要再過一秒，自己就要被抓住了！

而那把剪刀，就在眼前！

就在眼前啊！

人，在生死之際，往往可以爆發出一般人難以想像的巨大潛力。許多住戶，在死裏逃生的時候，都有這樣的經驗。

子夜在這一瞬間，強烈的求生欲，令她的速度進一步提升！身體開始爆發出更強的力量！她猛地褪去身上的大衣，連背包也一起甩到後面！

十米！

她居然跑了十米的路程！

還有十米不到！

在跑那十米的過程中，每一秒，她都感覺到那心悸感彷彿要撕裂自己的心臟。每一秒，都感覺自己下一刻就要到陰曹地府去報到了。

但是，每當自己即將放棄的瞬間，李隱的身影就浮現在心頭。

子夜從沒有像這一刻那般，如此地期待活下去。和李隱一起活下去！

然而，人的潛力雖然強，但比之鬼魂來，還是差太遠太遠了。任何物理上設定的極限，對鬼魂而言都是虛妄。完全靠唯心現象維繫存在的鬼魂，唯有生路和跑入公寓可以解救住戶。

沒找到生路的話，那就只有死路一條！

尖銳物品……如果有尖銳物品的話……

那陰森的氣息已經完全繞到脖子後面，子夜感覺到腳步也似乎僵硬住了。速度，瞬間慢了下來！

下一刻，迎接她的只能是死亡！

尖銳物品！哪裏有尖銳物品！

子夜的指甲，一向修剪得很整齊，沒有留長指甲。

玻璃？她不戴眼鏡，也從來不戴耳環和戒指。背包內的任何工具，都不能夠和尖銳扯上關係。

手機……對了，手機！

子夜把手機取出，接著，迅速翻轉手機，從後蓋裏拔出了手寫筆。

接著，她回過頭，把手寫筆的尖銳處對著後面！

身後……空空如也。

子夜頓時癱倒在地。

剛才她大腦的飛速運轉，到取出手機打開翻蓋，拿出手寫筆，絕對不超過三秒時間。這是常人難以想像的恐怖速度！但，嬴子夜絕對不是一個常人！

嬴子夜死死地拿著手機手寫筆，不斷喘著氣。然後，她迅速跑到那剪刀處，一把拿起了那把剪刀！

安全了！

剪刀的尖銳遠遠勝於手寫筆，如果「敏」身上的嫁衣，連手寫筆邊緣程度的尖銳都難以承受，那麼這剪刀的尖銳就更如此了。

而且這是把上好的剪刀，極為鋒利，不是美工刀可比的。子夜對著空氣剪動了幾下，大大鬆了口氣。

「以後，還是把指甲留長一些吧。」她看著手上的指甲，鬆了一大口氣。

就在這時候，忽然門打開了，金德利走了進來。他一看見子夜手上的剪刀，頓時面露大喜之色，三步並作兩步跑了過來，說：「嬴小姐，你太棒了！居然找到了剪刀！」

「是呢。」子夜盯著手上那救命的剪刀，「剛才是靠手機手寫筆，才救了我一命。」

將手寫筆重新裝好，子夜對金德利說：「接下來你靠近我就沒問題了。十米內，絕對就……」

「嬴小姐……」金德利搖搖頭說，「你把剪刀弄成兩半吧？半把剪刀就夠用了吧？我們一人一半剪刀，就能夠逃出去了啊。你看這把剪刀如此鋒利，半把剪刀，絕對沒問題的。」

子夜看了看，想想也有道理。

「你信不過我？」

「這個嘛……」金德利尷尬地說，「小心無大錯啊。萬一我跑得慢，來不及跟上你怎麼辦呢？嬴小姐？」

「好吧。那就給你。」

子夜將剪刀弄斷為兩半，將半把剪刀遞給金德利，就在即將遞到金德利手中的瞬間，忽然那半把剪刀，死死抵住了金德利的脖子！

金德利頓時面色大變！

「你……你，嬴小姐，你這是做什麼？」

只見嬴子夜冷冷地說：「把契約碎片還給我。」

那剪刀的刀尖正對著金德利的喉嚨，只要子夜稍稍進個一寸，就能夠奪取金德利的性命！殺了自己，也一樣可以奪取契約碎片，但是子夜現在，只是威脅而已。

「你……」金德利惶恐地說，「嬴小姐，你何必呢？至於這樣嗎？」

如今生路在子夜手中，鬼魂這個威脅已經解除。那麼……契約碎片之爭的矛盾就變為了第一矛盾。

金德利如果聰明一點，就應該提防這一點。

「我，不會讓李隱一個人，去泯滅自己的良心的。如果要泯滅人性才可以在這個公寓存活，我也不介意狠毒一點。」子夜的眼神中滿是冰冷，「為了李隱，我也什麼都可以做。」

「你……算你狠！」金德利眼珠不斷轉動著，可是剪刀刀尖正對著喉嚨，他無論怎麼做，刀尖都必然會刺穿咽喉。

被那麼鋒利的剪刀直接刺穿喉嚨，絕對是死定了。

「我沒那麼好的耐心。我數一二三，到三你再不交出契約碎片，我就扎下去了。一……」

「嬴，嬴小姐，求你別這樣……你也為我考慮考慮，你不想死，我也不想死啊……」

「二……」

「不，不要啊，我，我……」

「三……」

「好！我給，我給你總成了吧！」

他歎了口氣，拉開衣服拉鏈，從內衣袋裏，取出了那張被他收藏得好好的地獄契約碎片，哆哆索索地遞給了子夜。

子夜點點頭，她將左手的半把剪刀放入口袋，伸手去拿那契約碎片。

就在子夜的手即將碰到契約碎片的瞬間，忽然，金德利的手猛然死死抓住子夜拿著半把剪刀的手，狠狠地扭住，接著一腳飛起，踢中子夜的腹部！然後，金德利把子夜的身體狠狠地頂在牆壁上，抓住她的手去撞擊牆壁！

狠狠一撞，那半把剪刀就撞了下來！

子夜伸出手要去口袋拿另外半把剪刀，金德利兩隻手都死死抓住子夜的雙手，將她按倒在地面，惡狠狠地說：「你想殺我？殺我？老子先殺了你！以為有李隱和你撐腰我就怕你？你沒辦法發簡訊給李隱的話，我回去他怎麼殺我？只要我告訴他，你死在鬼魂手上，他能拿我怎麼辦？契約碎片給你？想得美！」

子夜的面色依舊很沉靜，毫無慌亂之色。

「我沒想殺你。如果要殺你，我直接刺死你再奪取碎片，也是可以的。我畢竟還給了你活下來的機會。這個公寓就是生死的戰場，我能給你生存的機會，很不錯了。」

「不錯個頭！」金德利怒不可遏，「現在，我就殺了你！反正回去，你也肯定會告訴其他人，是我拿了契約碎片！」

「是這樣嗎？在打給李隱的電話裏，我完全沒有提及，契約碎片被你奪走的事情。」子夜繼續說道，「換句話說，現在這個狀況下，如果我死了，你卻拿了碎片回去，即使你隱瞞了，下一次發佈血字李隱也會知道，那他自然會認為，你殺了我。到時候，他一定會殺了你。」

「你……」

「就算你對李隱說，不是你殺了我奪走碎片，你認為李隱會相信嗎？畢竟我一直沒和他提及，契約碎片被你奪走了。而和他最後一次通話到現在還不到半個小時。也就是說，在這段時間內我如果死了，而你拿著碎片回公寓了……任誰也會認為殺人兇手是你吧？」

「那又如何？難道我不能在下次血字發佈前，先殺了李隱？」金德利怒道，「反正，下一次血字發佈地獄契約碎片，也是……」

「殺了李隱？」子夜冷笑了一聲，「公寓的多智之人，就是李隱、我、柯家兄妹。我和李隱都死了的話，就只有柯家兄妹了。柯銀夜這個人詭計多端，他就是為了救妹妹而進入公寓，這你也知道吧？」

「那，那又如何？」

「和銀羽的生死無關的話，他不會特別盡心盡力。但李隱還是比較關心其他住戶的。他死了，你以後能活多久呢？」

「你……」

這時候，那張地獄契約碎片，就在離兩個人身體大概五米左右的地面上。

「哼！也罷！」金德利站起身來，拿起那兩個半把剪刀：「反正你一個女人，沒有這東西，也奈何不了我！碎片自然還是我的，你休想奪走！你說得也對，不過，你記住……你和李隱，都可能保管著契約碎片，我不殺你，將來也會有其他住戶殺你！」

「這不勞你操心了。」子夜站起身，拍了拍身上的灰塵：「到時候我和李隱自有定奪。」

金德利死死盯著子夜，緩緩地接近那地獄契約碎片。然而……就在這時候，忽然窗外吹來一陣風，那碎片立即飛舞起來，然後……朝窗外飄去！

「不！」金德利大叫著跑去窗口，看著窗戶外。契約碎片，落到了外面的地面上！

這一下，金德利立即拿著剪刀跑了出去！子夜自然也緊跟著他！

目前，一旦離開金德利十米範圍就麻煩了。為防萬一，她將手寫筆再度取出，尖端對著眼前。不過，現在事情到了這個地步，子夜還是隱隱感到不安。

尖銳物品，真的就是生路嗎？如果是這樣，當初那個姨太太，拿著剪刀要來剪壞那嫁衣，是否到了嫁衣的十米範圍內？

如果進入了，那麼嫁衣的「靈性」，不，「魔性」恐怕就會受到很大的克制吧。然而結果姨太太卻被那件嫁衣咒殺了。

這一點，問金德利只怕也未必有用。畢竟那麼久以前的事情了，當時人的轉述，很難保證正確。

「哥哥，你今天在家？」

星辰此時回到了家裏，卻意外發現哥哥星炎也在家。他沒去鷹真大學？

「嗯，今天我沒有課程，就在家準備接下來的幾個講座。」書房內，星炎笑著推了推眼鏡，說：「星辰，你還是回來住吧。我一個人住那麼大的房子，實在感覺不太好。」

「算了吧。」星辰搖搖頭，坐在了星炎的對面，說：「哥哥。我目前還是住在公寓裏，大概還要住幾年吧。而且，我想長期在國內待下去。」

「這個隨便你吧。不過我擔心爸爸會不同意。」星炎說道，「當初你執意來中國學習，參加中國的高考，但是結果落榜，爸爸一直不太滿意。若非出了上次的車禍，本來就已經讓你回美國去了。」

「爸爸不也希望哥哥你回美國嗎？繼承卞家的產業啊。最近，家族在國內開設的分公司已經正式營業了吧？」

「嗯。不過我對經商，不是很感興趣，還是打算繼續做學問。」

「沒興趣？哥哥你可是全才啊，當初經濟學不是學習得很好嗎？蒙森先生也多次誇獎過你啊。戴斯比先生也說，如果你去公司就職，會好好栽培你的。」

「反正父親現在經營公司也經營得好好的。星辰，其實我倒希望你可以繼承家族的產業呢。」

星辰差點以為自己聽錯了。

「什麼？你剛才說什麼？哥哥？我，繼承家族？」

天大的笑話！

「我是認真的。」

「哥哥……」星辰攥緊了雙拳，他回憶著那個電話中，給自己的指示。

「我要你……殺了……」

「你在想什麼？星辰？」星炎疑惑地問，「最近，你好像總是鬱鬱寡歡的啊。」

「哥哥，如果，如果是你的話，」星辰忽然抬起頭，「為了保護自己的生命，你可以選擇犧牲他人的性命嗎？」

星炎愣住了。

「回答我，哥哥！」

「星辰……你……」

魔王級血字指示的生路線索，一旦得到，就有八成以上的把握，可以離開公寓！這是任何人都無法抵抗的誘惑，也是絕境之中，唯一的救命稻草！但代價是，要殺死一個人。

「哥哥。」星辰繼續問道，「你會怎麼做？只要殺掉一個人才可以活下來的話，你會如何選擇呢？是殺死對方，還是自己死去？」

沉默，保持了一段時間。

「我不知道呢。」星炎摘下眼鏡，「不過，如果必須要選擇的話，我想，我會嘗試追求一個兩全的方法吧。如果，必須要選擇其一的話……」

星辰死死盯著眼前的星炎。

他會怎麼回答？

「沒辦法回答呢。」星炎說，「不過，我想，無論選擇哪一個，都不需要被指責吧。沒有真實經歷過這樣的選擇我也說不出來，不過，無論是選擇殺人，還是死去，都不能說哪一方是錯誤的，哪一方是正確的。」

「哥哥……這是什麼意思？」

「殺人固然是罪惡，但，人想要活下去的心，是沒有罪惡的。」星炎緩緩地吐出了這句話，「人不想殺人，是沒有理由的。就和人想活下去，是沒有理由的一樣。」

星辰在那一刻，深深被震撼了。有生以來，他第一次感覺到，也許他從沒有真正地去瞭解哥哥。

「真是的，何必提這麼沉重的話題啊。」星炎笑了笑，「不提這個了吧？難道又是那個俱樂部出的題目？好奇怪啊。星辰……」

「哥哥……」

「嗯？」

「下次來，我們一起下西洋棋吧。」

說話間，星辰已經起身了。

「好啊。」星炎說，「西洋棋啊，很久沒和你下了呢。」

「下西洋棋，總是贏不了你。」星辰緩緩走向書房門口，回頭看了哥哥一眼，說：「那……再見，哥哥。」

子夜和金德利，已經不斷接近一樓。

「契約碎片是我的！」金德利咆哮道，「你休想拿到碎片！」

然而，子夜卻時刻拿著手機，上面已經輸入了一個數字，想也知道那必定是代表金德利身分的代號。

金德利好幾次用身體去撞擊子夜，但是子夜都巧妙避開。她同時也是對地獄契約碎片志在必得！非要拿到不可！

終於，他們跑到一樓，眼看碎片就在大門外五米開外的地方了！

兩個人都爆發出極快極快的速度，衝向碎片！

雖然不斷跑步，子夜的體力幾乎都被抽乾，但是看到碎片，還是要拚命去奪回來！她很清楚，金德利到時候在契約碎片爭奪中，根本不是柯銀夜的對手！那碎片多半會被柯銀夜或者柯銀羽取得！

就在距離碎片越來越近的時候，金德利咆哮一聲，狠狠推開子夜，就要去抓那碎片！

子夜在被他推開的瞬間，忽然一腳掃來，絆住了金德利，竟然讓他一下絆倒，手上的半把剪刀一下甩了出去。

子夜眼疾手快，立即拿起那半把剪刀，忽然狠狠扎下來，刺入金德利右手手臂！

「啊──」

金德利頓時發出殺豬般的大嚎，子夜趁勢拿起了地獄契約碎片，接著一腳踩住金德利另外一隻手，順手抽出另外半把剪刀。

「別擔心，我避開了動脈，不拔出剪刀失血不會太大。回到公寓後，你的傷勢就能夠自動康復的。」子夜拿起剪刀，說：「接下來我不能和你一起行動了。剪刀在你手上，『敏』是不會接近你的。我會再去找有沒有讓『敏』恢復原樣的方法。」

接著子夜就轉過了身去。

「贏……贏子夜！」金德利立即掙扎著站起來，忽然，他一下拔出那半把剪刀來！

「你瘋了嗎？」子夜回過頭一看，「拔出剪刀你的出血量會大增的！」

「把契約碎片，還給我！」

金德利此刻的面目極為猙獰，死死盯著子夜手上的契約碎片，拿著半把剪刀，步步緊逼。

子夜見這情形，立即逃走！還沒到十二點，只能繼續逃走。好在鬼魂威脅基本解除，現在只要不被金德利抓住就可以逃走了。

手上死死抓著那半把剪刀和那地獄契約碎片，以及……手機！可以威脅到金德利的最好手段，就是發送簡訊！

不過他要奪回碎片，不一定非要殺了贏子夜，也可以弄傷她。

子夜畢竟是女性，在身體力量方面，比金德利弱。雖然這半年多來她時常去健身房鍛煉身體，但是金德利同樣也沒有懈怠！

只有繼續逃走了！

事實上，對於這剪刀是否真是生路，也不能完全確定。

所以子夜依舊沒有完全放鬆神經。逃跑的過程中，她依舊左顧右盼。當然，她一直將那半把剪刀不斷對準四周，隨時應對。

金德利依舊不斷追趕在後面，不過右手的傷勢，明顯減緩了他的速度。越跑越快的話，血也不斷流出。這樣下去，他絕對支撐不了多長時間。

因此子夜很自信，她還是有很大機會可以逃脫的。

就在這個時候，她跑到了……找到那件嫁衣的存貨倉庫大樓前面。子夜略微猶豫了一下，隨後還是跑了進去。

這個地方，想來可能讓金德利有所忌憚，不敢進入。

跑入這裏後，子夜回憶起，幾個小時以前，剛進入這裏，敏還是那麼恐懼，是自己安慰了她，才讓她稍稍安心的。

就在她準備上樓的時候，忽然看到附近，有一個小門。子夜猶豫了一番，走過去打開門一看，是一條向下的樓梯。看來是個地下室。

子夜立即走進去帶上了門，向下跑去。

這個地下室很大，放著一些陳舊的機床。子夜走到某個機床後面，蹲坐下來。接著，將那契約碎片，收入貼身衣袋內，拉上拉鏈。

她拿著手機和那半把剪刀，注意著這寂靜的地下室。

時間就這樣不斷流逝……

到了中午，十一點半左右。再過半個小時，就可以離開了。

星辰，此時來到了大街上某個電話亭前。

猶豫了很久，最終下定了決心。

「嬴子夜還活著吧……」他緩緩走向那電話亭，將門打開。走了進去後，取出了硬幣投入。

拿起話筒，他又故意啞著嗓子說了幾句話，確定根本聽不出是自己的聲音後，才略微放心。

「真是的……就算如此，被嬴子夜查出是我的可能也不是零。我何必……」

但是，剛才哥哥的話，言猶在耳。

每個人都是想活下去的，為此而做的事情，沒有人可以評價對錯。

一直以來，他都憎恨著哥哥。即使現在也很憎恨他。沒有他的話，自己的人生不會如此悲哀，更失去了右眼。

「你也無法評價嗎？原來，你也有解答不了的問題啊。哥哥。」

星辰終於做出了決定。他撥打了嬴子夜的手機號碼。可以確定，嬴子夜肯定把手機調成了振動。

躲在地下室的子夜，手心的手機立即振動起來。卻是陌生的來電。

「喂，」子夜接通了電話，「是誰？」

「聽好了……」星辰拿出一張餐巾紙捂住嘴巴，很刻意地改變聲調，「我能夠讓你活下去，在這個血字指示中。」

子夜的手略微一顫。

「你是誰？」

「不用管我是誰。總之，我告訴你，血字的生路是什麼。你現在身邊有沒有人？」

「沒有。」

「真的？」

「的確沒有。」

「好。」星辰繼續說道，「聽好了，現在，你要做的就是……」

就在這時候，子夜忽然聽到，地下室的門被狠狠撞開的聲音。接下來，傳來了腳步聲！

「什麼聲音？」星辰一驚，「難道……」

子夜低下身子不斷匍匐。來的是「敏」，還是金德利？

聲音不斷逼近。接著，子夜在機床下方，看到了一雙腳。腳上穿的運動鞋，明顯是金德利！他正不斷朝著自己走來！

子夜不斷在地面上爬著，以機床作為障礙物，慢慢爬向地下室的深處。

手機她始終死死捏在手心，這畢竟是她目前最大的保障。而那剪刀，也是抓在手上。

「嬴子夜？喂，你在聽嗎？」

子夜根本不能出聲，就算再怎麼壓低聲音，在這如此寂靜的地下室，都是危險之極的。

就在她不斷爬行的時候，漸漸，接近了地下室的角落處。

忽然，子夜的手……壓住了一隻非常冰涼的手！

子夜幾乎驚叫起來，隨即卻看見，地面上躺著一個人！

「總之你聽著，」星辰決定長話短說，「你……必須，立即……」

忽然子夜的頭髮被狠狠揪住，她被甩到一旁，接著……只見怒目圓睜的金德利，正逼近著她。

「你……死定了。」金德利獰笑著說著，忽然他注意到了地面上躺著的那個人，定睛一看：「啊呀呀……」

子夜仔細看向那個人，頓時，她的眼睛也瞪得滾圓！

「聽好，」星辰急促地說，「嬴子夜，敏她其實……」

「既然如此，」金德利繼續逼近子夜，「我就告訴你吧。其實，我家的古式嫁衣，民國時期軍閥迎娶我外曾祖母，還有姨太太猝死，以及那嫁衣周圍不能有尖銳物品的事情……」

「全都是我騙你的。」

「知道為什麼嗎？」

然後，金德利將他身上穿的那件大衣的拉鏈拉下。剛才他拉開拉鏈取出契約碎片的時候，也沒有將拉鏈完全敞開。

接著，金德利完全脫下了那件大衣。

子夜赫然看到……金德利身上，正穿著那件夢魘一般的古式嫁衣！

隨即，金德利的面目開始扭曲，他的爆炸頭，忽然不斷變化，頭髮變得非常柔順，而且不斷伸長，延伸到下方。左邊臉頰，被頭髮完全遮蓋住！無數紫色筋條，在他的臉上、手上不斷冒出！

「穿上古式嫁衣變成鬼的，不是敏，是金德利！」手機另外一頭，星辰的喊聲傳來。

那個躺在地面上的人，正是敏！

星辰從那條彩信上，仔細地看了很久後，才發現，從那露出的半邊臉頰細細一看，那張臉不是敏，而是金德利！只是，一方面，敏的頭髮完全遮住左臉的形象，令人印象過於深刻了；另外一方面，無數紫色筋條覆蓋住面部，也一時間認不出來。

這個男人實在瘋狂！

估計，他當時和子夜倆人兵分兩路之後，就私下與沈子凌短暫分開了，並且先一步找到了嫁衣，本想取走契約碎片，但是，卻被那件嫁衣的魔性迷惑，失去理智，不顧一切地穿上了那嫁衣。

接著……就變化為了眼前這個猙獰恐怖的惡鬼！

仔細想想，子夜從來沒有在視線中，同時看見金德利和穿著嫁衣的鬼。沈子凌說，當時他用望遠鏡看見那個鬼的時候，金德利是在他背後。金德利完全可以瞬間移動到對面大樓，再在沈子凌回過頭來的時候，瞬間回到自己背後。

員工食堂那裏也是。等了那麼長時間鬼也沒出現，但實際上鬼一直和他們在一起。

沈子凌，也是在子夜背後，被「金德利」殺死的！所以，才沒有任何鬼侵入的痕跡。之後，在看到桌子底下鬼的身影時，金德利也是在子夜背後。

接著，就是和金德利分頭行動。在那座大樓內，看到嫁衣中湧出的惡鬼，要扔掉契約碎片的瞬間，金德利從旁邊的門衝出來拿走碎片，當時視線也沒有看著那個鬼了。而金德利出現後，就沒有再看到那個鬼了。

對了！子夜猛然想起，在聯絡橋那，當時兩隻紫手從她腋下伸出的時候，她回過頭，看見的……

正是金德利！

那鬼不是消失了，而是就在自己身後啊！

之後，在找到剪刀的車間大樓七樓，自己也是和金德利分開後，鬼才從背後襲來！

從一開始……從一開始，金德利就已經穿上了那件嫁衣！

這個時候，一股強烈的心悸感，令昏迷中的敏立即睜開了眼睛。她抬起頭一看，頓時看到了化身惡鬼的金德利！

「啊！」敏頓時回憶起了之前發生的一切……

當時，她將手伸入那嫁衣的衣袖中，要穿上的時候，忽然，一隻紫色的手猛然從那嫁衣衣袖中伸出！嚇得她立即將嫁衣扔到遠處。這一刻，她才清醒過來。

隨即，就看到一個面孔覆蓋紫色筋條，頭髮和自己一樣都遮蓋住左邊臉頰的惡鬼從嫁衣中湧出！嚇得她立即朝樓下跑！結果，逃入這個地下室，結果卻跌跌撞撞，不小心摔倒，額頭撞上了機床，昏迷了過去。直到此刻，她才甦醒過來！

子夜忽然將手中的半把剪刀徑直扔過去，立即插入那惡鬼的額頭！血不斷湧出，而且越湧越多，惡鬼的臉部立即滿是血跡！

然而，惡鬼卻顯得更加猙獰！

這半把剪刀，根本對這個鬼半點作用都沒有！金德利的所有話，全部都是謊言！

這時候，敏忽然大喊一聲，用盡全身力氣，推著一台機床撞向那惡鬼！隨即，她抓起子夜的手，飛奔起來！

星辰在電話中繼續說著：「總之，你必須遠離金德利，也許這就是生路……喂喂……」

剛掛斷電話，子夜已經和敏衝出地下室。

就在這時候，卻聽一聲淒厲的慘叫，子夜和敏頓時都渾身一寒，只見無數黑色長髮從後面湧來！距離結束的時間還有半個小時不到！這個時候，公寓對惡鬼的限制將不斷減弱！

生路……生路是什麼？

就在這個時候，子夜的手機再一次振動起來。

來電的人……是李隱！

子夜接通了手機，李隱激動地喊道：「子夜嗎？聽我說……我，已經知道了！生路，這個血字的生路！」

「衣架！」李隱大聲喊道，「那個掛著嫁衣的衣架就是生路！」

子夜聽到這話，立即對一旁的敏說：「我們上樓去！」

那個衣架……就在上面樓層！

「告訴我，李隱，」子夜一邊跑上樓梯，一邊問：「為什麼衣架是生路？」

「嫁衣迷惑你們，令你們失去理智而穿上了嫁衣。但是，之後鬼卻無法接近你殺死你，也沒有取走地獄契約碎片。這是為什麼呢？」

「你是說……」

「對！」李隱斬釘截鐵地說，「靠近那衣架太久，嫁衣就會失去其魔性！」

「住戶穿上嫁衣後，被附體而化為惡鬼，但隨即就必須離開衣架，否則就會再度……」

「可是……」子夜說道，「事實上，金德利他……」

將金德利的事情一說，李隱也是倒抽一口冷氣。

「這樣你的結論就說不通了，」子夜搖搖頭說，「金德利把衣架上的嫁衣取下後，不可能再把嫁衣掛到衣架上去的。衣架不是生路。所以這是……」

「還有沒有其他依據？」

「這是目前我唯一推論出的可能性了。」李隱說道，「確實也不能保證百分百就是生路。可是，子夜，我們沒有選擇了。時間越來越近了，在你回公寓的路上，鬼魂的襲擊會一波比一波更強大！而且離開了工廠就拿不到衣架了！」

這個時候，兩個人已經跑到了第三層！

「知道了，李隱，我姑且試一試吧！」

沒有別的選擇了！哪怕只有十分之一的機會，也要拚死一試！

終於，跑到了第四層。子夜和敏立即朝著找到那件嫁衣的地方跑去，同時也希望……那個衣架還在！

推開大門一看，二人都注意到，那個衣架就橫躺在前面不遠處！

不再猶豫，子夜和敏一起拚命跑去！

就在這時候，忽然子夜只感覺一陣心悸襲來，隨即子夜感覺腳被什麼東西纏繞住，人摔倒在地！回過頭去一看，長長的、濃密的黑髮正將她的雙腳纏得嚴嚴實實，而這長髮是從樓梯處延伸過來的！

「嬴小姐，你……」敏驚愕地看著子夜，頓時嚇得步子都縮了一縮。

「去拿那個衣架！」子夜喊道，「否則我們都會死！」

敏立即點點頭，馬上又繼續朝著衣架跑過去！

而同一時間，子夜的身體，被那頭髮猛然地朝後拉去，一瞬間就被拉離倉庫大門五六米！隨即，迅速朝著樓梯方向被拉去！

敏跑到那衣架前，彎下腰剛要將其拿起來，忽然她的腳，也被濃密的黑髮死死纏繞住，朝後拉去！

「不！不要！」

敏好不容易找到了最後的生機，怎麼捨得輕易放過！她伸長雙手不斷要去拉那衣架，可是，就差一點，手指甲幾乎能碰到那衣架邊緣，可還是不行！

她的身體開始朝後被拉去！

眼看身體開始遠離那衣架，敏咬緊牙關，雙手不斷尋找可以拉住的東西，她的指甲不斷摳著地面！

可是這個倉庫太乾淨了，地面上幾乎什麼都沒有。

眼看自己也要被拉出了倉庫！

緊接著……樓梯下方，傳來了腳步聲！

「金德利」要上來了！

不斷被拉到樓梯方向的敏和子夜，都感覺到了真正的恐怖！

生路在眼前，卻無法取得！

二人回過頭去的時候，就看見……樓梯拐角處，那穿著紅色嫁衣的惡鬼，開始走上來了！

一級臺階！

二級臺階！

三級臺階！

不斷向上！

「子夜……我……我們該怎麼……」敏看向自己的雙腳，那頭髮捆得很緊，不管怎麼去拉扯都沒用。

敏忽然拉開上衣拉鏈，取出一把非常鋒利的斧頭！這樣的工具，也虧她能想到隨身帶著。

她舉起斧頭，就朝那頭髮砍去！可是，那些頭髮竟然堅韌無比，砍了很久，也半點用都沒有！

六級臺階！

七級臺階！

還有五級臺階，就要走上來了！

「敏！」子夜雙手緊緊攥著雙拳，幾乎是咬著牙說道：「把我的腳砍斷！」

子夜的雙腳，都是腳踝部分被頭髮緊緊纏繞住。而敏先是一愣，接著子夜又說：「快！你想死嗎？」

沒有選擇了！

敏立刻揮舞起斧頭，狠狠地朝著子夜的左腳腳踝處砍去！這一砍她極其用力，而這把斧頭也早被她磨得無比鋒利，幾乎一瞬間就將骨頭砍斷，鮮血飛飆出來濺了她一臉！

這一砍，子夜的腳踝處骨頭被砍裂了三分之二，只剩一點皮肉相連，敏咬著牙又是一砍，把子夜的左腳腳踝部分完全砍斷！

而子夜緊緊咬住雙唇，她腳的斷面血流如注，但她硬是一聲也不叫出來，因為她不想讓敏因為叫聲而分心。

敏又舉起斧頭砍向右腳，而這時候那惡鬼只剩下一級臺階了！

這一砍，敏是發了狠，此刻滿臉是血的她猶如一個修羅一般，斧頭砍下去的瞬間就只聽見清脆的骨頭碎裂聲，血噴出得更多，甚至幾乎把她的雙眼都糊住了而看不清前方。

這一砍就是到底，鑽心的疼痛令子夜幾乎要暈過去。

這一下，兩隻腳，都斷了！

子夜在這一刻，終於爆發出淒厲的慘叫聲！隨即，她不斷撐住雙手，向著倉庫大門方向移動過去！

斷開的雙腳不斷湧出血來，子夜趴在地上的時候，短短十米左右的距離，猶如是地獄道一般！

那惡鬼終於走了上來！

敏知道必須給子夜爭取時間，她朝著惡鬼狠狠撲去！然而，撲到惡鬼身上的時候，卻只是一件古式嫁衣，只有頭髮還連著嫁衣領口內。敏整個人滾落到樓梯下方，頓時感覺渾身疼痛！

然後，衣袖處有一隻紫手伸出，死死掐住了敏的脖子！

子夜憑藉驚人的毅力，不斷爬向倉庫大門。劇痛不斷折磨著她的神經，令她保持清醒都很困難。大量失血也令她意識越來越模糊！

終於她爬入倉庫大門，繼續爬向那個衣架！

還有五米……

還有四米……

眼前越來越模糊，幾乎看不清楚衣架在哪裏。身後長長的血痕令人觸目驚心，但子夜知道，一旦停下，自己必死無疑！

還有三米……

忽然，腳步聲開始從後面傳來。

敏呢？她死了嗎？

還有兩米！

似乎，真是忌憚著這個衣架，那個鬼走來的速度，忽然開始變得遲緩了。

但是，一隻冰冷的手，還是抓住了子夜的頭髮！

距離衣架還有兩米啊！

子夜做出了最後的決定！

她將手探到衣服內部，取出了地獄契約碎片，揉成一團，扔到了左邊幾米遠的距離！

然而，那鬼卻依舊沒有放手，依舊抓住她的頭髮！

也對，完全可以殺死自己，再去拿契約碎片！

子夜回過頭去，赫然看見那穿著嫁衣的惡鬼！而那惡鬼額頭上……竟然還插著那半把剪刀！

子夜當機立斷，忽然伸出手去拔出那剪刀，接著，將她的一頭秀逸長髮，狠狠割斷！

頭髮一斷，她的身體再度摔在地上，她爆發出最後的力氣，爬上前去，雙手抓住了衣架！隨即，她抓著衣架，把衣架掛衣服的一頭朝著鬼的衣領處擲去！

然後，她就兩眼一黑，暈死過去。

敏，依稀睜開了雙眼。她此刻倒在樓梯拐角處，居然還沒死。她掙扎著站起來，向上走去。

剛才那一摔，她的右腳似乎骨折了，頭似乎也摔得不輕。不過和子夜的情況一比，就是小巫見大巫了。

來到倉庫大門口，她看見……

子夜昏倒在地上，斷開的雙腳依舊在不斷流血。而她眼前，橫著一個大衣架，衣架一端，則是那件噩夢般的古式嫁衣。

金德利化身惡鬼的時間太長，已經無法恢復人類之身了。

「子……子夜！」

敏立即跑過去，扶起子夜，看她滿臉蒼白的樣子，連忙拿起手機，撥下了急救電話：「喂喂，急救中心嗎？啊，我這裏是……」

忽然，她看到了……不遠處，有一張地獄契約碎片！

她毫不猶豫地衝過去，拿起碎片，放入自己的口袋。接著，她繼續對電話另外一頭說：「我這裏是江衛橋江楓製衣廠……」

27 為了活下去

正天醫院。

手術室門口，李隱和銀夜兩個人坐著。

敏在打了急救電話，說明子夜是在存貨倉庫大樓的四樓後，就立刻離開了。幸好附近還有幾個池塘，她洗掉了臉上的血跡，把染血的衣服燒掉，接著，馬上趕往文驊路乘坐地鐵回公寓。

救護車到達後，立即對嬴子夜實施止血急救。因為傷勢較重，轉往了市內的正天醫院。李隱也給醫院的外科部門打去了電話。外科部長和他以前見過幾次，知道是院長兒子的朋友，當即親自實施搶救和輸血。

不過對李隱而言，接駁手術根本不重要，重點是止血。如果不能及時止血，撐不到公寓就有生命危險。而李隱記得，以前他曾經詢問過子夜的血型，是B型血。所以，當即就讓外科部長從血庫調B型血進行輸血。手術費用，由他一力承擔。

外科部長知道，李隱將來多半是新院長，而且院長兒子作保還怕什麼，自然盡力地進行手術。

手術室的門開了，外科部長走了出來。

「怎麼樣了？」李隱跑到他面前問，「方部長，情況如何？」

「病人脫離危險了。可惜的是，如果有那兩隻斷腳，我還可以進行接駁手術的。唉……」

子夜的斷腳被鬼髮纏繞著，一起被衣架封入了那嫁衣中，哪裏還能拿得回來？

不過李隱倒不怎麼在意，子夜脫離危險了就行。接下來要立即帶她回公寓！即使鬼被封住了，也不能保證，這封印是無限期的。只有回歸公寓，才能絕對保證，完全脫離鬼的追殺。只要進入公寓，斷腳就會再度長出來。

「方部長，」李隱急切地說，「麻煩你幫忙一下，立即辦理出院手續吧。我這個朋友她要立即離開醫院。」

「啊？可是病人……」

李隱湊近他的耳朵，說：「你最好別多問。如果你還想保住你手中的飯碗……」

方部長嚇了一跳，隨即就說：「李隱，你考慮清楚啊，現在就出院是不是太……還得觀察一段時間啊。如果你執意如此，到時候可別讓我負責啊……」

「知道。馬上辦理出院手續！」

父親任用的人，是抱著什麼心態，李隱清楚得很。所謂上行下效，就是如此了。

子夜還在昏迷中，李隱背著她，和銀夜到了樓下，坐上了車子。

「說起來，」銀夜忽然有些疑惑地說，「無論是郊區醫院還是正天醫院，警方的調查態度都很奇怪。當時醫院看到這樣的傷勢，立即報警。而當時敏打電話，是說子夜拿刀子要自殺剁腳，那麼爛的理由，員警趕到後只是隨便問了幾句，就走了。這太不正常了。還有，李隱，你還記得直永鎮那次嗎？章三和趙鈺姍的屍體留在了旅館裏，可是後來員警調查的時候，居然推定是強盜殺人，絲毫沒有懷疑當時同住一起的人。」

員警不可能如此不作為吧？

「這個現象，夏淵也沒怎麼和我提過。」李隱點點頭說，「難不成，政府高層早就注意到了公寓的存在？然後刻意地特殊處理和公寓有關的案件？」

「老實說，公寓如果可以便於運輸攜帶，用於戰爭，那效果決定不會差到哪裏去啊。」銀夜說道，「而且，那些鬼魅，也許政府會想要對其進行研究。或許，想將其作為軍事武器來開發。」

鬼魂是完全靠唯心現象存在的靈體，就算是面對一支裝備再精良的軍隊，也是戰無不勝的。公寓存在的那麼漫長的時間裏，真的完全沒有人注意到其存在嗎？

「說起來……」銀夜忽然說，「當初銀羽父母的死也是一樣。當初，對那起案子的調查也是漫不經心，草草了之。還有銀月島死了那麼多人，警方的調查也沒有引起重視。像銀月島的案子，就是轟動全國也是很正常的。但無論報紙還是網路都幾乎查不到任何消息。」

果然是政府在進行施壓嗎？

「不。」李隱搖了搖頭說，「如果我是政府高官的話，發現了這個公寓，我會立即將公寓用某些理由封鎖起來，比如爆發瘟疫什麼的。然後驅散附近的居民，實行軍管。接著派遣軍隊和科學家對公寓進行解析和研究，並且可能派遣一些特種部隊的人進入公寓，到血字指定地點去，和鬼魂進行接觸，比如嘗試是否可以用物理武器傷害鬼魂，有沒有控制鬼魂行動的方法。甚至也會考慮研究血字的特性，將其運用於各個領域。而我們那個社區，管理鬆散至極。」

「也有道理。既然如此，那就只有一個解釋了。」銀夜說出了他的推論，「公寓在介入作用。公寓能夠影響警方，而且也能夠讓非住戶的人完全不去注意到公寓。其實像我們這樣不住公寓的住戶反覆進出社區，保安再怎麼差勁，也該注意到了吧？無論社區業主還是物業公司，都不怎麼關心社區的狀況，社區內正常公寓的住戶也很少。」

那個社區，簡直好像是個和人類社會完全脫離的另外一個領域。

「這麼說來的話……」李隱忽然對銀夜說，「當初銀羽父母死後，你父母也沒有調查過嗎？如果動用各種關係調查的話……」

「關於這一點，」銀夜說道，「確實查不出來。我父母花費了多年時間追查銀羽親生父母的死，但都一無所獲。沒有任何目擊證人能證明，銀羽父母和當時與他們在一起的住戶有過任何交集。」

公寓的影響力，比他們想像的更加可怕。

「究竟……」李隱抬起頭看向窗外，「那個公寓到底是什麼？這個世界上的人，猶如傀儡一般地被玩弄。」

那個公寓是什麼？

這個住戶們研究了無數年的問題，始終沒有答案。

下午三點，依舊昏迷中的子夜，被李隱背入了公寓。

剛一進入公寓，李隱就將子夜平放到沙發上，解開包住斷腳部分的繃帶。很快，血肉開始在斷面蠕動出來。血管、肌肉、皮膚，自動地生長出來。沒一會兒，子夜的雙腳就恢復如初。

「真是方便啊，」星辰歎惋著，「可惜只能治療在執行血字期間的傷病啊。否則，我的眼睛也能夠恢復了。」

腳生長出來後，子夜終於醒了過來。

「李……隱……」子夜睜開眼睛，看到李隱在自己面前，而這裏是公寓的底樓大廳，終於徹底放心了。

活下來了！

第四次血字活下來了！

李隱將子夜緊緊擁住，用手輕輕撫摸著子夜那被剪短了的頭髮，說：「你遵守約定回來了。終於回來了……」

從昨天，在地鐵送別子夜到現在，李隱始終處在極度的緊張和恐懼中。每一分每一秒，他都在恐懼著子夜的死訊傳來。

如果她真的死了，自己還有在這個公寓活下去的意志嗎？

這一次，又是那麼艱難地活下來。看來，最大的希望，還是地獄契約碎片啊。

他對身後的住戶說：「我先帶子夜回房間去休息吧，雖然身體的傷完全好了，但是精神上的疲勞是無法恢復的。」

這時候，每個人都注視著子夜。不少人都在想，第三份地獄契約碎片，是在子夜身上，還是在敏的身上呢？

進入電梯後，李隱按下四樓的按鈕，等電梯開始上升，才問道：「碎片……在你身上嗎？」

子夜搖搖頭，說：「不，當時我扔了出去。不過，很可能被敏拿到了。」

「這樣啊。」李隱皺緊眉頭，他有些擔心，碎片的確在敏身上嗎？

如果還留在江楓製衣廠的話怎麼辦？但是，任誰也不敢再回那個地方去了！

雖然子夜活了下來，但李隱的心還是很沉重。

這次那麼艱難，才九死一生。下一次呢？第五次血字將更加可怕。而契約碎片自然就成了他非常著急要獲得的東西。

子夜獲得契約碎片，他沒有告訴過銀夜和銀羽。而她昏迷後，被敏搶奪過去也是很有可能的。當然，李隱也不打算從敏身上搶回來。多增加一些持有契約碎片的住戶，來自銀夜和住戶的壓力也會小一點。

這是李隱的「制衡」計畫。

最怕的，就是碎片留在了工廠。如果真是這樣，那實在是極為可怕的絕望。

所以李隱寧可希望碎片是被敏拿走了。

公寓，二五〇五室，敏的房間裏。

她此刻不知道該怎麼處理契約碎片？身邊肯定是不少住戶都盯著她。怎麼保管這碎片呢？放在公寓是肯定不行的。

放進銀行保險箱裏？也許是最好的辦法。不過，如果放在一個只有自己知道的地方，或許更好。

放在哪裏呢？

敏知道，契約碎片是救星，但同時也是個燙手山芋。思來想去，她也不知道放到哪裏最合適。

這個時候，忽然門鈴響了。

敏嚇了一大跳，拿著手上這張羊皮紙碎片，左顧右盼，連忙跑到臥室的一個抽屜前，用鑰匙打開，把碎片放進去，又鎖上抽屜，再把鑰匙放在身上。想了想，又打開抽屜，還是把碎片放在了身上的貼身口袋。

隨即她跑到大門口，對著貓眼一看，來人……是卞星辰！

敏知道，如果不讓他進來，反而顯得欲蓋彌彰。索性就打開了門。反正，肯定也有很多人猜測是嬴子夜拿到了那張契約碎片。

門打開後，星辰走了進來。

「什麼……什麼事情？星辰？」

敏儘量讓自己自然些，但很難不緊張。

星辰走了進來，看了敏一眼，隨即說道：「太好了呢，你，還能回來。」

「嗯。」敏點點頭，說，「是啊。」

「敏。」

「嗯？」

「當初你投水自殺，是真心的嗎？你真的萬念俱灰到了無法活下去的地步了嗎？」

敏的肩膀微微顫了一下。

「算了，當我沒說吧。」

與此同時，在天南市瑞新路。這是天南市市中心最繁華的商業地段之一。某座高級公寓的十樓。

一個坐在輪椅上的少女，正在一排落地窗前眺望著外面的風景。

「無論看多少次，都是令人厭倦的景象啊。」

她的面前，豎立著一個畫架。

「魔王級血字的生路？卞星辰，你的胃口果然很大啊。」

她拿起畫筆，即將要觸碰到畫布上。

「魔王……魔王……畫出魔王的……」

忽然，在這一瞬間，眼前空白的畫布，忽然變成了一個無比龐大的黑色洞穴！那洞穴不斷擴張，將輪椅少女完全覆蓋住了！

她在這一瞬間，彷彿要被吸入那個洞穴！

接著，幻象消失了。眼前還是一塊空白畫布。但輪椅少女無法再畫下去了。

剛才，想著如何畫出魔王級血字指示的景象，這個無比龐大的黑洞就赫然出現在了眼前。

「那……是什麼？『魔王』，那到底……是什麼東西？」

這個時候，星辰剛想繼續對敏說什麼，他的手機響了。星辰立即接通了電話。

「喂。」

「我不能畫出魔王血字的畫來，」那個夢魘一般的聲音說，「不過，我可以提供給你，你第三次血字時的生路線索的畫作。畫出多少就給你多少。我決不食言。只要你……履行我的承諾，殺死你的鄰居——敏。」

這就是這個神秘人對星辰開出的條件。

將敏殺死。

這是唯一的條件。而且，限定他必須要在今天日落前殺死敏。這樣，明日的報紙上，就可以登出敏的死訊來了。

「你放心好了。公寓住戶的死，員警不會深入調查的。因為員警也好，檢察官也好，甚至政府也好……所有人都會受到公寓的影響不會去在意公寓住戶的生死，都會草草結案。這種影響，是無形的，所有人都會無來由地這麼覺得。你們的生命，在成為住戶那一刻，就已經從正常人類社會的司法秩序中完全被剝離了。只要你不是被抓作現行犯，絕對不會被逮捕。昔日銀月島、直永鎮的案例，都可以說明這一點，不相信你儘管可以去查。」

「你……」星辰死死拿著手機，聽著那個「惡魔」對自己的引誘。

「我不接受這個以外的任何條件。殺了敏，就可以了。你和她沒有任何關係吧？就算殺了她，你也不會被問罪，也不會有什麼影響。那為什麼不殺呢？還有，也別問我為什麼要你殺她，很簡單，我只是想看看人性的『惡』而已。」

真是如此嗎？星辰在心裏這樣想道。

如果這個人真的是深雨的話，那麼，是不是必須殺死當初收到那幅油畫的敏呢？

可是，既然如此，又為什麼把畫給她？

為什麼？

「我再說一遍。殺了敏，我就把你第三次血字的生路線索畫給你，有多少我畫多少，你活下去的機會會增加數倍。但如果你拒絕，你就一定會死！」

星辰死死捏著手機，看著眼前的敏。

殺了她……第三次血字就可以活下去……只要殺了她……

他回憶起了哥哥的話。為了活下去而殺人，或者為了不讓他人死去而犧牲自我，這兩種行為無法判斷對錯。

是啊，站在客觀立場，誰都可以譴責前者，歌頌後者。可是如果是自己遇到這種情況呢？選擇前者的人絕對會多於選擇後者的人！

我沒有錯……錯的人是這個「惡魔」……

「我知道了。」星辰下定了決心，「我答應你。」

「什麼電話啊？」敏問，「你的臉色看起來不太好。」

「敏……」星辰走近她，說：「和我出去一下好嗎？我，有一些話想和你說……」

敏顯然很警惕。

莫非星辰要奪取自己的契約碎片？

然而他接下來的話令敏大為驚愕。

「我知道深雨在哪裏。」

一個小時後，兩個人坐上了地鐵。他們的目的地是位於天南市飛雲區的幽影山谷。那座山谷，臨近天南市的宛天河，是流經天南市的一條最長的內河。

幽影山谷向來是天南市的避暑勝地，在黃金周的時候，會有不少遊客。不過春節早就過了，去那裏的人已經不是很多了。

找一個僻靜的地方，殺了敏，沒有人會發現。其實，華岩山那個地方用來殺人是更理想的場所，但問題是，星辰也不敢去那座山。

地鐵到站了，敏下車後，問星辰：「深雨真的聯繫過你，說是在這座做過血字執行地點的山？」

「對，就是這兒。」

深雨為什麼會聯繫星辰？他們之間毫無關係啊。

但是，星辰卻解釋道：「她不希望直接聯繫你，所以找到了我。事實上，以前我怕你輕生，曾經跟蹤你去過孤兒院，見到過深雨，騙她說我是你的朋友。然後，和她交換了手機號碼。」

這個謊言是無法拆穿的，因為深雨本人無法出來指證。至於深雨本人的手機號碼，李隱也查出來過，不算什麼秘密。當然撒謊的可能性也有，但是敏此刻自然非常渴望找到深雨。

當時，收到那幅畫的時候，她本來第一時間就想回去找深雨的。但是，一方面考慮到，自己已經承諾深雨不會再和她見面，同時……她不確定這幅畫是否真的能夠預言未來。

如果這幅畫真的可以預言未來，再去找深雨不遲。不到萬不得已，她不想再出現在那孩子面前，一方面不希望她再繼續憎恨自己，另一方面……

她也發現，自己其實很怕那個孩子。那個日漸像「惡魔」的孩子。血字當日，她卻聯繫不上星辰等人。萬一他們全部死絕，也無法證實那幅畫的真偽。所以，她乾脆就來孤兒院找深雨。但深雨卻消失了。

乘著纜車，兩個人開始接近山頂。

「深雨在電話裏和你說，她目前暫住在山上的山莊裏？」敏也不瞭解幽影山谷的情況，但還是有些警惕地問。

「對，」星辰點點頭，「到了上面，就……」

此刻，他的身上，藏有一把尖銳鋒利的刀子。怎麼殺死敏，具體的情況，他都考慮過了。和敏離開公寓的時候，他特別注意了有沒有人發現自己的行蹤，確定沒有住戶看到他們才放心。多數住戶現在都聚集到四樓去了，因為大多數人都認為地獄契約碎片在嬴子夜身上，幾乎沒人關注敏。

這也算是運氣吧。

星辰也認為敏身上不太可能有地獄契約碎片。即使有，殺了她之後奪過來就是了。她回到公寓後沒有再外出過，根本沒有時間藏碎片。不是在她身上，就一定在公寓房間裏。

敏當時回到公寓後，出去藏碎片也很正常。畢竟從血字地點逃回公寓的住戶，很多人都要在公寓待上好幾周才敢再離開公寓。就算知道回到公寓後，鬼魂的追殺也就會終止，再度離開公寓也不會有事，可是潛在的恐懼感依舊會存在。

到了山上後，茂盛的密林下，陽光斑駁，兩個人走動著。

接近山巔，星辰看著山下的宛天河，心劇烈地顫抖著。

他看著身旁的敏。敏急切地問：「還要走多久才到？」

「就在這兒。」星辰忽然說，「她說她一會兒過來。」

「過來？她的腳無法走路，怎麼……」

「麼」字剛一出口，忽然星辰猛然伸出左手，死死掐住她的脖子！隨即星辰凶光畢露，說：「你別怪我……當時，是我救了你，如果當時我沒有救你，你已經死在那條河裏了！那個時候你不就想死了嗎？現在，我只是收回我救下你的這條命罷了！我有權力這麼做！」

隨即，寒光一閃，星辰大吼一聲，拿著刀子，朝著敏的心臟部位狠狠捅了過去！

敏拚命掙扎著，立即伸出手來要擋，刀子瞬間刺穿她的右手手掌，隨即星辰將她壓倒在地，騎在她身上，拔出刀子，再一次刺下去！

「不要！」敏嚇得面無人色，她頓時大叫：「我給你，契約碎片，我給你碎片！不要殺我！」

「嗯？」星辰的手微微一停，難道碎片真在她身上？還是她在誆騙自己？

「你別怪我，」星辰說，「殺你不是我的本意。不殺你，死的人就是我！好，臨死我也讓你做個明白鬼吧……是她，她要我殺了你！你的女兒，深雨！是她要我殺了你！」

星辰幾乎斷定，和他交易的人，就是深雨。

敏頓時陷入絕望。

深雨？她要殺了自己？她真的恨自己，恨到這個地步了嗎？

高級公寓的落地窗前，輪椅少女雙眼呆滯地看著窗外。她知道，現在敏很可能已被星辰殺死了。

昔日的一幕幕在腦海裏重播……

因為小兒麻痹症，她在生死邊緣的時候，是敏籌募捐款，救了自己一命。雖然因此雙腿癱瘓，要坐在輪椅上度日，可是，那時候的自己還是感覺很幸福。

敏，成為了她在孤兒院中最愛戴的姐姐。她也曾經發誓，將來無論如何都要報答敏。無論因為癱瘓的雙腿陷入何等的悲哀，她只要想到敏的存在，心裏就堅強起來。

真的，她真心地那麼想過。

但是，那卻只是海市蜃樓一般的幸福罷了。

那一天，自己的身世被拆穿了。不知道是誰，竟然查出了自己和敏的身分，將詳細的剪報和其他資料張貼在牆壁上，引起一片譁然。

她最初根本不相信這種事情。她完全認為是惡意造謠。但是，隨著自己調查的深入，噩夢般的現實不斷浮現出來。

自己，是一個六歲女孩不婚而孕的「鬼胎」，是不祥之人，自己體內流的，是那麼恐怖的血脈。但更可怕的，是敏。她視如親姐姐一般的敏，竟然是自己的親生母親。和自己只相差六歲的敏怎麼可能是自己的親生母親？

深雨陷入了極度的混亂中，天地彷彿瞬間顛倒了，世間沒有什麼事情是可以相信的了。而她也終於明白，為什麼自己繪畫的時候，敏日漸浮現厭惡的神色。

她在憎惡自己。

以前，深雨認為自己雖然是孤兒，但她的父母一定是迫不得已才拋棄她的。她相信這世界沒有不愛子女的父母。

但事實不是這樣的。

她沒有父親。她不是被需要、被愛而出生的。而是被詛咒出生的。

而且，她更是……這個社會所不容的異端存在！

人類對於異端，從來都不會有半分的理解和同情。異端就要排除，就要否定。

她的人生在那一天之後，完全陷入了地獄。

吃喝的東西，被抹上屎尿，用具被不斷破壞，各種下流惡毒的字眼都用在她的身上。很多人都向院長提出希望趕走深雨，因為沒有人希望和一個「怪物」生活在一起。

而院長沒有答應。

接著……更可怕的事情發生了。

不知道是誰將這件事情發佈到了網路上，雖然很多人都認為是炒作，不太相信，但好事者也大為有之。深雨的照片被公開，當年的事情也被完全挖出。

同情自己的人當然不是沒有。但是這些人，多半是嘴上說得好聽，但心裏都歧視著自己。

其中最為令深雨震撼的……是院長。

那一日，她路過院長辦公室，聽到了一段對話。

「院長，」一個女性的聲音說，「大家對深雨的意見越來越大了。真放任她繼續住下去？以後我們孤兒院的名聲……」

「副院長，你這話就說不過去了。如今這個時代，只要能吸引大眾目光，我們孤兒院就可以打開知名度。無論是好名聲還是惡名聲，都有幫助。否則為什麼明星要有緋聞？六歲生下的『惡魔之子』，卻有著那麼美麗的外表，嘖嘖，難道不是絕好的炒作題材麼？」

「什麼意思啊？院長？難道……」

「沒錯。張貼那些剪報和資料，還有把消息發到網路上的人都是我。你也知道，這幾年，孤兒院的經營越來越困難了，我想，不如出奇招，說不定……」

「難怪院長你不讓深雨離開啊……」

「那是，你沒看到網路上我們孤兒院都快上搜索排行榜前十名了？有了名聲，我們還怕沒人贊助？經營孤兒院也是門學問，副院長，好好學著點吧！」

深雨在那一刻，猶如被扔入冰窖一般。

本以為唯一同情、關懷自己的院長……竟然把自己當做炒作的對象？當自己是搖錢樹？

「回答我，敏。」

「求求你告訴我……你當初生下我，有沒有一丁點兒愛我？」

深雨曾經哀求著敏，求她告訴自己答案。

當時，只有她們兩個人。敏完全可以說真話。

但是，敏卻用看怪物的眼神看著她，說：「我，我不想再看到你了……你知道我因為你變成什麼樣了嗎？我是個六歲就生下孩子的怪物！別人都把我當八卦的素材！你看，這是我剛買的街邊八卦雜誌！我是封面人物！你知道上面怎麼寫的嗎？說我是被魔鬼誘惑的蕩婦……還說，我為什麼要生下你？六歲的孩子怎麼可能生下孩子？」

「敏……你，到底……」

「我根本就不該生下你！」敏將那本雜誌狠狠扔到深雨的臉上，說：「我，永遠，永遠都不要再和你見面！你就是孽種，是惡魔進入我體內播下的骯髒血脈！我當初就該把你打掉！當我一天一天，看你越來越有天賦的時候，我就無時無刻不在害怕，害怕你會不會最終變成一個『惡魔』！」

「不是的，敏……不會的……」

「住口！從今天起，我和你毫無關係，一直到死，一直到下地獄，一直到這個世界毀滅……我都不想再和你有任何瓜葛！你，是我在這世界上，最最痛恨的存在！」

深雨忽然感覺有些冷。似乎是窗戶沒有關好。

「我必須殺了你。」深雨看著旁邊的畫架，「我，已經給過你機會了。」

五年多來，深雨幾乎生活在地獄。在孤兒院裏，每個人看見她都要繞道走，她的手機無論換多少次號碼，都會接到各種騷擾電話。每個人都把她稱作「惡魔之子」。敏雖然還留在孤兒院，但根本不再看她了。

有一天，她的輪椅被人搶走，畫被人潑上墨汁。很多人圍成一個圈子，冷冷看著她。

「你給我滾吧！看到你就感覺噁心！」

「你這個『惡魔』，不要再待在這裏了！我現在和別人講話都不敢說我是這家孤兒院的人！」

「『惡魔』？」

深雨抬起頭，怒視著那個人：「你憑什麼說我是『惡魔』？」

那個人忽然端起一碗湯，潑到她的臉上，說：「你還敢還嘴？你不是惡魔是什麼？呵呵，你和敏，是不是也有什麼不可告人的事情啊？母女之間，大概也發生過什麼齷齪的事情吧？否則為什麼住在一個孤兒院呢？」

「你……」深雨剛要繼續說什麼，忽然她看到了那個人身後的敏。

「你胡說什麼？」敏一把拉開那個人，「我和她，怎麼可能會有那種關係？」

「哈哈，心虛了？」那個人指著深雨說，「好啊。你說你們沒那種關係，那好，敏，那你就給我打她幾個耳光，我就信你們沒那種事。」

敏愣愣地看了看他，說：「好。」

接著，敏毫不猶豫地走到深雨面前，一把抓住她的下巴，抬起她的臉，狠狠地打了一個耳光！

「為什麼你總是像夢魘一般纏著我！」

「為什麼你要存在！」

「為什麼你不去死！」

「為什麼你這個惡魔之子不消失！」

接下來又是幾個耳光，打得深雨耳朵嗡嗡作響。但是，她沒有還手，也沒有說什麼。她雙眼空洞，茫然地倒在地上。

她的靈魂在那一刻死去了。

惡魔……她說我是「惡魔之子」……

敏姐姐……她希望我消失……

刀尖插入了敏的心臟。

「我……」大量鮮血噴湧而出，她死死抓著星辰拿刀的手。她想說什麼，可是卻說得很艱難。

「是……是深雨嗎？」不斷吐出鮮血的敏，緊抓星辰的手，問：「的確是深雨……要你殺了我嗎？」

「對！」星辰的目光已經是一片茫然，「就是她！是她要我殺了你！」

深雨此刻，還是陷在回憶中。

拿到那幅畫後，敏用盡了一切手段來找自己。昔日被她視為「惡魔」的女兒，如今她卻那麼賣力地尋找。

當自己對敏有了利用價值後，她就需要自己了。昔日深雨想要開辦個人畫展的時候，她人去哪裏了？五年來，她幾乎從未正眼看過自己，只有……在進入那個公寓後，才漸漸地對自己和善了起來。這就是所謂的「人之將死，其言也善」嗎？

如果不是這個公寓的話，她永遠……永遠都只會把自己看成一個「惡魔之子」吧？

算了。本來，打算將她折磨到死為止的。但是現在，深雨改變主意了。她認為，敏連讓她折磨至死的價值也沒有。

「去死，去死，去死！給我永遠地消失！」

深雨大聲咆哮著，而她的眼眶，不斷湧出淚水……

敏大睜著眼睛。

她的生命不斷地從身體上一點點地流走。星辰將刀子又深入了好幾寸。

她已經沒救了。

「深……雨……她，這個惡魔……」敏咬牙切齒地說，「她……果然是……是……惡魔……」接著，她的眼中失去了生命的光。

這是敏留在這世界上的最後一句話。

深雨盯著天花板，此刻的她，唯一想到的，卻是昔日敏推著輪椅，和她在孤兒院散步時的對話。

「有一天，你能站起來後，我們去海邊玩吧。」

「好啊，敏……我們永遠都會在一起吧？」

「嗯，會的……永遠……」

「永遠……」

請續看《地寓公寓》卷二 鬼魂的情書

地獄公寓

作者：黑色火種
發行人：陳曉林
出版所：風雲時代出版股份有限公司
地址：105台北市民生東路五段178號7樓之3
風雲書網：http://www.eastbooks.com.tw
官方部落格：http://eastbooks.pixnet.net/blog
Facebook：http://www.facebook.com/h7560949
信箱：h7560949@ms15.hinet.net
郵撥帳號：12043291
服務專線：(02)27560949
傳真專線：(02)27653799
執行主編：劉宇青
美術編輯：MOMOCO

法律顧問：永然法律事務所 李永然律師
北辰著作權事務所 蕭雄淋律師

版權授權：蔡雷平
初版日期：2016年8月
初版二刷：2016年8月20日
ISBN：978-986-352-327-7

總 經 銷：成信文化事業股份有限公司
地　　址：新北市新店區中正路四維巷二弄2號4樓
電　　話：(02)2219-2080

行政院新聞局局版台業字第3595號 營利事業統一編號22759935

定價：350元　特價：299元

國家圖書館出版品預行編目資料

地獄公寓 ／ 黑色火種 著. -- 初版-- 臺北市：風雲時代，
2016.04 -- 冊；公分

ISBN 978-986-352-327-7（第1冊；平裝）

857.7　　105003553